Seefimmel
Eine Bodensee Krimikomödie
Ines Fox' vierter Fall
von Christiane Kördel

AF200425

Buch

Sommer, See und ... zwei Leichen?

Auf der Suche nach einem verschwundenen Mafioso nebst Tante landen Ines Fox und ihr Dr. Frieder am Lago Maggiore. Während die Hobbyermittlerin und der norddeutsche Pathologe noch die Lage sondieren, tobt am Bodensee ein Unwetter, dem nicht alle Wassersportler entkommen. Unfall oder Mord? Als wären zwei Fälle an zwei Seen nicht genug, erreicht Ines ein Hilfegesuch von ihrem totgeglaubten Erzfeind. Wer steckt bloß dahinter?

Der vierte Band der eigensinnigen Hobbydetektivin mit Hund.

»Seefimmel«, ein humorvoll-absurder Krimi, locker mit Wortwitz erzählt, fühlt sich nicht immer wie ein Krimi an. Er lässt Raum für Traumkulissen, Sonne und Liebe. Die ideale Urlaubslektüre.

Weitere Cosy Krimis aus der Ines-Fox-Reihe:
»Seezeichen 13« – Ines Fox' erster Fall
»Seeblick kostet extra« – Ines Fox' zweiter Fall
»Seekoller« – Ines Fox' dritter Fall

Die Folgen können unabhängig voneinander gelesen werden, mehr Genuss verspricht die Autorin jedoch, wenn man bei »Seezeichen 13« beginnt.

Mehr Informationen zur Autorin und zu ihren Büchern unter
www.christiane-koerdel.de

Christiane Kördel

Seefimmel
Eine Bodensee Krimikomödie
Ines Fox' vierter Fall

Bibliografische Information der
Deutschen Nationalbibliothek:
Die Deutsche Nationalbibliothek
verzeichnet diese Publikation in der
Deutschen Nationalbibliografie;
detaillierte bibliografische Daten sind
im Internet über http://dnb.dnb.de
abrufbar.

Cover Design: Alex Scuta

Herstellung und Verlag:
BoD – Books on Demand, Norderstedt

ISBN 978-3-7448-3539-8

Für meine Schwiegereltern
Marianne und Rainer Magulski.

Danke, dass Ihr so seid, wie Ihr seid,
mit offenen Armen und Herzen.

Kapitel 1

Schlaftrunken tapse ich zur Wohnungstür. Die Dielen knarzen unter meinen nackten Füßen.

»Wer?«, murrt es aus dem Schlafzimmer hinter mir.

Ich brumme wortlos zurück, schiebe mich vor zwei neugierige Hundenasen und öffne die Tür einen Spaltbreit. Vor mir steht eine Mittsechzigerin, einen Korb über dem gewaltigen Arm. Energie für drei strahlt mich an.

Ich schließe die Tür. Ich sage nichts. Warum auch? Diese Frau kann unmöglich hier sein. Weil es keinen Sinn ergeben würde. Weil sie 8000 Kilometer entfernt in Miami, Florida gerade ins Bett geht. Folgerichtig drehe ich mich um und trotte zurück ins Schlafzimmer, das die Morgendämmerung in zartblaues Licht taucht.

Ich krieche zu Dr. Frieder unter die Decke. Schön kuschelig ist es da. Nicht, dass es außerhalb des Bettes kühl wäre, es ist immer noch Sommer. Aber an einem überfrühen Samstagmorgen ist unter der Bettdecke an der Seite von meinem Liebsten der einzige Platz, an dem ich sein möchte.

Er stupst mich an. Einmal. Zweimal. »Es klingelt wieder«, murrt er. Schiebt er mich gerade aus dem Bett?

Jemand parkt seinen Finger auf dem Klingelknopf. Mein blonder Wuschel Santo und Dr. Frieders braun getupfte Dalmatinerdame Fila jodeln mit der scheppernden Klingel. Santo mischt gelegentliches Fiepen ein, was bedeutet, dass er die Person vor der Tür kennt.

Ich seufze, raffe mich auf, will in die Bettdecke gewickelt aufstehen, doch Dr. Frieder hält sie eisern fest. Dann eben ohne Decke.

»Ines, du hast Besu-huch«, trällert die schmerzhaft muntere Stimme einer Erstklässlerin aus dem Treppenhaus. Emma aus dem zweiten Stock. »Eine dicke Frau mit einem riesigen Korb. Die hat bei uns oben geklingelt und redet so komisch. Ich versteh die nicht. Und immer will die mir an die Backe fassen.«

»Wange«, murmle ich.

Ich öffne die Tür und reibe mir die Augen. Es ist ein Klischee, dass man das tut, wenn man seinen Augen nicht traut. Aber leben wir nicht alle hin und wieder in einem Klischee? Also ich für meinen Teil tue das.

Klischee hin oder her, so viel kann ich sagen, Augenreiben hilft nicht. Die Frau steht vor der Tür wie zuvor, nur, dass Emma jetzt danebensteht, im rosa Schlafanzug mit Einhornmotiv.

Mein Hund Santo wirft sich Emma entgegen, sie schlingt die Arme um ihn. Unverkennbar: Die beiden sind dicke Freunde. Uhrzeit und Wochentag sind da nebensächlich.

»Inés! Chica. Ich bin so froh, dich zu sehen. Ich störe nicht, tue ich?«, sagt die Frau auf Englisch.

»Ines, was will die Frau?« Emma kniet auf dem Boden, einen Arm um Santo gelegt, und blickt zu mir auf.

Ich starre erst Emma, dann die Frau an und bin versucht, mir nochmals die Augen zu reiben, aber das bringt ja nichts. Stattdessen seufze ich tief und setze darauf, dass der zusätzliche Sauerstoff meinem müden Hirn auf die Sprünge hilft.

»Tante Inés, welche Überraschung! Schön dich zu sehen«, sage ich auf Englisch und bringe tatsächlich ein höfliches Lächeln zustande. »Komm bitte herein.« Dazu gibt es eine einladende Armbewegung.

Fila streckt ihre braune Nase in Richtung des Korbs der frühen Besucherin. Er ist gefüllt bis zum Rand.

Emma schiebt sich an Tante Inés ausladenden Hüften vorbei in den Flur.

»Wer?«, ertönt es aus dem Schlafzimmer, darunter wabert ein leicht alarmierter Unterton.

»Tante Inés ist zu Besuch«, rufe ich auf Englisch, warum auch immer. »Zieh dir vielleicht was an«, ergänze ich auf Deutsch.

Emmas inneres Känguru ist aufgewacht und hüpft Richtung Schlafzimmertür. Die Sprungkraft des Mädchens, das habe ich dieser Tage schon festgestellt, hat zugelegt. Wenn sie sich in der Geschwindigkeit weiterentwickelt, wird Emma in zwei Jahren mit einem Sprung über den Rhein setzen.

»Und Emma«, rufe ich deutlich zu spät hinterher. Emmas Jauchzen nach zu urteilen, wirbelt mein Norddeutscher sie im Kreis herum, wie er es gerne tut. Mit mir im Übrigen auch – gelegentlich.

Aber bevor ich irgendetwas anderes unternehme, stelle ich mich besser erst mal vor. Mein Name ist Ines Fox und ich wohne in Konstanz, der größten Kleinstadt am Bodensee. Ich bin Jungunternehmerin und führe das kleine Unternehmen Foxinet. Wir machen in Webdesign. Die Geschäfte laufen so lala, was allein auf die Kappe der Chefin geht, die ihre Nase lieber in allerlei Kriminelles steckt, Morde aufklärt, anstatt sich um den Erfolg von Foxinet zu kümmern. Würde ich mich mit der gleichen Begeisterung dorthinein knien, wären alle Foxinets reich und schön. So geben wir uns vorerst mit der Schönheit zufrieden. Ist ja auch schon was.

Tante Inés' Blick wandert über mein Outfit. Aus einem von Dr. Frieders T-Shirts ragen meine Beine in nahezu ganzer Länge. Dem fortgeschrittenen Bodenseesommer sei Dank staken sie zumindest nicht kalkweiß heraus, wie es meinem natürlichen Teint entspricht. Trotzdem ist dies ein Outfit, das einer Bettdecke bedarf, um komplett zu sein. Unwillkürlich zupfe ich den Saum des Shirts nach unten. Die andere Hand wandert in meine rote Lockenmähne und unternimmt den Versuch, dort Ordnung zu schaffen. Lächerlich.

Doch zurück zur Person, die da unschlüssig im Flur steht, Korb über dem Arm. Und Rollkoffer neben sich?

Ich lächle sie etwas verunsichert an und deute zur Küchentür. »Wie wäre es mit einer Tasse Kaffee, Tante Inés?«, frage ich auf Englisch.

»Gute Idee.« Sie nickt zu mir hoch und schreitet an mir vorbei Richtung Küche. Als ihre Hüften mir voran wogen, entdecke ich mehr silberne Fäden im schwarzen Haar ihrer halblangen Frisur als bei unserem letzten Zusammentreffen. Vor sechs Wochen etwa war das. Auf der anderen Seite des Atlantiks. Unter unschönen Umständen. Und jetzt wird's kompliziert. Ob ich das so früh am Morgen erklärt bekomme, bezweifle ich, aber versuchen werde ich es.

Unsere Besucherin ist nicht meine Tante, sondern die Tante des Kleiderschrankes Fidel, der in Diensten des kubanisch-amerikanischen Mafiabosses Juan steht. Ich hatte das Pech, im Zuge der letzten Ermittlungen mit der ganzen Gesellschaft zusammenzutreffen. In Miami.

Nun könnte man meinen, bei der Gelegenheit hätte sich eine Freundschaft entwickelt, für die der Atlantik kein Hindernis darstellt. Warum sonst würde Tante Inés zu einem Besuch herfliegen? Unangemeldet? In der Morgendämmerung? Ich habe keine Ahnung.

Eine Stunde meines dreißigjährigen Lebens habe ich mit ihr verbracht, während der sie mich vortrefflich verköstigte. Das ist ihre Aufgabe beim organisierten Verbrechen: Die artgerechte, will heißen kubanische Ernährung des Mobs. Beruf und Familie sind eins in diesen Kreisen, Arbeit und Essen auch.

Zusammenfassend lässt sich sagen: Dieses Intermezzo vermag Tante Inés' heutiges Erscheinen nicht zu erklären.

»Sweetie. Warum ziehst du nicht etwas an, und solange mache ich uns Frühstück?«, schlägt sie vor, wuchtet den Korb auf den Küchentisch, knöpft die Blusenärmel auf und krempelt sie hoch, checkt noch schnell die Nachrichten auf ihrem Smartphone und wendet sich dann der Spüle zu. Von deren Ablaufrinnen erhebt sich ein wackeliger Turm aus Töpfen und Pfannen. »Ich habe Süßkartoffelkuchen mitgebracht. Es war schwierig, ihn durch den Zoll zu bringen.« Sie zwinkert mir zu.

»Das ist sehr nett von dir, vielen Dank.« Auch wenn Tante Inés nur wenig über einer Unbekannten rangiert, weiß ich: Ihr Süßkartoffelkuchen ist sensationell. »Ich bin gleich wieder da«, zwitschere ich, mache auf der nackten Ferse kehrt und blicke geradewegs in die blauen Augen von Dr. Frieder.

Mein Freund steht in der Küchentür, Emma auf dem Arm, sieht mich fragend an und fährt sich durch seinen verwuschelten Blondschopf, was nichts an dessen Unordnung ändert, meinen Mitbewohner aber unwiderstehlich macht.

Weißes T-Shirt und verwaschene Jeans, aus denen unten braune Sommerfüße gucken. Zum Anbeißen.

»Darf ich vorstellen, mein Boyfriend Dr. Marc Frieder. Emma kennst du ja bereits«, sage ich auf Englisch und dann auf Deutsch: »Das ist Tante Inés. Sie kommt aus Miami, das ist in Amerika.«

Emma auf Dr. Frieders Arm nickt ernst, als wisse sie Bescheid.

Für manche ist es befremdlich, dass ich meinen Freund beim Nachnamen nenne, obwohl sein Vorname mir gut gefällt. Sie schließen daraus, unsere Beziehung sei nicht innig, in der Namenswahl käme Distanz zum Ausdruck. Quatsch! Ich sage *Dr. Frieder* einfach gern. Ich bin dabeigeblieben, ihn so zu nennen, wie er sich vorstellte, als wir uns vor etwa einem Jahr bei meinem ersten Fall in der Pathologie des Klinikums Konstanz kennenlernten. Kurz bevor ich umkippte.

Ich verschwinde ins Badezimmer. Als ich zurückkomme, ein Sommerkleid übergeworfen, das mehr Bein bedeckt, duftet es nach Kaffee und ... Speck? Dr. Frieder und Emma sitzen artig am Küchentisch, jeder ein abnormes Stück Süßkartoffelkuchen vor sich. Der Topf- und Pfannenturm auf der Spüle wurde abgerissen, etwas brutzelt auf dem Herd.

Eier mit Speck! jubiliert mein Bauch. Ich stöhne innerlich. Speck will ich nicht mehr essen, wegen der armen Schweine. Meinem Bauch ist das wurscht. Aber lassen wir das.

In den drei Minuten, die ich im Bad und zum Ankleiden brauchte, hat Tante Inés vermutlich noch die Küchenschränke ausgewischt und die Wäsche gemacht. Entweder führt sie die Frühstückszutaten stets mit oder sie war mal eben einkaufen. Ich halte beides für möglich.

Manchmal weiß ich, wann ich zur Seite treten und anderen Raum für ihre Selbstentfaltung geben muss. Ich weiß, wann ich ihnen erlauben sollte, zu sein, wer und was sie sind. Jetzt!

Ich lächle Tante Inés an und setze mich als Gast. Sie strahlt, stellt Tassen auf den Tisch und gießt ein. Kaffee für Dr. Frieder und mich, Milch für Emma. Ein Stück Süßkartoffelkuchen kommt angeflogen.

Wenig später erfüllen Genusslaute in allen Tonlagen die Küche. Selbst Santo und Fila haben andächtige Mienen aufgesetzt. In ihren Näpfen landet einiges, was da noch nie war und auch nie wieder sein wird. Tante Inés weiß, wie man sich Freunde fürs Leben macht.

Zwischendurch schenkt sie Emma ein Lächeln und tätschelt ihr mit fleischiger Hand die Wange. Emma kaut auf beiden Backen und schaut aus großen Augen zu ihr auf. Weder hat sich Tante Inés gesetzt, noch konsumiert sie von dem, was sie da auffährt. Vermutlich gilt das als unfein, dort, wo sie herkommt.

»Die nette Frau heißt wie du«, stellt Emma fest.

»Nein nein, sie heißt Inés. Ich heiße Ínes. Das ist etwas ganz anderes.«

»Ist es nicht«, sagt Emma. »Stimmt's, Dr. Frieder?«

»Jou.« Er lächelt breit.

Tante Inés sieht mich fragend an. Ich übersetze mal eben.

»Sag der Chica, dass dein Name falsch betont wird«, weist sie mich auf Englisch an.

»Sicher nicht«, brumme ich auf Deutsch.

Tante Inés quasselt in einem Affentempo auf Spanisch, dass dem Mädchen der Mund offensteht.

»Wow«, sagt Emma und knabbert an einem Stück Speck.

»Wir sprechen leider alle kein Spanisch, Tante Inés«, sage ich auf Englisch, schiebe mir das letzte Stückchen Süßkartoffelkuchen in den Mund und genieße es in vollen Zügen.

Dann kämpft sich meine Neugierde hoch. Es grenzt an ein Wunder, dass sie es bisher noch nicht getan hat, denn ich habe ein Problem mit ihr. Immer wieder lande ich in Situationen und an Orten, wo ich ohne meine Neugierde nie hinkäme. Ich bin kulinarisch und geistig verfressen, leide an Einmischeritis, bin krankhaft neugierig oder wie immer man es formulieren möchte. Aber – und das tröstet – ich bin unschuldig. Die Gene. Meine Mutter hat bereits gestanden.

»Was verschafft uns das Vergnügen?«, frage ich.

Tante Inés versteift sich, als würde ihr in dem Moment klar, dass sie nicht nur angereist ist, damit uns endlich mal jemand ein anständiges Frühstück serviert.

»Fidel«, sagt sie und sucht nach einem Taschentuch.

Fidel, ihr Neffe, Mafioso, vermutlich hochgradig kriminell.

»Was ist mit ihm?«

»Er ist verschwunden.«

Kapitel 2

Dr. Frieder wirft mir einen Blick zu, den ich auf die Schnelle nicht zu deuten weiß, weshalb ich ihn fragend anblicke.

»Nich unser Zirkus, nich unsere Affen«, sagt er auf Deutsch und fixiert mich eindringlich. Nun könnte man das so verstehen, dass Dr. Frieder dem Lösen von Kriminalfällen abgeneigt ist. Das Gegenteil ist der Fall. Bei einem Mord ist er der Erste am Tatort, schlüssig daher, dass er Rechtsmediziner werden will. Im Moment legt mein Doktor eine Zwischenstation in der Pathologie des Konstanzer Klinikums ein.

Geboren auf Amrum, Gymnasium auf Föhr, Medizinstudium in Hamburg, schlendert er tiefenentspannt durchs Leben, ist auf das Wesentliche konzentriert. Auch verbal. Der Nordfriese und ich Bodenseegeschöpf sind ein Kontrastpaar. Hätte Tante Inés also gesagt, Fidel läge tot in der Ecke, Dr. Frieder wäre mit seiner Arzttasche schon vor Ort.

»Gehen wir trotzdem hin? Au ja, in den Zirkus zu den Affen«, ruft Emma, klatscht in die Hände und springt auf. Die Hunde, die brav gelegen und auf weitere Freundschaftsbeweise seitens der Besucherin mit dem großen Korb gewartet haben, springen mit.

»Das sagt man nur so. Es gibt keinen Zirkus«, sage ich auf Deutsch zu Emma und dann auf Englisch an Tante Inés gewandt: »Und warum bist du hier? War er zuletzt in Deutschland?«

»Nein, in der Schweiz. Bitte hilf mir, ihn zu finden.«

Ich brauche definitiv einen zweiten Kaffee, um meinem Gehirn Beine zu machen. Und um mir Zeit zu verschaffen. Nippt jemand an einem Getränk, gesteht man ihm automatisch Bedenkzeit zu.

»Noch etwas Süßkartoffelkuchen?«, fragt Tante Inés strahlend. Eine Kleinfamilienportion ist bereits in der Luft und im Landeanflug auf meinen Teller. Wacker arbeite ich an dem Brocken. Emmas Gabel gesellt sich kommentarlos dazu und hilft beim Abbau, wenig später gräbt Dr. Frieders Gabel am anderen Ende.

Seinem Gesichtsausdruck nach erwartet mein Freund und Mitbewohner immer noch etwas von mir. Ich neige leicht den Kopf, schaue ihn fragend an. Er legt die Gabel beiseite, spreizt beide Hände und hebt gleichzeitig die Augenbrauen. Soll wohl heißen, *ist doch klar, was ich meine, nu aber los.*

Ich denke nach. Welchen Grund gäbe es, einer Frau zu helfen, einen Kriminellen wiederzufinden, der vor ein paar Wochen mit dafür verantwortlich war, dass ich mich gefesselt auf kleinstem Raum eingesperrt fand und mir gedroht wurde, man würde Dr. Frieder und mir etwas antun, täte ich nicht, was man von mir verlangt? Wir sind da gerade mal so heil herausgekommen.

»Wieso kommst du zu mir?«, frage ich.

»Ich kenne niemanden sonst in Europa.«

»Aber Juan kennt eine Menge Leute hier. Sie suchen doch bestimmt nach ihm.«

Dass der Arm von Fidels Boss weit reicht, hat er gezeigt. Immerhin so weit, um Mafiosi aus dem italienischen Sprachraum zu beauftragen, Dr. Frieder in Konstanz in einen Keller zu sperren und mich damit unter Druck zu setzen.

Tante Inés schüttelt den Kopf.

»Warum nicht?«

»Fidel ist auf sich selbst gestellt.«

»Aha«, sage ich, ohne dass sich dahinter eine Erkenntnis verbirgt.

»Zirkus. Affen«, sagt Dr. Frieder mit Nachdruck.

Ich winke ab.

»Fahren wir zum Affenberg?«, sieht Emma sich inspiriert.

»Ist nicht weit.«

»Was ist mit Pablo?« Fidels Kollege, Mafioso, vermutlich hochgradig kriminell.

»Verhaftet. In Miami. Und Carlos ist auch verschwunden.«

»Welcher Carlos?«

»Du kennst Carlos. Er arbeitet mit Fidel zusammen.«

Es gab noch zwei weitere Kleiderschränke in Juans Diensten, die ich die Ehre hatte, kennenzulernen, allerdings nicht namentlich. Den einen habe ich Wäschepuff, den anderen Kleiderständer getauft. Beides aufgrund ihrer Erscheinung. Tante Inés macht eine ungeduldige Geste. »Er liebt es, zu essen. Er isst nonstop.«

Also Wäschepuff.

»Verschwunden? Seit wann?«

»Seit er mit dir von Miami nach Zürich geflogen ist.« Ich war vermutlich Teil eines Ablenkungsmanövers für den Zoll am Flughafen Zürich. Zwangsrekrutiert. Danach habe ich ihn aus den Augen verloren.

Ich schaue Dr. Frieder an, ob das etwas an seiner Einschätzung ändert. Das tut es nicht. Wenig erstaunlich. Für den Fall, dass ich ihn missverstehe, schüttelt er heftig den Kopf. Nun, Dr. Frieder hat recht. Natürlich hat er das. Spielt man es durch, und ich fände Fidel und Carlos, dann nur, damit sie dort landen, wo sie hingehören: hinter Gitter. Ob in Europa oder in den USA sei dahingestellt. Diese Lösung wird Tante Inés kaum vorschweben.

Kurz hadere ich mit mir.

»Bitte, Inés, Chica!«, fleht sie.

»Es tut mir leid, aber wir können dir nicht helfen«, sage ich mit betont fester, wenn auch recht leiser Stimme.

Ja, da bin ich jetzt selbst ein wenig überrascht.

Kapitel 3

»Ich verstehe«, murmelt Tante Inés nun schon zum dritten Mal. Sie packt zusammen, wuchtet den Korb zurück auf den gewaltigen Arm und schiebt ihre Hüften durch die Tür. Einem Teil ihrer stolzen Körperhaltung und Energie beraubt, zieht sie von dannen.

Ich habe versäumt zu fragen, wo sie Quartier bezieht und was sie zu unternehmen gedenkt, um ihren Neffen zu finden. Wenn ich ehrlich bin – und das strebe ich ja immer an, soweit nichts explizit dagegenspricht – wollte ich die zwei so schnell wie möglich loswerden. Tante Inés und mein schlechtes Gewissen, jemandem Hilfe verweigert zu haben. Durch die Tür und aus dem Sinn. Wenn das nur immer so einfach wäre. Denn natürlich geht mir die Sache nicht aus dem Kopf.

»Das einzig Richtige«, bekräftigt Dr. Frieder zum wiederholten Male, während wir mit den Hunden am Bodenseeufer entlangschlendern. Genauer sind wir auf der Seestraße unterwegs, der Konstanzer Promenade mit ihren gestutzten Platanen, Bänken und vereinzelten Treppen, die hinunter zum Wasser führen.

Meine Wohnung – die ich immer noch so nenne, obwohl Dr. Frieder vor 46 Tagen eingezogen ist, die Hälfte der Miete zahlt und mit auf dem Klingelschild steht, obwohl es also im weiteren wie im engeren Sinne nun unsere Wohnung ist – liegt im Erdgeschoss eines Altbaus in einer Nebenstraße der Seestraße. Hohe Decken, knarzendes Parkett, eine Badewanne mit Löwentatzen und ein kleiner Sitzplatz im Hinterhof mit einem Minigärtchen ganz für uns. Das perfekte Paket. Vor allem ist die Lage ideal: Wir sind schnell am See, wir sind schnell im Stadtzentrum, wo das Foxinet-Büro liegt, und Dr. Frieder ist schnell im Klinikum. Alles zu Fuß in wenigen Minuten.

Dr. Frieder hat wenig Mobiliar mitgebracht und so kommt unsere interspezifische Familie – zwei Menschen, zwei Hunde – in zwei Zimmern plus Wohnküche gut zurecht.

Heute bewegen wir uns behäbig die Seestraße entlang. Das üppige Frühstück trägt sich schwer durch die sommerliche Morgenluft. Selbst die Hunde sind weniger lebhaft als sonst. Das Leben um uns herum ist doppelt so schnell unterwegs: Locker trabende Jogger, beschwingte Hundegänger und frühe menschliche Vögel auf Rädern, alle bis in die Haarspitzen motiviert, kein Fitzelchen des Sommerwochenendes zu verschwenden.

Von der Seestraße genießt man besten Blick auf den Teil des Bodensees, der sich Konstanzer Trichter nennt. Hier wird Bodenseewasser in den Rhein gefüllt. Zur Rechten die alte Rheinbrücke, auf der bunte Flaggen wehen. Als Kulisse die Altstadt, das weiß strahlende Inselhotel und der Stadtgarten, schräg gegenüber das Schweizer Ufer.

Eine sanfte Brise lässt unzählige Miniwellen in Glitzerkunst funkeln. Ein Schwarm Kormorane frühstückt in der Mitte der großen Bucht. Über fünfzig Vögel tauchen ab, tauchen auf, fliegen hoch und bringen das Wasser zum Brodeln. Ein Motorboot kommt angeschossen und die Kormorane fliehen in die Weite des Obersees.

Ich sehe ihnen nach, würde gerne mitfliegen. Ein schlechter Tag auf dem See ist besser als ein guter Tag im Büro, heißt es. Ja, heute ist Samstag, aber das wird mich nicht daran hindern, den Foxinet-Arbeitsberg zu verringern.

»Das einzig Richtige«, wiederholt Dr. Frieder.

»Jaja, ich weiß«, sage ich und bringe meine Gedanken zurück zum Thema.

Jemand hat mich um Hilfe gebeten und ich habe Nein gesagt. Da fragt man sich, was resultiert daraus? Was macht Tante Inés jetzt? Und natürlich: Wo ist Fidel abgeblieben? Und Carlos? Seit sechs Wochen!

Ich seufze. So ist das mit mir und meiner Neugierde. Hin und wieder fasse ich einen neugierfeindlichen Entschluss, bin eins mit ihm, davon überzeugt, das Richtige zu tun, und dann meldet sich meine Neugierde hinterrücks, quengelt, es gelte, mehr zu erfahren, so könne man das nicht auf sich beruhen lassen, wo käme man denn da hin, wenn man solche Vorkommnisse sang- und klanglos verstreichen ließe. Nein, ich gebe meiner Neugierde keine eigene Stimme, das wäre ja total albern.

Dr. Frieder lächelt, legt den Arm um meine Schulter, zieht mich an sich und küsst meinen Scheitel. Eigentlich ist es die Stelle, an der ein Scheitel den aussichtslosen Kampf gegen Locken führt.

Ich schaue ihn erstaunt an.

»Wasn?«, fragt er.

»Du küsst mein Haupt? Das ist neu.« Ich lächle ihn an.

»Jou. Brauchst Zuspruch. Hast die richtige Entscheidung getroffen.«

»Moi?«, frage ich auf Französisch.

»Wer sonst?«

»Du, Dr. Frieder, warst ja durchaus beteiligt am Entscheidungsprozess.«

Er grinst. »Hast du bemerkt, was?«

Ich knuffe ihn neckisch in die Seite. »Wie hätte mir das entgehen können? Ich sage nur, nicht unser Zirkus, nicht unsere Affen. Wegen dir müssen wir jetzt mit Emma zum Affenberg fahren.«

Er gibt mir einen weiteren Kuss auf die Haare.

»Das gewöhne dir mal bitte gleich wieder ab«, knurre ich.

Er lacht. »Gefällt dir nicht?«

»Hat was Gönnerhaftes, Großväterliches. Apropos Emma und Gönner. Sie hat bald Geburtstag. Ich würde ihr gerne ein kleines Schmuckstück schenken. Spielzeug und Bücher hat sie zuhauf.«

»Was denn? Ein Piercing?«

Ich muss lachen. »Stell dir mal das Gesicht ihrer Mutter vor, wenn Emma mit einem Nasenpiercing ...«, pruste ich.

»Die Lütte mit Zungenpiercing«, lacht er.

»Nabelpiercing?«, kichere ich.

Wir kugeln uns im Duett.

»Hach, großartig«, seufze ich und wische mir eine Lachträne aus dem Augenwinkel. Nach einer kleinen Verschnaufpause sage ich:»Du hast ja recht.«

»Ich habe WAS?« Um das Gesagte zu unterstützen, bleibt Dr. Frieder abrupt stehen und tritt einen Schritt zurück, Miene unbewegt.

»Ja, du hast recht. Es wäre eine Schnapsidee, Tante Inés dabei zu helfen, Fidel und Carlos wiederzufinden«, sage ich lächelnd.

Wir sind am Ende der Seestraße beim Konstanzer Yachthafen angelangt. Die ersten Segelboote werden für ein Wochenende auf dem Wasser aufgetakelt. Es ist immer kurzweilig, dem Treiben in einem Hafen zuzuschauen. Selbst für Landratten ist es das. Für den schifffahrtsaffinen Nordfriesen hier, dem die Seefahrt im Blut liegt, allemal.

Heute wird mein Blick von etwas anderem eingefangen. Am Ende des Hafens hockt eine füllige Frau auf einem Rollkoffer, einen Korb neben sich auf dem Boden, und starrt auf den See hinaus. Eine Hand wischt über eine Wange.

Tante Inés weint?

Dr. Frieder hat den Arm um meine Schulter gelegt, was er nun als Ines-Steuerungssystem einsetzt. Er dreht mich in einer Kreisbewegung um sich herum, weg von Tante Inés. Ich schüttle seinen Arm ab, schenke ihm einen grimmigen Blick und gehe zu ihr.

»Tu's nicht«, zischelt er mir hinterher.

Ich hebe eine Hand und winke ab. »Tante Inés«, sage ich sanft.

Sie schaut müde auf. »Inés, Chica!« Ein Hoffnungsschimmer erhellt ihr Gesicht.

»Es tut mir leid. Aber wir können dir wirklich nicht helfen, Fidel zu finden«, beraube ich sie gleich mal jeder Illusion.

Ihre Miene verfinstert sich wieder.

Ich blicke mich um. Dr. Frieder ist mir nachgekommen und schaut mich verwundert an. Da hat er wohl anderes erwartet.

»Was wirst du tun?«, frage ich sie.

Ich kann mir ausmalen, was man da denkt. Helfen, nein, aber die Neugier stillen? Ja, so bin ich, kein Grund, es zu leugnen.

Sie zuckt mit den Achseln. »Ich weiß nicht.«

»Möchtest du, dass ich dir helfe, ein Zimmer zu finden, oder fährst du gleich weiter nach Zürich?«

»Nach Zürich?«

»Hast du nicht gesagt, Fidel sei in Zürich verschwunden?«

»Carlos ist in Zürich verschwunden. Fidel ist in einer anderen Stadt verschwunden.« Sie holt ihre Handtasche aus dem Korb und entnimmt ihr ein Smartphone.

»Ascona«, liest sie ab und sieht mich erwartungsvoll an.

»Was hat er denn im Tessin gemacht?«, frage ich.

»Ti-was?«, fragt sie.

»Ticino. Da liegt Ascona. Der südlichste Kanton der Schweiz. Nahe der Grenze zu Italien.«

Dr. Frieder berührt mich am Arm. »Was machst du da?«, fragt er leise, aber eindringlich.

»Sie auf den Weg bringen.«

»Aha.«

»Ja, wirklich«, sage ich ungeduldig und wende mich wieder Tante Inés zu, die sich etwas steif vom Rollkoffer erhebt.

»Ich weiß nicht, was er da gemacht hat. Von da hat er sich zuletzt gemeldet. Er ...«, sie zückt ihr Taschentuch und tupft sich die Augenwinkel. Das ist Effekthascherei. Sie hat ohne Taschentuch vor sich hin geweint, bevor wir kamen. Nun fließt da nichts mehr und es wird publikumswirksam getupft.

»Er hat nach Carlos gesucht.«

»Fidel wurde geschickt, um Carlos zu finden?«

Sie nickt.

Das wird der Grund sein, warum Juan keinen weiteren Mitarbeiter für die Suche abstellt. Langsam dürften ihm die Männer fürs Grobe ausgehen.

»Wann hat Fidel sich zuletzt aus Ascona gemeldet?«

»Vor vier Wochen. Seiner Mutter, meiner Schwester Maria, geht es nicht gut. Ich habe ihr versprochen, ihn wiederzufinden.«

»Zirkus, Affen«, raunt Dr. Frieder. Eine Hand legt sich in meinen Nacken.

»Habt ihr die Polizei eingeschaltet?«, frage ich.

Tante Inés reißt die Augen auf und macht eine ausdrucksvolle Geste, die ich als Bist du verrückt? interpretieren würde. Genauso gut könnte sie aber bedeuten, dass sie mir den Tod wünscht.

»Nein, natürlich nicht«, beantwortet Dr. Frieder meine Frage.

Ich wende mich von Tante Inés ab und gehe mit Dr. Frieders Hand im Nacken ein paar Schritte beiseite. »Sollen wir Arthur kurz fragen, ob er ...«

»Nein«, kommt es kategorisch vom Norddeutschen. Die Meinung bekräftigt er mit leichtem Druck seiner Hand in meinem Nacken, derer ich mich gleich mal entledige. Eine nur minimal angedeutete Selbstverteidigungstechnik, die ihm zeigt, ich hätte auch anders gekonnt.

»Oha«, sagt er verblüfft.

»Ich verstehe dich ja. Beim letzten Fall habe ich uns in typischer Ines-Manier in Gefahr gebracht. Aber können wir nicht einfach kurz drüber reden? Musst du mich so unter Druck setzen?«, raune ich. Es ist selten, dass mir sein Verhalten gegen den Strich geht.

Er nickt. »Okay, reden wir.«

»Also, was meinst du? Wir selbst möchten ihr nicht helfen, aber vielleicht lässt sich das ein oder andere in Erfahrung bringen, ohne das zu tun? Wie wäre es, wenn Arthur mal kurz bei den Schweizer Kollegen anfragt, ganz unverbindlich?«

Kriminaloberkommissar Arthur von Leisfall. Wir hatten im Zuge der letzten Fälle mehrere Berührungspunkte.

»Die Frau will ihren Neffen zu ihrer Schwester zurückbringen, richtig?«, fragt er.

Ich nicke.

»Sobald du die Polizei einschaltest, wenn auch nur in Form von Arthur, gefährdest du das. Willst du das?«

Ich denke nach. »Na ja«, sage ich. Selbstredend ist mir das klar. Das war es mir von Anfang an. Dazu muss man kein Mathematikprofessor sein. »Die gehören doch alle hinter Schloss und Riegel.«

»Du legst es darauf an, dass sie verhaftet werden?«

»Das tun wir normalerweise. Wir sorgen dafür, dass die Verbrecher ihre Strafe erhalten. Die haben dich und mich gegen unseren Willen festgesetzt. Wer weiß, was sie sonst noch alles verbrochen haben. Womöglich sind sie waschechte Mörder.«

»Du möchtest nicht ernsthaft vortäuschen, du würdest helfen, ihren Neffen zu finden, nur um ihn verhaften zu lassen.«

»Möchte ich nicht?«, frage ich.

»Nee, möchtest du nich.«

»Wäre nicht nett, was?«, sage ich lächelnd.

Er schüttelt stumm den Kopf.

Ich wende mich wieder Tante Inés zu, die geduldig neben Koffer und Korb gewartet hat, das Taschentuch in der Hand. »Wir haben gerade diskutiert, ob wir einen Freund bitten, etwas herauszufinden. Er ist Polizist. Das ist nicht ohne Risiko für Fidel und Carlos, aber es ist alles, was wir tun können.«

»Ich verstehe«, sagt sie mit Grabesstimme und schüttelt langsam den Kopf. »Keine Polizei.«

»Kann ich dir mit dem Zugticket nach Ascona helfen? Oder präferierst du einen Mietwagen?«, frage ich mit einem leisen Lächeln, das sie aufheitern soll, was natürlich Quatsch ist.

Sie seufzt. »Ich nehme den Zug. Danke, ich weiß deine Hilfe wirklich zu schätzen.« Eine englische Floskel. Sie meint es nicht so. Sie ist mit anderen Erwartungen im Gepäck angereist. Mit aberwitzigen, realitätsfernen Erwartungen.

Nicht zum ersten Mal heute frage ich mich, welchen Eindruck sie bei unserer Begegnung in Miami von mir gewonnen haben muss, dass sie mit dieser Bitte hier auftaucht. Was hat sie sich denn vorgestellt? Und welche übermenschliche Kraft zur Vergebung gegenüber dem, was ihre Leute mir angetan haben, hat sie mir zugetraut? Sie ist nur die Köchin der Mafia. Gleichwohl ist sie Teil der Mafia. Wahrscheinlich hat sie nur nach einem Strohhalm gegriffen. Nach dem allerletzten, mickrigen, mehrfach angeknickten Strohhalm. Anders ist es nicht zu erklären.

Ein kurzer Blick in mein Smartphone zeigt, der nächste Zug Richtung Ascona verlässt in gut dreißig Minuten den Konstanzer Hauptbahnhof.

Einen Wimpernschlag später ist ein eigenwilliges Gespann im Eiltempo auf der Seestraße unterwegs. Ein Kavalier mit leicht verstrubbeltem blondem Haupthaar, der einen Korb trägt und einen Rollkoffer hinter sich herzieht, dabei nicht gehetzt wirkt, lediglich seine Schrittlänge angepasst hat und kraftvoll ausschreitet. Schräg dahinter eine Mittsechzigerin, die ihre gut genährten Hüften in der Bemühung wogen lässt, Schritt zu halten und trotzdem dem Stil einer stolzen Latina treu zu bleiben. Auf der anderen Seite eine Rothaarige, die von zwei Hunden vorwärtsgezogen wird.

Zehn Minuten später sind wir vor meiner Wohnung bei Dr. Frieders VW-Bus T1 alias Bulli. Wie nahezu jeder, der ihn das erste Mal sieht, stößt auch Tante Inés einen Laut des Entzückens aus. Aus den 1960ern, dunkeltürkis mit weißem Dach, getrennte Frontscheibe, Weißwandreifen, Lamellenscheiben, seitliche Doppeltür. Von Dr. Frieder eigenhändig restauriert.

Tante Inés besteigt den Beifahrersitz mit einer Grazie, die überrascht. Wir vier anderen hüpfen an Bord. Kurz danach haben wir sie zum Bahnhof chauffiert, ein Ticket erstanden und eine inzwischen etwas verschwitzte Dame in den Zug gesetzt.

»Puh«, sage ich zurück im Bulli, in dem Dr. Frieder gewartet hat.

»Jou, puh«, meint er. »Wieder ins Bett?«

Ich schenke ihm ein Lächeln. »Du hast immer so gute Vorschläge, aber ich muss heute ins Büro.«

»Du bleibst gleich da?« Er macht eine Kopfbewegung zu dem hellblauen Gebäude, das dem Bahnhof direkt gegenüberliegt.

Ich nicke. »Tut mir leid, aber …« Ich beende den Satz nicht. Was gibt es da auch zu sagen? Als Unternehmerin hat man zu tun. Er weiß das und hat in der Regel kein Problem damit.

Auf meine Frage, wie er gedenke die nächsten Stunden zu verbringen, erzählt er etwas von Terrasse, Schwimmen und Boot.

Dr. Frieder hat ein altersschwaches Ruderboot auf der Insel Reichenau liegen. Er hat es Piephus genannt, norddeutsch für Kerngehäuse.

»Och, auf das Piephus hätte ich auch mal wieder Lust. Lange brauche ich nicht«, sage ich.

Er stupst mir mit dem Finger auf die Nase. »*Die* Piephus. Das weißt du.«

»Weiß ich?«, frage ich blöde grinsend und küsse ihn ausführlich.

»Doch zurück ins Bett?«, flüstert er.

Betrübt schüttle ich den Kopf. »Wenn ich die To-dos unerledigt lasse, starte ich gestresst in die neue Woche. Da haben wir alle nichts von. Apropos Stress: Wann fahren wir endlich mal in Urlaub?«

»Als wir zuletzt einen Urlaub planten, starben drei Menschen.«

»Über so was reißt man keine Witze. Dürfen wir nie wieder in Urlaub fahren?«, frage ich.

»Doch, aber ungeplant.«

Es hupt. Lautstark und ausdauernd, was daran liegt, dass Dr. Frieder sich unmöglich hingestellt hat. Er hebt die Hand und lässt ohne Eile den Motor an. Ich drücke ihm einen Abschiedskuss auf die Lippen und hüpfe aus dem Bulli. Einen Augenblick später ist er mit unseren vierpfotigen Mitbewohnern davon geknattert.

Kapitel 4

Ich steige hinauf in den dritten Stock des in die Jahre gekommenen Bankgebäudes und schließe die Tür zu den Foxinet Firmenräumen auf. Von unseren obersten beiden Stockwerken hat man einen grandiosen Blick gen Osten, über Bahnhof, Gleise und Hafenanlagen hinweg auf den See. Der zeigt sich seit ein paar Tagen ungewöhnlich milchig türkis bis smaragdgrün. Die Kieselalgenblüte, die das Karibikfeeling beschert, zeugt von guter Wasserqualität. Ein paar Segelboote durchpflügen den türkisfarbenen Traum. Ich gehe durch die Räume und reiße alle Fenster auf. Über die Wendeltreppe steige ich ins obere Stockwerk. Fast erwarte ich, Bernd an seinem Arbeitsplatz sitzen zu sehen: Langärmeliges Karohemd, verschwitzte dunkelblonde Strähnen in der Stirn, versunken in eine Aufgabe.

Der Platz ist leer. Natürlich ist er das. Bernd wurde vor einem Jahr ermordet. In wenigen Tagen werden wir eine Gedenkfeier abhalten. Es ist damit zu rechnen, dass wir seinen Schreibtisch auch danach unangetastet stehen lassen werden.

Ein Jahr ist es her, dass ich das erste Mal mit einem Mordfall konfrontiert wurde, auf einmal mittendrin steckte und selbst unter Verdacht geriet. Heute kommt es mir unwirklich vor. Als wäre es einer anderen Person passiert. Trotzdem. Wenn ich mich Bernds Schreibtisch nähere, sehe ich ihn dort sitzen, wie ich ihn wenige Stunden vor seinem Tod das letzte Mal habe sitzen sehen. Bedeutet das, ich habe es noch immer nicht verarbeitet? Nach einem Jahr? Wir standen uns nicht mal besonders nahe.

Ich schiebe den Gedanken beiseite und setze mich an meinen eigenen Schreibtisch im unteren Stock. Externe und interne Mails beantworten, Fortschritt der beiden laufenden Projekte verfolgen, Buchhaltung, Mahnwesen ... was man halt so macht als Geschäftsführerin eines kleinen Unternehmens.

Gedankenverloren stehe ich in einer Arbeitspause vor der Kaffeemaschine und beobachte, wie der Espresso in die hellblaue Tasse tröpfelt. Mein Handy klingelt.

»Inés, Chica!« Tante Inés' Stimme klingt ungewohnt schrill, kämpft gegen eine gewaltige Geräuschkulisse an. Bahnhofslärm.

»Ayuda!«

Soweit reichen meine nicht vorhandenen Spanischkenntnisse: Sie schreit um Hilfe. Lautes Scheppern, als würde ihr Telefon auf Stein aufschlagen.

»Tante Inés?«, rufe ich. Der Hintergrundlärm dringt unvermindert an mein Ohr, aber kein Ton mehr von ihr. Ich rufe ein paar Mal. Nichts. Dann bricht die Verbindung ab.

Fassungslos starre ich mein Smartphone an, es möge mir gefälligst erklären, so smart wie es ist, was da gerade passiert ist. Dann komme ich selbst auf die Idee, mal zurückzurufen. Eine englischsprachige Mailbox meldet sich.

»Tante Inés, wenn du das abhörst, ruf mich bitte zurück«, hinterlasse ich auf Englisch.

Danach kippe ich den Espresso auf ex, verbrenne mir die Zunge, fühle mich gleichwohl gestärkt und rufe die Telefonnummer an, die mir Google bei der Suche nach der Polizei am Hauptbahnhof Zürich präsentiert. Wenn ich mich recht an Tante Inés' Reiseplan erinnere, müsste sie jetzt dort sein.

Kurz erläutere ich, worum es geht, und beschreibe Tante Inés.

»Wie ist der Name der vermissten Person?«, fragt der Polizeibeamte der Kantonspolizei Zürich, Polizeiposten Hauptbahnhof Zürich.

»Tante Inés«, sage ich, ohne nachzudenken.

»Ich verstehe, und wie weiter?« Der Ton der kratzenden Stimme ist leicht amüsiert.

»Das weiß ich nicht.«

»Sie wissen nicht, wie ihre Tante mit Nachnamen heißt?«

»Sie ist nicht meine Tante, sie ist ...« Gerade noch so kriege ich die Kurve, nicht drauflos zu plappern, sie sei Fidels Tante, dessen Nachnamen mir auch unbekannt sei, der aber für die Mafia in Miami arbeite und verschwunden sei, ebenso wie sein Kollege Carlos, seit einigen Wochen schon.

Ich seufze. »Sie ist die Tante eines entfernten Bekannten und irgendwie anhänglich. Ich habe ihr geholfen, ein Ticket von Konstanz nach Ascona zu buchen. Sie hat um Hilfe gerufen, bevor ihr Handy zu Boden fiel. Es klang ernst.«

»Sie ist in Zürich umgestiegen?«, fragt er.

»Ja.«

»Moment.« Er spricht mit jemandem, hält dabei das Mikrofon zu. »IC 1 Ankunft um 9:27 Uhr, IC 2 Abfahrt 9:32 Uhr. Wir haben 9:29 Uhr. Das ist knapp. Ich melde mich wieder bei Ihnen.«

Ich schicke ein Stoßgebet, dass mein Anruf rechtzeitig war und der Anschlusszug unpünktlich ist, obwohl die Schweizer Bundesbahn der Deutschen Bahn dahingehend einiges voraushat.

Ich tigere im Büro umher. Jetzt still sitzen? Unmöglich. Zwei Mitglieder der kubanisch-amerikanischen Mafia sind bereits in Europa verschwunden. Ist doch klar, was ich da denke. Ist Tante Inés die Dritte? Hat man sie einkassiert? Wer auch immer, warum auch immer? Wie hat derjenige überhaupt Wind davon bekommen, dass sie auf dem Hauptbahnhof Zürich ist?

Eine ganze Reihe von Fragen schwirren mir durch den Kopf. Ich will mich damit beruhigen, dass das alles gar nichts bedeuten muss. Ein dürftiger Versuch, zudem durch keinerlei Erfahrungswerte gestützt.

Eine gefühlte Stunde später – die Uhr meint, es seien knapp zwanzig Minuten verstrichen – ruft der Polizeibeamte zurück. »Der IC 2 hatte den Bahnhof noch nicht verlassen. Wir haben eine Begehung des Zuges vorgenommen und keine Frau ihrer Beschreibung gefunden. Es tut mir leid.«

»Oh!« Und nun? Tante Inés ist weg. Verschwunden? Entführt?

»Sind Sie noch dran?«, fragt er, nachdem ich stumm geblieben bin.

»Ja. Können Sie das Handy orten, wenn ich Ihnen die Nummer gebe?«

»Dazu reichen die Hinweise nicht aus.«

»Ich danke Ihnen trotzdem, dass Sie so schnell reagiert haben.« In Gedanken ergänze ich, dass ich nun zumindest in Sachen Reiseplan auf dem Laufenden bin. Wenn ich ein zweites Mal darüber nachdenke: Vielleicht hätte ich es lieber nicht gewusst.

Das Telefonat lässt mich mit gemischten Gefühlen zurück. Der Hilfeschrei hallt noch immer in meinen Gehörgängen nach. Wieder und wieder höre ich dieses *Ayuda!* und wie das Handy scheppernd zu Boden fällt.

Kann jemand auf einem belebten Bahnsteig um Hilfe rufen und keiner bekommt es mit? Oder wurde ihr geholfen und sie sitzt jetzt mit einem Schrecken in den Gliedern im Bahnhofscafé und trinkt einen Kaffee?

Ich seufze. In der Hoffnung, dass das Echo des Hilfeschreis vertrieben wird, wenn ich meinen Ohren andere Töne anbiete, rufe ich Dr. Frieder an. Natürlich habe ich auch das Bedürfnis, ihm die Neuigkeit durchzugeben.

Seine Stimme kommt leicht verschlafen durch den Äther.

»Du bist im Liegestuhl eingeschlafen.«

»Jou.«

»Beunruhigend, findest du nicht?«, schließe ich den Kurzbericht.

»Nee.«

Was frage ich auch so blöd. Es gehört mehr dazu, meinen Norddeutschen in Alarmstimmung zu versetzen. Mehr, als dass die Köchin der Gangstergesellschaft, die sein und mein Leben bedroht hat, von der Bildfläche verschwunden ist.

»Hm«, brumme ich.

»Kommst du? Dann fahren wir zur Piephus«, übergeht er meine Überlegungen. Denn natürlich, das wird ihm klar sein, arbeitet das ganze Ines Fox System bereits mit Hochdruck daran, was wir unternehmen könnten, um den Aufenthaltsort von Tante Inés herauszubekommen.

»Hm«, mache ich erneut.

»Lass es.«

»Vielleicht ist ihr etwas zugestoßen? Vielleicht liegt ein Verbrechen vor?«

»Fahrn wir aufn See. Dann lass das ma noch ma beschnacken.«

Kapitel 5

Wartebank. Immer öfter durchbricht Dr. Frieder die mir eigene Art, erst zu handeln und dann zu denken, indem er mich auf die Wartebank schickt. Ich lasse es zu. Ja, das wundert mich selbst. Meist verdränge ich, wie das aussieht und was es aus mir macht.

Seine Strategie war durchaus schon hilfreich. Aber schön, nein, schön ist es nicht. Ich werde ausgebremst. Ich darf nicht sein, wie ich bin. Bringt der Liebste derartige Änderungswünsche vor, wiegen sie doppelt und haben eine gewisse Motivationskraft.

Daneben hilft das Training mit Charles. Auf dem Plan stehen Selbstverteidigung, Befreiungs- und Angriffstechniken, allerlei Kompetenzen ähnlicher Art sowie in stressigen oder gefährlichen Situationen einen kühlen Kopf zu bewahren. Cool bleiben, sagt mein Coach, sei so gut wie immer erstrebenswert, zumal in Lebenslagen, in denen man sich total uncool fühle.

Charles heißt mit bürgerlichem Namen Charlotte Ortburg, ist etwa in meinem Alter und eine Kampfkatze sondergleichen. Vermutlich ist sie kriminell, zumindest hat sie Verbindungen zur russischen Mafia. Das alles gilt es immer noch herauszukriegen. Eines meiner Langzeitprojekte ohne Fortschritt.

Mich eingeschlossen, arbeiten drei Personen an einer besseren Ines Fox Version. Ist es so arg um mich bestellt, dass ich umgestrickt werden muss? Ja, ich gehöre zu den impulsiven Persönlichkeiten. Ja, chaotische Spontanität und halsbrecherische Aktionen haben eine Reihe von Menschen in Schwierigkeiten gebracht, mich vorneweg. Aber diese Eigenheiten haben doch auch ihr Gutes. In brenzligen Situationen keine Zeit mit Nachdenken zu vertrödeln, sondern ohne Zögern zuzupacken, ist durchaus nützlich.

Daher ist das Ziel, dass ich eines Tages meine Impulsivität ein- und ausschalten kann, ganz nach Bedarf. Dann werde ich es halten, wie mit den Tischmanieren: Gut, sie zu beherrschen, im Zweifel beherzt dagegen entscheiden.

Im konkreten Fall von Tante Inés' Verbleib halte ich Dr. Frieders Vorschlag für eine gute Idee, die Wartebank auf die Piephus zu verlegen. Da lässt es sich prima entspannen.

Folgerichtig marschiere ich wenig später aus dem Büro nach Hause, um dort gleich mal die Jury für den Wettbewerb im professionellen Sonnenbaden zu geben. Vier Kandidaten. Dr. Frieder, Santo, Fila und Felin, die rot getigerte Katze meiner Nachbarin und Freundin Yata.

»Kategorie Körperhaltung geht an Felin. Der überstreckte Nacken in Seitenlage ist schwer zu toppen. Träges Blinzeln geht an Dr. Frieder«, plappere ich.

Mein Norddeutscher reibt sich mit der flachen Hand über die Augen und streckt sich, dass der Liegestuhl knarrt.

»Strecken an Santo, Augenreiben wieder an Dr. Frieder. Kaffee für den Sieger?«

Der Sieger nickt.

Wir packen die Badesachen und Hunde in den Bulli.

»Dann knattern wir mal los«, sage ich und schwinge mich auf den Beifahrersitz. »Durch die überfüllte Stadt, die Baustellen, den zähen Verkehr und die Heerscharen von Touristen.«

»Schöne Orte ziehen eben Menschen an. Knattern wir mal los, kann man missverstehen. Weißt du, ne?«, sagt Dr. Frieder.

»Wie meinst du, missverstehen?« Ich werfe ihm einen interessierten Seitenblick zu.

»Ist nicht dein Ernst.« Nun grinst er breit.

Schließlich geht mir doch noch ein Licht auf und ich winke ab. »Er nu wieder.«

Wir biegen auf den Damm ab, der zur Insel Reichenau führt. Ich schwärme für diese Pappelallee. Bei geöffnetem Autofenster lassen die Bäume ein typisches Wusch-Wusch-Wusch erklingen. Sie stehen Spalier und sorgen dafür, dass keiner vom Damm fällt. Die meisten Säulenpappeln sind stattlich, Lücken werden gleich wieder bepflanzt.

Wir müssen warten. Vor uns hält ein Sprengwagen den Verkehr auf. Ein Bäumchen, gesichert durch Holzpfähle, dicker als es selbst, wird kräftig gegossen. Keiner hupt, alle sehen ein, das braucht's.

Den Damm säumt ein grüner Schilfgürtel. Rechts der Gnadensee, der flachste Teil des Bodensees. Links der Abschnitt, den der Rhein auf seinem Weg durch den See nimmt, heute gut besucht von Höckerschwänen. Sie gründeln in der Flachwasserzone oder lassen sich mit dem Schnabel unter dem Flügel in den Schlaf wiegen. Darüber erhebt sich dunkelgrün der Schweizer Seerücken.

Der Bulli schnurrt über die Reichenau, vorbei an Gewächshäusern, Sonnenblumenfeldern, Tomatenstauden, rot-grün gestreiften Salatfeldern und Weinreben.

Wir am Bodensee sind ja recht pflanzlich orientiert, wenn wir nicht gerade Bodenseefelchen, Saibling oder Hecht essen. Darum haben wir die Blumeninsel Mainau, wo neben Blumen auch Äpfel und Wein wachsen, und die Gemüseinsel Reichenau, wo neben Gemüse auch Blumen und Wein gedeihen. Was ich sagen will: Wein ist uns wichtig. Blumen auch.

Die Piephus liegt auf der Gnadenseeseite der Insel auf einer Europalette. Wir erobern das Boot von den Blesshühnern zurück. Dr. Frieder runzelt die Stirn angesichts der Hinterlassenschaften, die sich deutlich von den verwitterten dunkelbraunen Planken abheben, füllt ein Eimerchen im See, lässt das Wasser auf die weißen Flecken klatschen und schrubbt mit einer Bürste. Ja, Herr Doktor mögen es gerne sauber. Nicht das Schlechteste.

Die Hunde und ich dürfen an Bord, solange wir uns brav in den Bug begeben und dem Kapitän, Steuermann und Maschinisten in Personalunion nicht im Wege sind. Der schiebt die Piephus ins Wasser, um uns dann mit freiem Oberkörper auf den See zu rudern. Quietschend.

Es quietscht, obwohl über die Zeit allerlei Schmiermittel zum Einsatz gekommen sind.

»War der letzte Schmierversuch«, brummt er.

»Ha, des ghört so«, sage ich in breitem Konstanzerisch.

Dr. Frieder lächelt.

»Quietschen entspannt. Quietsch ist das neue Ommm«, sage ich.

Mein Norddeutscher lacht auf, nimmt die Hände von den Rudern, führt die Handflächen vor der Brust zusammen und schaut beseelt. »Quietsch«, sagt er.

Ich muss lachen.

Santo und Fila stehen im Bug wie die Galionsfiguren, Nasen in der sanften Brise. Ich mache es mir mit einer gepolsterten Unterlage unten im Boot bequem. Ein paar Schleierwolken haben sich vor die Sonne geschoben. Angenehme Wärme auf dem Bikinibauch. Ich lasse mich in den Schlaf wiegen wie ein Schwan, ohne Schnabel unter dem Flügel allerdings. Eine gewisse Latinodame hat mich heute vor der Zeit aus dem Bett geworfen.

Nein, nicht an Tante Inés denken! Wartebank.

Ich schrecke hoch. Mein Handy klingelt in absurder Lautstärke. Fila jodelt, Kopf im Nacken. 99 Prozent aller Klingeltöne haben diesen Effekt, nach dem verbleibenden Prozent suche ich noch. Santo, der sich auf einer Ecke meiner Unterlage zusammengerollt hat, schaut mit zerdrücktem Bart verwirrt auf.

»Noch mal den Klingelton ändern«, murrt Dr. Frieder kopfschüttelnd.

»Frau Fox?«, fragt eine kratzende Männerstimme mit Schweizer Akzent, die ich als die des einzigen mir bekannten Bahnhofspolizisten erkenne.

»Ja?« Ich setze mich alarmiert auf. Eine Ahnung verursacht ein leises Kribbeln im Nacken. Dieses Gefühl, wenn die Nackenhaare Vorbereitungen treffen, sich aufzustellen, sollte es gleich nötig werden.

Dr. Frieder hebt fragend die Augenbrauen.

»Sie haben vorhin einen großen Korb erwähnt, den ihre Bekannte mitführte. Es wurde einer abgegeben.«

»Oh«, sage ich und atme aus. Ich war darauf gefasst zu erfahren, was mit Tante Inés selbst passiert ist.

»Bitte beschreiben Sie den Korb. Was befindet sich darin?«

Ich überlege kurz. Hat sie den Rest des Süßkartoffelkuchens eingepackt, wie ich wollte, oder im Kühlschrank deponiert, wie sie wollte?

»Ein schwarzer Korb mit Süßkartoffelkuchen und anderen Lebensmitteln.«

»Ob es sich konkret um Süßkartoffelkuchen handelt, können wir auf die Schnelle nicht feststellen, aber Kuchen und andere Lebensmittel sind es zweifellos.«

»Ihre Handtasche war auch im Korb.«

»Keine Handtasche. Nichts, was auf die Identität der Eigentümerin schließen lässt.«

Es entsteht ein Moment des Schweigens. Die Chance besteht also, dass Tante Inés ihre Handtasche bei sich trägt. Das beruhigt.

»Was ist noch im Korb?«, frage ich.

»Darüber darf ich keine Auskunft erteilen.«

Ich rolle mit den Augen und blicke Dr. Frieder an. Er hat aufgehört zu quietschen und hängt an meinen Lippen.

»Was werden Sie nun unternehmen?«, frage ich.

»Nichts. Im Moment liegt uns nur eine Fundsache vor. Es wäre gut, wenn Sie den Familiennamen der Dame ausfindig machen könnten. Sie erreichen mich unter dieser Nummer.«

Nach dem Telefonat sehe ich Dr. Frieder grübelnd an. Er schaut ähnlich zurück, zieht eine Grimasse, die meine Nachdenklichkeit parodiert, und kratzt sich am Oberkopf wie Stan Laurel, einen doofen Ausdruck auf dem Gesicht.

Ich lache. Er schafft es immer wieder, mich mit geringsten Mitteln aus dem Grübeln zu schubsen.

Ich checke die Uhrzeit.

»Guten Morgen, Mariposa«, flöte ich auf Englisch ins Handy. Die junge Mariposa wird vermutlich gleich das Haus verlassen, um sich zeitig mit festgezurrtem schwarzem Haarknoten an ihrem Schreibtisch im Hotel *The Charmond* in Miami Beach einzufinden. Sie arbeitet am Wochenende, hat dafür unter der Woche zwei Tage frei. Ich habe sie bei meinen Ermittlungen in Florida kennengelernt. Die Großcousine des Mafiabosses Juan will mit den Machenschaften ihrer Familie nichts zu tun haben und verfolgt unbeugsam ihren eigenen, rechtschaffenen Weg.

Seit unserer Begegnung rufen wir uns gelegentlich an, schicken uns Kurioses aus den Medien. So komme ich nach kurzer Begrüßung gleich zum Punkt.

»Kennst du den Nachnamen von Tante Inés?«

»Natürlich. Warum würdest du den wissen wollen?«

»Nachdem Carlos und Fidel in der Schweiz verschwunden sind, stand Tante Inés heute vor Sonnenaufgang auf meiner Türschwelle und hat um Hilfe gebeten. Nun ist sie auch weg.«

»Du scherzt.«

»Ich scherze nicht. Warum sollte ich?«

Mariposa lässt sich wortreich darüber aus, wieso es durchaus im Bereich des Möglichen läge, dass ich sie an der Nase herumführe. »Du sagst gar nichts«, schließt sie.

»Ich scherze nicht«, wiederhole ich.

Sie seufzt. »Dios mío, mit dir gibt es immer Spaß.« Sie schnalzt mit der Zunge. »Fidels Tante Inés heißt López García. Fidel heißt López López. Carlos heißt de Luca Álvarez.«

»Was?«, blaffe ich und springe auf, was die Piephus kräftig zum Schwanken und Dr. Frieder auf den Plan bringt, darin bemüht, die Balance wiederherzustellen. Mein Liebster bedenkt mich mit einem Blick. Not amused. Ich setze mich und werfe ihm einen Luftkuss zu. Er deutet grinsend an, mir den Hintern zu versohlen. Ich kichere.

»Was ist los?«, fragt Mariposa am anderen Ende.

»Wir sind beinahe …«, ich fische nach der Vokabel für kentern und fange nichts. »Ich war geschockt, bin es noch. Weil einer der letzten Mörder Tom de Luca hieß. Du erinnerst dich? Ist er mit Carlos verwandt? Ist Carlos das Bindeglied zwischen italienischer und kubanisch-amerikanischer Mafia? Oder ist das nur ein Zufall? Hat der Name de Luca einen ähnlichen Stellenwert wie Smith?«

»Wie soll ich das wissen?«

»Richtig«, gebe ich zu. »Aber wieso hat Fidel einen gedoppelten Nachnamen?«

»Kubanisches Namensrecht. Der erste Nachname vom Vater, der zweite von der Mutter. Bei der Heirat behält jeder seinen Namen. Die Kinder bekommen jeweils den ersten Namen ihrer Eltern. Bei Fidel gibt es offiziell keinen Vater, daher zweimal der Nachname der Mutter.«

»Ich verstehe«, sage ich, obwohl das nur bedingt der Fall ist.

»Darf ich dir sonst noch irgendwie behilflich sein?« Das kommt deutlich sarkastisch.

»Das wäre dann alles für heute, danke.«

Wir lachen beide.

»Oh, ich vermisse das«, sagt sie. »Pass auf dich auf!«

Ich lege auf. »Was hält man davon«, sage ich mehr zu mir selbst.

»Gib einfach den Namen weiter«, sagt Dr. Frieder und fährt fort zu quietschen.

»Aber das ist doch hochinteressant! Einer der Mafiosi aus Miami hat fast den gleichen Nachnamen wie einer unserer letzten Mörder. Das ist doch ..., oder nicht?«, ereifere ich mich. »Und das in Kombination mit inzwischen drei vermissten Personen. Drei, Dr. Frieder! Wie kann man das nicht hochinteressant finden?« Meine Hände fuchteln von ganz alleine in der Luft herum.

Er sieht mich kritisch an.

»Was?«, frage ich ungeduldig.

Er sagt nichts.

Ich seufze. »Ja gut, ich gebe einfach die Namen weiter.«

Das ist völlig gegen meine Natur. Aber wenn man – wie ich beim letzten Fall – zwei Leben aufs Spiel gesetzt hat, das des Liebsten und das eigene, ist man bereit, Zugeständnisse zu machen, auch und gerade gegen die eigene Natur.

Dr. Frieder nickt nur.

Alles in mir will das gerne geklärt wissen. Meine Neugierde scharrt mit den Hufen, drängt darauf, sich aufzuschwingen und zur Höchstform aufzulaufen. Sie darf nicht. Bis jetzt lässt sie sich gerade noch so im Zaum halten.

Der Schweizer Polizeibeamte, dessen Namen ich auch beim dritten Telefonat nicht verstehe, nimmt Tante Inés' Namen in seiner ganzen Schönheit entgegen. Er könne nichts weiter tun, als den Namen und die Personenbeschreibung an die Kollegen des nächsten Umsteigeortes Bellinzona weiterzugeben.

Das ist wenig. Gleichwohl bedanke ich mich artig. Dr. Frieder hat während des Telefonats wieder das Quietschen eingestellt und setzt nun an, das Boot zu wenden.

»Schon?«, frage ich.

Er lächelt.

Ich lächle zurück. Nein. Ich himmle ihn an. »Wir werden aktiv?«

Er nickt bestätigend. »Lago Maggiore via Zürich. Sehen wir es als ungeplanten Kurzurlaub. Genuss spielt also auch eine Rolle.«

Ich klatsche in die Hände, wie Emma heute Morgen, also nicht altersgemäß. Ich will zu ihm auf die Bank.

»Aber ganz langsam«, mahnt er.

Ich krabble auf allen vieren zu ihm und setze mich rittlings auf seinen Schoß.

»Das könnte man jetzt als Bezahlung missverstehen«, raune ich zwischen zwei Küssen.

»Ist es das nicht?«, fragt er.

»Aber nein. Eine anstehende Reise und sei es nur ein Ausflug, stimmt mich immer so romantisch.«

»Oha.«

Ich sehe mich um. Die anderen Boote haben ausreichend Abstand. Ich rutsche von Dr. Frieders Schoß und ziehe ihn zu mir auf die gepolsterte Liegefläche.

Kapitel 6

Wir vergessen für eine Zeit lang die Welt um uns herum. Komplett. Wir vergessen andere Bootsfahrer, die Hunde, Tante Inés und den Himmel. Und wir übersehen die Sturmwarnung. Überrascht stellen wir anschließend fest, dass der Wind sekündlich auffrischt. Im Westen droht eine Wand mit rabenschwarzer Miene, ballt die Fäuste, beschimpft uns mit Windböen und schickt uns Wellen entgegen, die an die Bordwand unserer Nussschale klatschen und hineinwollen.

Dr. Frieder legt sich in die Riemen. Er wirkt tatsächlich in Eile, nur ein klein wenig, was trotzdem ein Zustand ist, in dem man Mr. Tiefenentspannt selten erlebt. Um ihm zwischendurch eine Verschnaufpause zu gönnen, übernehme ich die Ruder.

Ich kämpfe. Derweil sitzt er im Heck und gibt sich betont lässig. »Büschn Wind«, sagt er.

Subtext: Wir Binnengewässermenschen haben ja keine Ahnung von Wind im Allgemeinen und Sturm im Besonderen, schon gar nicht kennen wir uns mit echtem Unwetter auf dem Wasser aus. Das ist den Menschen vom Meer vorbehalten, den Friesen vornehmlich, zu denen er gehört. Und dies hier ist nichts, rein gar nichts, zu dem, was einem auf dem offenen Meer blüht.

Dieses bisschen Bodenseewind braust inzwischen gehörig. In mir kämpft sich Angst hoch. Vermutlich eine der Urängste, die durchaus ihre Daseinsberechtigung haben, sind sie doch seit Jahrtausenden für das schiere Überleben verantwortlich. Wer vorsichtig ist, hat eher Chancen, heil durch den Sturm zu kommen als derjenige, der Risiken eingeht.

Ich rudere, bis mir die Arme schmerzen, dann darf Dr. Frieder wieder ran.

Wir sind noch beunruhigend weit vom Liegeplatz der Piephus entfernt, überhaupt von jedem Ufer, da prasseln dicke Tropfen auf uns nieder. Sie durchlöchern das aufgewühlte Graugrün der Wasseroberfläche, springen hoch, lassen sich wieder fallen. Solange es keine Hagelkörner sind, ist das recht nett anzusehen.

Das ist natürlich Quatsch. Ich versuche nur davon abzulenken, dass ich bibbere. Der See ist im Ausnahmezustand.

Santo und Fila, eben noch guter Dinge mit flatternden Ohren und den Nasen im Wind, suchen Schutz unter Dr. Frieders Sitz. Das vertraute Quietschen beruhigt nicht mehr, es geht völlig im Tosen unter.

Die Dünung ist inzwischen gewaltig für diesen sonst so friedlichen Seeabschnitt. Der Sturm reißt die Wellenkämme ab. Jede dritte Welle schwappt seitlich ins Boot. Die Piephus bäumt sich auf, schaukelt gefährlich hin und her. Man würde seekrank, wäre man dafür empfänglich.

Der Regen pladdert auf uns nieder und schmerzt, wo er auf blanke Haut trifft. Schlimmer noch: Er füllt das Boot.

Ich schnappe mir das Eimerchen und schöpfe gegenan. Gegen das Wasser aus dem See und gegen das Wasser vom Himmel.

Santo und Fila sitzen mit den Bäuchen im Nass. Sie schauen mich flehentlich an, die Ohren flach nach hinten an den Kopf gelegt, die Augen zu Schlitzen verengt. Mach, dass es aufhört, sagen die Blicke.

Ein tiefes Grollen. Erschreckend nah. Die schwarze Wand, eben noch bei den Hegaubergen im Westen, droht jetzt auf uns herabzustürzen.

»Oh Gott, bitte nein!«, flüstere ich. Mit Gewittern auf dem See ist nicht zu spaßen. Ich sehe Dr. Frieder groß an.

Er schenkt mir ein zuversichtliches Lächeln. »Gegenwind formt den Charakter«, schreit er und zwinkert. »Schöpf weiter!«

Ein Blitz zerreißt die schwarze Wolkenwand und züngelt westlich von uns ins Wasser. Der Kanonenschlag von Donner rumst fast gleichzeitig. Mir entfährt ein Schreckensschrei.

Santo und Fila springen auf, suchen nach einem Kellerabgang, einem Graben, nach irgendetwas, das Schutz bietet. Nichts gibt es in diesem komischen Ding. Fila schlottert.

Dr. Frieder packt Fila, ich packe Santo. Wir binden uns die Leinen um den Bauch, klemmen uns die Hunde zwischen die Knie, fixieren sie so gut wie möglich, damit sie aus Angst keine Dummheiten machen. Dr. Frieder dreht den Bug in den Wind. So schwappen weniger Wellen ins Boot. Aber es bringt uns vom Kurs ab, bringt uns nicht vorwärts, nicht näher ans Land. Er hält die Riemen mit einer Hand fest und schöpft mit der anderen, mit der Suppenkelle, die seine Handfläche bildet. Das ist irgendwie albern, aber besser als nichts. Dabei duckt er sich.

Auch ich mache mich klein, während ich alles gebe beim Schöpfen mit dem Eimerchen.

Ich habe Angst vor dem nächsten Blitz, wage fast nicht, in den Himmel zu schauen. Von da kommt heute wenig Gutes. Der Nächste schlägt ein. Auf der anderen Seite diesmal, östlich von uns, weiter weg. Der Donnerschlag lässt sich zwei Sekunden Zeit. Für einen gehörigen Schrecken reicht er trotzdem.

Ich schöpfe, den sich windenden Santo zwischen den Knien.

Der dritte Blitz schlägt in eine Pappel der Allee. So zumindest sieht das von hier aus. Das Holz birst mit einem ohrenbetäubenden Knall. Das Gewitter ist über uns hinweggezogen, schenkt seine zerstörerische Aufmerksamkeit nun dem Wollmatinger Ried und wird in Kürze Konstanz heimsuchen.

Doch der Regen bleibt. Die Wellen bleiben. Der Wind hat kaum abgeflaut.

Dr. Frieder richtet den Bug der Piephus wieder auf unser Ziel aus – soweit sich das sagen lässt, denn die Sicht ist beschränkt – und legt sich ins Zeug.

Ich schöpfe.

Nach einer gefühlten Ewigkeit kommen wir auf der Insel an. Ausgepumpt und nass bis auf die Knochen. Die Hunde sehen aus, als hätten wir sie an Land schwimmen lassen.

Gemeinsam ziehen und schieben wir die Nussschale auf die rettende Europalette.

»Tapferes Mädchen«, sagt Dr. Frieder und tätschelt sein Bötchen.

Ich lasse mich dazu hinreißen, der Piephus einen Kuss auf die nassen Planken zu drücken. Sie hat uns heil ans Ufer gebracht, ist weder gekentert, vollgelaufen noch untergegangen. Das ist doch was.

Bei unserem Zufluchtsort auf Rädern angekommen, hechten wir alle vier gleichzeitig durch die seitliche Doppeltür.

Kapitel 7

Der Bulli, in Dauerbereitschaft für den Campingeinsatz, ist bestückt mit Handtüchern und aus der Mode gekommener Ersatzkleidung. Windstoß um Windstoß schüttelt den Campingbus durch. Die Einbauten aus Holz knarren und ächzen. Im letzten Akt der allgemeinen Trockenlegung rubbele ich die Hunde, die sich das gern gefallen lassen und mir hingebungsvoll die Ohren entgegenstrecken. Wir sind alle vier so was von froh, an Land zu sein und ein Dach über dem Kopf zu haben.

Dr. Frieder sitzt frisch eingekleidet hinter dem Lenkrad und stellt den Scheibenwischer an, für einen besseren Blick auf das, was da geboten wird. Ist man in Sicherheit, hat das Schauspiel durchaus einen gewissen Unterhaltungswert. Windböen peitschen strömenden Regen auf weiße Wellenkämme.

Ich schaue von den Hundeohren auf. Ein Motorboot mit zwei enormen Außenbordmotoren nähert sich dem Bodenseestrand. Gelb verpackte Gestalten springen ins flache Wasser, stemmen sich gegen den Wind. Eine bleibt im Steuerstand und hält das Boot in Position. Etwas Großes, Schweres wird aus dem Boot gehievt.

»Ist das ...?«, frage ich.

»Ein Körper«, vervollständigt Dr. Frieder meinen Gedanken. Sagt's, greift in einer fließenden Bewegung nach seiner Arzttasche, öffnet die Tür und ist schon in den strömenden Regen gesprungen. Eine Windböe schlägt die Tür hinter ihm zu, dass der ganze Bulli wackelt.

Ich nichts wie hinterher. Ein Kampf gegen den Sturm. Der Verantwortliche schüttet weiterhin Wasser in Riesenkübeln über uns aus.

Der Körper wurde auf einem Wiesenstück abgelegt, das etwas erhöht an das unmittelbare Bodenseeufer angrenzt. Als ich dort ankomme, bin ich so nass, wie ein paar Minuten zuvor, nur mit mehr Stoff um mich herum, der sich vollsaugt.

Dr. Frieder ist über einen großen bewusstlosen Mann gebeugt, dem man eine gelbe Öljacke übergelegt hat. Er sieht aus, wie aus dem Bach gezogen. Vier der fünf Gestalten gehen gleich wieder an Bord. Ich schaue ihnen hinterher und präge mir das Bootskennzeichen ein. Eine FN-Nummer. Friedrichshafen. Nicht aus diesem Teil des Sees. Die Motoren dröhnen auf, das Boot kämpft sich vom Ufer frei und ist einen Augenblick später vom Getöse verschluckt. Ich schüttle ungläubig den Kopf. Selbst in dieser Bucht des sonst so friedlichen Bodensees ist die Raserei des aktuellen Wetters fähig, im Vorbeigehen ein Menschenleben zu nehmen. Wer da freiwillig hinausfährt, hat einen Grund. Die fünfte Person ist an Land geblieben. Eine Frau um die Vierzig, athletische Figur, breite Schultern. Kurze braune Haare kleben nass am Kopf, eng anliegendes Sportoutfit in Knallrot. Ihr kritischer Blick trifft mich, was ich hier zu suchen habe, warum ich ohne Not in Regen und Sturm herumstehe. Sie schreit in ihr Handy, das sie unbeeindruckt vom elektronikfeindlichen Klima vor sich hält. Ich verstehe kein Wort.

Dr. Frieder derweil bringt den großen, bewusstlosen Mann in die stabile Seitenlage.

»Kann ich helfen?«, schreie ich gegen das Tosen an.

Er schaut auf, erstaunt, mich hier zu sehen. Sein Blick wandert zur Frau in Rot. »... ihn in den Bulli tragen«, schreit er zurück.

»Können Sie helfen?«, schreie ich sie an.

Sie nickt schweigend.

Dr. Frieder packt ihn unter den Armen, die Frau in Rot und ich schnappen uns je ein Bein. Der Körper ist schwer, selbst zu dritt. Nur mit Ach und Krach schaffen wir es, ihn zu bewegen. Immer wieder will das Hinterteil auf dem Boden schleifen.

Die nächste Herausforderung besteht darin, den großen bewusstlosen Mann durch die Doppeltür des Bulli zu bugsieren, an den Hunden vorbei, die den Eingang nicht freiwillig freigeben.

Endlich sind wir alle drinnen und ziehen die Türen hinter uns zu: der große bewusstlose Mann, die Frau in Rot, Dr. Frieder, Santo, Fila und ich. Einer triefender als der andere.

Der Bulli ist nicht für diese Anzahl nasser Wesen gemacht. In Nullkommanichts sind die Scheiben beschlagen und die Luft dampfig. Mich würde kaum wundern, begänne es hier drinnen zu regnen.

»Die Rettungsdecke aus dem Erste-Hilfe-Kasten, bitte«, sagt Dr. Frieder. Ich drücke mich an der Frau in Rot vorbei, kruschtle und reiche ihr das Goldpäckchen, das sie an ihn weitergibt.

»Er atmet, Puls regelmäßig und stark. Hat Glück gehabt«, sagt er und legt dem großen bewusstlosen Mann die Rettungsdecke über die schwarze Funktionskleidung.

Kanufahrer? Kajakfahrer? Unweigerlich schießt mir durch den Kopf: Wir könnten an seiner Stelle sein. Und selbst dann hätten wir Glück gehabt, schließlich lebt er.

Wie wir haben diese Wassersportler die Anzeichen des Unwetters missachtet oder übersehen, obwohl im Sommer jederzeit mit einem Hitzegewitter zu rechnen ist. Wie wir hat er keine Rettungsweste an. Sich bei dreißig Grad im Schatten auf einem wind- und wellenlosen See in eine dicke Weste zu packen fällt schwer. Aber an Bord sollten wir sie immer haben, nehme ich mir vor.

Trotz solcher Fehler – und das ist das Wunderbare an unserer Gesellschaft – wird alles unternommen, um uns zu retten. Egal, was wir für einen Blödsinn anstellen, welche unnötigen Risiken wir eingehen, um uns zu amüsieren, welche Warnungen wir in den Wind schießen, welche Regeln wir missachten. Egal ob reich, ob arm, ob jung, ob alt, ob einheimisch, ob Tourist, ob ehrlich, ob kriminell, ob stockbetrunken oder unter Drogen ... nichts führt dazu, dass uns das Recht auf Lebensrettung abgesprochen würde. Eines der edleren Elemente unserer Kultur.

Kurz nach dem Ertönen der Martinshörner fahren ein Rettungswagen des Deutschen Roten Kreuzes und ein Notarztwagen vor. Blaulichtgeflacker im Regengrau.

Dr. Frieder bespricht etwas mit dem Kollegen, dann legen die Sanitäter dem großen bewusstlosen Mann eine Halskrause an, hieven ihn aus dem Bulli auf eine Fahrtrage und legen ihm eine Sauerstoffmaske aufs Gesicht. Kurz darauf verschwindet er im Schlund des Rettungswagens. Fünf Begossene bleiben im Regen zurück.

Mir ist kalt. Ich bin schon dabei, mich wieder im Bulli zu verkriechen, da bleibt mein Blick an der Frau in Rot hängen. Verloren steht sie da, Arme um den Oberkörper geschlungen. Sie hat den Abtransport verfolgt, als ob sie keinen Bezug zu dem großen bewusstlosen Mann hätte. Als wäre er ein Fremder, der nur mehr Pech hatte als sie. Ist es möglich, dass sie sich nicht kennen? Sie wendet ihren Blick von den sich auflösenden Rücklichtern ab und sieht auf den See hinaus.

»Ist Ihnen auch so kalt?«, schreie ich.

Sie nickt. »Meine Schwester.« Sie deutet auf den aufgewühlten See.

»Ist noch da draußen?«, brülle ich fassungslos.

Sie nickt erneut.

»Kommen Sie.« Ich berühre sie am Arm und schiebe sie sanft zum Bulli.

Hat sie vor Minuten energisch in ihr Handy gebrüllt, ist jede Kraft restlos aus ihr herausgesickert und wird vom Regen weggespült.

Im Bulli finden sich noch zwei trockene Handtücher und ein paar Kleidungsstücke, die wir unter uns Dreien aufteilen. Die Frau in Rot zeigt den Anflug eines dankbaren Lächelns. Ihr Outdoorhandy, offensichtlich wasserfest, liegt unbeachtet neben ihr auf der Sitzbank.

Tropfen perlen innen die Scheiben herunter. Keine Chance zu sehen, was draußen vor sich geht. Ich klettere nach vorne, wische mit einem Handtuch an der geteilten Windschutzscheibe herum. Für einen Moment gibt die Feuchtigkeit den Blick auf das Ufer frei, an das unverändert Wellen branden. Keine Spur von einem Boot.

»Vielleicht kommen sie an einer anderen Stelle an Land?«, denke ich laut vor mich hin.

Die Frau in Rot – die ich nicht mehr so nennen sollte, weil sie inzwischen ein Sweatshirt in verwaschenem Grau trägt, das mein Norddeutscher für den nächsten Ölwechsel aufbewahrt hat – sitzt kerzengerade auf einem Handtuch auf der Rückbank, ohne deren Lehne zu benutzen.

»Ich heiße Ines Fox. Das ist Dr. Marc Frieder«, sage ich in das Schweigen hinein.

»Bitte?« Durch meinen Vorstoß aufgeschreckt taucht sie aus ihren Gedanken auf. Beim zweiten Versuch antwortet sie: »Anke Schmidt.«

Ich schenke ihr ein Lächeln. Irgendwo habe ich mal gelesen, dass Menschen, die selbst nicht dazu in der Verfassung sind, umso dringender das Lächeln ihrer Mitmenschen brauchen.

Sie ist ebenfalls darum bemüht, ihre Mundwinkel verziehen sich jedoch nur zu einer hilflosen Linie.

Ich würdige den Versuch mit einem aufmunternden Nicken. Wie oft bei Menschen, die etwas älter sind als ich und Distanziertheit an den Tag legen, zögere ich, drauflos zu duzen. Dabei täte Anke menschliche Nähe gut. Nur vage kann ich mir vorstellen, wie es sein muss, wenn die eigene Schwester da draußen ...

Dr. Frieder treibt Tee auf – ohne Frage Friesentee – und macht sich daran, den Petroleumkocher mit kräftigem Pumpen in Gang zu setzen. Ich öffne die Lamellenfenster ein paar Millimeter für mehr Sauerstoff.

Meine Neugier überwindet meine Diskretion, eigentlich keiner Erwähnung wert. »Was ist passiert?« Wieder brauche ich einen zweiten Anlauf, bis ich eine Antwort erhalte.

»Wir waren mit Kajaks unterwegs, meine Zwillingsschwester, ihr Mann und ich.«

»Eineiige Zwillinge?«, fragt Dr. Frieder.

Sie nickt. »Dann kam der Sturm. Ein Motorboot hat uns übersehen. Ich habe meine Schwester ...«, sie schluckt schwer, »aus den Augen verloren.«

»Das Motorboot hat euch überfahren?«, rufe ich entsetzt. Vor mein inneres Auge drängen sich Gruselbilder. Schiffsschrauben. Körperteile. Diese Bilder will ich nicht haben.

Anke zuckt die Achseln. »Ich bin mir nicht sicher. Meine Schwester und mein Schwager waren hinter mir, auch das Motorboot ist hinter mir durchgefahren. Die Wellen haben mich zum Kentern gebracht. Als ich wieder oben war und meine Schwester nicht sah, bin ich getaucht. Ich konnte sie nicht sehen. Ich habe sie einfach nicht gefunden.«

»Das gleiche Boot, das euch an Land gebracht hat?«

Anke nickt. Und fällt zurück in ihr Schweigen. Verständlich, dass ihr nicht danach ist, mit Fremden zu reden, schon gar nicht, vor diesen auszubreiten, wie es im Moment in ihr aussieht.

Wir sitzen jeder mit einer Campingtasse in den Händen, starren vor uns hin und warten, dass der Tee eine trinkbare Temperatur erreicht. Dr. Frieder hat kein Problem damit, zu schweigen. Anke auch nicht. Und ich? Ein bisschen.

Unsere Blicke werden durch die beschlagenen Scheiben gefangen gehalten. Ich betrachte meine Füße. Sie brauchen Pflege. Ich seufze.

Anke schaut auf. Sie hat ihre Hände betrachtet. Kräftige, gepflegte Hände, die es gewohnt sind, im Sport zuzupacken. Es ist ihr anzusehen, wie sie in dem Moment, in dem sich unsere Blicke treffen, zu der Erkenntnis kommt: »Oh, tut mir leid. Ihr wartet hier wegen mir.«

Ich winke ab. »Keine Sache.« Das ist gelogen. Denn mir ist kalt und ich habe Hunger. »Ich an deiner Stelle wäre auch lieber in Gesellschaft, statt allein im Regen zu warten.« Das ist wahr. Ich lächle sie an.

Diesmal ringt sich Anke ein kurzes Lächeln ab. Dann schaut sie ernst, der Situation angemessen.

Das unangenehme Schweigen tritt wieder in Kraft. Alle warten, dass etwas geschieht, und wollen doch nicht, dass es das tut. Wir würden vor vollendete Tatsachen gestellt. Natürlich kommt es auch außerhalb solcher Situationen immer darauf an, mit wem man schweigt. Es gibt echte Schweigekünstler. Dr. Frieder ist einer.

Ankes Outdoorhandy lässt einen Klingelton hören. Wir zucken alle zusammen.

»Schmidt«, sagt sie augenblicklich. Sie geht so schnell ran, dass Fila ihr sonst übliches Jodeln im Hals stecken bleibt. »Ich verstehe.« Sie blickt zum beschlagenen Fenster, hinter dem immer noch der Sturm tobt. Dann tippt sie auf Auflegen.

Ich sehe sie erwartungsvoll an. Ihre Augen glänzen gefährlich, weshalb ich zögere, sie zu fragen, was es Neues gibt.

Anke schluckt schwer und reißt sich wirksam zusammen. »Sie haben sie noch nicht gefunden und dehnen die Suche aus«, sagt sie mit erstaunlich fester Stimme. »Ich soll nach Hause fahren und dort warten. Würdet ihr mich bitte zu meinem Wagen bringen?«

»Natürlich.« Dr. Frieder klettert bereits auf den Fahrersitz, um sich den beschlagenen Scheiben zu widmen. Ich bleibe hinten bei Anke sitzen. Wir tauschen unsere Nummern aus.

Kurze Zeit später sind wir an der Statue des Heiligen Pirmin vorbeigefahren, der den Eingang zur Reichenau bewacht. Auf dem Damm sieht es wüst aus. Der Blitzeinschlag hat die Pappel regelrecht gesprengt. Einige Teile sind meterweit geflogen.

»Wie Geschosse«, hauche ich ehrfürchtig.

Die Feuerwehr ist mit Aufräumarbeiten beschäftigt, der Verkehr stockt. Irgendwann haben wir den Damm endlich verlassen und sind zum Campingplatz Hegne geknattert, der ebenfalls am Gnadensee liegt, der Reichenau gegenüber.

»Tschüss«, ist das Einzige, das Anke sagt, als sie aus dem Bulli in den mittlerweile moderaten Regen springt und die Tür hinter sich zuwirft.

Dr. Frieder und ich schauen uns leicht irritiert an.

Er zuckt mit einer Achsel und lächelt schief. »Jeder, wie er meint, ne?«

Anke rennt zu einem schwarzen SUV mit Dachträgern, ohne sich noch mal umzudrehen. Das rote Paddeloutfit trägt sie unter dem Arm geklemmt, Dr. Frieders Ölwechsel-Sweatshirt reicht ihr geradeso über den Po.

Inzwischen schlottere ich vor Kälte. Mein Norddeutscher scheint einmal wieder nicht zu frieren. Ein Phänomen. Als wären die aus dem Norden eine andere Spezies. Ich klettere zu ihm nach vorne, schlinge meine Arme um ihn und gebe ihm einen Kuss.»Kann ja nicht jeder so nett sein wie du.«»Ich bin nett? Oha, Frau Fox.« Er schmunzelt.»Kalt?« Ich nicke.»Fahren wir schnell heim? Trockenlegen, aufwärmen, was Zeitgemäßes anziehen, ein paar Happen essen, sieben Sachen in eine Tasche werfen und dann an den Lago Maggiore via Hauptbahnhof Zürich?«

Dr. Frieder fährt vom Parkplatz und reiht sich wenig später in die Autokolonne Richtung Konstanz ein.

Das Thema Anke habe ich schnell abgehakt. Erstaunlich. Selbstverständlich wünsche ich ihr, dass ihre Schwester bald gefunden wird, unversehrt. Vielleicht ist sie von einem Bootsfahrer aufgelesen worden oder konnte sich selbst retten. Ich kenne Ankes Zwillingsschwester nicht. Wenn man es genau nimmt, kenne ich auch Anke nicht. Auf jeden Fall kenne ich sie weniger gut als Tante Inés, und selbst die kenne ich kaum. Letztere ist mir allerdings, so wird mir gerade bewusst, irgendwie ans Herz gewachsen. Ja, womöglich sind mir auch ihre Kochkünste an den Magen gewachsen, aber das allein ist es nicht. Ihr Hilfeschrei hallt noch immer in meinen Ohren wie der Ohrwurm eines Liedes, das man verabscheut, gegen dessen Aufdringlichkeit man sich aber nicht zu wehren weiß.

»Zwei verschwundene Personen an einem Tag, vier in den letzten sechs Wochen«, murmle ich vor mich hin.»Wobei Ankes Schwester sicher bald wiederauftaucht.« Ich hangle nach einem nassen Handtuch und lege es mir über die Schultern, in der Hoffnung, dass es etwas wärmt. Es hilft nicht.

»Fünf«, korrigiert Dr. Frieder.

Ich schaue ihn einen Augenblick verblüfft an, bis es mir dämmert.»Roger Merian«, hauche ich und schlage mir mit der flachen Hand vor die Stirn.»Völlig vergessen.«

Roger Merian war bisher mein persönlicher Widersacher, wie Professor Moriarty für Sherlock Holmes, na, vielleicht auf einem anderen Level. Will heißen, geschah ein Verbrechen in meinem Umfeld, war die Chance groß, dass Roger Merian beteiligt war. Außerdem spielte er Spielchen mit mir, die mir schwer zusetzten. Damit vertrieb er sich die Langeweile. Zugegeben, die letzten vier Toten gingen nicht auf seine Kappe, aber Ausnahmen bestätigen ja die Regel.

Bevor ich mich hier in Sprichwörter verstricke, lasse ich mal lieber hören, was es über Roger Merian zu wissen gibt. Er ist Schweizer Konzernerbe, das heißt richtig viel Macht mit richtig viel Geld, Psychopath nach Checkliste und meiner Meinung nach für mindestens zwei Todesfälle verantwortlich. Die Dunkelziffer dürfte erheblich sein. Schließlich übt sich der Psychopath, der etwas auf sich hält, von Kindesbeinen an darin, Böses zu tun und es meisterhaft hinter einer charmanten Fassade zu verstecken. Das Böse kommt getarnt, was es umso gefährlicher macht. Der Psychopath ist der Tarnkappenbomber unter den Schurken.

Man tut gut daran, ihn im Auge zu behalten, sich gegen ihn zu wappnen und auf alles vorbereitet zu sein.

Roger Merian wurde bisher einmal gefasst, woran ich beteiligt war, ist aber auf legalem Wege freigekommen. Freigesprochen. Für mich immer noch unfassbar. Vor sechs Wochen dann ist er mit seinem Business Jet verschollen. Ich habe gehört, dass das Verfahren, ihn vorzeitig für tot zu erklären, bereits läuft. Verschwindet jemand mit viel Macht, entsteht ein Machtvakuum und bringt alles in Bewegung.

»Das Zeitalter der verschwundenen Personen«, sage ich ehrfürchtig und setze mich auf meine Hände, um sie zu wärmen.

»Ein Wurmloch?«, feixt Dr. Frieder.

»Oder Außerirdische in der Umlaufbahn der Erde, die Menschen für Experimente entführen.« Ich lache und schüttle mich wegen des Gruselfaktors. »Außerirdische, den Menschen intellektuell überlegen, aber mit ähnlichen Wertvorstellungen, was den Umgang mit weniger entwickelten Lebensformen angeht. Experimente an Menschen wie an Laborratten und Rhesusaffen.«

»Das Thema schon wieder?«, sagt er stirnrunzelnd mit einem Seitenblick auf mich. Er deutet auf die beschlagene

Windschutzscheibe. Die Lüftung des Bullis kann auch während der Fahrt nicht mit all der Feuchtigkeit umgehen. Ich wische mit dem Handtuch über die Windschutzscheibe.

Tierversuche kann man mit diesem sonst recht aufgeschlossenen Mediziner nur kontrovers diskutieren. Na, außer, man ist seiner völlig abwegigen Meinung.

Ich lächle meinen Liebsten an, bemüht, meine Zähne davon abzuhalten, zu klappern. »Ist nicht weit her mit der Ethik, wenn man menschliches Handeln auf eine andere Ebene projiziert und wir auf einmal die Opfer wären, was Herr Doktor?«

Er winkt ab. »Erklärungen aus dem Bereich der Science-Fiction helfen nicht weiter.«

»Immer das letzte Wort«, sage ich lächelnd.

»Nee.« Er schmunzelt und setzt den Blinker, um in unsere Straße einzubiegen.

Kapitel 8

Eine Stunde später sind wir auf der Autobahn nach Zürich. Der Bulli tuckert brav durch den Sonnenschein vor sich hin. Vom Unwetter zeugen nur noch ein paar nasse Stellen am Straßenrand.

Passend zum Gefährt trüge ich gerne ein Hippieoutfit samt Stirnband um die Locken und rosaroter John-Lennon-Brille auf der Nase. Ist mir zu spät eingefallen. Wie das oft so ist: Die besten Ideen kommen, wenn man sich entspannt, was frühestens eintritt, ist man in den Urlaub aufgebrochen. Urlaub ist zu viel gesagt. Kurztrip trifft es eher. Aber in der Rubrik Reisen nehme ich, was ich kriegen kann. 95 Kilometer pro Stunde Höchstgeschwindigkeit mit Rückenwind und bergab. Der liebende Halter mutet das dem alten Bulli nur länger zu, wenn es nicht zu heiß ist, schließlich wird hier mit Luft gekühlt. So cruisen wir auf der rechten Spur und werden von allem überholt, was an diesem Sommersamstag unterwegs ist. Das entschleunigt kolossal.

In der City von Zürich heißt es Parkplatzsuche.

Kurze Zeit später spannt sich das Dach der monumentalen Haupthalle des Bahnhofs über uns, aber nicht nur über uns. Es wimmelt, es hallt, eilige Schritte, laute Stimmen, das Geräusch von Rollkoffern auf Asphalt.

Santo beargwöhnt den riesigen, ausgeprägt weiblichen Schutzengel von Niki de Saint Phalle. Er schwebt in seiner ganzen Drallheit und Buntheit unübersehbar im Raum, erweckt den Eindruck, er sei in Bewegung, geschäftig dabei, die Reisenden zu beaufsichtigen. Im Flug auf goldenen Schwingen. Anders wäre der Job bei den Menschenmassen auch nicht zu machen.

»So was hast du noch nie gesehen, was?« Ich tätschle meinem Wuschel den feuchten Hals. Der hat schon das nächste Wunder gesichtet: Eine weiße Großpudeldame, die neben einem Bistrotisch am Rand der Halle sitzt. Kein Ort, an dem sich eine wie sie je hinlegen würde.

Die Pudeldame bedenkt Santo mit einem herablassenden Blick. Er wedelt mit dem ganzen Körper, fiept, hängt sich ins

Geschirr, kurz, er macht sich zum Affen. Sein Frauchen, von der Vehemenz der Kontaktfreude überrascht, wird ungeachtet der Leute in Richtung Pudelschönheit geschleift. So mag man das.

Fila derweil fixiert die Pudeldame, Rute steil nach oben, Nacken- und Rückenhaare gesträubt. Die Message ist klar: Pfoten weg von meinem Kerl! Dr. Frieder fasst sein Dalmatinermädchen kürzer und läuft einen Bogen.

Das Interesse der Weißgelockten ist geweckt. Sie tänzelt auf Santo zu, die Leine schleift nutzlos hinter ihr her. Das zugehörige Frauchen steht dem Schutzengel in Farbenfreude nicht nach. Mäßig interessiert schaut sie von ihrer Zeitschrift auf.

»Penelope, ici«, sagt sie. »Mais non, pas celui ci.«

Aber nein, nicht der da? Ist mein Hund nicht fein genug, um ihrem Hallo zu sagen?

Meinem blonden Wuschel ist wurscht, was irgendwer von ihm hält. Er möchte der Pudelschönheit jetzt sofort seine Aufwartung machen.

Wollte ich mich gerade noch dezent entfernen, lasse ich nun die Leine fallen. »Parbleu!« Mit aufgerissenen Augen führe ich die Hand vor den Mund.

Santo stürzt zur Pudeldame, umgarnt sie, was diese über sich ergehen lässt, als wäre sie es gewohnt, dass sich jeder dahergelaufene Typ an sie ranschmeißt.

Das farbenfrohe Frauchen hebt eine Augenbraue, nimmt einen Schluck Tee, schenkt ihre Aufmerksamkeit dann wieder ihrer Zeitschrift und straft uns mit Gleichgültigkeit.

Ich bugsiere Santo weg von seiner Angebeteten und schließe zu Dr. Frieder auf.

»Stattlicher Bahnhof«, sagt er.

»Ja, gell?«

Mitte des 19. Jahrhunderts erbaut. Damals hielten die Züge direkt in der Haupthalle. Aus Platzgründen hat man die Gleise bald in die anschließende Halle verlegt, direkt auf die Sihl, die nicht weit entfernt in die Limmat fließt. Ein Bahnhof auf einer Halbinsel. Luxus pur. Passend zu einer Stadt, die sich gerne als kleinste Metropole der Welt versteht und von vielen für die Hauptstadt der Schweiz gehalten wird, weil sie dieses Flair versprüht.

Bereits auf der Herfahrt habe ich recherchiert, dass Tante Inés auf Gleis 32 angekommen sein müsste. Der Zug nach Lugano, der sie bis nach Bellinzona bringen sollte, ist auf Gleis 9 abgefahren.

»Wir müssen runter«, sage ich beim Blick auf die Anzeige.

Drei Geschosse. Oben historisch ehrwürdig, Flughafenflair mit vielen Geschäften im Mittelgeschoss, der Eindruck im Untergeschoss eindeutig U-Bahn. Geleckte U-Bahn. Kein Fitzelchen von irgendwas. Gleis 32 bildet da keine Ausnahme. Wir sind bei Bereich A abgestiegen. Der Perron, wie man hier sagt, zieht sich endlos. Ein Blick nach unten auf die Schienen ist nicht aufschlussreicher.

»In Zürich ist der Bahnsteig wie frisch gewienert«, murmle ich. »Wie lang ist der, einen halben Kilometer?«

»Nee«, sagt Dr. Frieder.

Wir schlendern ein Stück. Immer noch Bereich A.

»Hm«, mache ich.

Er sieht mich fragend an.

»Ich weiß nicht, was ich mir vorgestellt habe, hier zu finden, aber das ist zu wenig. Sollen wir nach dem Zugang zum Bahnsteig 32 ¾ suchen?«

Dr. Frieder schmunzelt und deutet auf einen Mülleimer.

Ich nicke bestätigend, stülpe mir eine Hundetüte als Handschuh über und beginne, die Mülltrennstation zu durchwühlen. Vier Abteile: Papier, Aludosen, PET-Flaschen und Restmüll. Nichts bei den ersten beiden Stationen im Gleisbereich A. Nichts bei der zweiten Station unter der Rolltreppe.

Dr. Frieder hält so lange die Hundeleinen und beobachtet mich amüsiert bei meiner Beschäftigung.

Bei der nächsten Müllstation bleibt etwas an der Tüte kleben, die meine Hand schützt.

»Igittigitt!«, rufe ich.

Dr. Frieder lacht auf.

In letzter Zeit habe ich bemerkt, dass er seine Freude daran hat, wenn ich etwas durchmachen muss, das eklig ist. Ich werfe ihm einen Seitenblick zu. Er strahlt über das ganze Gesicht.

Ich bringe Tüte samt Kaugummi in den Müll zurück und schüttle. Als ich die betütete Hand das nächste Mal aus dem Papiermüll herausziehe, hängt der Kaugummi noch daran und zusätzlich die Folie eines Müsliriegels. Die Mülltrennung wird nicht so ernst genommen, wie die Ausstattung uns glauben machen will.

»Igitt!«, quieke ich.

»Bin gespannt, wie du das löst«, sagt der Norddeutsche schmunzelnd.

Ich bedenke ihn mit einem überzogen strengen Blick und bemühe mich, Kaugummi samt Folie loszuwerden.

»Huch!«, rufe ich. Die Tüte ist mir von der Hand gerutscht. Vorsichtig ziehe ich meine Hand aus der Papierabteilung, bedacht, nirgends dranzukommen, so unbetütet. Immerhin ist dies eine vergleichsweise saubere Abteilung, sieht man von den Irrläufern ab.

Ich ziehe die nächste Hundetüte aus der Tasche.

»Das ist aber nicht Ordnung, die Plastiktüte beim Altpapier zu belassen«, sagt Dr. Frieder übertrieben ernst.

Ich runzle die Stirn und seufze überzogen. Mit frisch betüteter Hand fasse ich wieder hinein, packe die andere Tüte, zerre gegen Widerstand, zerre noch etwas fester und befördere zutage: die Hundetüte, den Kaugummi, die Müsliverpackung und eine Zeitung.

»Na, du bist ja mal ein anpackendes Kerlchen«, sage ich zum Kaugummi.

Dr. Frieder ist damit beschäftigt, die Hunde davon zu überzeugen, dass der Fang nicht für ihre Nasen gedacht ist.

Ich bemühe die nächste Hundetüte für meine linke Hand, setze mich so richtig ein, mit dem Ergebnis, dass die Zeitung erst mal auf dem Boden landet. Und heraus kullert ...

»Eine SIM-Karte?« Verblüfft blicke ich meinen Norddeutschen an. Ein Grinsen hüpft mir aufs Gesicht, als mir klar wird, woher die vermutlich stammt. »Yay!«

Dr. Frieder schüttelt lächelnd den Kopf. »Hätte nicht gedacht, dass du wirklich den Müll durchsuchst. War eigentlich nur als Scherz gedacht. Und dann findest du auch noch was?«

»Wie Scherz.« Ich fasse es nicht.

Er nickt. »Wollte dich dann aber auch nicht davon abhalten.« Nun grinst er breit.

»Ich bin empört«, sage ich kopfschüttelnd und wende mich wieder dem Fund zu. »Plastik im Papiermüll, das ist nicht nett, aber Elektronikschrott? Das ist hanebüchen.«

Kurz darauf sind alle Müllarten säuberlich getrennt und die SIM-Karte sichergestellt.

»Kaffee?«, fragt Dr. Frieder.

»Hach, du hast immer so gute Ideen.«

Er nimmt beide Leinen in eine Hand und legt den anderen Arm um meine Schulter. »Hast dir eine Belohnung redlich verdient. Danke für die Unterhaltung.«

»Man sollte nicht meinen, dass du Leichen öffnest und an menschlichem Gewebe herumschneidest. Das ist eklig.«

»Nee«, sagt er. »Es ist nicht das Eklige selbst, sondern wie du damit umgehst. Filmreif.«

Ich knuffe ihn in die Seite.

Wir steigen von unten nach oben und kommen wieder in der altehrwürdigen Haupthalle an. Dort nehmen wir den Bistrotisch in Beschlag, an dem zuvor das farbenfrohe Frauchen mit Pudeldame residierte. Santo schwelgt mit der Nase am Boden in Erinnerungen.

Zum Kaffee gibt es Nussgipfel.

Die Schweizer haben unbestreitbar eine Menge Leckereien hervorgebracht. Ich rede nicht vom allgemein anerkannten Dienst an der Menschheit und allen Nervenwracks, die ursprüngliche Erfindung aus Mittelamerika in das zu verwandeln, was wir heute Schokolade nennen. Das alleine hat hundert Orden verdient.

Ich erwähne auch nicht die unzählbaren Käsesorten. Auch nicht Raclette, Fondue, Rösti, Polenta, Bündner Fleisch, Wähen, Rüeblitorte, Birchermüesli ... Aber es ist mir ein Bedürfnis, etwas zum Schweizer Nussgipfel loszuwerden, manchmal auch in der Spielart Mandelgipfel erhältlich. Hier tobt ein Glaubenskrieg: Hefe- oder Blätterteig? Ich sage Blätterteig. Wunderbar knusprig, blättrig, fettig mit einer Zuckerglasur. So gehört sich das für einen Nussgipfel. Der auf meinem Teller macht das goldrichtig.

Seinen Werdegang stelle ich mir so vor: Sie, ein etwas dralles Nussgipfel aus Hefeteig aus einer gesitteten kleinen Schweizer Gemeinde, trifft ihn, ein raffiniertes französisches Croissant aus Paris. Das Produkt ihrer Liebe ist ein Schweizer Nussgipfel aus Blätterteig, das vollendete Wesen zweier Welten.

»Mmh«, summe ich, stecke mir den letzten Gipfelzipfel in den Mund und lecke mir die Finger ab. Fürs Protokoll: Ich habe mir zuvor die Hände gewaschen.

»Nich schlecht«, sagt Dr. Frieder, wischt sich die Finger an der Serviette ab, leert die Kaffeetasse und gibt mir einen seiner Wir-haben-alle-Zeit-der-Welt-Küsse, der mir hier etwas unangenehm ist, mit dem Schutzengel, der uns von oben beobachtet.

Gestärkt wenden wir uns der anstehenden Knobelaufgabe zu: Die SIM-Karte, die ich gleich mal heraushole.

»Also, was wissen wir. Eine Nano-SIM-Karte, wie sie in den aktuellen Smartphones verwendet wird. Das passt zu Tante Inés. Ich habe sie heute mit dem neuesten iPhone gesehen. Wenn sie es fallen lassen musste, so klang es ja, wollte der Finder vielleicht das iPhone behalten, aber ohne SIM-Karte?«

»Check«, sagt Dr. Frieder.

»AT&T, das ist ein amerikanischer Provider.«

»Check.«

Ich runzle die Stirn. »Und dann verließen sie sie.«

»Check.«

»Macht es Sinn, bei AT&T anzurufen und zu fragen, ob ...«

»Nee.«

»Also in *mein* Smartphone steck ich die Karte nicht.«

»Schön, dass wir uns da einig sind.« Er krault Fila, die ihm hingebungsvoll ein Ohr entgegenstreckt.

»Ein Billighandy kaufen? Ein Lesegerät? Muss es doch eigentlich geben. SIM-Karte reinstecken und per USB ins Notebook. Ich google mal.«

Ich brauche nicht lange. »So ein Lesegerät muss her. Der nächste Elektronikladen ist …«

Und so kommt es, dass ich meinem Norddeutschen einen Abschiedskuss gebe und ihn in zufriedener, entspannter Stimmung in der Haupthalle des Hauptbahnhofs Zürich zurücklasse, um einen Elektronikladen aufzusuchen. Hier, so Dr. Frieder, sei er mit den Hunden am besten aufgehoben, behütet vom Schutzengel könne er den Reisenden auf ihren Wegen zuschauen. Er bestelle sich jetzt noch einen Kaffee.

Kapitel 9

Ganz so einfach ist es nicht mit dem Elektronikladen. Der ist zwar im Bahnhof, bietet prinzipiell auch Kartenleser an, aber nicht den einen, den ich brauche. Würde selten nachgefragt. Aha! Kann ich mir vorstellen. Nur wenige wühlen im Müll, finden SIM-Karten und benötigen einen Apparillo, um sie auszulesen. Man schickt mich zu einem anderen Laden außerhalb des Bahnhofs, es sei nicht weit. Also gehe ich hin. Dort werde ich fündig und kehre mit einem leisen Lächeln des Triumphs an den Bistrotisch zurück. Doch der Platz ist leer. Verlassen. Kein Dr. Frieder, keine Hunde, das Geschirr abgeräumt. Keine Nachricht auf meinem Handy.

Ich frage die Bedienung. Der Herr hätte einen Kaffee getrunken und das Geld hingelegt. Wann er gegangen sei und in welche Richtung, könne sie nicht sagen.

»Nee, oder?«, murmle ich halblaut vor mich hin. Die Bedienung quittiert es mit einem Schulterzucken und tritt den Rückzug an.

»Die Ära der verschwundenen Personen«, wispere ich und schüttle den Kopf.

Ich bombardiere meinen Liebsten mit Nachrichten auf allen Kanälen. Nichts. Also tue ich, was mir am sinnvollsten erscheint: Ich bleibe sitzen, wo wir uns zuletzt gesehen und verabredet haben. Und trinke einen Kaffee.

Auch wenn sich sein Verschwinden in das Muster der verschwundenen Personen einzureihen scheint, will ich nicht überreagieren. In anderem Kontext würde ich davon ausgehen, dass Dr. Frieder eine Idee hatte. Vielleicht etwas einkaufen? Etwas besichtigen? Einer der Hunde musste mal? Er selbst musste mal? Es gibt eine ganze Reihe von völlig panikfreien Erklärungen.

Ich warte. Solange knöpfe ich mir die SIM-Karte vor. Wäre doch nett, wenn ich bei seiner Rückkehr etwas vorzuweisen hätte.

Der Verkäufer im Elektronikladen hat mich aufgeklärt, dass ich mit dem Adapter und der zugehörigen Software nur die frei lesbaren Daten der SIM-Karte einsehen, aber keinesfalls eingebaute Schutzmechanismen überwinden könne. Ich wäre schon froh, wenn überhaupt etwas ausgelesen würde. Aber entweder der Adapter oder die Software oder beide funktionieren nicht mit meinem Notebook, oder der Chip hat einen Schaden, der das Auslesen verhindert.

Na, die Aktion hat sich ja bestens gelohnt.

Einer plötzlichen Eingebung folgend rufe ich den einzigen mir bekannten Bahnhofspolizisten an.

»Ich bin zufällig am Züricher Hauptbahnhof und habe etwas gefunden.« Ich führe näher aus, um was es sich handelt.

»Ich habe Dienstschluss.«

»Oh!« Das trifft mich unvorbereitet.

Er sagt zu, mir einen Kollegen vorbeizuschicken. Nun muss ich auf jeden Fall noch bleiben, bis dieser eintrifft.

Keine fünf Minuten später steht ein drahtiger, schätzungsweise sechzigjähriger Polizist vor mir stramm. Na fast, viel fehlt aber nicht.

Ich übergebe ihm die SIM-Karte und fasse kurz zusammen. »Hier ist die Nummer der Dame«, schließe ich und zeige sie ihm.

Er macht ein Foto und nickt. »Wir werden sehen, was sich machen lässt.«

Nachdem er gegangen ist, warte ich wieder. Jede andere Tätigkeit übertrumpft das Warten nur kurzzeitig. Ist sie vorbei, springt sofort das Warteprogramm an und füllt alles aus.

Irgendwann ist genug gewartet. Ich zahle und bitte die Bedienung, den Kassenbon, den ich mit einer Nachricht für Dr. Frieder unter der Eiskarte einklemme, dort zu belassen, überreiche ihr einen ähnlichen Zettel mit meiner Handynummer darauf und bitte, betone, dass ich dankbar wäre, wenn sie die Augen offenhielte. Es sei gar nicht seine Art und ich würde mir langsam Sorgen machen. Das ist geschwindelt, ich sorge mich schon ein Weilchen.

Dann gehe ich Richtung Parkhaus und Bulli, finde beide unverändert vor, allerdings nur sie. Ohne Schlüssel, aber mit der Hoffnung auf eine Nachricht spähe ich in das Wageninnere. Nichts zu entdecken.

Das kleine Mädchen in mir hat latent befürchtet, Dr. Frieder wäre mit Bulli und Hunden über alle Berge auf und davon, er hätte mich in Zürich ausgesetzt aus Gründen, die ich nie verstehen würde. Vermutlich auch eine dieser Urängste, die wir nie ganz loswerden. Verloren gehen, verlassen werden. Bei näherer Betrachtung ist alles daran Quatsch. Ich könnte ohne Probleme mit dem Zug nach Hause fahren, oder wohin immer ich Lust habe zu fahren. Oder mir ein Auto mieten. Das dazu Nötige trage ich bei mir.

Wie wahrscheinlich ist es, dass der Norddeutsche mir davongefahren ist und meinen Hund mitgenommen hat? So vor dem Bulli stehend fällt es leicht: Ich würde jederzeit vierstellige Geldbeträge auf ganz und gar unwahrscheinlich setzen. Wahrscheinlicher ist, dass er einen Spaziergang unternommen hat und aus irgendeinem Grund kein Netz oder kein einsatzbereites Handy hat, um mir Bescheid zu sagen. Oder ihm ist etwas oder jemand begegnet oder zugestoßen. Letzteres verdränge ich ganz schnell mal wieder.

Auf Höhe des Parkhauses überspannt eine Fußgängerbrücke die Sihl, führt hinüber zu einer spitz zulaufenden Halbinsel, die durch das Zusammenfließen von Sihl und Limmat entsteht. Der Platzspitz. Ein Park mit alten Platanen, eine Oase mitten in der Züricher City. Der Blick auf Maps eröffnet: Dies ist die nächstgelegene Grünfläche, die man mit Hunden aufsuchen würde, wenn ein paar Grashalme und Bäume nötig wären.

Ich laufe durch den Park. Kein Dr. Frieder. Keine Hundenasen, die sich mir freudig entgegenstrecken. Mein Blick schweift über das bewegte Wasser der Sihl hinüber zum Parkhaus auf der anderen Seite. Ich befrage mein Handy zum x-ten Male. Nichts sagt es.

Ich schließe die Augen. Manchmal habe ich die Anwandlung, ich würde spüren, was mit den Wesen ist, die ich liebe. Ich horche in mich hinein. Da ist es still. Nichts raunt mir zu, wo sie sind. Ich schaue in Dr. Frieders verschmitztes Gesicht.

Er erhält erst einen Knuff auf den Oberarm, dann schließe ich ihn in die Arme, drücke meine Nase an seinen Hals und atme seinen Duft ein.

Ich öffne die Augen. Reine Einbildung. Da ist nichts. Weder ein Dr. Frieder, noch ein anderer Mensch. Der Park ist bedrückend leer für eine Oase mitten im Rauschen der Schweizer Metropole.

Ich hinterlasse eine weitere Nachricht auf seiner Mailbox und schicke eine weitere WhatsApp, nenne ein weiteres Mal meinen aktuellen Standort.

Nichts.

Roger Merian, Carlos, Fidel, Tante Inés, Ankes Zwillingsschwester. Und jetzt Dr. Frieder? »Die Ära der verschwundenen Personen«, murmle ich, »in chronologischer Reihenfolge.«

Ich renne los, ziellos, planlos. Wenn du nicht weißt, wohin, so hat mir Charles beigebracht, dann laufe drauflos. Das hat schon mal funktioniert. Ich achte nicht auf den Weg, die Himmelsrichtung, die Leute. Ich renne. Der älteste Teil unseres Gehirns, den wir mit den Reptilien gemeinsam haben, weiß Sachen ... Die Kunst ist, sich darauf einzulassen, das Denken einzustellen, sich ganz in den Instinkt fallen zu lassen.

Nach einer Weile ziellosen Hetzens fange ich an zu schwitzen und zu schnaufen, trotzdem drossle ich das Tempo kaum. Meine Umgebung saust verzerrt an mir vorbei wie die Landschaft an einem Hochgeschwindigkeitszug.

Ich laufe und laufe und laufe.

Japsend bleibe ich stehen, beuge mich vor, Hände auf den Knien. Ein Seitenstechen sondergleichen.

Als ich aufschaue, registriere ich, wo ich gelandet bin. Auf einer Brücke. Hinter mir brodelt der Verkehr, vor mir liegt der Zürichsee. Ich ringe nach Atem, versuche, mich zu beruhigen.

Eine Bewegung zieht meinen Blick auf sich. Drüben auf der Ecke am Ufer, neben einem Anlegesteg, gar nicht so weit weg, winkt jemand. Was daneben steht, erkenne ich sofort. Wieder renne ich los, trotze Seitenstechen und Atemnot.

Die Person rennt mir entgegen, wird gezogen von zwei Hunden.

Drei, vier röchelnde Atemzüge noch, dann liege ich in seinen Armen. Diesmal wirklich, leibhaftig, mein Dr. Frieder.

Kapitel 10

»Konnte nicht in Zürich sein, ohne einmal auf den See zu schauen«, sagt er.

»Und? Wie gefällt er dir?« Ich sitze neben ihm auf einer Bank, Blick auf das nahezu glatte Wasser. Ein paar Bötchen dümpeln darauf, als wären sie führerlos.

»Wie der Bodensee, ne?«

»Also erstens stimmt das ja nun überhaupt nicht«, entgegne ich entrüstet. »Und zweitens: Lass das nur nicht die Einwohner hören, weder die hier, noch die zu Hause«, flüstere ich mit konspirativen Seitenblicken auf die Passanten.

Wie sich herausstellt, dachte Dr. Frieder, der See läge gleich um die Ecke des Hauptbahnhofs. So habe er mal kurz nach der Himmelsrichtung gefragt und sich dann der Bahnhofstraße folgend aufgemacht, ihn zu besuchen. Er war ganz und gar analog unterwegs, hat sein Handy als Navigationshilfe komplett ignoriert. Natürlich würde er es so nicht zugeben, käme es doch etwas kauzig rüber.

»Dachte, du wirst dich schon melden nach deiner Shoppingtour«, schließt er.

»Wie, Shoppingtour? Du hast gedacht, ich gehe shoppen? Ich bin nur mal eben gezielt zu einem Elektronikladen.« Ich blicke ihn entgeistert an.

»Dachte, das dauert.«

Wie sich herausstellt, hatte er Roaming deaktiviert, weshalb ihn meine Armada von Nachrichten nicht erreicht hat. Zu allem Überfluss war sein Handy stumm gestellt, vermutlich in einem Anflug der Verweigerung, an der digitalen Welt teilzunehmen.

»Ohne Vibrationsalarm?« Ist es zu fassen?

Er zuckt mit einer Schulter, tippt mit dem Zeigefinger auf meine Nase. »Hast mich ja gefunden, ne?«

Manchmal muss ich mich schon fragen ... »Als wärst du ein Zeitreisender.« Ich kann nicht aufhören, den Kopf zu schütteln.

»Nu übertreibst du aber.«

»Hast sogar dein Auto mitgebracht.«

»So gesehen.« Er schmunzelt.

Wir winken dem See zu und schlendern den Stadthausquai an der Limmat entlang zum Parkhaus. Eine halbe Stunde später stehen wir vor dem Bulli, kurz darauf sind wir zurück auf der Autobahn. Na ja, nach dem üblichen innerstädtischen Verkehrskuddelmuddel, bei dessen Abwesenheit man ins Grübeln käme, ob etwas nicht stimmt.

Es folgt eine höchst beschauliche Fahrt durch die Schweizer Alpen Richtung Süden.

»Jede Menge Seen heute«, bemerkt Dr. Frieder, als wir nach dem Zugersee und dem Lauerzersee auch noch am Vierwaldstättersee vorbeifahren.

»Wir haben einen ausgewachsenen Seefimmel«, sage ich. Er schenkt mir ein Lächeln. »Besser als ein ausgewachsener Putzfimmel.«

»Oh ja, viel besser.«

Dann nehmen wir den Anstieg zum Gotthardtunnel in Angriff. Nun haben wir ja einen Motor, der die Hauptarbeit erledigt, gleichwohl ist es beschwerlich und gleicht einem Kampf.

Ich hatte keine Vorstellung, wie langsam ein Auto einen Berg hinaufzuckeln kann. Dazu kommen Pausen in kurzen Abständen, immer, wenn sich ein Parkplatz anbietet. Motor auskühlen lassen. Nun ist Dr. Frieder es ja gewohnt, seinen Klassiker zu fahren. Auf einer längeren Fahrt, so mein Doktor, sei es anstrengend, das rechte Bein in diesem Winkel auf dem Gaspedal zu halten. Daher bin ich mir unsicher, ob wir die Fahrtunterbrechungen nicht größtenteils dem malträtierten Bein zu verdanken haben, was der echte Mann an meiner Seite nur nicht zugeben will.

Ein Kurztrip relativiert sich, ist man mit dem Bulli unterwegs. Die Fahrt über die Alpen, so malerisch und beschaulich, sie zieht sich.

»Bulli mag eher Flachland«, sagt Dr. Frieder mit einem schiefen Lächeln und kurbelt uns durch die x-te Kurve.

»Und eine kühle Meeresbrise«, ergänze ich und tätschle dem schwer schuftenden Automobil das Armaturenbrett.

»Nicht mehr lang. Jetzt nur noch der Tunnel, dann geht's bergab.«

»Wattn Tunnel«, sagt Dr. Frieder ehrfürchtig, da sind wir noch nicht mal auf der Hälfte des siebzehn Kilometer langen Gotthardtunnels.

Kaum sind wir draußen und blinzeln in das Sonnenlicht, fährt er ab und steigt aus. Er stackselt steif, schüttelt die Beine aus, schwenkt die Arme, macht Freiübungen, als hätte er acht Stunden nonstop hinter dem Steuer gesessen. Die letzte Pause ist keine dreißig Minuten her. Jetzt hinkt er auch noch um das Auto herum und öffnet wortlos die Beifahrertür.

»Ich soll fahren?«, frage ich überrascht und rutsche rüber. Mein Norddeutscher macht einen recht müden Eindruck.

»Muss ich mir Sorgen machen?«, frage ich.

Er winkt ab und hievt sich mit Mühe auf den Beifahrersitz.

»Tut dir was weh? Darf ich die Tür für dich schließen?«

Er zieht eine Grimasse.

»Ich hätte nie gedacht, dass ich das einmal sagen würde, aber ich denke, du brauchst dringender etwas Anständiges zu essen als ich.«

»Is so.«

Dr. Frieders Handy klingelt. Er zieht es aus der Jeans, gibt ein paar undefinierbare Brummlaute von sich, beendet das Gespräch und blickt mich an, als wisse er nicht, was er sagen soll.

»Wer war's?«, helfe ich ihm auf die Sprünge.

»Martin, der Notarzt, dem ich den Schwager übergeben habe.«

Ich brauche einen Moment. Welcher Schwager? »Ah ja, Ankes Schwager. Der Mann der Zwillingsschwester«, sage ich besonders geistreich, als mein Gehirn endlich die nötige Verbindung zum Gewittersturm auf dem Gnadensee herstellt.

Dr. Frieder schüttelt langsam den Kopf.

Ich starre ihn an. »Sie haben die Schwester nicht gefunden?«

»Doch, aber tot.«

»Oh.«

Wir schweigen.

»Die Arme!«

»Jou.«

»So unerwartet.«

»Jou.«

»Irgendwie denkt man immer, jeder wird gerettet, gerade noch so. Mund-zu-Mund-Beatmung, dann hustet das Opfer Wasser und gut.«

»Im Film. In der Realität hustet man kein Wasser.«

»Nein?«

Er schüttelt den Kopf.

»Wie hieß sie?«

»Ankes Zwilling? Fanny Schmidt-Grob.«

Wir schweigen einen Moment, sitzen im Bulli auf einem Autobahnparkplatz südlich des Gotthardtunnels und denken an Anke, die ihre Zwillingsschwester in einem Sturm verloren hat und der es jetzt sicher furchtbar geht.

»Was ist mit dem Schwager?«, frage ich und habe das Bild des großen bewusstlosen Mannes in goldener Rettungsfolie vor Augen. Er hat seine Frau verloren.

»Keine Ahnung.«

Wir schweigen.

Dr. Frieders Handy schubst uns aus unseren Gedanken. Wieder sagt mein Norddeutscher nicht viel. Wie er das Gespräch allerdings beginnt, lässt mich die Ohren spitzen.

»Arthur«, sagt er nämlich.

Kriminaloberkommissar Arthur von Leisfall, Ermittlungsbeamter bei der Konstanzer Kriminalpolizei und ein Freund von Dr. Frieder. Mit einem Anruf von Arthur muss nicht unbedingt etwas Kriminelles verbunden sein, aber es kann.

»Sind schon durch den Gotthardtunnel. – Okay.«

Nach dem Telefonat blicke ich Dr. Frieder gespannt an. Nichts. Er schweigt.

»Was?«, muss ich also wieder fragen.

»Die Kripo ermittelt.«

»Es war kein Unfall?«

»Ist noch nicht raus.«

»Ja so was.« Die Nachricht braucht einen Moment, um zu sacken. »Und das erzählt er dir warum? Hättest du die erste Leichenschau machen dürfen, wenn du da gewesen wärst?«
»Ist schon durch.« Das klingt wehmütig. Ja, ich weiß, das ist schräg, aber Dr. Frieder will Rechtsmediziner werden, daher ist es in seiner Welt etwas Erstrebenswertes, die erste Leichenschau durchzuführen, überhaupt zu untersuchen, wie ein Mensch zu Tode kam.
»Er weiß von Martin, dass wir vor Ort waren, und braucht unsere Zeugenaussage.«
»Müssen wir zurück?«
»Übermorgen reicht.«
»Hat er gesagt, weshalb sie ermitteln?«, frage ich, nachdem ich für meine Verhältnisse erstaunlich lange den Schnabel gehalten habe.
»Hat er nich.«
»Seltsam, oder? Dachten wir nicht, Ankes Schwester ist ertrunken?«
»Dachten wir.«
Ich starte den Motor und erfahre, wie die Autofahrer früher drauf waren. So ganz ohne Servolenkung und Bremskraftverstärker, mit einem Getriebe, das sich bei jedem Schalten erneut überlegt, ob es den nächsten Gang annimmt. Die Größe des Lenkrads beschert LKW-Feeling. Da wird nicht locker aus dem Handgelenk gedreht, da wird mit Einsatz der vollen Länge beider Arme gekurbelt.
»Boah«, sage ich nach ein paar Kurven. »Schwerstarbeit.«
Ganz zu schweigen von meinem rechten Knie. Das muss in einer für moderne Knie unnatürlichen Haltung gegen den Druck des Gaspedals verweilen und meckert vor sich hin. Dabei fahre ich erst eine Viertelstunde.
Dr. Frieder neben mir trägt ein zufriedenes Lächeln, legt demonstrativ die braun gebrannten Füße aufs Armaturenbrett, verschränkt die Arme im Nacken und rekelt sich in Vorbereitung auf ein Nickerchen. Dazu gibt es wohlige Genusslaute.

»Du hättest mich einfach fragen können«, stelle ich klar.

»Dachte, du willst nicht fahren.«

»Und ich dachte, du willst nicht, dass ich fahre. Ich dachte, der Bulli ist dir heilig. Gut, haben wir das mal geklärt.«

»Jou.«

Eine Weile schweigen wir.

»Was da sonst noch ist?«, frage ich dann.

»Mein Gedanke.«

»Sollten wir mehr miteinander reden?«

Wir sehen uns in die Augen. »Näh!«, rufen wir gleichzeitig und lachen.

Als Fahrerin eines Bulli T1 ernte ich jede Menge netter Blicke. Da ist alles dabei: Belustigung, Freude und ein gelegentliches Winken. Ich lächle und winke eifrig zurück. Wir bräuchten mehr solcher Autos auf unseren Straßen. Es würde die allgemeine Stimmung heben. Obwohl wir alle aufhalten, gibt es kein Gehupe, keine zornigen Blicke.

Der nächste Restaurationsbetrieb ist unser. Wir dürfen aus dem Bulli aussteigen, das alleine ist schon wunderbar. Ich schüttle die Beine, schlenkere die Arme, hample herum als Parodie auf Dr. Frieders Freiübungen vorhin.

Er sieht mir lächelnd dabei zu.

Dr. Frieder, die Hunde und ich schlagen uns die Wampe voll. Anders kann man das nicht nennen. Normalerweise bieten Küchen an Autobahnen weder bei Auswahl, Qualität, Geschmack, Ambiente noch beim Preis einen Grund, dort einzukehren. Aber hier, an dieser Edelraststätte Schweizer Art mit italienischem Einschlag, können wir nicht an uns halten. Einfach alles wirkt unwiderstehlich. Was wir bestellen, schmeckt gut. Das überstrahlt die saftigen Preise.

»Hauptsach de Ranze spannt«, sage ich in breitem Konstanzerisch und tätschle mir denselben, als wir wieder im Bulli sitzen, ich übrigens hinterm Steuer.

Dr. Frieder lacht auf. »Is so.«

Wir verdauen eine Weile entspannt vor uns hin. Mit meinem Norddeutschen kann man so gut wie alles unternehmen, auch Schweigen ist mit ihm vergnüglich. Er hat die Gabe, im

Augenblick zufrieden zu sein, einerlei, was dieser zu bieten hat.

»Was ich dich fragen wollte«, sagt er nach einer ganzen Weile. Er hält inne, um die Spannung zu erhöhen. Obwohl meiner Neugierde das bekannt ist, hat sie sich noch nicht daran gewöhnt. Dabei wäre es ein Leichtes, kurz abzuwarten, was er sagen wird. Aber nein.

»Ja?«

Als er immer noch nicht damit herausrückt, reiße ich mich ein paar zusätzliche Atemzüge lang am Riemen.

»Ja, was denn?«, frage ich dann ungeduldig.

»Wo fahren wir eigentlich hin?«

Mir klappt spontan der Unterkiefer herunter. Doch mein Erstaunen wird abgelenkt. Oder lenke ich mein Erstaunen ab? Da bin ich mir manchmal nicht so ganz sicher.

»Braucht der Bulli eine Pause?« Ich deute mit dem Kopf auf die Ankündigung eines Parkplatzes.

Dr. Frieder beugt sich herüber und wirft einen Blick auf die Öltemperaturanzeige. »Nicht nötig.«

Dann schweigen wir wieder. Ich, weil ich hoffe, er hätte den roten Faden verloren. Denn mir ist just bei seiner Nachfrage eingefallen: An unserer Unternehmung fehlt eine Kleinigkeit.

»Und?«, fragt er.

»Ich dachte ...«

»Du hast keinen Plan«, stellt er treffsicher fest.

»Äh.« Ich fühle, wie mir das Blut in den Kopf schießt.

Dr. Frieder grinst breit und legt mir eine Hand in den Nacken.

»Ich dachte, wir fahren zum Bahnhof«, sage ich um eine selbstsichere Stimme bemüht. Bahnhof hat sich schon mal bewährt. Aber es ist mir schon ein bisschen peinlich, dass ich, wohlig ins Verreisen gekuschelt, keinen Gedanken an die weitere Vorgehensweise verschwendet habe.

»Und dann?«

Ich zucke mit den Achseln. »Findet sich.« Ich gebe mir Mühe, lässig zu klingen. Jetzt nur nicht anmerken lassen, dass etwas im Argen liegt.

»Sach bloß.« Er grient weiter vor sich hin. »Noch ne SIM-Karte?«

Ich ziehe eine Grimasse. Tja, was machen wir am Bahnhof? Wir haben nicht mal ein Bild von Tante Inés, das wir herumzeigen könnten, einmal abgesehen davon, dass wir vermuten, dass sie gar nicht in Ascona angekommen ist. Wo setzt man da an?

»Bahnhof ist vielleicht doch nicht so vielversprechend«, gebe ich zu.

»Sach bloß.« Er muss es nicht aussprechen, ich weiß es auch so: Was gedenke ich denn alternativ zu tun?

»Wir könnten Hotels abklappern«, sage ich.

»Hätten wir telefonisch von zu Hause aus tun können.«

Wo er recht hat ...

»Das ist so eine Bauchgeschichte.« Ein schwacher Versuch, aber die Wahrheit. Mein Gehirn hat sich dezent zurückgehalten, ganz klar muss der Grund dafür sein, dass mein Bauch weiß, wo es langgeht.

Ich habe keinen Anhaltspunkt, keinen Plan, wie wir die Spur aufnehmen. Trotzdem bin ich mir sicher, wir müssen nach Ascona. Es ist unerklärlich. Vor mir selbst ist es das, umso mehr gegenüber dem Mediziner und Wissenschaftler an meiner Seite.

»Intuition?«, fragt er.

Ich nicke. Das klingt gut. Eine Vokabel mit lateinischem Migrationshintergrund.

»Sag das doch. Du denkst, ich lasse nur Fakten und logische Erklärungen gelten. Das Unbewusste, die Intuition, der Instinkt, ist durchaus eine anerkannte Größe in der Medizin, der Psychologie, der Wissenschaft.«

»Ach was«, kann ich da nur sagen.

»Du wirst unbewusst Informationen aufgenommen und anhand deines Erfahrungsschatzes Schlüsse gezogen haben. Also, fahren wir nach Ascona.«

Ich werfe ihm einen bewundernden Blick zu. Durchaus möglich, dass es eher einem Anschmachten ähnelt. Für das letzte Teilstück nach der Autobahnabfahrt brauchen wir so lange, wie für die ganze Strecke zuvor. Ein einziges Geschiebe, viel zu viele Menschen in viel zu vielen Autos, wildentschlossen, heute anzukommen. Kein Wunder, es ist Wochenende und es ist Sommer.

Zwischendurch streiche ich die Segel und lasse Dr. Frieder wieder ans Steuer. Steif stacksle ich um das Auto herum. Diesmal ist nichts daran gespielt. »Bei aller Liebe, der Bulli sorgt dafür, dass man sich so alt fühlt, wie er ist«, sage ich und massiere mir das Knie.

Die Hunde im Fond sind unfassbar brav, schauen uns bei jeder Pause an, als wären wir nicht ganz dicht. Warum denn schon wieder anhalten, soviel könne man gar nicht trinken, wie wir meinen, dass sie das Gegenteil verrichten sollen.

Endlich sind wir da und haben einen Parkplatz ergattert. Wir spazieren durch die verwinkelten Gässchen der Altstadt von Ascona Richtung Promenade. Kleine Restaurants und Geschäfte, viele Menschen, ja, aber trotzdem kein geschäftiges Treiben, sondern eine entspannte Stimmung.

Auf der Promenade dann ein phänomenaler Blick auf den See mit einem Rahmen aus Bergen. Ein paar Inselchen mittendrin. Im Vordergrund Fischerboote, die fest vertäut auf den Wellen tanzen. Die Boote tragen Namen wie Giulia, Mariaria und Simpatico. Gestutzte Platanen wie auf der Seestraße in Konstanz, aber mit einem Flair von Süden durch die bunten Häuser und die eine oder andere begleitende Palme. Abgesehen vom optischen Unterschied liegt ein mediterranes Flirren in der Luft. Wir sind eindeutig südlich des Hauptalpenkamms.

Dr. Frieder stößt einen Laut des Vergnügens aus und legt den Arm um mich.

Die Sonne macht sich an, hinter die Gipfel zu kriechen, um dort in all ihrer Rätselhaftigkeit unterzugehen, ohne dass jemand sie dabei beobachtet. Als wäre ein Sonnenuntergang zu intim, als dass man zusehen dürfte.

»Ist das jetzt Alpenglühn?«, fragt er.

»Eigentlich braucht's Schnee für ein zünftiges Alpenglühen. Aber ich denke, für einen Norddeutschen tut's das.«

Dafür erhalte ich einen liebevollen Knuff in die Seite. Wir flanieren im Strom der Passanten die Promenade auf und ab. Den kosmopolitischen Stimmen nach zu urteilen sind Touristen in der Überzahl. Wir baden in der Urlaubsatmosphäre und der weichen Abendluft. Dazu gibt es ein Eis. Obwohl man hier italienisch spricht, ist es ein schweizerisches Eis. Schmecken tut es trotzdem.

Als die Sonne immer weniger zur Helligkeit beiträgt und die Aufgabe an die Straßenlaternen übergibt, nehmen wir auf der Terrasse eines Restaurants Platz und bestellen Prosecco. Bester Blick auf das letzte bisschen Abendrot.

Ich unterdrücke ein Gähnen, möchte die romantische Stimmung nicht stören. Aber der Tag war lang, der Weg war weit.

»Auf unseren ersten Urlaub«, sagt Dr. Frieder mit einem sonnigen Lächeln beim Anstoßen und schaut mir tief in die Augen.

Hui, das kribbelt.

Wir entscheiden uns, das Abendessen in dem rustikalen Restaurant einzunehmen, an dem wir zuvor auf unserem Weg durch die Gässchen vorbeigekommen sind. Es sah vielversprechend aus.

Gemächlich, dem hiesigen Promenadentempo angepasst, biegen wir ab. Der Arm meines Liebsten um meine Schulter, Filas Leine in seiner anderen Hand, ich führe Santo. Abrupt steuert Dr. Frieder uns mit ganzem Körpereinsatz von der Ideallinie weg, mitten hinein in eine deutsche Reisegruppe, die schwatzend in einem Pulk zusammensteht. Dieses Ines-Steuerungssystem hat er heute Morgen bereits eingesetzt, schon da hat es mir nicht gefallen.

»He«, sage ich grimmig und baue Gegendruck auf, was nichts daran ändert, dass wir uns in der Menschentraube festfahren, umschlossen sind von unternehmungslustigen Touristen.

Ich sehe in die Richtung, von der Dr. Frieder uns abge-
bracht hat und fege seinen Arm von meiner Schulter.

Kapitel 11

Durch den Kegel einer Straßenlaterne, leicht derangiert und unvollständig so ohne Korb über dem Arm, sonst aber putzmunter mit einem Strahlen im Gesicht, kommt Tante Inés auf uns zu.

»Wie ...?«, bringe ich nur hervor. Ich habe nicht die leiseste Ahnung, wie der Satz weitergehen, geschweige denn, wie er enden könnte.

Dr. Frieder seufzt laut auf.

»Gut euch zu sehen«, schmettert Tante Inés auf Englisch und strahlt uns an.

»Wie kommt es, dass du hier bist?«, frage ich auf Englisch, als ich meine Stimme wiedergefunden habe.

Tante Inés taucht in die Reisegruppe ein. »Inés, Chica, wie wundervoll dich zu sehen. Marc auch. Ascona ist fabelhaft, ist es nicht?« Sie streckt uns beide Arme entgegen, als wolle sie uns hier und jetzt an ihren wogenden Busen drücken.

Die Aufmerksamkeit aller Umstehenden ist uns gewiss.

Dr. Frieder sieht mich prüfend an. In seinen Augen glimmt die leise Hoffnung, ich könnte mich entscheiden, auf dem Absatz kehrtzumachen, Tante Inés in der Reisegruppe stehen und diese Begegnung einfach nicht stattfinden zu lassen.

Ich lächle ihn beruhigend an. »Zirkus. Affen.«

Er lächelt zurück.

»Aber Abendessen gehen wir eh, da kann sie doch mitkommen. Nur der Unterhaltung wegen.«

Sein Lächeln wird schmaler, bleibt aber bestehen. »Gut«, brummt er. »Essen und feddich.«

Ich nicke.

Wenig später sitzen wir im Innenhof des kleinen Grottos, über uns Weinreben und eine in die Jahre gekommene Markise, um uns herum Natursteinmauern und mit roten Geranien bepflanzte Weinfässer. Wohlfühlatmosphäre. Hach!

Tante Inés musste nicht lange überredet werden, uns zu begleiten. Jetzt plappert sie auf uns ein, wie *marvelous* das Tessin sei, die Häuser, die Gassen, die Geschäfte, der See, die Berge und wie *wonderful* die Menschen hier, und man schaue nur mal, dieser Innenhof, wie *charming*. Man spreche sowohl Italienisch als auch Deutsch, und wirklich jeder, den sie angesprochen hätte, könne in bestem Englisch antworten. Das ist doch *amazing*, ist es nicht? Nur Spanisch, nein Spanisch sei hier wenig üblich.

Vermutlich hat sie Nachholbedarf. In den paar Stunden im Ausland haben sich ganze Wörtermassen angestaut. Die schießen bei Öffnung der Schleusen heraus und sprudeln unaufhaltsam über Dr. Frieder und mich.

Der Nordfriese nickt gelegentlich höflich, ruht ansonsten in sich selbst. Er arbeitet an einem Craft Bier Namens *Bad Attitude La Kurt*. Das Etikett ziert die Illustration eines Typen mit Sonnenbrille und blonden Haaren, die ihm strähnig ins Gesicht fallen. Der Schatten eines Dreitagebartes um die Schmollmundlippen. Auf Dr. Frieders Frage, ob es ein lokales Craft Bier gebe, hat die Bedienung mit raumgreifendem Armschwung in eine Himmelsrichtung gedeutet, ich würde sagen Südsüdost. Die Brauerei San Martino läge in Stabio, keine Stunde von hier, sei demnach durch und durch tessinisch. Von dort gäbe es die Interpretation eines American Pale Ale und natürlich könne sie es wärmstens empfehlen.

Als die Bedienung die Flasche brachte, beguckte Dr. Frieder das Etikett, nickte zufrieden und bestellte sich ein Zweites, ohne das Erste gekostet zu haben.

Ich nuckle am unvermeidlichen schwarzen Strohhalm eines Aperol Spritz, und nicke ab, was Tante Inés von sich gibt.

Je länger sie quasselt, desto klarer wird, der Redeschwall dient auch als Blockade. Solange sie redet, stelle ich keine Frage. Das Dringlichste, ob es ihr gut geht, schließlich habe ich mich die letzten Stunden durchaus etwas um sie gesorgt, kann man sich getrost sparen. Tante Inés geht es blendend.

Ich kriege keinen Fuß in die Tür. Sie quasselt, umfasst dabei ihr Wasserglas – extra Eis, zwei Scheiben Zitrone – mit beiden Händen, wenn diese nicht gerade als Luftunterstützung für entfesselte Adjektive unterwegs sind.

Irgendwann ist es mir zu bunt. Ich halte ihr meine Hand als Stoppschild entgegen. Und als ob man es missverstehen könnte, befehle ich:»Stopp!«

Sie schaut mich verdattert an. Schockverstummt.

Und so frage ich endlich, was es zu wissen gilt. Während ich mit Bedacht auf Englisch formuliere, dreht sie ihre Armbanduhr hin und her, zupft an der weiß getupften schwarzen Bluse herum, kratzt sich damenhaft an der Nase, zieht mit dem goldenen Ohrring das Ohrläppchen lang und ordnet die Haare. Als sie mit einer Antwort dran ist, schweigt sie.

»Also?«, fordere ich nochmals auf, was ich mir auch sparen könnte, ihre Körpersprache hat meine Frage bereits beantwortet.

»Okay«, sagt sie und macht eine Pause.»Ich musste dich irgendwie dazu bringen, nach Ascona zu fahren.«

»Keiner hat dich angegriffen? Dein Hilfeschrei war fake? Dein Handy ist nicht zu Boden gefallen?«

Sie nickt.

»Wie wahrscheinlich war das? Dass wir losfahren, meine ich. Wie lange wolltest du wo auf uns warten?«

Sie nickt und spielt mit ihrem Ohrring wie ein Schulmädchen, das man beim Abschreiben ertappt hat.»Ich habe einen Tracker im Auto platziert.«

»Pardon?«, fragen Dr. Frieder und ich gleichzeitig.

»Ich habe einen GPS-Tracker zwischen Lehne und Sitz geschoben, um zu kontrollieren, ob mein Anruf funktioniert hat. Und um zu wissen, wann ihr in Ascona ankommt, natürlich.«

»Natürlich«, sage ich automatisch, auch wenn sich mir gerade mehr Fragen stellen, als beantwortet werden.

»Als ich sah, dass die Polizei den Anschlusszug kontrolliert, verzog ich mich in ein Café und nahm den nächsten Zug.«

»Und warum hast du die SIM-Karte weggeworfen?«

»SIM-Karte weggeworfen?« Sie sieht mich mit großen Fragezeichen in den Augen an.

»War nicht von dir?«, fragt Dr. Frieder auf Englisch.

Tante Inés schüttelt den Kopf, Gesichtsausdruck weiterhin überfragt.

»Nee, oder?«, sage ich und blicke Dr. Frieder verdattert an. »Ich habe ganz umsonst im Müll gewühlt?«, frage ich auf Deutsch. »Ganz zu schweigen davon, dass ich diesen Apparillo gekauft habe, der nicht funktioniert?«

»Nicht umsonst. Ich fand's amüsant«, sagt er und grinst. »Und du hast die Mülltrennung in Ordnung gebracht.« Ich rolle mit den Augen und seufze einmal ausgiebig. Ganz wunderbar.

Nachdem sich alles etwas setzen konnte, stelle ich fest: Tante Inés' Verhalten wundert mich nur kurz. Vermutlich hätte ich an ihrer Stelle ähnlich gehandelt. Nein, wohl nicht. Aber es ist nachvollziehbar, dass sie uns mit allen Mitteln dazu bringen wollte, ihr zu helfen. Und wenn Überzeugungskünste, Überredungskünste und Kochkünste ausgereizt sind, greift manch eine in die Trickkiste. Die Zeit als Mafiaköchin ist nicht spurlos an ihr vorübergegangen, der Inhalt ihrer Trickkiste kann sich sehen lassen.

Wir schweigen eine Weile. Das Essen kommt. In diesem Grotto wird jeden Tag etwas anderes serviert. Es wird gegessen, was dem Koch gefällt. Ein Menü für alle. Ein Holzbrett bestückt mit Salami und Mortadella am Stück und einem scharfen Messer landet auf unserem Tisch. Dazu frisches Brot.

Man könnte vermuten, Tante Inés' Geständnis macht mich wütend. Grund genug hätte ich. Es überrascht mich gerade selbst, wie ruhig ich bin.

»Du bist nicht böse?«, fragt Tante Inés.

Auch Dr. Frieder sieht mich erwartungsvoll an.

»Irgendwie nicht.« Ich zucke mit den Schultern und nehme ein Stück Brot. »Irgendwie verstehe ich dich auch. Obwohl ich mich *richtig* um dich gesorgt habe ...« Ich lasse Raum für Tante Inés' schlechtes Gewissen, das ich mit der Pause einfordere.

»Inés, Chica, es tut mir leid!«, ruft sie wie bestellt und zieht eine zerknirschte Grimasse, die ich ihr nur zur Hälfte abnehme. Sie ist eine Dramaqueen. Jedes Element ihrer Mimik und Gestik gilt es durch zwei zu teilen.

»Aber hier ist es doch sehr nett. Ohne dich wären wir nicht hier. Bis auf die Schrecksekunden heute, habe ich eine schöne Zeit. Und du?«, frage ich an Dr. Frieder gewandt.

Er nickt, zwinkert mir zu und erhebt sein Glas. Wir stoßen an. Er und ich, ohne Tante Inés.

»Und es ist ja nicht so, als ob du bekommen hättest, was du wolltest«, ergänze ich nach einer kleinen Pause, in der ich im Kopf mit dem englischen Konjunktiv jongliere.

Dr. Frieder lächelt mich breit an und legt eine Hand in meinen Nacken, zieht mein Gesicht zu seinem und drückt mir einen Schmatzer auf. Keiner der üblichen Wir-haben-alle-Zeit-der-Welt-Küsse, sondern ein kurzes, lautes Vergnügen mit Nachdruck aufgedrückt.

»Was meinst du?«, kommt von Tante Inés.

»Wir sind zwar hier, aber wir werden dir nicht helfen.«

»Oh«, sagt sie und lässt das Wasserglas zurück auf den Bierdeckel sinken.

Kapitel 12

Nach der Salami-Mortadella-Vorspeise, von der Dr. Frieder gar nicht aufhört, Scheibe um Scheibe herunterzusäbeln, und Cicoriasalat, der für uns alle neu ist, gibt es Pasta. Der Wirt kommt mit einer Riesenschüssel Farfalle in Sugo an den Tisch und tut uns mit einem Holzlöffel auf.

Tante Inés ist entzückt von der unkomplizierten Art des weißhaarigen Gastgebers mit der sonnengegerbten Haut. Er schäkert mit ihr. Sie kichert mädchenhaft. Ich glaube, sie errötet sogar etwas, was bei der schummrigen Beleuchtung schwer zu erkennen ist und teilweise am Tessiner Merlot liegen mag, zu dem sie inzwischen gewechselt hat.

Ich stupse meinen Norddeutschen mit dem Ellbogen an, deute mit dem Kinn auf Tante Inés, die dem Wirt hinterher guckt. Dr. Frieder nickt schmunzelnd.

Der Hauptgang kommt: Polenta, neben der eine Art Gulasch landet, eine dunkelbraune Soße mit faserigen Rindfleischwürfeln darin. Habe ich die Fleischkomponente des ersten Gangs ausgelassen, kann ich hier nicht widerstehen. Vielleicht ist auch der Alkoholpegel schuld, dass ich keinerlei Widerstand leiste. Was soll ich sagen, es ist göttlich. Aber der Geschmack war bei Fleisch noch nie das Problem.

Schließlich sitzen wir bei Käse und haben uns die dritte Karaffe Wein bestellt. Dr. Frieder ist nach dem Craft Bier zu uns Weintrinkern konvertiert. Er und Tante Inés erzählen sich schmutzige Witze. Sie gackert dreckig. Urkomisch, wenn einer der beiden nach einer Vokabel fischt, gezwungen ist, zu umschreiben, was gemeint ist, und dabei angesichts des schlüpfrigen Themas herumdruckst. Ich lache Tränen.

Gelegentlich schaut der Wirt vorbei, ob alles in Ordnung ist. Er schaut vor allem nach Tante Inés und steuert ein paar Sprüche bei – in charmantem Englisch mit italienischem Akzent. Freigiebig streut er ein E hie und da ein, wo keines hingehört, als hätte er zu viele eingekauft, heute Morgen auf dem Markt, und verschenkt sie nun an Freunde.

Santo und Fila liegen platt auf der Seite und schnarchen um die Wette.

Als ich denke, das war's jetzt kulinarisch für heute, fragt der Wirt, ob wir *il dolce* wollen. Er hätte zwar keine drei Portionen mehr, würde uns aber gerne das letzte Stück mit drei Gabeln bringen.

Ich habe noch gar nicht begonnen, nachzudenken, da nickt mein Kopf. Wer den Tag mit Süßkartoffelkuchen beginnt, kann ihn nur mit Tessiner Maronikuchen beenden.

Tante Inés kostet, zieht anerkennend die Mundwinkel nach unten und lässt sich von Dr. Frieder erklären, was Esskastanien sind und dass diese im Tessin wachsen.

»Das ist wirklich exotisch«, meint sie.

So gesehen alles eine Frage der Perspektive.

Letztendlich bleibt es an mir hängen, den phänomenalen Maronikuchen zu vertilgen und ich bin froh – ja das überrascht mich ebenfalls ein bisschen – dass das Stück nicht allzu groß ist. Auch eine Ines Fox ist mal satt. Vollgestopft trifft es eher.

Wenig später sehen wir ein, dass es langsam Zeit ist, sich zurückzuziehen. Wir liefern Tante Inés bei einem der kleinen Hotels an der Promenade ab, in dem sie untergekommen ist. Ihre Kreditkarte wird morgen ganz schön Federn lassen.

Dann verabschieden wir uns für die Ewigkeit. Dr. Frieder nimmt Tante Inés in den Arm, wiegt sie hin und her und bläut ihr ein, sie solle auf sich achtgeben und nach Hause fliegen. Fidel säße vermutlich an einem schönen Ort und ließe es sich gut gehen. Schöne Orte und gutes Essen, das hätte sie ja nun gesehen, gäbe es hier zuhauf. Sie solle sich nicht sorgen und das nächste Flugzeug nach Miami besteigen.

Als ich dran bin, nehme ich sie ebenfalls in den Arm und will ihr ähnliche Wünsche mitgeben, komme aber nicht zu Wort.

»Inés, Chica. Pass auf diesen Mann auf. Er ist so gut wie Gold. Du weißt das, Inés, weißt du nicht? Kümmere dich darum, dass er immer gut zu essen hat. Etwas dünn ist er. Sorge für ihn. Koche ihm etwas Richtiges. Versprich es mir.«

»Der kann für sich selber sorgen«, brumme ich auf Deutsch.

Dr. Frieder verschluckt sich fast an seinem unterdrückten Lachen.

»Was war das?«, fragt sie mit drohendem Zeigefinger in meine Richtung.

»Ja, werde ich«, sage ich seufzend auf Englisch.

Noch ein letztes Mal landet die fleischige Hand an meiner Wange und tätschelt ausgiebig. Dann wogen ihre Hüften durch die Glastür des Hotels, sichtlich darauf bedacht, einigermaßen in der Spur zu bleiben.

Auch Dr. Frieder und ich sind mit etwas Schlagseite unterwegs und schlingern Hand in Hand durch Asconas Gassen. So lange, wie es dauert, sind es wohl ein paar Gassen zu viel, bevor wir den Parkplatz auf die altmodische Art wiederfinden.

Der Bulli wartet unter einem Wald von Straßenlaternen inmitten zeitgenössischer Fahrzeuge. Brav, wie er da so steht. Ich bilde mir ein, er sieht etwas müde aus. Bestimmt tun ihm die Reifen weh. Die Alpen zu erklimmen, selbst wenn ein Tunnel dabei behilflich war, ist für einen seines Semesters keine Kleinigkeit.

Mitten beim Abendessen, zwischen Salat und Pasta, um genau zu sein, ging uns auf, dass wir versäumt hatten, einen Campingplatz zu suchen. Jetzt brauchen wir dazu auch nicht mehr aufzubrechen.

So kriecht unsere kleine interspezifische Familie – zwei Menschen, zwei Hunde – in den Bulli. Wir stellen die Lamellenfenster aus, damit wir genug Luft bekommen. Bevor ich mich hinlege, fingere ich zwischen Lehne und Sitz nach Tante Inés' GPS Tracker.

»So klein und so wirkungsvoll«, sage ich und halte den Tracker hoch. Ein Dingelchen, vielleicht drei mal drei Zentimeter groß und zwei Zentimeter dick.

Dr. Frieder schaut mäßig interessiert. »Wie funktioniert das Teil?«, fragt er.

»Mit einer SIM-Karte, wie ein Handy«, sage ich. »Apropos, die zieh ich mal lieber raus.«

Wenig später liegen wir. Ich kriege nicht mehr mit, dass ich die Augen schließe, vorher bin ich eingeschlafen.

Kapitel 13

Jemand hämmert. In meinem Kopf. Aber nicht nur. Auch auf Blech. Das Bett dröhnt. Die Hunde bellen.

Ich blinzle unter schweren Lidern hervor. Dr. Frieder schlüpft bereits in seine Jeans, wirft mir einen prüfenden Blick zu, erkennt, dass mit mir nichts anzufangen ist, öffnet eine der Doppeltüren und drückt sich an Santo und Fila vorbei nach draußen.

Ich schließe die Augen. Er wird das schon hinkriegen. Was auch immer, mit wem auch immer. Dr. Frieder ist ein erwachsener Mann, der kann so gut wie alles auch ohne mich. Manchmal muss man andere ihr Ding machen lassen. Dies ist so ein Moment.

Kurze Zeit später – unmöglich zu sagen, ob ich wieder eingeschlafen bin oder nicht – geht die Tür auf und Dr. Frieder schiebt sich an Santo und Fila vorbei ins Wageninnere.

»Was ist denn los?«, murmle ich.

»Polizia.«

»Hui!«

»Wir müssen weg.«

Ich setze mich auf, werfe etwas über, wuschle mir durch die Haare und bin schon an den Hundenasen vorbei hinausgesprungen.

»Wattn?«, ruft er meinem Nacken zu. Ich kann das begleitende Kopfschütteln hören.

Sie schlendern Reihe um Reihe entlang, kontrollieren die Parkzettel, notieren, schießen Beweisfotos. Das dauert.

Ich laufe ihnen hinterher, kann kaum aus den Augen schauen. Dafür verantwortlich sind die Straßenlaternen, die den Parkplatz ausleuchten wie ein Fußballstadion, und vielleicht auch, dass ich nach zwei verschiedenen Arten von Aperitif dem Tessiner Merlot gut zugesprochen habe.

Zwei tadellose Uniformen, eine kleiner, eine größer. Polizisten, auf die mitten in der Nacht eine Verrückte zurennt, könnten versucht sein, die Waffe zu ziehen. Die Zweifel, ob das eine gute Idee ist, schiebe ich schnell beiseite. Ich habe mich aufgerafft, sie haben mich entdeckt, jetzt gilt es, die Sache durchzuziehen.

Ich plappere drauflos. Ich nenne Fidels und Carlos' Namen, beschreibe sie so präzise wie möglich, lasse die Ganovenkarrieren aus, umreiße aber, wonach sie aussehen. Die tadellosen Uniformen lauschen stumm. Ihren Mienen ist nicht anzumerken, was sie von mir und meinem Auftritt halten. Korrekte Schweizer Staatsbeamte, wenn auch mit dem Einschlag italienischer Kultur.

Als ich mal zwischendurch Luft hole, sehe ich ein Lächeln über das Gesicht des einen huschen. Aber natürlich kenne man Fidel und Carlos. Vermutlich wären sie bei den Kollegen im ganzen Tessin bekannt, wie es bei denjenigen meist der Fall sei, die für die Sicherheit der Villa verantwortlich seien.

Ich starre die tadellosen Uniformen an. Es ist schwer, zu glauben. Ich habe nicht damit gerechnet. Hat das irgendwer? Ein Schuss ins Blaue und dann das.

»Wirklich?«, frage ich äußerst geistreich. »Sie kennen Fidel und Carlos?«

Beide nicken. Der Kleinere spricht: »Sie sollten aber achtgeben, was Sie für Gerüchte verbreiten. Die Herren sind internationale Sicherheitsspezialisten. Sie hingegen haben sie als Kriminelle dargestellt. Das Auftreten gehört in dieser Branche mit zum Erfolg. Die Herren haben sich in einem kritischen Fall auf der Insel als versierte Sicherheitsfachleute erwiesen. Auch die Hotelleitung ist froh über ihren Einsatz. Die exponierte Lage macht die Villa anfällig für verschiedene ...«, er fischt nach einem geeigneten Wort, »Personen.«

»Aha«, kann ich da nur sagen. »Wo ist denn diese Villa?«

»Die Villa Emden? Das Hotel auf den Isole di Brissago. Direkt dort. Jeder kennt doch die Isole di Brissago, nicht wahr?« Sein Arm zeigt Richtung See. »Die Große mit der Villa und dem botanischen Garten, die Kleine für die Natur.«

Ich nicke. Vermutlich kenne ich die Inseln. Muss ich ja wohl, wenn jeder sie kennt. Ob dem wirklich so ist, lässt sich in meinem jetzigen Zustand nicht feststellen. Das vertagen wir.

»Jetzt schauen Sie aber, dass Sie umparkieren, sonst müssen wir doch noch ein Ticket ausstellen.«

Ich nicke, bedanke mich artig und verkneife mir die Nachfrage, was schlimmer sei: Das Übernachten auf einem Parkplatz, auf dem dies verboten ist, laut unübersehbarer Beschilderung, oder das Fahren unter Alkohol? Ich weiß nicht, in welcher Verfassung mein Norddeutscher ist, ich persönlich würde momentan vom Führen eines Kraftfahrzeugs absehen.

Zurück beim Bulli sitzt Dr. Frieder schon auf dem Fahrersitz.

»Du wirst es nicht glauben«, trällere ich, hieve mich auf den Beifahrersitz, knalle die Tür zu und strahle ihn an.

»Nu aber los.« Er lässt den Motor an.

»Ich habe Fidel und Carlos gefunden.« Das entspricht nicht ganz der Wahrheit, klingt aber gut.

»Is nich wahr.« Mein Norddeutscher wirkt ungläubig. Und desinteressiert.

»Wirklich«, bekräftige ich. »Glaubst du mir nicht?«

»Doch doch.«

Ich blicke ihn aus zusammengekniffenen Augen an. Meint er das jetzt ernst?

Dr. Frieder kurbelt uns aus der Parklücke und aus dem Flutlicht des Parkplatzes. Er lässt den Bulli über die nächtlichen Straßen Asconas schleichen. Anders kann man das nicht nennen. Doch, kriechen kann man es noch nennen.

»Hier sollte man nur nachts fahren«, bemerke ich. »So viel Platz. Muss man auskosten und seeehr langsam fahren, was?«

»Besser is das.«

»Wohin fahren wir eigentlich?«

»Campingplatz.«

»Um die Uhrzeit hat einer offen?«

»Nee. Aber die Polizia meint, vor dem einen könnten wir warten, bis er aufmacht.«

»Prima. Dann gibt's doch bald eine Dusche. Mit Seife.«

Er wirft mir einen seitlichen Blick zu. »Nötig?«

»Oh ja«, sage ich lächelnd und lasse das Satzende in der Luft hängen.

»Ich dachte, du bist selbstreinigend.«

Ich werfe ihm eine Kusshand zu. »Ich schon.«

Dr. Frieder reicht mir sein Handy, auf dem ein Campingplatz als Navigationsziel eingestellt ist.

Durch das menschen- und autoleere Ascona sind wir schnell da, trotz der unterirdischen Geschwindigkeit. Wir parken, lassen die Hunde das Nötigste erledigen und legen uns wieder hin.

Und da liege ich nun und starre in den Bulli-Himmel. Schon eine Weile. Die Müdigkeit ist wie weggeblasen. Kein Wunder bei den Neuigkeiten. Die möchten aus mir heraussprudeln. Doch keiner da, der dafür empfänglich wäre. Der Mann neben mir schnarcht. So leise, sodass es noch liebenswert ist. Oder ist das Santo? Die beiden klingen recht ähnlich.

Ich habe Redebedarf, aber so was von. Stehle ich mich aus dem Bulli und unternehme einen nächtlichen Spaziergang zu Tante Inés ins Hotel? Mit meinem Blut würde ich die Wette unterschreiben, dass sie Restalkohol und Nachtruhe mit einer Geste ihrer fleischigen Hand beiseite fegen würde. Selbst mein voller Körpereinsatz könnte sie vermutlich nicht davon abhalten, sich im Nachthemd eines der Fischerboote zu borgen und zur Insel überzusetzen. Dort würde sie das ganze Hotel aus dem Bett klingeln und keine Minute vergeuden, den geliebten Neffen in die Arme zu schließen. Ich muss lächeln. Ist schon ein verrücktes Huhn, unsere Tante Inés.

Ich drehe mich auf die Seite und starre zur Abwechslung mal die Gardine an. Fila steht auf, dreht sich mehrmals um sich selbst und weckt Santo dabei. Er hebt müde den Kopf und rutscht etwas, weil sie sich sonst auf ihn legen würde. Filas Blick trifft meinen, soweit sich das im Halbdunkeln beurteilen lässt, denn natürlich ist die Beleuchtung vor dem Campingplatz beileibe nicht stadiontauglich.

Ich strecke mich, um an ihr Ohr zu gelangen und sie dahinter zu kraulen. Für die Liebesbekundung ernte ich einen Blick, der so viel heißt wie: Äh, was soll denn das bitteschön so mitten in der Nacht?

»Kannst nicht schlafen?«, brummt Dr. Frieder.

»Nee. Und du?«

»Schon.«

»Fidel und Carlos sollen auf der Insel sein.«

»Hm.«

»Als Security des Hotels. Witzig, oder?«

»Hm.«

»Da fahren wir morgen hin. Gleich früh.« Der Gedanke inspiriert. Ich hangle nach meinem Handy, wozu ich mich über Dr. Frieder beuge.

Er knurrt unwillig.

»Schlaf ruhig weiter. Ich fahr schon mal virtuell hin.«

»Hm.«

»Mit dem Schiff, Frieslein.«

»Was?« Das kommt lauter, als von uns anderen erwartet. Die Hunde heben die Köpfe.

Ich zucke zusammen. Ein Lächeln stiehlt sich auf mein Gesicht. »Ja, mit dem Schiff. Entweder mit einem Kursschiff oder wir mieten uns ein Boot.«

Dr. Frieder dreht sich auf die Seite, stützt den Kopf auf die Hand und blinzelt mich verschlafen an. »Was für ein Boot?«

»Was immer du für eines möchtest, Frieslein.«

Er fixiert mich mit zusammengekniffenen Augen. »Frieslein? Das lass man lieber bleiben«, brummt er.

»Gefällt dir nicht? Wir suchen doch noch nach einem Spitznamen für dich. Der würde passen.«

»Dr. Frieder tut's vollauf.«

Ich google. »Also die *Isole di Brissago* sind tatsächlich die, die man von der Promenade aus sieht. Eine große, *Isola Grande* oder *Isola di San Pancrazio* genannt mit dem Hotel Villa Emden darauf. Wenige Meter nebenan die *Isola di Sant'Apollinare* auch *Isola Piccola* oder *Insolino* genannt, die der Natur überlassen ist. Jö, Insolino.«

Dr. Frieder dreht sich zurück auf den Rücken und schließt die Augen. »Schau mal nach Bootsvermietung.«

Ich lächle. Das ist vorrangig. Natürlich. Für meinen Nordfriesen ist es das. Ich selbst sollte mir vorweg allerdings über etwas anderes klar werden.

»Schau ich gleich. Aber was machen wir eigentlich ...«

»... wenn sie wirklich dort sind?«, vervollständigt er.

»Genau.« Unerwartet, dass er in dem verschlafenen Zustand dazu fähig ist, meine Sätze zu beenden.

»Nichts«, sagt er.

»Wie nichts.«

»Na gar nichts. Wir machen einen Segeltörn auf diese Insel, kucken, ob sie da sind, gehen wieder an Bord, segeln noch etwas und gut is.«

»Und Tante Inés?«

Dr. Frieder sieht sich veranlasst, sich wieder auf die Seite und mir zuzudrehen. »Was soll mit ihr sein?«

Ich gebe den Zahnrädern Zeit, ineinanderzugreifen.

»Nee nee nee, nich mit aufs Boot! Du kannst ihr hinterher eine Nachricht zukommen lassen. Zettel an der Hotelrezeption abgeben. Reicht.«

»Ich dachte, du hattest Spaß gestern Abend, äh vorhin?«

»Jou. Aber sie kommt mir nicht aufs Boot.«

Ich muss grinsen. »Segeltörn?«

»Ha ja.«

»Die Insel ist nah, kann man fast rüberspucken. Ist ein Törn nicht was Größeres?«

»Segeln.«

»Gut, segeln.« Ich lächle ihn an und bemühe noch mal mein Smartphone. »Hier vermieten sie ein kleines Kajütboot, Surprise heißt es, 7,65 Meter lang. So was?«

»Lass mal sehen.« Dr. Frieder setzt sich auf, sichtlich interessiert. »Wann wird's hell?«

Ja, er ist zum Knuddeln.

Kapitel 14

»Immer noch besser, als zu schwimmen, stimmt's?«, frage ich. Dr. Frieder brummt etwas Unverständliches. »Immer noch besser als das Kursschiff. Ist schon noch lustiger so, oder? Also ich teste jetzt mal die Rutsche«, melde ich, ziehe mir das T-Shirt über den Kopf und rutsche hinunter, nachdem ich Santo und Fila signalisiert habe, sie müssen im Boot bleiben.

Pflatsch!

»Großartig!«, rufe ich ihm lachend zu und schwimme um das Tretboot herum. »Bestimmt 23,4 Grad.«

Ich habe meinen Norddeutschen noch nie zuvor schmollen sehen. Dafür, dass er keine Übung hat, kann er es gut.

Heute am frühen Morgen, als wir den Tag planten, war er Feuer und Flamme für einen Segelausflug zur Villa Emden auf den Isole di Brissago. Regelrecht aufgekratzt war er. Das wäre ja auch nett geworden. Aber hätten wir nachgedacht und eine Formel aus Saison, Wochentag und Königswetter gebastelt, wäre uns sofort klar gewesen, dass alles, was Dr. Frieders Vorstellung von Boot erfüllt, bereits vermietet ist. Folgerichtig waren meine Anrufe bei Bootsvermietungen in Ascona und Umgebung nicht von Erfolg gekrönt, es sei denn, man wertet es als solchen, wenn man zur Belustigung der Belegschaft beiträgt. Ich wurde rundheraus ausgelacht. Eine Dame kriegte sich gar nicht wieder ein.

Meinem Dr. Frieder allerdings ist der Humor abhandengekommen. Ich hoffe, das ist nur eine Phase, denn ich habe keine Erfahrung, wie damit umzugehen ist. Er läuft sonst immer geradeaus, ist immer mein Dr. Frieder, wie man ihn kennt. Heiter und tiefenentspannt schlendert er durchs Leben. Normalerweise.

Ich mache gute Miene zum schmollenden Spiel und versuche, zu verschleiern, wie sehr es mich irritiert. So das denn bei meinem Gefühl-o-Meter von Gesicht möglich ist.

Ich kann nicht mal etwas sagen, da er im Gegenzug doch recht geübt darin ist, mit dem kapriziösen Naturell einer Ines Fox umzugehen. Jetzt ist er ein einziges Mal ein bisschen schlechter drauf, und nicht mal grundlos, da mache ich ihm doch keinen Vorwurf.

Ich plansche eine Weile um die Plastikschüssel herum. Das ist schön. Dr. Frieder beobachtet mich. Ich nehme Wasser in den Mund, drehe mich auf den Rücken und sprudle es nach oben wie eine Mischung aus Babywal und Springbrunnen. Als ich schaue, ob meine Einlage zur Rückkehr der frohen Laune beiträgt, sitzt er nicht mehr auf seinem Platz. Ich kreische auf, erschrecke so was von, weil mich etwas von unten berührt. Dr. Frieder taucht mit spitzbübischem Gesicht neben mir auf.

»Hallo Herr Doktor, ich habe Sie vermisst«, flüstere ich nach dem Schreck.

Ein bisschen schwimmen wir noch, dann gehen wir wieder an Bord der Plastikschüssel, schließlich haben wir ein Ziel. Und zwar möglichst vor dem großen Run.

»Das ist doch weiter, als es aussieht«, sage ich nach einer gefühlten Ewigkeit, die wir im Schneckentempo zu den Inseln hinüberstrampeln. »War das mit dem Pedalo eine blöde Idee? Na, wenigstens kein Fahrradsattel, von dem's einen wunden Popo gibt.«

Dr. Frieder sagt nichts, trägt ohne zu murren seine Muskelkraft bei. Bestimmt denkt er, dass dieses Lüftchen als Antrieb für ein kleines Segelboot bestens geeignet wäre. Sogar ich denke das. Bestimmt denkt er, dass ein Tretboot für alles geschaffen ist, nur nicht dafür, irgendwo anzukommen. Auch das denke ich.

Geraume Zeit später sind wir am Gästesteg der Insel angelangt. Ein Schwimmsteg mit Liegeplätzen für zehn Yachten, zwei belegt.

»Ich muss abklären, ob Sie damit hier anlegen dürfen. Warten Sie bitte.« Der ältere Herr eilt vom Steg.

Wir schaukeln auf den Wellen des Ausflugsdampfers auf und ab, der am Hauptsteg nebenan anlegt. Eine Touristengruppe ergießt sich auf das Inselchen. Man muss befürchten, das Eiland neigt sich unter der Last und die Menschen rutschen ins Wasser.

Von unserer Position aus sieht man hauptsächlich Baumgrün in allen Schattierungen. Die Villa lugt nur mit einem Eckchen hervor.

Ein Grinsen stiehlt sich auf mein Gesicht. Der ältere Herr kehrt zurück und hat im Schlepptau: Fidel, wie man ihn kennt. Schwarzes Hemd über schwarzer Hose, verspiegelte Sonnenbrille, allerdings kein gegelter Pferdeschwanz mehr, auch der Bart ist ab. Er sieht deutlich weniger nach Mafia aus. Und jünger.

»Es wird der Tante gefallen, dass der Neffe gut im Futter ist«, flüstere ich Dr. Frieder zu.

»Das ist Fidel?«, folgert er messerscharf.

Ich nicke.

Der hingegen hat mich noch nicht erkannt, was daran liegen mag, dass meine Haare unter einem Sonnenhut stecken, der zusammen mit der Sonnenbrille ein wirksames Undercover-Outfit abgibt. Fidel, Security Mann, wichtig und cool, schlendert den Schwimmsteg entlang, Hände in den Hosentaschen. Sein Blick ruht auf Santo und Fila, die hinter uns im Boot liegen und neugierig ihre Nasen recken.

»Es geht um die Hunde«, sagt Dr. Frieder.

»Zwei Fellnasen in einem Tretboot mit Rutsche. Hochgefährlich.« Ich setze ein breites Lächeln auf, denn Fidels Blick hat mich getroffen.

Sein Schritt verlangsamt sich etwas, verlangsamt sich weiter, bis er ganz stehen bleibt. Als würden sich Gehen und Denken nicht vertragen. Als würde der Sehnerv die Information an das Gehirn weiterleiten und dieses zurückmelden, das wäre unmöglich, man solle gefälligst noch mal genauer hinschauen, es müsse sich um eine optische Täuschung handeln. Fidel reagiert in etwa wie ich gestern früh beim Anblick von Tante Inés. Nur ohne Augenreiben.

Er schiebt die Spiegelbrille nach oben.

Ich ziehe meinen Sonnenhut vom Kopf, schwenke ihn und rufe: »Hi, how are you doing?«

Hinter seiner Stirn arbeitet es fieberhaft.

Der ältere Mann stutzt, wendet sich fragend Fidel zu, der die Schultern hebt, die Handflächen gen Himmel, in einer ausdrucksvollen Geste der Unwissenheit. »Sie müssen meinen Kollegen verwechseln. Er kennt Sie nicht«, meldet der ältere Herr.

»Ich kenne dich nicht«, sagt Fidel auf Englisch. »Bestimmt ein Versehen deinerseits, ist es nicht?« Er sieht mich eindringlich an.

»Oh ja, richtig. Sorry, mein Fehler«, antworte ich auf Englisch und ergänze auf Deutsch in Richtung des älteren Herrn. »Gibt es ein Problem?«

Dieser wendet sich an Fidel, spricht mit gedämpfter Stimme, zu leise für unsere Ohren.

»Die Hunde tun niemandem etwas, es sei denn, man ist eine Katze«, scherze ich.

»Oder eine Ente, oder ein Eichhörnchen, oder ein Siebenschläfer, oder eine Maus, oder ein Wattläufer, oder ein Reh, oder ein Fuchs, oder ein Marder, oder ein Dachs«, sagt Dr. Frieder mit einem verschmitzten Lächeln.

»Nicht hilfreich, Herr Doktor«, raune ich ihm zu.

Fidel nickt dem älteren Herrn zu.

»Alles in Ordnung«, sagt dieser. »Bitte lassen Sie die Hunde auf der Insel durchweg an der Leine. Sie können Ihr Pedalo an diesem Platz festmachen.« Er deutet auf einen freien Liegeplatz.

Kurze Zeit später sind wir alle mehr oder weniger elegant vom Tretboot auf den Schwimmsteg geklettert.

»Ich arbeite noch nicht lange auf der Insel. Bisher hat noch nie jemand mit einem Pedalo angelegt«, sagt der ältere Herr mit einem schüchternen Lächeln.

»Ja, es ist weiter, als es auf den ersten Blick aussieht«, bestätige ich und klopfe mir auf die geplagten Oberschenkel.

Der ältere Herr bleibt auf dem Schwimmsteg zurück, um das nächste Gastboot in Empfang zu nehmen.

Fidel begleitet uns auf die Insel. Kaum sind wir außer Hörweite seines Kollegen, zischt er: »Was tust du hier?«

»Es ist auch nett, dich zu sehen«, entgegne ich betont höflich auf Englisch. Ich lächle sogar. »Deine Tante wird sich freuen, dass es dir gut geht.«

»Du bist in Kontakt mit meiner Tante?« Seine Stimme schimmert in leichtem Alarm.

Ich deute mit ausgestrecktem Arm Richtung Ascona, sage nichts, lächle nur geheimnisvoll.

»Tante Inés ist in Ascona?« Fidel klingt nun panisch.

»Wieso sollte Tante Inés in Ascona sein?«

»Sie sucht nach dir. Sie hat deiner Mutter versprochen, dich zu finden.«

Er sieht mich fassungslos an. »Sie darf nicht wissen, dass ich hier bin. Keiner in Miami darf wissen, dass ich hier bin.«

Nun bin ich doch etwas überrascht. »Wieso nicht?«

»Wenn el Jefe, wenn Juan wüsste, wo wir sind ...« Er lässt den Satz unvollständig, so fürchterlich wäre dessen Ende.

Bisher war ich davon ausgegangen, in Miami würde man sich freuen, wenn er unversehrt ist. Da lag ich wohl falsch.

Hat er mir bis jetzt in die Augen gestarrt, lässt er den Blick nun liebevoll über die Insel schweifen. »Wir wollen hier nicht weg.«

»Du und Carlos?«

Erneut sieht er mich erstaunt an. »Du weißt von Carlos?«

»Ihr seid ein Paar, das ins Auge fällt. Tatsächlich war es die Polizei, die mir gesagt hat, wo ihr seid. Lustig, ist es nicht?«

Fidel wird rot, soweit sich das bei diesem olivfarbenen Teint sagen lässt. Sein Gesichtsausdruck hat auf jeden Fall von entrüstet zu peinlich berührt gewechselt.

»Topf und Deckel«, raunt Dr. Frieder mir auf Deutsch zu.

»Wie meinst du?« Der Gedankensprung von Fidel zu Küchenutensilien ist mir zu weit.

»Die beiden sind ein Paar«, sagt mein Norddeutscher.

Ich reiße die Augen auf und stiere erst Dr. Frieder an, dann Fidel, Letzteren womöglich einen Augenblick zu lang, mit Sicherheit indiskreter als der Situation angemessen ist. Fidels Blick hält meinem Starren nur kurz stand, dann blickt er zu Boden.

Ja so was! Fidel, Mitglied der knallharten kubanisch-amerikanischen Mafia, der sicher einiges in seinem Leben verbrochen hat, den ich vor sechs Wochen als eine Mischung aus jovialem Macho, genussfreudigem Lateinamerikaner und skrupellosem Gangster kennengelernt habe, dieser Typ schaut beschämt zu Boden? Unfassbar!

»Oh.« Meine Verblüffung hat sich einen Ausgang gesucht und ist in Form der kleinen Silbe in die Welt gehüpft. Habe ich doch mit der unbedarften Verwendung des Wortes Paar voll ins Schwarze getroffen. »Das freut mich für euch«, kriege ich die Kurve und lächle ihn an.

Er blickt auf, erneut verwundert und seinerseits um ein Lächeln bemüht. Der Brilli im Zahn, der sich zeigen müsste, fehlt. Ist Fidel dieser Mode und allem, wofür sie stand, entwachsen? Insgeheim beglückwünsche ich ihn zum neuen Style. Ohne Brilli, Pferdeschwanz und Bart sieht er fast menschlich aus, darüber hinaus erholt und regelrecht aufgeblüht.

»Wirklich! Ich finde es immer so romantisch, wenn zwei Seelen sich finden«, formuliere ich eine Spur zu geschwollen. »Stimmt's?« Die Frage geht an Dr. Frieder.

»Das ist wahr. Das ist, wie sie ist«, sagt er auf Englisch und streckt Fidel die Hand entgegen. »Mein Name ist Marc Frieder. Ich bin Inés' Boyfriend.«

Ich knuffe ihn in die Seite. »Înes, nicht Inés.«

Fidel lacht schallend auf, die kurze Unsicherheit hat er schnell hinter sich gelassen. Jahrzehntelanges Machotraining macht sich bezahlt. Kumpelhaft landet eine Hand in Dr. Frieders und die andere auf dessen Schulter. »Marc! Angenehm, dich kennenzulernen. Wie geht es dir? Ich hoffe, du bist nicht mehr böse über diese Aktion vor ein paar Wochen? Schwamm drüber?«

Dr. Frieder lächelt und nickt. Als Kennerin dieses Friesen durchschaue ich allerdings die kleine Show, die er hier abzieht. Selten bei ihm. Das Vorspielen falscher Tatsachen liegt nicht in seiner Natur. Er hält es für unnötig, prinzipiell. Aber dies ist kein normaler Fall. Verständlich, dass er nicht mal eben im Vorbeigehen verzeihen kann, dass Fidels Organisation mich in Miami festsetzte, gleichzeitig den Auftrag zu seiner Entführung gab, und uns beide dazu brachte, nicht nur um das jeweils eigene, sondern auch um das Leben des anderen zu fürchten. Aber Dr. Frieder wird entschieden haben, jetzt und hier sei nicht der Moment für ... ja wofür eigentlich? Erst kürzlich hat er noch gesagt, wir machen nichts. Wahrscheinlich habe ich meinen Norddeutschen einen Moment zu lange nachdenklich angeblickt. Er wirft mir einen flüchtigen Seitenblick zu.

»Kommt mit! Ihr müsst unbedingt Carlos Hallo sagen. Er wird überrascht sein«, schmettert Fidel. »Und wer sind diese beiden Süßen?« Er setzt an, Fila über den Kopf zu streicheln. Sie duckt sich weg und schickt Santo vor. Der lässt sich das gerne gefallen, geht mein Sonnyboy doch bei allen Begegnungen davon aus, im Neuankömmling einen zukünftigen Freund gefunden zu haben. Keine üble Lebenseinstellung.

Ich stelle die Vierbeiner vor.

»Carlos wird entzückt sein. Er liebt Hunde«, flötet Fidel.

So sehr sind wir ins Gespräch vertieft, dass ich die Schönheit der Insel bisher keines Blickes gewürdigt habe. Das ändert sich jetzt. Wir sind umgeben von Grün in allen Schattierungen. Ich weiß, es muss Einbildung sein, aber die Luft fühlt sich anders an als noch am Bootssteg. Weicher.

Der Weg vom Anlegesteg führt unter alten Bäumen leicht bergan zur Villa, die zartrosa und erhaben über den See späht. Im klassizistischen Stil erbaut, dreigeschossig, mit regelmäßigen Fensterreihen und einer Sandsteinbrüstung als Dachabschluss. Darüber thronen Statuen. Großzügige Terrassen an den schmaleren Seiten des Baus, getragen von Säulengängen. Imposant.

»How wonderful!«, rufe ich im Tonfall einer amerikanischen Diva. Das wollte ich schon immer mal.

Fidel vollführt eine weit ausholende Geste. Da schwingt Stolz mit. Als würde dies alles ihm gehören. Er führt uns nicht direkt zur Villa, sondern lässt uns in einem Bogen auf sie zulaufen. Je mehr wir uns dem Prunkbau nähern, umso lockerer wird der Baumbestand, macht einer abwechslungsreichen und üppigen Bepflanzung Platz. Exotisch. Ein botanischer Garten, eine Parkanlage, Palmen und Bambus inklusive. Nicht zu vergessen der Blick auf den See ringsum und die grünen Berge im Hintergrund. Ein warmer Wind fährt mir durchs Haar.

Die letzten Meter führt eine sanft ansteigende Treppe zur Villa hinauf. Weiße Sonnenschirme auf der Terrasse, dazwischen der Duft von Kaffee.

Drinnen umfängt uns vornehme Kühle. Eine edle Lobby, nicht viel größer als ein Wohnzimmer, passend zum kleinen Hotel mit zehn Zimmern. Hinter der Rezeption steht Carlos. Er hat ein höfliches Lächeln aufgesetzt, um die Gäste willkommen zu heißen, die da auf ihn zusteuern. Mit dem nächsten Wimpernschlag fällt die Fassade in sich zusammen und macht blankem Entsetzen Platz.

Auch Carlos wirkt verändert. Bevor ich seinen Namen kannte, habe ich ihn Wäschepuff genannt, weil ihm die Konturen eines echten Kleiderschrankes fehlten, er Rundungen hatte, wo er sich durch Ecken und Kanten ausweisen sollte. Er hat wohl angefangen, zu trainieren, und hat abgenommen. Auch bei ihm sind Bart und Pferdeschwanz ab. Abgesehen davon steht seinem Sommerteint das goldschimmernde Hemd blendend.

Fidel sprudelt auf Spanisch auf ihn ein. Carlos Gesichtszüge finden zur Normalität zurück.

»Hi Carlos, schön dich zu sehen, wie geht es dir?«, sage ich auf Englisch.

Er geht um die Theke herum und reicht mir förmlich die Hand. Wir tauschen ein paar Höflichkeiten aus, ich stelle Dr. Frieder und die Hunde vor.

Danach hat Carlos nur noch Augen für Fila. Er kniet nieder, den Rücken zu ihr, woraufhin sie zögerlich zu ihm aufschließt und sich streicheln lässt. Er strahlt mich von unten an. »Ich liebe Hunde.«

»Zweifelsohne«, kann ich da nur sagen.

Fidel ist derweil im Raum hinter der Theke verschwunden und bringt ein Tablett mit Tee zurück. Wir lassen uns auf einer Ledergarnitur in der Lobby nieder.

»Also, was ist die Story?«, frage ich, als die beiden nicht von sich aus herausrücken. Ein Gast an der Rezeption verlangt Aufmerksamkeit, was ihnen etwas Aufschub verschafft. Schließlich setzt Carlos sich neben Fidel auf das Sofa.

»Wir wollen hier nie wieder weg«, bricht es gleichzeitig aus ihnen hervor.

Ich habe meine Mühe, mich daran zu erinnern, dass uns Kriminelle gegenübersitzen.

»Wir gehen hier guter, ehrlicher Arbeit nach«, sagt Carlos. »Wir sind für die Sicherheit der Insel, des Hotels, der Gäste zuständig. Wir übernehmen die Nachtwache, sind Freitagsmädchen.«

»Freitagsmädchen?«, frage ich.

»Mädchen für alles«, übersetzt Dr. Frieder.

»Ah so.«

»Wir wollen nicht nach Miami zurück«, wiederholt Fidel eindringlich, als liefen wir Gefahr, dass uns die Hauptmessage entgeht.

»Juan darf nicht erfahren, dass wir hier sind.« Carlos nimmt beide Hände zur Hilfe und vollführt die raumgreifende Geste eines kategorischen Neins.

»Okay.«

»Wir würden es zu schätzen wissen, wenn du auch Tante Inés nichts sagst.« Fidel bedenkt mich mit einem weiteren eindringlichen Blick.

»Nun«, sage ich, »sie macht sich Sorgen um dich. Soll sie sich für den Rest ihres Lebens Sorgen um dich machen, obwohl es dir gut geht? Und was ist mit deiner Mutter?«

»Was soll mit meiner Mutter sein? Meine Mutter ist tot. Seit über zehn Jahren schon.«

Habe ich etwas falsch verstanden? »Tante Inés hat mir gesagt, deiner Mutter Maria ginge es nicht gut und sie hätte ihr versprochen, dich zu finden.«

Erstaunte Blicke werden hin und her geschickt. Zwischen Fidel und Carlos, zwischen Dr. Frieder und mir, zwischen Fidel und mir ...

»Meine Mutter ist tot. Seit über zehn Jahren schon«, wiederholt Fidel.

»Zum Glück haben wir Tante Inés nicht im Boot mitgebracht«, sagt Dr. Frieder auf Englisch.

»Das nennst du ein Boot?«, kommt eine scharfe Stimme von der Tür.

Kapitel 15

Wir alle zucken zusammen, bis auf Santo. Mein blonder Wuschel begrüßt den Neuankömmling schwanzwedelnd, hofft wohl auf eine weitere Runde Süßkartoffelkuchen und Speck.

»Äh!« Ich blicke Dr. Frieder an. Hitze steigt mir ins Gesicht. Ich sehe zu ihr hin, die Zahnrädchen in meinem Gehirn greifen langsam ineinander. Ich begreife. Mir wird übel. Tante Inés hält eine kleine Waffe in der fleischigen Hand. Wie sie da so breitbeinig steht und grimmig zu unserer Sitzgruppe schaut, sieht es aus, als würde sie das jeden Tag tun. Als würde sie jeden Tag in eine Lobby stürzen und die chillenden Gäste mit einer Waffe bedrohen. Als wäre sie weit mehr als die Köchin beim organisierten Verbrechen.

Ich stöhne auf. Meine Menschenkenntnis! Wie kann meine Menschenkenntnis nur immer so danebenliegen?

»Du hast doch nicht?«, brummt Dr. Frieder auf Deutsch.

»Habe in ihrem Hotel Bescheid gegeben. Sollte eine Überraschung sein«, sage ich leise.

»Super Überraschung«, brummt er.

Ich öffne den Mund, um etwas zu erwidern.

»Halt die Klappe! Kein Ton mehr, du Quasselstrippe«, blafft Tante Inés mich an.

Ich schließe meinen Mund wieder. Auch wenn's schwerfällt. Die Waffe, so klein sie ist, überzeugt.

»Tante Inés«, sagt Fidel beschwörend. Er erhebt sich in Zeitlupe vom Sofa, Hände halb erhoben. »Lass uns darüber reden.«

»Du Nichtsnutz hast die Familie verraten. Du hast sie im Stich gelassen«, wettert sie, holt tief Luft, um fortzufahren, ihrem Neffen die Leviten zu lesen.

In dem Moment tritt jemand von hinten an Tante Inés heran. Eine weißhaarige Dame möchte durch den schmalen, offenen Flügel des Eingangs treten, den Tante Inés mit ihrer Leibesfülle blockiert.

»Exgüsi«, sagt die Dame mit einem feinen Lächeln und legt eine kleine, von Altersflecken übersäte Hand auf Tante Inés gewaltigen Oberarm.

Die fährt herum, packt die Dame beim Handgelenk und zieht sie grob in die Lobby.»Nicht ein Wort!«, herrscht sie das zierliche Persönchen auf Englisch an, das ein erschrockenes Glucksen von sich gibt, strauchelt, fällt und aufschreit.

Carlos schnellt mit einem Ton des Entsetzens vom Sofa hoch, will zu ihr.

»Stopp!«, bellt Tante Inés. Carlos erstarrt in der Bewegung.

»Tante Inés!« Fidel steht angespannt da, Hände erhoben.

»Es ist nicht nötig, dass du Frau Gerber so hart angehst«, sagt er auf Englisch.

Schweißperlen stehen auf Tante Inés' Stirn, ihre Augen funkeln.

Mein Gehirn rattert vor sich hin. Sie muss noch eine andere Funktion haben. Sie kann nicht nur die Köchin sein. Handlangerin für dies und das? Möglich. Aber doch nicht, wenn es um ihren Neffen geht! Jedes Szenario, das mir einfällt, worin dies hier auch nur im entferntesten Sinn ergibt, wird von der Familienkonstellation zerschlagen.

Carlos löst sich aus seiner Erstarrung, ignoriert Tante Inés' bösen Blick, hilft Frau Gerber auf und führt sie zu einem Sessel am anderen Ende der Lobby, wo die alte Dame stöhnend Platz nimmt.

Den Moment nutzen Dr. Frieder und ich, uns ebenfalls zu erheben. Ich klappere mein Repertoire an Selbstverteidigungstechniken ab. Nichts will so recht passen. Ich mache eine Gedankennotiz, dass Charles mir beim nächsten Training für genau diese Situation etwas beibringt. Dann gebe ich mir einen virtuellen Klaps auf den Hinterkopf: Wie wahrscheinlich ist so eine Aufstellung? Und wieso fabriziert mein Gehirn wieder einmal dermaßen Flatterhaftes? Ich dachte, das hätte ich inzwischen besser im Griff.

»Was soll das, Tante Inés? Was hast du vor?«, frage ich das Naheliegende.

»Ich packe diese beiden nichtsnutzigen Herumtreiber und schaffe sie zurück nach Hause, wo sie hingehören. Zurück zur Familie.«

»Pah, Familie! Nenn es doch beim Namen. Mafia«, schnaube ich abfällig. Ich kann es nicht leiden, wenn für das organisierte Verbrechen die Bezeichnung einer so kuscheligen und auf Liebe basierenden Institution missbraucht wird.

Fidel schaut für einen Moment beschämt zu Boden.

»Mafia?«, blafft Tante Inés. »Nein, Familie. Fidel hat eine Frau und drei Kinder. Und Carlos, ich habe aufgehört zu zählen, wie viele Kinder Carlos hat.«

Bitte was? Dieser Tag steckt voller Überraschungen. Sie sieht mein Erstaunen. »Ja, das hast du nicht gewusst, hast du?«, lacht sie auf. »Die sauberen Herren haben sich aus dem Staub gemacht und ihre *Fa-mi-lien* im Stich gelassen. Juan auch. Schlimm genug. Alle werden die Konsequenzen tragen müssen. Alle, die zuhause geblieben sind. Du verlässt Juan nicht. Zum Glück für die beiden ist Juan krank und sein Sohn ist schwach. Aber einen Plan zu schmieden, zusammen das Land zu verlassen und Frau und Kinder – wie viele Kinder, Carlos?«

»Sechs«, kommt kleinlaut. Carlos hat einen Teil seines Sonnenteints eingebüßt.

»Das sind zwei Frauen und neun Kinder, die ohne ihre Väter aufwachsen«, rechnet Tante Inés vor.

Mir liegt auf der Zunge, sie zu korrigieren, die zwei Frauen würden ja nicht ohne ihre Väter aufwachsen, angesichts der Waffe verkneife ich es mir aber.

Sie wendet sich an mich, als gelte es vor allem, mich zu überzeugen. »Und wovon sollen sie leben? Die Fami... die Organisation kümmert sich nur um Hinterbliebene, nicht um Daheimgebliebene.« Tante Inés holt tief Luft. Zwar hält sie die Waffe noch in der Hand, scheint sich dessen allerdings nicht mehr bewusst zu sein.

»Denkt ihr, Juan ist dumm und weiß nicht, was hier läuft? Denkt ihr, er ist so dumm zu glauben, euch ist etwas passiert?«, fragt sie mit inzwischen etwas ruhigerer Stimme. »Denkt ihr, ich hätte nicht gesehen, was mit euch los ist? Denkt ihr, andere hätten das nicht auch gesehen?«

Dass sie das Verb denken so oft an Fidel und Carlos richtet, kommt mir nun doch etwas übertrieben vor. Ich verkneife mir beizusteuern, dass auch ich nicht bemerkt habe, was mit ihnen los ist.

Fidel errötet leicht und fährt sich mit dem Handrücken über die Stirn. Sein Blick will zu Boden gleiten. Man sieht ihm den Kampf an. Es kostet ihn Kraft, den Blick nicht zu senken. Im nächsten Moment sieht er ihr trotzig entgegen.

»Du willst die beiden zurück nach Miami bringen?«, frage ich.

Dr. Frieders Hand landet auf meinem Arm, was so viel heißt wie: Halt dich raus!

Tante Inés nickt entschlossen.

»Und dann?«, frage ich.

»Dann werden sie für Juan arbeiten und ihren Kindern gute Väter sein. Später werden sie für Juan Junior arbeiten und ihren Enkeln gute Großväter sein.«

»Gute kriminelle Väter, die fleißig Verbrechen begehen, täglich verhaftet oder erschossen werden können. Solche guten Väter?«, frage ich.

Dr. Frieder ist dagegen, dass ich mich einmische. Seine Hand auf meinem Arm morst es mir unmissverständlich. Aber Einmischeritis ist meine Natur, und im Moment kann und will ich nicht gegenan.

Ich ernte einen grimmigen Blick von Tante Inés.

»Und was ist mit den Frauen? Wissen sie es?«, frage ich.

»Wissen sie was?«

»Wissen sie, dass ihre Ehemänner sie nicht mehr lieben, zumindest nicht wie Ehemänner Ehefrauen lieben?« Ich begebe mich auf dünnes Eis, schließlich weiß ich wenig über die Natur von Fidels und Carlos' Beziehung. Mein Eindruck ist, dass sie hier glücklich miteinander sind. Wie genau, was genau entzieht sich meiner Kenntnis, spielt aber eigentlich auch keine Rolle. Ich hoffe, dieses Glück beflügelt sie, ein stabiles, legales Leben zu führen. So das denn geht, wenn man jahrzehntelang Teil des organisierten Verbrechens war. Das schüttelt man ja nicht mal eben ab. Das haftet an einem wie Kaugummi an der Schuhsohle.

Ein Moment der Stille. Nur ein lauter Seufzer von Santo ist zu hören. Er hat sich in einen Sonnenflecken gelegt, wo es ihm zu heiß ist, und hechelt vor sich hin. Als aller Augen ihn treffen, fegt sein Schwanz den Marmor. In der Ferne ertönt das Signal eines Schiffes.

Tante Inés löst ihren Blick von Santo und sieht mich an. Nachdenklich. Sie seufzt.»Ich bin zu alt für diesen Scheiß.« Ein Ausspruch, den ich aus dem Munde eines Energiebündels nicht erwartet hätte.

»Was heißt Zwickmühle auf Englisch?«, frage ich Dr. Frieder.

Er zuckt mit den Achseln. Seine Miene ist undurchdringlich.

Ich blicke ihn fragend an.»Alles okay?«

Er winkt ab, überlegt es sich anders und sieht mich eindringlich an.»Zwei Kriminelle, die hinter Gitter gehören, haben Liebeskummer, aus dem ein Familiendrama resultiert. Und du willst helfen?«

Ich neige den Kopf und schenke ihm ein leises Lächeln.»Du nicht?«

Erkenntnis geht auf seinem Gesicht auf.»Rehabilitation? Nur mal anders?«

»Ha ja!« Ich freue mich, dass er so schnell versteht und schenke ihm an breites Lächeln.»Rehabilitation, die vielleicht besser funktioniert.«

»Was redet ihr da?«, fragt Tante Inés in scharfem Ton und fuchtelt mit der Miniwaffe herum.

Ich übersetze mal eben, schmücke etwas aus, wie wir um unser Leben gefürchtet haben.

Wieder ernte ich einen nachdenklichen Blick.»Ich denke, ihre Ehefrauen wissen nichts. Sie glauben, ihre Männer sind für Juan in geheimer Mission in Europa.«

»Denkst du, die Familien können glücklich werden, wenn die Väter nach Hause kommen?«, frage ich.

Tante Inés erstarrt, dann schüttelt sie den Kopf, zögerlich, behäbig. Die Erkenntnis trifft sie in diesem Moment. Sie wollte reparieren, was kaputtgegangen war. Dafür ist sie angereist. Fidel und Carlos nach Hause schaffen, zurück in ihre Familien, zurück an ihre Arbeit. Alles sollte sein, wie es war. Nun geht ihr auf, dass die Aussicht auf Erfolg vernichtend klein ist. Nichts kann mehr sein, wie es war.

Wieder schweigen wir. Durch die offene Tür dringen Kinderschreie herein. Die beiden Delinquenten stehen stumm nebeneinander, Seite an Seite. Sie tragen wenig bei. Gar nichts eigentlich. Aus der Perspektive ihres bisherigen Lebens ist ihr aktuelles Leben ein Tabu. Es dürfte schwer für sie sein, darüber zu reden. Können sie es wenigstens miteinander?

Fidel ergreift Carlos' Hand und sieht Tante Inés an. Noch immer sagt er kein Wort. Tante und Neffe schauen sich in die Augen, haben sich ineinander versenkt. Spannung knistert durch den Raum.

Frau Gerber hat in einem unbeobachteten Moment unsere unwägbare Gesellschaft verlassen. Zumindest ist der Sessel am Ende der Lobby leer. Natürlich kann sie sich ebenso gut aufgelöst haben oder auf einem Einhorn hinausgeritten sein. Heute ist alles möglich.

Tante Inés seufzt. So ganz aus der Tiefe ihrer Leibesfülle heraus. Sie schüttelt betrübt den Kopf. »Mi sobrinito«, flüstert sie, geht auf *ihren kleinen Neffen* zu und legt eine fleischige Hand an seine Wange. Die Miniwaffe baumelt nutzlos in der anderen Hand, als käme sie vom Herd, den Kochlöffel noch am Wickel. So stehen die beiden da. Vier Augenpaare gewinnen gefährlich an Glanz.

Carlos' Hand drückt die seines Freundes, ganz kurz nur. Nur die Hände kommunizieren. Die von Tante Inés, die Fidels Gesicht halb umrahmt, und die von Fidel, dessen Finger mit denen seines Liebsten verwoben sind.

Meine Gedanken jagen sich. Soll ich? Soll ich nicht? Es wäre zu schaffen. Aber sind wir nicht schon weiter? Ist es überhaupt noch nötig? Ist das Risiko zu hoch?

Ich stupse Dr. Frieder mit dem Ellbogen an und sage mit meinem Blick: jetzt oder nie! Er nickt unmerklich und greift sich an die hintere Jeanstasche. Eine Hundezerrwurst? Erst zieht er langsam, damit ich seinen Plan verstehe. Dann wirft er das Spielzeug mit einer kleinen Bewegung aus dem Handgelenk an den Hundenasen vorbei in die Ecke. Santo und Fila stürzen sofort hinterher und ziehen die Blicke aller Anwesenden auf sich.

Im selben Augenblick fliege ich auf Tante Inés zu. Ich greife nach der Waffe. Mist. Haarscharf daneben. Ich schlage sie ihr aus der Hand. Sie stößt einen schrillen Schrei aus. Die Waffe fliegt. Ein Knall sticht in die Ohren. Es klirrt. Ein Schrei von mir und von anderen. Kreischen von draußen.

Die Pistole landet unter einem Sessel. Fidel hechtet hinterher, fällt vor dem Sitzmöbel auf die Knie und hangelt nach ihr. Tante Inés stürzt sich mit einem Kampfschrei auf ihn. Er kippt vorneüber, der Sessel macht seinem Gewicht Platz und quietscht über den Steinboden. Fidel landet bäuchlings auf dem Marmor, Tante Inés in bester American Football Manier obendrauf. Derweil wird die Waffe vom Sesselbein getroffen und rutscht außerhalb von Fidels Wirkungskreis.

Kapitel 16

Fidel flucht und versucht, Tante Inés abzuschütteln. Dann sieht er ein, dass das nichts wird, so auf die Schnelle, streckt sich nach der Schusswaffe, kommt aber nicht ran. Deutlich verzögert hechte ich hinterher, will mich an Tante Inés und Fidel vorbeischieben, auf die Waffe zu, werde von Tante Inés' ruderndem Arm getroffen, verliere das Gleichgewicht und lande obendrauf. Auf dem Doppel Whopper. Fidel zuunterst stöhnt auf. Tante Inés in der Mitte schimpft auf Spanisch. Zwischenzeitlich sind Carlos und Dr. Frieder auf dem Weg nach draußen. Sie verkeilen sich im schmalen Durchgang. Carlos flucht auf Spanisch, Dr. Frieder flucht auf Deutsch. »I'm the doctor«, schreit mein Norddeutscher.

Carlos tritt einen Schritt zurück und folgt ihm erst, nachdem er auch noch die Hunde vorbeigelassen hat.

Unter mir zetern Fidel und Tante Inés auf Spanisch, das Wort *puta* fällt zuhauf. Fidel windet sich, versucht, Tante Inés und mich abzuwerfen. Sie umklammert ihn. Der Berg unter mir erzittert.

»Stopp!«, schreie ich. Keine Reaktion. Ich kreische aus voller Lunge, dass es mir selbst in den Ohren klingelt. Augenblicklich ist es still.

»Schrei mir nicht so ins Ohr, Inés«, rügt Tante Inés in erstaunlich ruhigem Tonfall.

Fidel gluckst. Erst leise, dann lauter. Wir beben. Als er ungehemmt herauslacht, leicht gequetscht durch das Gewicht auf ihm, stimmt Tante Inés mit ein.

Ich krabble herunter, hangle nach der Waffe, nehme sie an mich und sichere sie. Kopfschüttelnd betrachte ich diese beiden erwachsenen Menschen, die lachend in der Sitzgruppe eines Luxushotels auf einer Insel im Tessin aufgetürmt liegen. Sie lachen gelöst, wollen sich gar nicht wieder beruhigen.

Ich haste nach draußen. Dr. Frieder sitzt neben der kreidebleichen Frau Gerber auf einer Gartenbank. Er fühlt ihr den Puls.

Ich laufe zu ihnen. »Was ist passiert?«

»Sie hat sich erschrocken. Erneut.« Dr. Frieder deutet mit dem Kopf auf einen Wegweiser.

»Die Kugel?«, frage ich ungläubig und deute auf ein Loch. Dr. Frieder nickt.

Ein paar Besucher und Hotelangestellte stehen mit besorgten Mienen in einem Grüppchen zusammen. Carlos ist dabei, sie zu beruhigen, es sei nichts passiert. Dann geht er zur Bank, kniet vor Frau Gerber nieder und hält ihr die Hand.

Ich atme erleichtert aus. »Noch mal Glück gehabt. Wie geht es Ihnen, Frau Gerber?«

»Es geht. Es ist schon das dritte Mal heute, dass mir jemand nach dem Leben trachtet«, sagt sie mit dünnem Stimmchen und trägt einen trotzigen Zug um den Mund.

»Das dritte Mal?«, frage ich. Ich weiß nur von dem Vorfall vorhin in der Lobby und diesem hier.

»Beim Frühstück war eine Kirsche mit Stein im Fruchtsalat. Ich wäre beinahe daran erstickt. Carlos hat mir geholfen.«

Dr. Frieder tätschelt Frau Gerber die runzlige Hand. »Wie wäre es, wenn Sie sich kurz hinlegen? Ein Nickerchen?«

»Aber nein. Ich habe doch Ferien«, sagt sie entrüstet, erhebt sich und steht auf wackeligen Beinen.

»Tee?«, fragt Carlos auf Deutsch.

Frau Gerber nickt lächelnd, hängt sich bei ihm ein und lässt sich erhobenen Hauptes ins Café der Villa führen.

Wenig später sind wir alle wieder in der Lobby vereint, ohne Frau Gerber natürlich. Tante Inés und Fidel etwas derangiert, aber friedlich. Wir stehen fast wieder so da, wie vor meiner missglückten Entwaffnungsaktion. Als wäre nichts gewesen.

Die Waffe habe ich in einem unbemerkten Augenblick hinter einen Ordner in der Rezeption geschoben. Ich muss noch überlegen, was damit geschehen soll.

Wir stehen wieder da und keiner sagt ein Wort. Das ist in Ordnung. Wir schweigen gemeinschaftlich ein kleines Weilchen.

Jetzt könnte doch langsam mal jemand etwas sagen. Irgendwer, irgendwas. Ein paar Atemzüge warte ich noch, dann hole ich Luft. Offensichtlich ist es an mir, hier für Klarheit zu sorgen oder zumindest, Worte des Bedauerns in Sachen Waffenfehlgriff vorzubringen. Das hätte ja auch ganz anders ausgehen können. Dr. Frieders Hand legt sich in meinen Nacken. Damit schickt er die Worte, die Schlange stehen und um Auslass bitten, unverrichteter Dinge zurück ins System.

Es gäbe so vieles, das jemand sagen könnte, sagen sollte. Doch nichts. Die Stille fügt mir körperliche Schmerzen zu. Unerträglich ist das.

Gefühlte Stunden später beobachte ich fassungslos, wie man es sich – weiterhin stumm wie die Fische – auf der Sitzgruppe bequem macht. Carlos verschwindet im Raum hinter der Rezeption und kommt mit einem Tablett wieder, darauf eine Flasche und Schnapsgläser, die er auf den Couchtisch stellt.

Bei der zweiten Runde Grappa weicht die restliche Spannung aus unseren Körpern, schwebt durch die offene Tür nach draußen, wird von einer Brise über den Lago Maggiore getragen, um sich dort in Luft aufzulösen.

Tante Inés, Fidel und Carlos plaudern. Was dringend angesprochen gehört, umschiffen sie weiterhin. Unglaublich, wie lange hier über Belanglosigkeiten geredet wird und mit welcher Inbrunst.

»Gutwettermachen«, raunt Dr. Frieder mir zu.

Gut möglich.

Können wir diese Verbrecher einfach so ziehen lassen?

Ich beobachte die Drei, wie sie gelöst scherzen. Fidel und Carlos werfen sich liebevolle Blicke zu. Tante Inés bemerkt meine Prüfung, schenkt mir ein leises Lächeln, das eigentlich ihrer Hand an meiner Wange bedarf, um vollständig zu sein.

Wundersam, aber wahr, es ist in Ordnung. Auch bei Fidel und Carlos gilt schließlich das Unschuldsprinzip. Außer der Freiheitsberaubung meine Person betreffend, ist mir nicht eine ihrer Straftaten bekannt. Auch wenn ich davon ausgehe, dass sie einiges auf dem Kerbholz haben, sind sie schließlich frei herumgelaufen.

»Bist du eigentlich mit Tom de Luca verwandt?«, frage ich Carlos unvermittelt. Das muss ich doch noch wissen. Die Frage wartet auf eine Antwort, seit mir Mariposa Carlos' Namen genannt hat. Gibt es eine Verbindung zwischen kubanisch-amerikanischer und italienischer Mafia?

Er sieht mich verdutzt an. »Wer ist Tom de Luca?«

Sollte es möglich sein, dass es nicht bis zu ihm nach Miami vorgedrungen ist, wer im letzten Fall die Mörder waren?

»Ich kenne keinen Tom de Luca«, sagt Carlos. Das klingt authentisch.

»Hast du Verwandte in Europa?«, frage ich trotzdem nach.

Erst schüttelt er den Kopf, dann zuckt er mit den Achseln.

»Ich weiß es nicht. Vielleicht. Bereits die Eltern meines Vaters sind von Italien in die Staaten ausgewandert. Meinen Nachnamen nach kubanischem Namensrecht habe ich, weil es meiner Mutter wichtig war. Sie ist in Kuba geboren. Luca oder de Luca ist ein häufiger italienischer Name in den Staaten. Vermutlich auch in Italien.«

Wäre das also geklärt.

Fazit: Für mich ist es in Ordnung, dass sie nicht bestraft werden. Ob Juan allerdings akzeptieren wird, dass sie ihm den Dienst verweigern, wage ich zu bezweifeln. Nicht auszuschließen, dass er doch noch jemanden schicken wird, die beiden aufzuspüren und in den Schoß der Mafia zurückzuführen.

Und was ist mit den Familien? Haben die Kinder nicht ein Anrecht auf ihre Väter? Die Frauen auf ihre Männer?

»Ich weiß, ihr möchtet nicht darüber sprechen, in diesem Moment. Aber ich halte es für sehr wichtig, dass ihr zwei«, ich zeige auf Fidel und Carlos, »euch überlegt, wie ihr euren Familien Geld schicken könnt, ohne, dass Juan davon weiß. Vielleicht kann Tante Inés euch dabei helfen.«

Die Drei starren mich an, dann nicken sie langsam.

»Guter Punkt«, sagt Tante Inés.

Die dritte Runde Grappa lassen Dr. Frieder und ich aus. Er macht eine Kopfbewegung Richtung Tür. Ich nicke. Hier ist alles gesagt. Nein, natürlich ist hier zu wenig gesagt, aber für Dr. Frieder und mich ist hier nichts mehr zu tun. Wir stehen auf und setzen an, uns zu verabschieden. Es folgt ein großes Palaver. Fidel und Carlos wollen uns nicht ziehen lassen, ohne uns standesgemäß verköstigt zu haben. Das Carepaket mit allerlei lokalen Spezialitäten aus der Hotelküche, das sie uns in die Hand drücken, landet im Bug, in sicherer Entfernung von den Hundenasen.

Kapitel 17

Wir stechen mit der Plastikschüssel in See. Die Drei stehen auf dem Schwimmsteg und winken uns nach. Tante Inés ruft, ich solle auf Dr. Frieder achtgeben, er sei zu dünn.

»Kann er selbst«, raune ich so, dass sie es nicht hören kann, lächle dabei verkrampft, nicke und winke.

»Schön brav folgen, Inés«, sagt der Norddeutsche amüsiert, was ihm einen Knuff einbringt.

Meine von der Herfahrt geschundenen Beine haben so gar keine Lust, das Gestrampel wiederaufzunehmen. Dr. Frieder und ich mühen uns redlich ab, bis wir etwa die Hälfte der Strecke zurückgelegt haben. Badepause. Spaß auf und mit der Rutsche, im Wasser, rund ums Boot, ein einziges Geplansche. Ohne Hunde allerdings. Wir würden sie nicht wieder an Bord kriegen. Fila sieht aus, als wäre ihr das eh zu albern, was wir veranstalten, aber Santo hat sichtlich zu kämpfen, meinen Beschwörungsformeln Folge zu leisten, er möge ja oben bleiben. Zur Abkühlung machen wir den Hunden das Fell nass.

Dem Baden folgt das Carepaket. Picknick zu viert an Bord.

»Großartig«, seufze ich nach den Fingerfood-Köstlichkeiten und wende mich dem letzten verbleibenden Schraubglas zu. Es ist mit *Dessert* beschrieben. Ich bekomme es nicht geöffnet.

»Kindersicherung?«, fragt Dr. Frieder trocken.

Er streckt die Hand aus, will heißen, gib her, hier wird ein starker Mann gebraucht. »Komm, Püppi, ich mach das«, sagt er zu allem Überfluss mit einem Grinsen.

Ich schüttle den Kopf, Unterlippe entschlossen vorgeschoben, und verpasse dem Glasboden einen Schlag mit der Handfläche. Ohne Erfolg.

»Versuch macht kluch«, steuert der Norddeutsche bei und streckt wieder die Hand aus, ein unverschämt spöttisches Grinsen im Gesicht.

Ich fische ein Lock-Picking Werkzeug aus der Tasche und setze es als Hebel unter dem Deckel an. Das Vakuum löst sich mit einem satten Knack.

Dr. Frieder erhält ein triumphierendes Lächeln. »Schloss-knacken mal anders«, sage ich und schraube auf. »Schokoku-chen! Möchtest du da überhaupt was von abhaben? Magst du so was überhaupt?«

»Zum Essen wäre da, ich meine, ich bin kein Experte, büschn wenig Besteck«, sagt er, zieht sein Taschenmesser aus der Jeans und klappt ein Dingens aus. »Göffel gefällig?«

»Bitte was?«, kichere ich.

»Halb Gabel, halb Löffel. Göffel.«

Ich gluckse und schaue betont unbedarft aus der nassen Bikiniwäsche. »Wie bedient man denn so was?«

Infolge füttert Dr. Frieder mich mit Schokokuchen aus dem Glas.

»Ich sterbe«, stöhne ich inbrünstig beim zweiten Bissen und verdrehe die Augen vor Genuss. »Das ist mitnichten nur ein Schokokuchen. Das ist das Äquivalent eines Einhorns in der Kuchenwelt. Eine Schichtung aus Schokokuchen und dunkler Mousse au Chocolat.«

»Nich schlecht«, gibt Dr. Frieder sein Qualitätsurteil. Über-setzt: fünf Sterne plus.

Am frühen Abend laufen wir fix und fertig bei der Boots-vermietung ein. Also ich bin fix und fertig. Dr. Frieder würde es vermutlich bestreiten. Ich hatte heute eindeutig zu viel Ge-strampel, zu viel Alkohol, zu viel Sonne, zu viel Essen und zu wenig Schlaf. Auf die Frage des Bootsvermieters, wo wir ge-wesen seien, antwortet Dr. Frieder, auf einen Grappa in der Villa Emden und erntet ungläubige Blicke.

Bisher habe ich erfolgreich verdrängt, dass wir die ganze Strecke über die Alpen wieder zurückmüssen. Morgen ist ein regulärer Arbeitstag. Außerdem erwartet Arthur uns zur Zeu-genaussage. Die Erkenntnis trifft mich mit voller Wucht: Die-ser lange Tag ist noch lange nicht zu Ende.

Am Bulli angekommen schreit mein ganzer Körper da-nach, hinten hineinzukriechen, die Tretbootbeine auszustre-cken und ein Nickerchen zu machen.

Dr. Frieder sieht mich kritisch an. »Kannst du denn fah-ren?«

Ich schüttle den Kopf und blicke ihn mit großen Augen an. Er äfft mich nach, schaut ebenso zurück. Wir seufzen beide laut. Ich reibe mir die schmerzenden Oberschenkel. Er reibt sich die Augen, streckt sich und zieht ein Showgähnen ab. Ich kneife meine Augen zusammen, lehne mich an den Bulli, lasse den Kopf zur Seite kippen und gebe vor, im Stehen einzuschlafen. Damit müsste ich Schnick-Schnack-Schnuck in Sachen Fahruntüchtigkeit gewonnen haben.

Ich linse unter einem Lid hervor, ob er dem etwas entgegenzusetzen hat. Doch Dr. Frieder steht nur mit verschränkten Armen da und lächelt mich an.

»Aus dem Ort raus, vom See weg, die erste halbe Stunde der Strecke, dann auf einem Parkplatz Powernapping im Schatten«, sagt er. »Ich fahre jetzt, du dann.«

Kaum sind wir losgefahren, gibt mir das Brummen des Motors den Rest. Ich schlafe ein, tief und fest.

Etwas kitzelt an meinem Hals. Ich verjage die Fliege, doch die kitzelt weiter. Ich blinzle Dr. Frieder verschlafen vom Beifahrersitz aus an. Er sieht unverschämt munter aus. Der Bulli steht auf einem Parkplatz im Schatten, wie versprochen. Der Ticino rauscht nebenan.

»Du weckst mich für Powernapping?«, frage ich irritiert und massiere meinen steifen Nacken.

Er macht eine Kopfbewegung nach hinten, wo wir wenig später bei zugezogenen Gardinen selig in der Waagrechten schlummern.

Der Handywecker weckt uns mit Harfenklängen. Ich fühle mich beileibe nicht so frisch, wie ich es mir wünsche, auf keinen Fall hat das Nickerchen Power in meine Glieder gebracht. Mit ordentlich viel Espresso aus der Raststätte gestärkt, schwinge ich mich hinters Lenkrad. Mein rechtes Bein sträubt sich, den Kampf mit dem überhohen Gaspedal aufzunehmen.

»Es bleibt dir nichts anderes übrig«, sage ich zum Bein. »Oder willst du lieber laufen?«

Nach dem Gotthardtunnel übernimmt Dr. Frieder das Steuer, ich dann wieder ab Zürich. Wir fahren in die Nacht. Zu Hause fallen wir todmüde ins Bett.

Kapitel 18

Unnötig zu sagen, dass auch der nächste Wecker zu früh klingelt und uns derb aus dem Tiefschlaf reißt. Beginn der Arbeitswoche.

»Wochenenderholung geht anders«, brumme ich, setze mich auf die Bettkante und bleibe eine Weile so sitzen. Das Aufstehen will mir nicht so recht gelingen. Die Oberschenkel verweigern meinen Befehl, die gesamte Crew meiner Körperzellen meutert.

Ich lasse mich zurück aufs Bett kippen. »Ines kaputt.«

»Ganz kaputt?«, flüstert Dr. Frieder und küsst meinen Hals.

»Nein nein. Nur zu kaputt für die Schule.«

»Für die Schule?«

»Ich will heute nicht in die Schule. Ich will schwänzen«, quengle ich wie ein Teenager.

»Alles andere geht?«

»Aber natürlich«, sage ich lächelnd.

Dr. Frieder freut sich.

In Folge fällt das Frühstück aus, weil wir sonst nicht rechtzeitig loskämen.

Frisch geduscht und sommerlich bürofein geht es für mich und die Hunde durch den Sommermorgen Richtung Stadt, für Dr. Frieder Richtung Klinikum. Zehn müde Pfoten schlurfen erst die Seestraße entlang, dann über die alte Rheinbrücke. Deren bunte Flaggen wehen verhalten in der Morgenbrise, als wären auch sie nach dem Sommerwochenende zu schlapp für mehr Bewegung. Auf der Brücke bleibe ich kurz stehen. Das mache ich gern, um den Blick über den Konstanzer Trichter bewusst aufzunehmen, aufzusaugen wie ein Schwamm. Der See wirft mir die morgendlichen Sonnenstrahlen als Glitzern entgegen. Ein Fischerboot tuckert unter mir aus dem Seerhein auf den See, hinein in die Hammerkulisse.

Zwischenstopp Stadtgarten. Jede Menge neue Posts für Santo und Fila zu lesen und zu kommentieren. Ein üblicher

Montagmorgen: Nach dem Wochenende erst mal die Kommunikation auf Stand bringen.

So geht es mir im Büro, allerdings darf ich beim Lesen der E-Mails Kaffee trinken und einen Croissant knuspern. Neun Uhr, Teammeeting. Neun Foxinets sitzen mit ihrer Lieblingstasse Kaffee oder Tee am Konferenztisch. Erst mal die Wochenenderlebnisse austauschen. Entsprechend ist der Lärmpegel. Dann gilt es, sich gegenseitig zu informieren, die Aufgaben der Woche zu kommunizieren und umzuverteilen, wo nötig. In unserer Branche gibt es reichlich Gelegenheit, ein Projekt in den Sand zu setzen, auch ohne Kommunikationsfehler zu bemühen.

Zurück in meinem Büro ernte ich verdutzte Blicke. Üblicherweise genießen Santo und Fila völlig ungestört den erholsamsten Schlaf der Welt: Büroschlaf. Darauf kann ich heute keine Rücksicht nehmen, der Termin bei Arthur steht an und jeder Fußmarsch wird für Hundebewegung genutzt.

Im Eiltempo geht's zurück über die alte Rheinbrücke zum Polizeipräsidium am Benediktinerplatz. Ich bin spät dran, was auch mit größerer Schrittlänge nicht mehr einzuholen ist.

Mit Verzug und ganz außer Atem sitze ich neben Dr. Frieder am Tisch des Kriminaloberkommissars.

Arthur von Leisfall strahlt trotz der zu kurzen Arme und des etwas zu stämmigen Körperbaus eine gewisse Würde aus. Dafür sorgen seine kerzengerade Körperhaltung und der Kleidungsstil. Maßanzug in Mittelgrau, gestärkter Hemdkragen und Krawatte in Dunkelblau. Wie der Ermittler in einem Schwarz-Weiß-Film der 1950er Jahre. Um die Filmvergleiche komplett zu machen: Wortkargheit und Unbeweglichkeit der Miene verleihen ihm etwas von Spock.

»Bitte berichtet.«

»Wieso ermittelt ihr eigentlich? Ist es kein Ertrinkungstod als Folge eines Bootsunfalls?«, will ich erst mal wissen.

»Das tut nichts zur Sache, Ines.«

»Na denn«, sage ich achselzuckend. Vielleicht die Informationsbeschaffung besser Dr. Frieder überlassen? Auf inoffiziellen Wegen, auf jeden Fall nicht hier im Präsidium bei laufender Aufnahme.

Mein Norddeutscher und ich berichten abwechselnd. Ich nenne das Bootskennzeichen. Arthur überprüft und bestätigt, es decke sich mit den ihnen vorliegenden Informationen. Na wenigstens.

»Welchen Eindruck hattet ihr von Anke Schmidt, der Schwester des Opfers?«, fragt Arthur im Anschluss.

Dr. Frieder und ich schauen uns fragend an.

»Ich würde sagen, sie war durch den Wind, immerhin wurde ihre Zwillingsschwester vermisst. In sich gekehrt, besorgt, aber nicht panisch. Unter anderen Umständen eine starke Frau, die Dinge anpackt. Sportlich«, formuliere ich sorgfältig. »Was meinst du?«

Dr. Frieder nickt. »Keine enge Beziehung zu ihrem Schwager.«

»Stimmt. Ich dachte erst, sie kennen sich nicht, so unbeteiligt war sie. Wie geht es ihm denn?«

»Das tut nichts zur Sache«, blockt Arthur ab.

Ich verdrehe die Augen. Das ist ja mal wieder allerliebst. Er möchte alles von uns wissen, lehnt es aber ab, etwas zu unserem Kenntnisstand beizusteuern. Ja, ich weiß, das ist normal, schließlich ist er von der Kripo und ich bin nur die kleine Ines, die ihre Bürgerpflicht erfüllt. Das Kennzeichen Hobbyermittlerin ist in diesen Räumen ein Makel.

»Ich vermute, die Sorge um die Schwester hat alles überstrahlt«, ergänzt Dr. Frieder.

»Verständlich«, sagt Arthur.

»Also ich sehe das anders«, widerspreche ich. »Immerhin ist er Teil ihrer Familie und war bewusstlos. Sie hingegen schaute in die andere Richtung. Ich persönlich kenne mich mit Schwägern ja nicht aus. Sagt man das? Schwäger? Klingt komisch.«

Dr. Frieder und Arthur vollführen unentschlossene Bewegungen mit Köpfen und Schultern.

»Na egal. Auf jeden Fall fand ich ihr Verhalten etwas seltsam, zumal noch völlig unklar war, wie sich sein Gesundheitszustand entwickeln würde.«

Arthur macht eine Notiz.

»Oder sie mögen sich nicht. Soll's geben«, meint Dr. Frieder.

Ich nicke zögerlich. Ein pragmatischer, norddeutscher Ansatz. Hat was.

Ein Moment der Stille.

»Ist euch sonst noch etwas aufgefallen?«, fragt Arthur. Ich verschränke die Arme vor der Brust, sehe ihn leicht bockig an und schüttle gemächlich den Kopf. Die Motivation, mich zu engagieren, ist geschrumpft, dank der zweimaligen Abfuhr, was den Informationsfluss in die Gegenrichtung angeht. Das soll er ruhig merken.

Spielt da ein leichtes Lächeln um seine Lippen? »Die Aufnahme ist hiermit beendet.« Arthur stoppt die App. »Ines, du müsstest doch langsam wissen, wie es läuft.«

»Jaja«, sage ich. »Es erschließt sich mir halt nicht, was an ein paar Informationen so schlimm sein soll. Vermutlich gibst du sie in dem Moment, in dem wir durch die Tür sind, eh an die Presse. Wäre nicht das erste Mal. Und ich möchte daran erinnern, dass du schon mal freigiebiger mit Ermittlungserkenntnissen warst und wir bereits eng zusammengearbeitet haben.« Ich gebe Arthur einen Moment, sich aus meinen Argumenten das passende herauszusuchen, es sich anders zu überlegen. Doch das passiert nicht.

»Wenn der Arzt, der den Totenschein ausstellt, und der Ermittlungsbeamte, der den ersten Angriff leitet, Zweifel am Unfalltod durch Ertrinken haben, muss es ja Anhaltspunkte geben, stimmt's?«, frage ich Dr. Frieder neben mir und bin ein bisschen stolz darauf, den Fachbegriff für das polizeiliche Handeln der ersten Beamten vor Ort benutzt zu haben.

Mein Doktor nickt und lächelt. »Abwehrverletzungen zum Beispiel«, steuert er bei, »oder eine mit dem Leben nicht zu vereinbarende Verletzung.«

»Als da wäre?«, frage ich.

»Ein abgetrennter Kopf.« Dr. Frieder grinst. Nur Mediziner grinsen, wenn sie so etwas sagen. Ich schüttle mich und bedenke ihn mit einem gespielt strengen Blick. Sein Grinsen wird breiter.

»Was noch?«, frage ich.

»Ein klares Indiz, das gegen Tod durch Ertrinken spricht, wie ein Messer oder eine Kugel in der Brust.«

Wir schauen Arthur fragend an.

»Kein abgetrennter Kopf, kein Messer, keine Kugel in der Brust«, brummt er.

»Genickbruch? Stumpfe Gewalteinwirkung am Kopf?«, fragt Dr. Frieder.

Arthur schüttelt den Kopf.

»Anzeichen eines Myokardinfarkts, also Herzanfalls? Oder eines Schlaganfalls?«

Arthur schüttelt den Kopf.

»Das ginge ratzfatz, wenn du es uns einfach verraten würdest, werter Herr Von-und-zu. Wärst uns sofort wieder los«, werfe ich ein und versuche mich an einem entwaffnenden Lächeln. »Ich glaube, unser Herr Doktor hier hat noch unendlich viele Todesursachen in petto. Das könnte dauern, stimmt's?«

»Is so«, sagt Dr. Frieder.

Eine versteinerte Miene uns gegenüber. Doch wenn ich es recht sehe – bei diesem Gesicht gilt es ja, auf die kleinsten Anzeichen zu achten – bröckelt die Fassade etwas. Also weiter mit dem Argumentationshämmerchen.

»Abgesehen davon weißt du ja, mein Gefährte hier ist in Medizinerkreisen gut vernetzt. Will heißen, wir kriegen es raus, so oder so.«

Arthur seufzt. Dann hält er inne, grinst mich fröhlich an und sagt: »Ich muss mich korrigieren.«

»Inwiefern?« Meine Überraschung gilt weniger dem, was er sagt, als diesem breiten Grinsen. Habe ich so was je zuvor an ihm gesehen? Ein leises Lächeln, ja, das gab es hin und wieder. Meist zuckte da nur die Spur eines Schmunzelns um die Mundwinkel. Dass ihm der Schalk aus den Augen blitzt, ist mir neu.

»Muss ich mir Sorgen machen?«, frage ich, wohl wissend, dass er nicht verstehen wird, worauf ich abziele.

»Ich bin gezwungen, die Einschätzung deiner Person zu revidieren«, sagt er.

»Ach?«

»Du bist *doch* ein Stein im Schuh.«

Ich verdrehe die Augen. Das tue ich gern in seiner Gegenwart. Er gibt oft Anlass dazu. »Schon klar.« Ich winke ab. »Muss ich mir Sorgen machen, dass dir so fröhlich zumute ist? Nicht, dass ich was dagegen hätte. Es steht dir. Ist nur ungewohnt.«

Einen Wimpernschlag lang huscht ein Hauch von Schuldbewusstsein, eine Ahnung von Schamgefühl über Arthurs Gesicht. Wäre die Empfindlichkeit meiner Sensoren in seiner Gegenwart nicht bis zum Anschlag aufgedreht, es würde mir entgehen.

»Da ist doch was im Busch!«, rufe ich.

Arthur zieht eine Schulter langsam hoch, bis zum Ohr, und lässt sie wieder nach unten sinken. Ein einseitiges Achselzucken in Zeitlupe. Eine Bewegung, die man in dieser konkreten Ausgestaltung so gut wie nie zu Gesicht bekommt.

»Nee!«, hauche ich. »Das glaube ich jetzt nicht!«

»Wasn?«, fragt Dr. Frieder.

»Dein adeliger Freund hier hat was mit Yata.« Diese Geste, dieses einseitige Achselzucken in Zeitlupe, bei dem die Schulter sich quälend langsam bis zum Ohr hebt und wieder senkt, ist unverkennbar. Trotzdem ist mein Vorstoß ein Schuss ins Blaue, aus dem Bauch heraus. Als ich aber beobachten kann, wie Arthur rot anläuft, ist die Sache klar. So prompt habe ich selten jemanden erröten sehen und ich kenne mich mit plötzlicher Schamesröte gut aus, wenn auch weniger mit polizeilicher Schamesröte. Arthur weiß nicht wohin mit dem Blick. Die Situation ist ihm so was von unangenehm.

»Schau an«, sagt Dr. Frieder amüsiert.

»Yata und Arthur«, sage ich versonnen.

Nachdem die Neuigkeit einen Moment hatte, sich bei mir einzufinden und es sich bequem zu machen, fühle ich mich wohl mit ihr. Yata ist eine Freundin und Nachbarin, ein Hingucker, wenn sie auch ihr Päckchen zu tragen hat. Aber wer hat das nicht.

Ich kann sie mir gut zusammen vorstellen. Beide stellen die eigenen Bedürfnisse hinter den Beruf zurück. Arthur bei der Kripo und Yata im internationalen Consulting. Auch ihr Kleidungsstil ist auf ähnlich hohem Niveau, so das denn von Interesse ist. Dresscode Business Formal. Makellos.

»Nun soll die frohe Kunde, dass sich zwei gefunden haben ...«, sage ich.

»Interpretiere nicht zu viel hinein«, sagt Dr. Frieder.

Ich sehe ihn erstaunt an. »Niemand redet hier vom Heiraten. Aber so rot, wie der liebe Von-und-zu geworden ist, ist es keine reine Bettgeschichte.«

»Ines, ich möchte dich bitten, dir meiner Funktion und des Ortes bewusst zu sein, an dem wir uns befinden«, sagt Arthur gestelzt. Der peinlich berührte Gesichtsausdruck ist kurz zurückgekehrt und hat sich dann der Selbstbeherrschung untergeordnet. Wäre seine Haltung noch eine Spur aufrechter, Arthur würde hintenüberkippen.

Ich lache. »Siehst du?« Unfein deute ich mit dem Zeigefinger auf ihn und sehe Dr. Frieder an.

»Jou«, feixt der und zwinkert mir zu.

»Die frohe Kunde soll uns nicht komplett vom Thema abbringen, wollte ich sagen. Todesursache?«, frage ich.

»Tess und ich waren uns vor Ort einig, die Todesursache ist ungeklärt«, sagt Arthur und ist sichtlich dankbar für den Themenwechsel. »Etwas stimmte nicht, ohne dass wir es benennen konnten. Tess hielt eine Obduktion für angeraten, ich habe mich dem angeschlossen. Unsere Entscheidung wurde dadurch gestützt, dass die Schwester das zu verhindern suchte.«

»Ach was. Das gibt's? Obduktion, ohne die Gründe genauer zu benennen? Und Anke wollte keine Obduktion? Welche Tess?«

»Dr. Tess van der Meer, die Leiterin der Pathologie im Klinikum Konstanz? Die kennst du doch«, sagt Arthur.

Die Augen treten mir aus dem Kopf. Das weiß ich deswegen so genau, weil ich sie willentlich in ihre Höhlen zurücksaugen muss. Da existiert doch tatsächlich ein Detail, das mir unbekannt war. Wichtiger als das Detail selbst: Wieso war es mir unbekannt?

Ein flüchtiger Blick zu Dr. Frieder neben mir, diskret aus dem Augenwinkel. Er sitzt unverändert da, in gewohnter Sorglosigkeit und Tiefenentspannung.

»Ja natürlich«, sage ich, »Dr. Tess van der Meer. Marcs Vorgesetzte.« Wenn ich auch vor mir selbst als unerhört unwissend dastehe, so keinesfalls vor Arthur. Die Blöße gebe ich mir nicht.

»Todeszeit?«, fragt Dr. Frieder sachorientiert.

Der Kriminaler tippt etwas in seinen Computer. »Samstag zwischen 13 und 15 Uhr.«

Mein Doktor nickt. »Der Leichnam ist in Freiburg im Institut für Rechtsmedizin?«

Arthur produziert ein minimalistisches Nicken.

»Sonstige Erkenntnisse?«, frage ich mit wenig Hoffnung darauf, dass so ein stümperhafter Vorstoß zu etwas führt.

Er schüttelt den Kopf, erhebt sich, zeigt uns wortlos die Tür, wuschelt Santo kurz über den Kopf, reicht uns förmlich die Hand, vollführt bei mir die ihm eigene Andeutung eines Dieners und gibt uns ein »Danke für eure Zeugenaussage« mit auf den Weg. Dann schließt er lautlos die Tür hinter uns.

»Da ist aber einer froh, uns los zu sein«, sage ich im Flur.

Dr. Frieder legt einen Arm um meine Schulter, zieht mich an sich und drückt mir einen Kuss auf die Stirn.

»Wenigstens nicht auf den Scheitel«, brumme ich.

Er lacht.

Kapitel 19

Draußen blinzeln wir ins Sommerlicht. Dr. Frieder zieht die Sonnenbrille aus dem Ausschnitt seines weißen T-Shirts, setzt sie auf und hält das Gesicht der Sonne entgegen. »Ah, Sommer«, seufzt er genießerisch.

Warte ich, bis er es selbst anspricht? Und sollte er dies nicht, wäre es besser, es totzuschweigen? Oder erwartet er, dass ich davon anfange?

»Koryphäe, was?«, frage ich. Den Begriff hat Dr. Frieder mehrmals verwendet, als er über die neue Leitung der Pathologie sprach, als er ihre Fachexpertise anführte, seine Ausbildung zum Rechtsmediziner in Freiburg um ein Jahr zu verschieben. Er könne eine Menge von ihr lernen, hat er gesagt, von der Koryphäe.

»Hm?« Dr. Frieder sieht mich prüfend an. Eine Spur zu unschuldig für meinen Geschmack. Wissbegierig und informiert zugleich. Er hier weiß genau, worauf ich hinauswill.

»Ach, vergiss es.« Ich kruschtle meinerseits nach der Sonnenbrille und führe Santo zur nächsten Hecke.

»Mittagessen?«, fragt Dr. Frieder.

»Es ist nicht mal elf.«

»Eis?«

Ich nicke.

Wir schlendern in der Straßenschlucht bis zur Eisdiele Pampanin an der Ecke. Dort deutet Dr. Frieder auf eines der Tischchen unter den Sonnenschirmen.

»Beste Zeit für einen Eiskaffee«, meint er, nachdem die Bedienung uns diese serviert hat. »Viel zu tun im Büro?«, fragt er in einem Small Talk Tonfall, der eher für ein erstes Date passend wäre.

Ich nuckle am Strohhalm und behebe immer wieder die Eisblockade am unteren Ende. »Hm«, gebe ich undefiniert von mir und stecke Santo ein Stückchen Eiswaffel zu. Der ist so überrascht, dass er das Geschenk fallen lässt und hektisch wieder aufliest, bevor Fila es ihm stibitzt.

»Werde mal bei den Jungs in Freiburg anrufen.« Dr. Frieder leckt den Eislöffel sauber, steckt Fila die komplette Waffel zu und fingert das Handy aus den Jeans.

Mit den Jungs in Freiburg sind seine zukünftigen Kollegen in der Rechtsmedizin gemeint. Dort wird Dr. Frieder in ein paar Wochen zu seiner Facharztausbildung antreten. Die Fernbeziehung, die uns dann droht, verstehe ich meisterhaft zu verdrängen.

Nach etwas Höflichkeitsgeplänkel lauscht Dr. Frieder, entspannt im Stuhl zurückgelehnt, Jeansbeine von sich gestreckt. Ich sitze auf der vorderen Stuhlkante, Ellbogen auf dem Tisch, Kopf auf den Händen abgestützt, und versuche, ihm die Neuigkeiten vom Gesicht abzulesen. Seine Miene spiegelt Faszination gepaart mit etwas Sehnsucht. Er wäre gerne vor Ort, um das, was immer ihm berichtet wird, mit eigenen Augen zu sehen.

Nach dem Gespräch sieht er mich unverwandt an, ein leises Lächeln auf den Lippen und sagt: nichts. Er spannt mich auf die Folter. Obwohl ich genau weiß, er wird es mir früher oder später erzählen. Was, wenn er es eher später als früher erzählt?

Ich presse die Lippen aufeinander, um die Frage daran zu hindern, ihm entgegen zu purzeln. Die Genugtuung gönne ich ihm gerade nicht.

»Oha«, sagt er schmunzelnd. »Selbstbeherrschung. Sehr gut.« Dieser gönnerhafte Ton ist die Höhe! So lobt er Fila, wenn sie sich brav hinsetzt.

»Jetzt rück schon raus«, knurre ich mit zusammengekniffenen Augen, aus denen bestimmt pinkfarbene Blitze zucken.

Er lacht auf, dann wird er ernst. »Du hast nie gefragt.« Sein Blick ist offen.

Ich schaue ihn entgeistert an.

»Du hast nie nach der neuen Leitung der Pathologie gefragt. Dachte, es interessiert dich nicht.«

Er dachte WAS? Das haut mich um. Verdutzt stelle ich fest, dass mir die Tränen kommen, wenn ich nicht gleich etwas dagegen unternehme. Ich schlucke schwer. Das hilft.

»Du dachtest, es interessiert mich nicht?«, hauche ich. »Mich interessiert alles, wirklich al-les, was das da«, ich vollführe eine großflächige Handbewegung über seine Person, »angeht. Weißt du auch warum?«

»Warum?« Seine Stimme ist ganz weich geworden.

»Weil ich dich liebe«, flüstere ich konspirativ vorgebeugt, als wäre dies eine geheime, die nationale Sicherheit gefährdende Information, und nicht eine, die für alle Welt unübersehbar ist.

Er lächelt. »Und ich liebe dich.« Er hingegen hat die Lautstärke in keiner Weise angepasst, was uns interessierte Blicke vom Nachbartisch einbringt.

Ich schmelze dahin.

»Wieso hast du nicht gefragt?«, fragt er.

»Ich habe wohl angenommen, dein neuer Chef ist wie der alte, wie Dr. Meschle. Jenseits der Fünfzig, männlich, unspektakulär. Ohne explizit darüber nachgedacht zu haben, bin ich wohl davon ausgegangen, du würdest es mir sagen, wenn die Realität von der üblichen Annahme abweicht.«

Er neigt leicht den Kopf. »Du bist automatisch von einem männlichen Vorgesetzten ausgegangen?«

Ich überlege. »Irgendwie schon. Übel, oder? Sollte mir zu denken geben. Mir, Frau, 30, Inhaberin und Geschäftsführerin eines Unternehmens der Internetbranche mit acht Mitarbeitern.«

»Ein paar Muster in deinem Kopf sind älter als du«, sagt er schmunzelnd.

»Aus den 1980ern?«

Er schmunzelt. »Eher Prä-Achtundsechziger.«

Ich verdrehe die Augen. »Und wie ist sie so?«

»Tess?«

Ich nicke.

»Toll!« Er grinst über das ganze Gesicht.

Dafür gibt's einen kräftigen Knuff auf die Schulter, wozu ich mich etwas vom Sitz erhebe, hinüberreiche und beinahe den Eisbecher vom Tisch fege.

»Fachlich natürlich«, ergänzt er, noch immer ein breites Grinsen im Gesicht.

»Natürlich.«

Wir sehen uns still in die Augen. Seine blauen Augen sind so tief wie das Meer und werden von einem leisen Lächeln umspielt.

Sein Zeigefinger stupst auf meine Nasenspitze. »Musst dir keine Sorgen machen.«

»Mache ich mir die?«, frage ich überrascht.

Er hebt eine Schulter bis zum Ohr, parodiert ein einseitiges Achselzucken in Zeitlupe.

Wir müssen beide lachen.

»Jetzt lass aber mal hören. Was meinen die Jungs aus Freiburg?«

Kapitel 20

»Lass uns ein Stück gehen«, sagt Dr. Frieder, erhebt sich und legt Geld auf den Tisch. Wir schlendern Richtung Klinikum, ein kurzer Weg um drei Häuserecken.

»Die Jungs in Freiburg sind noch nicht ganz durch. Allem Anschein nach hat Fanny Schmidt-Grob eine trockene Lunge. Tod durch Ersticken ist hochwahrscheinlich, aber nicht zwangsläufig im Wasser. Andererseits könnte auch trockenes Ertrinken vorliegen.«

»Bitte was?«, frage ich und bleibe stehen.

»Trockenes Ertrinken. Ich bemühe mich, es einfach auszudrücken.«

»Oh ja, bitte. Forensic Medicine for Dummies.«

Dr. Frieder lächelt. »Anders als Laien es sich oft vorstellen, muss beim Ertrinken nur wenig Wasser in die Lunge gelangen. Das Wasser kommt in den Lungenbläschen an und geht dort in den Blutkreislauf über. Im Ergebnis ist die Lunge bei der Autopsie trocken. Möglich auch, dass das Opfer einen Laryngospasmus erlitt. Bei der Aspiration, hier dem Einatmen von Flüssigkeiten, von Wassertropfen, schließt die Stimmritze zum Schutz. Stimmritze und Kehlkopf verkrampfen. Wird das Opfer bewusstlos, löst sich der Stimmritzenkrampf nicht automatisch. Das Opfer erstickt. Trockenes Ertrinken«, doziert er.

»Was es nicht alles gibt«, staune ich. »Also ist nicht sicher, dass Fanny ertrunken ist.«

»Sicher ist im Moment nur, dass sie erstickt ist. Ob im oder außerhalb des Wassers, muss sich noch herausstellen.«

»Woran erkennt man das?«

»Das das würde jetzt zu weit führen.« Dr. Frieder hat eine wichtige Miene aufgesetzt.

»Aha«, sage ich, obwohl mir überhaupt nicht klar ist, wie das einzuordnen ist.

Dr. Frieder umfasst meine Hände und behindert mich damit in deren Bewegung.

Ich sehe ihn erstaunt an.

»Wippsteert. Du zappelst schon wieder.«

»Nur unbewusst.« Immer, wenn Dr. Frieder mir Details aus der Rechtsmedizin erzählt, in sachlichem Ton, will jede meiner Körperzellen den Grusel durch Bewegung abbauen. Nicht dass es etwas nützen würde.

»Was hältst du davon, wenn wir Anke besuchen?«, frage ich.

»Viel. Ruf sie doch mal eben an.«

»Sie geht nicht dran«, melde ich wenig später. Statt ihr einen Spruch auf der Mailbox zu hinterlassen, schreibe ich ihr eine WhatsApp, bringe knapp unser Beileid zum Ausdruck und frage an, ob wir sie heute Abend besuchen dürfen.

»Gut möglich, dass sie das nicht möchte. Sie ist ja eher eine verschlossene Natur. Abgesehen davon kennen wir uns kaum.«

»Ist einen Versuch wert«, meint Dr. Frieder. »Nu noch büschn was arbeiten, ne?« Er gibt mir einen Abschiedskuss und schlendert, Hände in den Vordertaschen seiner Jeans vergraben, durch den Klinikpark davon.

Die Hunde und ich hingegen marschieren zügig zum Foxinet Büro. Dort gilt es, Anrufe zu tätigen und die lange Pause wettzumachen. Falls wir heute Abend Anke besuchen, ist keine Zeit, eine Extrarunde dranzuhängen, in der sich der Schlendrian der Tagesmitte wettmachen ließe.

Ich stehe am Foxinet-eigenen Kaffeevollautomaten, für eine Dosis der Droge, ohne die sich in keinem Bürobetrieb etwas bewegt, da geht eine WhatsApp von Anke ein. Sie danke für die Beileidsbekundung, ihr sei aber eigentlich nicht danach, irgendwen zu sehen.

Das Wörtchen eigentlich lässt Raum. Ich wähle ihre Nummer.

Nachdem ich erneut mein Bedauern über den Tod ihrer Schwester zum Ausdruck gebracht habe, frage ich: »Hast du heute schon was gegessen?«

Ein kurzes Zögern. »Keinen Appetit.«

»Folgender Vorschlag: Wir kommen heute Abend zu dir, bringen was zu essen mit, bleiben ein halbes Stündchen und sind wieder weg.«

Keine Antwort.

»Wenn du nach einer Viertelstunde feststellst, dass wir dir zu viel sind, dann gehen wir auch schon nach einer Viertelstunde.«

»Okay.«

Sie gibt mir ihre Adresse durch.

Nach dem Ende des Gesprächs pfeife ich anerkennend. Mit Kaffee bewaffnet zurück an meinem Schreibtisch verifiziere ich: Ja, Anke Schmidt residiert tatsächlich dort, wo ich vermutet habe.

Dr. Frieder bekommt eine Nachricht mit Instruktionen für den Verlauf des Abends. Auf die Frage, was er denn zu essen wünsche, antwortet er: *P.*

Ich schicke ihm *Daumen hoch.*

Noch etwas arbeiten und schon wecke ich die Hunde wieder. Der unübliche Tagesrhythmus befremdet sie sichtlich, sie lassen sich trotzdem nicht lange bitten. Eine ihrer wunderbaren Wesensarten. Spontanität in Reinkultur.

Zu Hause treffe ich einen höchst fidelen Dr. Frieder an. Er streckt mir ein unförmiges Bündel Badehandtücher entgegen. »Müssen uns beeilen, damit sie noch warm sind.«

»Die willst du so dahintragen?«, frage ich belustigt. Mein Amüsement gilt weniger der unkonventionellen Pizzaverpackung als Dr. Frieders Zustand. Unter Garantie wurde er von Antonio, dem Pizzabäcker, zu einem Grappa eingeladen, während er auf die Pizzen wartete. Antonios Cousin betreibt ein Restaurant in Nebel auf Amrum, Dr. Frieders Heimatort, daher gehört Dr. Frieder für Antonio zur Familie und wird entsprechend bewirtet. Bei uns gibt es überdurchschnittlich oft Pizza, wenn die Essensplanung bei meinem Norddeutschen liegt.

»Fahren?«, schlägt er vor.

Ich neige den Kopf und lächle ihn an.

»Nicht ich. Du«, sagt er.

Ich neige den Kopf eine Spur mehr, woraufhin er sich in einer überzogenen Geste an die Stirn klatscht. »Wein.«

Ich nicke.

»Also tragen.« Er denkt kurz nach, hebt den Zeigefinger als Zeichen dafür, dass er eine Idee hat, und verschwindet mit dem Oberkörper im Flurschrank, um nach ausführlichem Gewühle mit einem Trekkingrucksack wieder aufzutauchen. Der hat schon einiges in seinem Leben mitgemacht. Der Rucksack. Hat mir Dr. Frieder je davon erzählt? Ich merke mir vor, ihn gelegentlich danach zu fragen. Ich sollte ihn überhaupt mehr fragen.

Zu zweit schaffen wir es, das Handtuchbündel und eine Flasche Merlot in den Rucksack zu stopfen.

Zurück auf der Seestraße bemühen wir uns um Tempo, der Pizzatemperatur und der Uhrzeit wegen. Es wäre nicht die feine Art gegenüber der trauernden Schwester, sich erst aufzudrängen und dann zu spät aufzukreuzen.

Die Seestraße ist bevölkert von Sonnenhungrigen und Badewütigen, die den frühen Feierabend auf eine der besten Arten genießen, wie man ihn am Bodensee verbringen kann. Da sind Familien mit Kleinkindern, Studentengruppen, Senioren und alles dazwischen. Ein Querschnitt durch die Konstanzer Bevölkerung. Will man unter Leute, dies ist der Ort.

Nach dem Yachthafen geht es weiter auf dem unbefestigten Uferweg. Relaxed man auf der Seestraße auf dem Rasenstreifen, auf Bänken, Treppenstufen und der Ufermauer, macht man es sich hier mit Decken, Badematten und Liegestühlen auf Bodenseekieseln bequem. Dazwischen Hunde, die von Santo und Fila begrüßt werden wollen. Alles hier – der Sonnenschein, die Stimmung, die Tageszeit – schreit danach, sich niederzulassen, Sommer zu tanken, ihn im wohltemperierten Bodensee abzuwaschen, um wieder nachzutanken. Doch wir haben keine Zeit, zu verweilen.

Kurz vor der Bodenseetherme und dem Jakobsteg biegen wir vom Seeuferweg zu einem Mehrfamilienhaus ab.

Dr. Frieder pfeift anerkennend.

»Meine Rede«, sage ich nickend.

Kapitel 21

Eine Klingelanlage mit Videokamera, der Name Schmidt an oberster Position, ein dunkelgraues, blickdichtes Metalltor, das geräuschlos in eine mit Granitpflastersteinen belegte Einfahrt aufschwingt.

Wenig später haben wir den Aufzug ignoriert und sind durch das Treppenhaus aufgestiegen, das ebenso gut Teil eines modernen Bankgebäudes sein könnte. Anke steht halb hinter der Wohnungstür und bittet uns mit einer Geste stumm herein. Das Türblatt dient als Schutzschild gegen das Übel, das da kommt. Die Hunde ignoriert sie, obwohl Santo es ihr nicht leicht macht.

Ich muss meinen Blick mit Gewalt aus der Weite zurückholen, die sich jenseits der Panoramascheibe und der Brüstung aus Glas auftut. Seeblick de luxe von oben bis unten, von rechts bis links, nur unterbrochen von einer Trauerweide am Ufer und einem modernen Kamin im Wohnzimmer, mitten in die Fensterfront platziert. Selbst wenn man im Herbst vor dem lodernden Feuer sitzt, braucht man seinen Blick nicht vom See abzuwenden. Jenseits der Fensterscheiben eine Dachterrasse für eine Stehparty mit hundert Gästen.

Anke wirkt weniger sportlich, gesund und lebendig als zuletzt, und da war sie pitschnass und gerade aus dem See gefischt worden. Hier steht nur ein Bruchteil ihrer selbst. Sie ist nicht fähig die trainierten Schultern hinten zu halten. Leicht verquollene Augen.

»Es tut mir unendlich leid«, sage ich leise und reiche ihr die Hand. »Mein Beileid.« Mein Impuls, sie in den Arm zu nehmen, wird durch ihren Gesichtsausdruck vereitelt.

»Mein herzliches Beileid zu deinem Verlust«, schließt sich Dr. Frieder mit warmer Arztstimme an. »Wie geht es dir?«

Anke nickt. »Geht schon.«

»Hat dein Hausarzt dir etwas gegeben, damit du schlafen kannst?«

»Ich brauche nichts.« Sie winkt ab und vollführt mit der gleichen Hand eine kraftlose Geste zur minimalistischen Sitzgruppe aus schwarzem Leder. Auf dem Sofa liegt eine zerknüllte rote Decke. Daneben ein Handy.

»Wir haben Pizza mitgebracht«, sage ich. »Wo ist deine Küche?« Eine widersinnige Wortkombination. Wir haben Pizza mitgebracht, damit es eben keiner Küche bedarf.

Sie führt uns in eine Showküche in Weiß und Edelstahl, kaum ein Ding auf den großzügigen Granitarbeitsflächen. Dr. Frieder setzt den weit gereisten Rucksack ab und bringt das unförmige Bündel und die Flasche Rotwein zum Vorschein. »Möchtest du mir zeigen, wo ich Geschirr und Besteck finde?«

Anke öffnet zwei Schranktüren und eine Schublade.

Ich stehe unnütz daneben, bin überfragt, was ich sagen oder tun könnte, das nicht fehl am Platz wäre. Dr. Frieder reicht mir einen Korkenzieher. Ich hangle Gläser aus dem Schrank und entkorke die Flasche Merlot.

»Kalt«, meldet Dr. Frieder beim Öffnen eines Pizzakartons.

Anke deutet auf das linke der drei Einbaugeräte in Brusthöhe, die für mich alle wie Backöfen aussehen.

Nun haben wir noch mehr Zeit zu überbrücken, bis unsere Münder entschuldigt sind, weil mit Essen beschäftigt. Wieso fällt es mir hier und jetzt so schwer, zu kommunizieren?

Anke räumt Bleche und Formen aus dem Ofen, was Dr. Frieder die Gelegenheit gibt, mir hinter ihrem Rücken einen auffordernden Blick zuzuwerfen. Ich interpretiere: warum so wortkarg? Er hat gut Blicke werfen. Er hat sich bei Antonio für diese Herausforderung gestärkt.

Die geöffnete Weinflasche eilt mir zu Hilfe. Ich reiche Anke und Dr. Frieder ein Glas Wein und erhebe meines. »Auf Fanny, die bestimmt eine ganz wunderbare Schwester war. Möge sie Frieden haben, wo immer sie jetzt ist.«

Anke schluckt, nickt und bringt übermenschliche Beherrschung auf. Ihre Kiefermuskeln arbeiten.

»Auf Fanny«, sagt Dr. Frieder feierlich.

»Auf Fanny«, sagt Anke dann doch noch leise.

Wir nippen an unseren Gläsern. Ich schiebe uns Mädels zwei Barhocker zurecht. Beste Aussicht auf meinen Norddeutschen, der mit Rosten hantiert mit dem Ziel, drei Pizzen auf einmal im Ofen unterzubringen.

Gläser gestalten Schweigen angenehmer. Es ist gar nicht nötig, sie zu benutzen. Sie müssen nur da sein. Und gefüllt. Anke sieht mich flüchtig von der Seite an, ist kurz davor, etwas zu sagen, unterlässt es dann aber.

Ich lege meine Hand für einen Moment auf ihren Unterarm und nicke. Nicht nötig, zu reden, wenn es schwerfällt.

Wieso ist sie allein? Wieso sind nicht ihr Mann, Freund, Freundin, Familienmitglieder oder Arbeitskollegen bei ihr? Irgendwer? Das ist die Frage, die ich unmöglich stellen kann. Sie hat gerade ihre Zwillingsschwester verloren, womöglich den Menschen, der ihr am Wichtigsten war. Sie in diesem Zustand mit der Nase darauf zu stoßen, dass es doch recht einsam ist, in der kühl designten, geschätzt 200 Quadratmeter großen Luxuswohnung direkt am See, wäre übergriffig und gelinde gesagt nicht nett. Fingerspitzengefühl, Ines!

Dr. Frieder setzt sich auf den dritten Barhocker. Wir starren in den Backofen. Als liefe dort eine hochinteressante Sendung und toppe den phänomenalen Blick nebenan.

»Wieso bist du gegen eine Obduktion«, fragt Dr. Frieder unvermittelt.

Anke sieht ihn erstaunt an, zuckt mit den Achseln, nimmt einen Schluck Wein. »Es ist unnötig, meine Schwester aufzuschneiden. Sie ist ertrunken. Es war ein Bootsunfall.«

»Die Ärztin und der leitende Kriminalbeamte vor Ort halten es für nötig. Für sie ist die Todesursache ungeklärt.«

Sie zuckt erneut mit den Achseln.

»Ich kann absolut verstehen, dass man nicht möchte, dass jemand, den man liebt, seziert wird. Aber willst du denn nicht wissen, was passiert ist?«, frage ich.

»Ich weiß, was passiert ist. Ich war dabei. Wir waren mit Kajaks unterwegs. Ein Sturm kam auf. Der Fahrer eines Motorboots hat uns übersehen. Ein tragischer Unfall. Ich habe meinen Anwalt angewiesen, die Obduktion zu verhindern, einstweilige Verfügung, Widerspruch, was immer nötig ist. Ich will nicht, dass meine Schwester aufgeschnitten wird.«

»Angehörige können einer Obduktion nicht widersprechen, die durch die Staatsanwaltschaft oder das Gericht angeordnet wurde«, informiert Dr. Frieder.

»Das werden wir ja sehen!«

»Das ist rein rechtlich nicht möglich. Einmal abgesehen davon, dass es unsinnig wäre, dies zu erlauben. In Mordfällen kontraproduktiv.«

Anke blitzt meinen Nordfriesen an. Seine völlige Friedfertigkeit lässt ihre Blitze abrutschen.

Schweigen der angespannten Art. Wenigstens hat die Diskussion dazu geführt, dass ihr Gesicht etwas Farbe bekommen hat. Nicht ausgeschlossen, dass sie uns hochkant hinauswirft.

Dr. Frieder kontrolliert den Ofen. »Warm genug.«

»Wollt ihr auf der Terrasse essen?«, fragt Anke unerwartet.

»Gerne.« Das hatte ich nicht zu hoffen gewagt. Warum auch immer habe ich angenommen, in Trauer zieht man abgedunkelte Orte vor.

Dr. Frieder und ich decken den Tisch, schneiden die Pizzen in Stücke und bringen sie nach draußen. Anke kommt hinzu, eine Sonnenbrille mit großen Gläsern auf der Nase.

Ist der Blick von drinnen schon umwerfend, ist er von der Terrasse aus überwältigend. Die Sonne steht tiefer, das Licht schmeichelt weich. Draußen, auf Höhe der Seezeichen, zieht eine Gruppe Standup-Paddler über eine Wasseroberfläche, deren milchiges Helltürkis mit orangefarbenen Strichen durchsetzt ist. In einem Gemälde würde dies als realitätsferner Kitsch abgetan.

Ein weißer Terrier schwimmt einem Ball hinterher. Er fischt ihn aus dem Wasser, bringt ihn zurück ans Ufer und verschwindet aus unserem Blickfeld hinter der Hecke, die das Grundstück vom Seeuferweg trennt. Von unsichtbarer Hand geworfen fliegt der Ball in den See. Und alles von vorn.

Santo und Fila hängen mit den Nasen am Glasgeländer und schauen gebannt zu. Sie hinterlassen feuchte Abdrücke am Schaufenster.

»Wunderschön hast du es hier«, sage ich.

»Danke.«

»Sieht man die Schönheit überhaupt noch, wenn man sie jeden Tag so vor Augen hat?«, frage ich.

»Ja«, sagt sie und schaut auf den See.

Die Pizza ist hart, trocken, teilweise verbrannt und mäßig warm.

»Mit büschn Wein zum Runterspülen geht's«, sagt Dr. Frieder unbekümmert in meine Gedanken.

»Du bist nicht von hier?« Sie nimmt einen homöopathischen Bissen von ihrer Pizza.

»Nee«, sagt er.

»Woher?«

»Amrum.«

»Schön.«

»Jou.«

Schweigen.

»Was machst du beruflich?«, frage ich.

»Du meinst, wie kann sich jemand so eine Wohnung leisten?«, kontert sie.

Ich schüttle den Kopf, nicke dann. Ja, das ist wohl Teil der Frage.

»Ich bin Wirtschaftsprüferin.« Sie macht eine Pause.

Ich nicke. Passt zu ihr. Aber die Immobilie erklärt es nicht.

»Die Wohnung gehört meiner Schwester und ihrem Mann.«

Hier müsste man nachhaken. Aber ich scheue davor zurück.

»Ihr wart euch sicher sehr nah?«, frage ich stattdessen.

In dem Moment, in dem ich es ausspreche, bereue ich es. Der Fokus lag für ein paar Minuten nicht darauf, dass Anke vorgestern ihre Zwillingsschwester verloren hat. Und was macht die mit außerordentlich viel Fingerspitzengefühl gesegnete Frau Fox? Sie bringt das Thema zurück auf den Tisch.

Legt den Finger in die Wunde. Stellt eine Frage, die ein eineiiger Zwilling nur auf eine Art beantworten kann. Ich gebe mir innerlich einen ordentlichen Klaps auf den Hinterkopf. »Ja«, sagt Anke mit brüchiger Stimme. »Wir ...«, sie schluckt, kämpft um ihre Selbstbeherrschung und gewinnt. Unfassbar. Der Rest der Antwort kommt trotzdem nicht.

Ich warte ein Weilchen, versenke den Blick im See. Wellen eines Ausflugsdampfers rollen gemächlich ans Ufer. Anke sieht mich an, zumindest denke ich das, ihre Sonnenbrille ist blickdicht – nur von außen, nehme ich an.

Dr. Frieder schiebt sich ein Stück Pizza in den Mund. Bis auf den letzten Krümel aufgegessen. Ich lasse die zweite Hälfte der Meinigen liegen und leere mein Glas. Anke hat von ihrer Pizza nur einmal abgebissen. Sie starrt auf den Teller, die Hand am vollen Weinglas. Der Plan, ihr zu einem Essen zu verhelfen, sie etwas zu stärken und abzulenken, hat ja ganz prima geklappt. Merke: Pizza eignet sich weder als Mitbringsel, noch als Trostessen.

»Sollen wir dich allein lassen?«, frage ich.

Sie zuckt mit den Achseln.

»Brauchst du etwas? Können wir noch etwas für dich tun?«, fragt Dr. Frieder.

Sie schüttelt den Kopf.

»Wo ist ... dürfte ich noch kurz?«, frage ich.

»Vom Eingang rechts«, sagt sie.

Ich erhebe mich, schreite durch das sonnengeflutete Wohnzimmer zur Wohnungstür, öffne die Tür rechts davor und lande in einem Schlafzimmer.

Kapitel 22

Kurz schrecke ich zurück. Dann siegt meine Neugierde. Behutsam schließe ich die Tür hinter mir und durchquere das Schlafzimmer auf Zehenspitzen. Ich ziehe die Laden einer Kommode auf, fingere etwas darin herum, bedacht, nichts zu verrutschen. Damenwäsche, Socken, nichts Außergewöhnliches. Die Schranktür quietscht, ich zucke zusammen, halte inne, werfe einen kurzen Blick hinein. Damengarderobe. Ebenfalls nichts Außergewöhnliches.

In der obersten Nachttischschublade liegt ein Bild in einem romantisch verschnörkelten Rahmen. Er passt nicht zum sonst minimalistischen Einrichtungsstil. Zu sehen sind drei sportliche junge Frauen mit dunkelbraunen Haaren und sonnengebräunter Haut. Sie lächeln mir heiter entgegen. Drei junge Frauen in Bikinis. Tupfengleiche Bikinis. Tupfengleiche Frauen. Ich erstarre.

Eine davon ist Anke.

Unmöglich zu sagen, welche.

Keine Zwillinge. Drillinge!

Die Drei sind vielleicht Mitte zwanzig. Das Bild dürfte etwa fünfzehn bis zwanzig Jahre alt sein.

Die Gedanken in meinem Kopf spielen Fangen. Sie stolpern über ihre eigenen Füße, rappeln sich wieder auf und schauen wirr in der Gegend herum. Wieso verschweigt jemand seinen dritten Drilling? Wieso gibt man sich als Zwilling aus?

Ich taste nach meinem Handy. Nicht da. Es steckt in der Tasche. Und die hängt am Stuhl auf der Terrasse.

Mit Mühe reiße ich mich los, schiebe die Schublade zu, schließe die Schlafzimmertür, linse durch den Türspalt gegenüber, vor der Eingangstür links. Die Gästetoilette.

Zurück auf der Terrasse setze ich eine leicht betretene Miene auf und schnappe meine Tasche. »Ich brauche noch kurz«, murmle ich und verschwinde wieder nach drinnen, das Bild zu fotografieren und die Toilette zu besuchen. Dann kehre ich auf die Terrasse zurück.

»... kannst du ausschließen, dass dein Schwager etwas mit dem Tod deiner Schwester zu tun hat?«, fragt Dr. Frieder.

Ich setze mich und spitze die Ohren.

»Weil er vollauf damit beschäftigt war, sich selbst zu retten«, sagt Anke in leicht abfälligem Ton. »Nicht fit.« Sie steht auf. Unser Zeichen, uns zu verabschieden.

»Und Fanny, war sie fit?«, frage ich auf dem Weg durchs Wohnzimmer.

»Sie ist ... sie war eine hervorragende Sportlerin. Sie war immer die beste von ...«, sie schluckt, »uns beiden.«

An der Wohnungstür muss ich diese sonst so starke Frau doch mal in den Arm nehmen. Ihr Rücken wird etwas steif, sie lässt es aber über sich ergehen.

»Danke.«

»Ruf an, wenn was ist«, sagt Dr. Frieder und gibt ihr seine Nummer. »Jederzeit.«

Zurück auf dem Seeuferweg hechten Santo und Fila gleich mal mit dem unermüdlichen Terrier ins Wasser. Ich wünschte, ich hätte meinen Bikini unter. So setzen wir uns nur auf die Bodenseekiesel, die hier aus besonders unbequemen Exemplaren bestehen, und schauen unseren Hunden dabei zu, wie sie vom Herrchen des Terriers bespaßt werden. Drei Hunde, ein See, ein Ball. Effizienz kann manchmal so einfach sein.

»Drillinge«, sage ich.

Dr. Frieder sieht mich fragend an, fährt sich durch den Blondschopf und lässt ihn verstrubbelter zurück. Bezaubernd.

»Es gibt eine dritte Schwester.« Ich halte ihm mein Handy mit der Aufnahme hin.

»Oha«, meint er. Dann lächelt er verschwörerisch.

»Was denn?«

»Sieht aus, als hätten wir nen Fall, ne?«, sagt er.

Ich lächle ihn verschmitzt an und versuche mich im Norddeutschen. »Da können wir ja nu nix für.«

Sein Lächeln wird breiter. »Wir werden die Tage büschn watt zu tun haben.«

»Wo das noch hinführn soll«, sage ich.

»Ma kieken, ne?«

Dr. Frieder legt den Arm um meine Schulter und zieht mich zu sich. Ich rechne mit einem Wir-haben-alle-Zeit-der-Welt-Kuss, da wäre mir jetzt danach, erhalte aber nur einen Schmatz auf die Lippen gedrückt. Ein Belohnungsschmatz. Noch bin ich unschlüssig, was ich von dieser neuesten Errungenschaft halte.

»Warum verschweigt jemand seinen dritten Drilling?«, frage ich. Das ist die Frage. »Weil sie sich ihrer schämt? Weil sie kriminell ist und im Gefängnis sitzt? In einer psychiatrischen Klinik? Ich könnte nachvollziehen, wenn Anke es komplett verdrängen würde. Wenn sie sich erfolgreich eingeredet hätte, sie seien seit jeher nur zu zweit gewesen. Aber warum dann dieses Bild? Es liegt verdeckt, aber so, als würde es schnell mal zwischendurch betrachtet. Vor dem Zubettgehen vielleicht.«

»War es überhaupt Ankes Schlafzimmer?«

»Schwer zu sagen. Das Bett war bezogen und gemacht. Jetzt wo du fragst: Der Kleiderschrank war recht klein.«

»Ein Gästezimmer?«

»Das Zimmer von Fanny?«, überlege ich. »Vielleicht hat Fanny ihren dritten Drilling nicht verleugnet, sondern nur Anke?«

Wir schweigen einen Moment. Ich schaue mir das Bild noch einmal genauer an, zoome hinein, betrachte jedes Gesicht einzeln.

»Hm?«, fragt Dr. Frieder.

»Ich versuche, Unterschiede zu erkennen und Hinweise auf Bildbearbeitung. Sieht für mich in Ordnung aus. Auf den zweiten Blick sind die Drei nicht hundertprozentig identisch. Die Winkel der Augenbrauen sind anders und eine hat eine etwas schiefe Lippe.«

»Also einmal Drei, nicht dreimal eine«, sagt er.

Ich nicke.

Fila ist das Hinterhergehechte zu dumm geworden. Sie steht neben Dr. Frieder und schüttelt sich. Er lässt sich bespritzen, ohne mit der Wimper zu zucken, schenkt ihr ein Lächeln. Dann steht sie unschlüssig da, Blick leicht vorwurfsvoll. Wie soll man es sich denn auf diesen Wackersteinen bequem machen?

Santo bekommt nicht genug. Es liegt nicht in seiner Natur, zur Einsicht zu kommen, dass der Terrier schneller war, ist und bleiben wird.

»Wenn sie die Obduktion verhindern will, heißt das, Anke hat ihre Finger im Spiel, ist irgendwie in den Tod ihrer Schwester verwickelt?«, frage ich.

»Nicht auszuschließen. Warten wir mal, was die Jungs aus Freiburg melden, ne?«

»Was war eigentlich Thema, als ich drinnen war?«

»Fannys Ehe mit Torsten. Unglücklich, laut Anke.«

»Interessant.«

»Torsten älter. Beide aus Unternehmerfamilien. Das Wort Zweckehe fiel nicht, aber sie ließ es durchklingen.«

»Ich sollte jetzt voll motiviert online gehen und recherchieren.«

»Zu müde?«

»Liegt am Namen. Kein Mensch recherchiert gerne nach dem Namen Schmidt.«

Er lacht.

Wir beobachten Santo noch eine Weile bei seinem chancenlosen Kampf um den Ball, dann machen wir uns auf den Heimweg.

»Nette Strecke, immer wieder«, sagt Dr. Frieder.

»Jou«, bestätige ich, was mir einen weiteren Belohnungsschmatz einbringt. »Ich glaube, ich mag die nicht«, sage ich.

»Wen?«

»Diese neuen Belohnungsschmatzer.«

Er lacht.

Bevor wir von der Seestraße nach Hause abbiegen, geht die Sonne unter.

»1-a Sonnenuntergang«, wertet Dr. Frieder.

»1-b«, sage ich. »Eine Wolke, wo sie nicht hingehört.« Hätten wir das auch geklärt.

Drinnen gibt es: Hunde trockenlegen, Hunde füttern, duschen und Bett.

Mein rechtes Bein ist schon in Letzterem, da klingelt es an der Tür. Ich stöhne.

Ein paar Orte in dieser Wohnung, so hege ich den Verdacht, sind mit Sensoren ausgestattet, die eine Leuchtreklame über der Haustür erstrahlen lassen. *Nur hereinspaziert,* steht dort, *wir sind jetzt gerne für Sie da.* Zu den sensorbestückten Orten gehören das Bett, der Liegestuhl, das Sofa, die Badewanne und ... na, lassen wir das.

»Ignorieren«, sagt Dr. Frieder von unter der Bettdecke.

Ich rufe: »Wer immer du bist, du musst wiederkommen, wir sind hundemüde und schon im Bett.«

»Ines?« Yatas Stimme. Also wird wohl Yata vor der Tür stehen. Alles andere wäre ja noch verrückter.

Kapitel 23

Ich seufze und sehe Dr. Frieder fragend an. Er hebt eine Hand, will heißen, er habe hiermit nichts zu tun, Yata sei meine Freundin, ich könne machen, was ich wolle, sie hereinlassen, sie vor der Tür stehen lassen, es würde ihn wenig tangieren.

»Ines, es ist wichtig!«, ruft sie.

»Gleich wieder da«, flöte ich.

»Wie du meinst.« Dr. Frieder klopft sein Kissen zurecht, legt den Kopf darauf, schmatzt genüsslich, schließt die Augen und brummt behaglich.

»Fiesling«, flüstere ich und schließe die Tür hinter mir.

An der Wohnungstür signalisiere ich mit vollem Körpereinsatz: Dies ist nur ein Gespräch zwischen Tür und Angel, Freundin hin oder her.

»Was gibt's?«, frage ich.

Yata trägt die senkrechte Falte auf der Stirn, zu der sich die feine Linie entwickelt, wenn es ein Problem gibt, sie gestresst ist, Sorgen hat oder alles gleichzeitig.

Darüber hinaus steckt ihr graziles, elfenartiges Wesen – ein Meter fünfzig groß, weißblondes Haar hochgesteckt – in voller Business Montur. Auf Figur gearbeitetes dunkelblaues Kostüm, Rock bis übers Knie, Damenaktentasche aus schwarzem Lackleder, hauchzarte Nylons und High Heels. Wenn sie die noch anhat, kommt sie direkt aus dem Büro.

»Du bist schon im Bett?«, fragt sie verwundert mit einem Blick auf mein Outfit und ihre Armbanduhr.

»Sagte ich doch. Die letzten Nächte waren kurz, das Wochenende anstrengend. Dr. Frieder liegt bereits im Bett und wartet auf mich.«

»Oh, verzeih«, sagt sie leicht zerknirscht. »Aber es ist wirklich wichtig.«

Ich seufze und deute mit einer Handbewegung an, sie möge halt hereinkommen.

Yata bleibt hölzern in der Tür stehen.

»Nun komm schon rein«, murre ich. Für einen Moment liegt mir auf der Zunge: du und Arthur? Aber wir würden vom

Thema abweichen. Und dann komme ich heute gar nicht mehr ins Bett.

Wir sitzen am Küchentisch, also sitzen, ja, aber nicht in der Behaglichkeit des Sofas, wo man länger verweilt.

»Was gibt's?«, wiederhole ich.

Yata streift die High Heels ab und löst ihre Hochsteckfrisur. Die weißblonden Haare fallen über die Schultern bis fast zur Taille. Sie holt tief Luft und sieht mir direkt in die Augen. »Roger lebt.«

»WAS?«

»Ro-ger lebt.« Sie betont jede Silbe für Begriffsstutzige.

Ich starre sie an. »Er lebt? Wie jetzt. Ich dachte, er ist gerade erst für tot erklärt worden? Unter juristischen Klimmzügen. Warst nicht sogar du es, die den Vorgang forciert hat?«

»Richtig.«

»Und nun sagst du mir einfach so, er würde leben?«

»Ja.«

»Und das weißt du woher?«

»Ich habe ihn gesehen.«

»In Zürich?« Dort ist ihr Büro.

»Auf den Bahamas.«

»Du warst auf den Bahamas? Mensch Yata, lass dir nicht jedes Wort einzeln aus der Nase ziehen!«

»In Ordnung«, sagt sie in ihrer typischen Mischung aus kleinlaut und pikiert. Dazu gibt es ein huldvolles Nicken. »Ich informiere dich.«

»Ich bitte darum.« Kurz kämpfe ich dagegen an, ihr etwas zu trinken anzubieten und mir selbst den Halt eines Glases oder Bechers zu geben. Denn wer weiß, was da kommt. Aber ich widerstehe. Erstens muss man dem Impuls nach einem Getränk ab und zu die Stirn bieten. Und zweitens dauert statistisch betrachtet ein Gespräch mit einem Getränk doppelt so lange wie eines ohne.

»Versprich mir zuallererst, dass du es an niemanden weitergibst. Und dass du nicht schiltst.« Sie sieht mich eindringlich an.

Ich muss grinsen. »Schiltst?« Dann werde ich wieder ernst. »Dr. Frieder sage ich es. Wenn du das nicht willst, erzähl's mir besser nicht.« Ich erhebe mich.

Sie seufzt. »Setz dich wieder. Also gut, Marc, aber niemandem sonst.«

»Okay.« Ich setze mich.

»Versprich es!«

»Okay, ich verspreche es, solange es kein Verbrechen ist, das du begangen hast oder begehen wirst, oder es sich um etwas anderes handelt, bei dem ich aus moralischen Gründen ...«

Sie stoppt mich mit vorgehaltener Hand. »Ja, schon gut.«

Mein Verhalten mag übertrieben wirken, aber trotz Freundschaft und gleicher Adresse gibt es eine Menge an Yata, das undurchsichtig ist. Man darf bezweifeln, dass es mir je ganz gelingen wird, ihre Geheimnisse aufzudecken. Obwohl meine Freundin Yata keine weiße Weste hat, mag ich sie. Oder deswegen? Darüber sollte ich gelegentlich mal nachdenken.

»Die Executive Summary bitte.« Die Kurzfassung für Entscheidungsträger, für Leute, die wenig Zeit haben. Die Botschaft: *Don't schwafel.*

Sie nickt. »Ich ließ mich absichtlich von Felin kratzen, habe wieder Out of Body Experiences und sah Roger an einem Strand mit rosa Sand, den ich als den Pink Sands Beach auf Harbour Island auf den Bahamas identifiziert habe.«

»Das war die gelungenste Executive Summary, die ich je gehört habe«, sage ich ehrfürchtig. »Entschuldige mal bitte.« Ich stehe auf, hangle nach zwei Gläschen, ziehe die Ouzoflasche aus dem Küchenschrank, gieße uns ein, warte nicht auf Yata, sondern kippe auf ex. Sofort fühle ich mich etwas besser.

Sie setzt das Glas an, benetzt die Lippen, ohne einen Schluck zu nehmen. Die Trinktechnik ihrer Wahl, seit einer Weile schon. Zuvor hatte sie ein Alkoholproblem, weshalb es auf den ersten Blick fahrlässig wirkt, dass ich ihr Alkohol vor die Nase stelle. Dank der Behandlung durch eine brillante

Therapeutin, so ihre Worte, habe sie es voll im Griff. Löblich, wenn es mich auch gruselt, Getränke auf diese Weise nicht über die Lippen zu lassen.

»Bitte entschuldige«, sage ich, nehme ihr das Glas aus der Hand und kippe. »Schon besser.«

Auf ihren verwirrten Blick hin räume ich die Flasche zurück in den Küchenschrank.

»Okay. Warum?«, frage ich.

»Ich habe OBE so sehr vermisst«, sagt sie leise und zwirbelt eine blonde Strähne um den Zeigefinger. »Ich habe es so sehr vermisst, über anderen Menschen zu schweben, mitzuerleben, was sie tun und sagen. Als Geist an all die exzeptionellen Orte geschickt zu werden, nie vorher zu wissen, wohin. Begebenheiten zu erfahren, die mir sonst verborgen geblieben wären. Das alles habe ich so sehr vermisst, Ines. Schließlich hat mich OBE begleitet, seitdem ich sechzehn war. Über die Hälfte meines Lebens. Gib zu, du vermisst es doch auch.«

»Ich dachte, genau dafür war deine ach so brillante Therapeutin gut? Hattest du mir nicht gesagt, es ginge dir ach so exorbitant viel besser? Nicht nur ohne Alkohol, auch ohne außerkörperliche Erfahrungen?«

Ein starrer Blick aus großen mandelförmigen Augen, eine Mischung aus Blau und Grün. Sie erhebt sich, schwebt grazil über den Küchenboden, holt die Ouzoflasche aus dem Schrank, gießt ein und kippt. Das kommt jetzt überraschend, aber sie ist als Business Frau gewohnt, logische Schlüsse zu ziehen, und dieser eine war überfällig. Das ist ihr wohl soeben aufgegangen.

»Schon besser«, sagt sie lächelnd und räumt Gläser und Flasche wieder weg. Dann sieht sie mich abwartend an.

Ich nicke bedächtig. »Ja, gut, ich vermisse es auch. Ein bisschen.« Ich zögere. »Mal mehr, mal weniger. Wenn der Gedanke kommt, schicke ich ihn weg. Aber ich habe ja nun auch gesundheitlich darunter gelitten. Es hat mich in Lebensgefahr gebracht. Außerdem bin ich nur ein paarmal gereist. Bei dir war der Suchtfaktor sicher höher.«

»Das mag sein.«

»Ich dachte, du hättest Felin auch behandeln lassen?«

Wie sich herausstellte, haben Yata und ich uns bei ihrer Katze mit außerkörperlichen Erfahrungen infiziert. Kein esoterischer oder übersinnlicher Kram, wie allseits vermutet, sondern eine Krankheit. Ein seltener Parasit, um genau zu sein, eine mutierte Art von Toxoplasmose. Ja, mit geringeren Kuriositäten geben wir uns gar nicht erst ab, die Frau Krüger und ich.

Nachdem die Diagnose feststand, wurden Yata und ich mit Medikamenten behandelt, erfolgreich, aber völlig unspektakulär. Bis dato bin ich davon ausgegangen, Felin wurde ebenso verarztet. Halten wir fest: Die Sache war, Pardon, ist höchst skurril.

Yatas heller Teint hat etwas Rosarot aufgelegt. »Ein Notanker.«

»Aha.« Über den Hoffnungsschimmer, der in mir aufglimmt, es müsste nicht für alle Zeiten aus meiner Welt sein, werfe ich mal eben ein schwarzes Tuch. »Okay. Und da bist du als Erstes bei Roger gelandet?«

Sie nickt.

»Wo war er noch mal genau und was hat er da gemacht?«

Yata senkt konspirativ die Stimme. »Er ist am Pink Sands Beach auf Harbour Island, einer kleinen Insel der Bahamas, gejoggt und schwimmen gegangen. Ach, was sage ich, nicht einfach schwimmen gegangen, gekrault hat er. Kannst du dir das vorstellen?«

Ich schüttle den Kopf. Darin sieht das Bild von Roger Merian folgendermaßen aus: etwa so alt wie Yata und ich, groß, schmale Schultern im Maßanzug, vermutlich keine Jeans im Schrank. Blasses Gesicht, in dem alles irgendwie zu viel ist: zu viel Stirn, zu viel Lippen und eine zu lange Nase, trotzdem markant, hohe Wangenknochen. Dunkles Haar mit zu viel Gel nach hinten an den Schädel gekleistert. Ich würde ihn als gutaussehend einstufen, sein Lächeln als charmant, hätte ich nicht gewusst, dass er ein Psychopath ist. Dieses Wissen änderte alles.

»Dann ist er eine Treppe hinaufgelaufen, die ich kenne. In der Nähe von Sam. Ich habe ihn fast nicht wiedererkannt.«

»Sam?«

»Nein, Roger natürlich. Ich habe Roger fast nicht wiedererkannt.« Yata runzelt die Stirn über meine Begriffsstutzigkeit. Die senkrechte Falte zwischen ihren Augen vertieft sich wieder.

»Schon klar. Aber wer ist Sam?«, frage ich.

»Sam führt ein Guest House auf Harbour Island.«

»Aha. Und wieso hast du Roger kaum wiedererkannt?«

»Er war braun gebrannt, sportlich, richtig durchtrainiert. Roger hat sich schon als Kind nie gerne bewegt, geschweige denn, Sport gemacht. Und ich habe in meinem Leben ja nun wahrlich mehr Zeit mit ihm verbracht, als mir lieb war, weil mein Vater und sein Großvater Krüger & Merian International Consulting gegründet haben, bin ich ...«

»... mit ihm aufgewachsen, wie mit einem Bruder. Das weiß ich doch alles, Yata«, sage ich ungeduldig. Sie wird nicht müde, mir das immer wieder zu erzählen.

»Wie mit einem psychopathischen Bruder, den ich nie wollte«, entgegnet sie abfällig und rümpft dabei die Nase, was eher putzig aussieht. »Worauf ich hinaus möchte, meine liebe ungeduldige Freundin, ich habe Roger bei allem Möglichen erlebt, aber nie bei der Ausübung von Bewegungen, die man im weitesten Sinne als Sport bezeichnen würde. Tatsächlich nie, Ines!«

»Ach was.« Ich versuche, mir Roger Merian in der Fassung vorzustellen, die Yata beschreibt. Es gelingt mir nicht. »Und wieso bist du dir dann so sicher, dass er es war?«

»Die Gestik, die Mimik. Nachdem ich ihn eine Weile beobachtet hatte, war ich mir hundertprozentig sicher.«

»Nun gut«, sage ich.

»Du glaubst mir nicht?«

Ich produziere ein überzogenes einseitiges Achselzucken, die typische Yata-Gebärde.

»Du parodierst mich«, empört sie sich.

Ich setze ein schalkhaftes Lächeln auf. »Die Geste färbt ab.« Obwohl ich vorhatte, das Thema zu umschiffen, kann ich mir die Bemerkung nicht verkneifen. Das ist der Ouzo. »Bitte?«

»Auf deinen neuen Freund zum Beispiel.«

»Woher ...«, stammelt sie und wird mehr als rosarot.

»Ich gratuliere und wünsche euch alles Gute.«

Sie starrt mich sprachlos an.

»Wieso auch nicht? Ich finde, ihr passt prima zusammen. Aber zurück zu Roger. Was bedeutet das?«

Yata produziert das ihr eigene – und wenn ich so das Original betrachte, eigentlich unnachahmliche – einseitige Achselzucken in Zeitlupe. »Das entzieht sich meiner Kenntnis.«

Kapitel 24

Ich wache auf, weil die Sonne meine Nase kitzelt. Ah, das fühlt sich nach Sonntag an. Oder Samstag? Wäre noch besser. Ich drehe mich auf die Seite, strecke mich und stemme ein Auge auf. Er ist nicht da. Wieso ist Dr. Frieder nicht da? Langsam dämmert es mir: nicht Wochenende. Dienstag! Das Handy auf dem Nachttisch meldet, es sei spät und zeigt eine Nachricht von meinem Norddeutschen. *Moin. Bin mit den Hunden raus. Will Kaffee.* Der Süße hat mich länger schlafen lassen. Es wurde spät letzte Nacht. Angesichts der Skurrilitäten konnten Yata und ich uns nicht so schnell trennen. Dr. Frieder schlummerte tief und fest, als ich endlich zu ihm unter die Decke kroch.

Eine Dusche und zweierlei Frühstückszubereitungen später sitze ich am Küchentisch vor meinem Notebook und checke Foxinet-Mails. Ich trenne die Mitteilungen vom Werbemüll, Passendes auf den einen Stapel, Überflüssiges auf den anderen. Ganz entspannt. Ich genieße, welche Ruhe dabei durch meinen Körper strömt.

Die Wohnungstür geht auf, zwei ausgelassene Hundenasen drängen herein, wuseln durch den Flur in die Küche, würdigen mich keines Blickes und stürzen sich auf die gefüllten Näpfe.

Dr. Frieder schlendert hinterher.

Mein Blick bleibt an einer Mail hängen. Bei dieser Absender-Betreff-Paarung kann ich nicht anders, als sie sofort zu öffnen.

Schreiend springe ich auf.

»Was ist?« Dr. Frieder sieht mich geringfügig beunruhigt an.

»Das gibt's doch nicht!«, schreie ich.

Er wartet geduldig, bis ich die Worte in meinem Kopf sortiert, mich geräuspert und mich ihm frontal zugewendet habe, Blick direkt auf seine blauen Augen gerichtet, um ihm zu signalisieren, dass ich keine Scherze mache und eine neue Absurdität die Bühne unseres Lebens betreten hat.

Ich hole tief Luft und hauche: »Nachricht von einem Geist.«

Auch jetzt ändert seine Miene nur unwesentlich ihren Ausdruck. Er tritt hinter mich, schaut mir über die Schulter und liest laut vor, was da steht.

»Mail von Yachthafen Bottighofen. Betreff *Glacé*. *Sehr geehrte Frau Fox, Glacé im Hemdkragen. Ich benötige Ihre Hilfe. Kontaktieren Sie bitte den kleinen weißen Mexikaner.* Du verstehst das? Wieso ist das die Nachricht von einem Geist?«

»Die Mail ist von Roger Merian.«

»Roger Merian?« Nun hat sich seine Stimme doch einen leicht alarmierten Unterton zugelegt. »Ich dachte, der ist tot.«

»Ach!« Selten gelingt es mir, so viel Sarkasmus in eine einzelne Silbe zu legen. »Hat Yata doch recht.«

»Womit?«

»Na, dass er lebt.«

»Sie hat auch eine Mail bekommen?«

Ich schüttle den Kopf, erhebe mich, gieße ihm Kaffee ein, deute auf einen Stuhl, als wäre er hier zu Gast, stelle die Tasse auf den Tisch und gebe ihm einen Kuss. »Guten Morgen, Liebster.«

»Oha«, sagt er. »Denn man los.«

Meine Executive Summary gleicht der von Yata, die Zusatzinformationen stelle ich ihm zügiger zur Verfügung.

»Ach ja, Yata bittet um Stillschweigen. Musste ich versprechen.«

»Du brichst einen Eid, weil du es mir erzählst?«

»Nein. Für dich habe ich eine Ausnahmeregelung erwirkt.«

»Weise Frau Fox.«

»Ha du.« Ich werfe ihm einen Kuss zu.

Dann besinnt sich Dr. Frieder darauf, dass er sauer ist. Das habe ich mir schon gedacht, dass er das sein wird. Denn es hatte durchaus medizinische Gründe, warum es nötig war, OBE abzustellen. Je nach Dauer einer Reise sinkt die Körpertemperatur ab, bis zu einer lebensgefährlichen Unterkühlung.

»Unverantwortlich, sich absichtlich wieder damit zu infizieren«, brummt er.

»Absolut. Da bin ich ganz bei dir. Aber bevor dein Unmut Yata trifft, die ziemlich unter den Entzugserscheinungen gelitten hat: Darf ich daran erinnern, dass du, werter Herr Wissenschaftler, dich vor nicht allzu langer Zeit ebenfalls hast von Felin kratzen lassen, um zu sehen, ob es eine Infektion verursacht?«

»Hat nich geklappt. Und das war Forschung. Bei Yata ist es Unvernunft.«

»Aha.«

Wir schweigen und löffeln Müsli in uns hinein.

»Wieso habe ich ihr nicht geglaubt?«, frage ich.

»Weil es verrückt klingt.«

»Was vermutlich daran liegt, dass es verrückt ist, oder?« Ich lege eine kleine Pause ein und sage mehr zu mir als zu ihm: »Jetzt sind alle wieder da.«

»Hm?«

»Jeder, der während der letzten sechs Wochen des Zeitalters der verschwundenen Personen weg war, ist jetzt wieder da. Carlos, Fidel, Tante Inés, du, Fanny – allerdings nicht im gewünschten Zustand. Und nun Roger Merian.«

»Ich?«

»Hatte dich in Zürich kurzzeitig zu den Verschollenen gezählt.«

»So einen Schrecken hat es dir eingejagt, dass ich mit den Hunden mal eben an den See gegangen bin?«

»Habe wohl ein Muster gesehen, wo es keines gab. Aber ja, kurz hat es mir einen kleinen Schrecken eingejagt.«

Dr. Frieder legt den Löffel zur Seite, erhebt sich, zieht mich vom Stuhl und schließt mich in die Arme. Eine kräftige, mich ganz umschließende Umarmung. Als gäbe es nichts, rein gar nichts, dem es gelingen könnte, mich dort herauszureißen. Meine Augen werden feucht.

»So schlimm war's jetzt auch nicht«, brummle ich an seinen Hals.

Er hält mich auf Armeslänge, sieht mir ins Gesicht. Glänzen seine Augen auch mehr als sonst?

»Kommt nicht wieder vor«, sagt er leise.

Nach der Gemütsbewegung, nach einigen Schlucken Kaffee und ein paar Happen Müsli, spreche ich dann doch mal aus, was es zu Roger Merian noch zu sagen gibt.

»Also hat er seinen Tod nur vorgetäuscht?«

»Möglich.«

»Aber warum? Wohl kaum, um ungesehen Sport zu treiben.«

Dr. Frieder schmunzelt und gießt uns den Rest Kaffee ein. Er schaut auf die Uhr, zückt sein Handy und sagt: »Guten Morgen Tess. Ich komme heute etwas später. Ist das in Ordnung? Danke.«

Kurz schießt mir durch den Kopf, dass er den Namen seiner Chefin das erste Mal am Telefon ausgesprochen hat. In meiner Gegenwart. Hat das eine Bedeutung?

»Vielleicht hat Roger Merian ein neues Leben begonnen, mit allen Vorteilen?«, sagt Dr. Frieder, nachdem er das Telefonat beendet hat.

»Vor allem doch aber mit Nachteilen, oder? Roger Merian war stinkreich, Vorstandsvorsitzender eines internationalen Consultingunternehmens mit über 4.000 Mitarbeitern. Villa, persönliche Kleiderschränke fürs Grobe, jede Menge Macht und Möglichkeiten, seine psychopathischen Neigungen auszuleben. Jetzt führen andere die Geschäfte, haben Macht und Vermögen geerbt. Alles, was ihm wichtig war, ist weg.«

»Alles, von dem du *denkst*, dass es ihm wichtig war«, sagt Dr. Frieder.

»Zugegeben. Aber welche Vorteile denn? Er hätte doch vorher jederzeit in die Bahamas fliegen können, um sich eine Auszeit zu gönnen, zu laufen, zu kraulen und in der Sonne zu liegen. Auch ohne drastischen Schlussstrich.«

»Vielleicht der einzige Weg, die Zusammenarbeit mit dem organisierten Verbrechen zu beenden? Hat nicht Tante Inés so was gesagt?«

Mein Zeigefinger pikst begeistert in die Luft. »Dr. Frieder! Aber natürlich!«

»Wie ist das gemeint? Glacé im Hemdkragen«, fragt er.

»Roger Merian hat mich im Yachthafen Bottighofen überrascht, als ich dort Eis aß. Bei der Gelegenheit habe ich ihm Eis mit Schokosoße in den Hemdkragen gewürgt. Ich wollte ihn aus der Bahn werfen, um ihm etwas zu entlocken. Hat nur mäßig funktioniert. Du hast mich dann mit dem Bulli abgeholt, erinnerst du dich?«

Er nickt.

»Ich denke, die Formulierung soll belegen, die Mail stammt von ihm. Diese Episode wird er kaum jemandem erzählt haben. Zu schmachvoll«, sage ich lächelnd.

»Und kleiner weißer Mexikaner?«

Ich bemühe mein Handy.

Dr. Frieder sieht erneut auf die Uhr, stellt fest, dass die Kaffeekanne immer noch leer ist, seufzt, zieht ein dramatisch unglückliches Gesicht und macht sich unter Seufzern daran, neuen aufzusetzen.

»Super Idee«, lobe ich überzogen überschwänglich und rufe im Foxinet-Büro durch, ich käme später.

Kurz darauf halte ich Dr. Frieder das Ergebnis meiner Onlinerecherche unter die Nase: das Bild einer aufgebrezelten Blondine. Da ist nicht nur die Haarfarbe unecht. Ein Champagnerglas in der Hand, ein weißes Hündchen auf dem Schoß.

»Ein weißer Chihuahua. Die kleinste Hunderasse der Welt, und, wie du als Hundemensch weißt ...«, sage ich.

»... aus Mexiko«, vollendet Dr. Frieder. Der Kaffee ist fertig und er gießt uns ein.

»Ich soll mit Natalia Saizew Kontakt aufnehmen. Daran ist allerdings gleich zweierlei merkwürdig. Erstens: Woher weiß Roger Merian, dass ich das Bild kenne, auf dem sie zusammen mit ihrem Hund zu sehen ist? Und zweitens: Ich habe immer vermutet, die Sekretärin ist die Verbindung nach Russland, also Mitglied in dem Verein, den er nun wahrscheinlich meiden will. Das wäre doch kontraproduktiv.«

»Eine Denksportaufgabe? Er könnte darauf setzen, dass du sein Umfeld nach einem kleinen weißen Mexikaner absuchen wirst.«

»Da ist was dran«, sage ich nachdenklich. »Er stellt gerne Spielaufgaben.«

»Von wem könnte die Mail noch stammen?«, fragt er. »Bei der Episode mit dem Eis war nur sein Bodyguard Andrick anwesend. Der ist eher Marke Faust durch die Wand als E-Mail-Raffinesse. Und was hätte er davon?«

»Wenn du dich melden würdest? Schwer zu sagen. Er könnte auch nur ein Werkzeug sein.«

Es wurmt mich ein bisschen, dass Dr. Frieder hier die überzeugenderen Antworten liefert und die besseren Fragen stellt. Ich schweige einen Moment.

»Also sind wir trotz des Codes Glacé im Hemdkragen nicht sicher, dass die Mail wirklich von Roger Merian stammt. Immerhin hat Yata ihn fast nicht erkannt. Was, wenn sie ihn gerade so verkannt hat? Der Übergang ist doch fließend«, sage ich.

Dr. Frieder lacht auf. »Gerade so verkannt?«

»Ha ja.« Ich lächle. »Je länger wir herumstochern, desto stärker bezweifle ich, dass Roger Merian noch lebt. Und außerdem, nur mal angenommen, die Mail wäre von ihm: Wozu will denn einer wie er meine Hilfe? Das ergibt doch gar keinen Sinn.«

Wir schweigen einen Moment.

»Es sei denn«, sage ich zögerlich, »dies wäre der Auftakt zu einem seiner kranken Spielchen.«

»Möglich, aber unwahrscheinlich. Sollte er untergetaucht sein, wäre es dumm, für ein Spielchen aufzutauchen und solch ein Risiko einzugehen«, sagt Dr. Frieder.

»Genau. Aus unserer Sicht. Wobei ein Psychopath gerne größere Risiken eingeht, als wir Normalsterblichen. Aber, klar, dumm ist er nicht. Ganz nebenbei müsste er mich für dumm halten. Als ob ich darauf einsteigen würde! Warum sollte ich? Mir fehlt er nicht. Und der restlichen ehrlichen Welt fehlt er unter Garantie auch nicht.«

Santo legt seinen Kopf auf mein Bein, sieht mich flehentlich an.

»Du hast dein Frühstück schon gehabt, vergessen? Vorhin, als du reinkamst«, stelle ich klar.

»Das versteht er?«, fragt Dr. Frieder belustigt. »Bei der Hundeernährung spielt die Realität doch gar keine Rolle.«

»Fila, frag ihn mal, wo dein Frühstück bleibt«, fordere ich die braun Getupfte auf und deute auf ihr Herrchen. Sie erhebt sich, wedelt zu ihm und schaut ihn mit ebenso großen Augen an, wie Santo mich.

Ich lache auf. »Hätte nicht gedacht, dass das klappt.«

»Fassen wir zusammen«, sagt Dr. Frieder und krault Fila hinter dem Ohr. »Wir haben eine Mail, die von Roger Merian stammt oder nur so formuliert ist, dass du es denken sollst. Der Absender der Mail und Yata wollen erreichen, dass du glaubst, Roger Merian lebe noch. Wer immer hinter der Mail steckt, möchte dich dazu bringen, Kontakt zu seiner ehemaligen Sekretärin aufzunehmen.«

»Yata will, dass ich das glaube?« Das muss ich einen Moment sacken lassen. »Du hast recht. So habe ich das noch gar nicht gesehen.«

»Muss sie ja nicht absichtlich machen«.

»Aber nur mal angenommen, sie würde. Vielleicht hat sie sich von Felin kratzen lassen, hat aber Roger Merian gar nicht gesehen. Was hätte sie davon, wenn ich das glauben würde?«

»Roger Merian ist erst vor ein paar Tagen für tot erklärt worden, richtig?«

»Ja. Yata hat es forciert, zusammen mit dem Vorstand von Krüger & Merian, darunter Rogers Großvater. Normalerweise dauert es Jahre, bis ein Verschollener für tot erklärt wird. Keine Ahnung, wie die das jetzt schon schaffen konnten. Yata ist eine Hauptprofiteurin, denke ich. Sein Aktienpaket wird zwar in der Familie Merian bleiben, aber«, ich bemühe meine Finger und zähle auf, »Yata hat den Posten der Vorstandsvorsitzenden übernommen, Roger Merian steht ihr nicht mehr im Weg, dominiert sie nicht mehr, belästigt sie nicht mehr und verwickelt sie nicht mehr in seine kranken Spielchen. Yata hätte rein gar nichts davon, wenn er noch leben würde.«

»Wir drehen uns im Kreis.«

»Irgendwie schon. Yata klang ehrlich gestern. Muss natürlich nichts heißen, bei meiner Menschenkenntnis.«

Wir nippen am Kaffee. Ich für meinen Teil nicht, weil er mir schmecken würde, was aber nicht an Dr. Frieders Kochkünsten liegt. Ich finde, ein dritter Becher Kaffee hat es immer schwer und kommt als das rüber, was er ist: ein befremdlich bitterer Trank.

»Was Natalia Saizew wohl macht?«, frage ich mich.

»Finde es heraus.«

»Müssen gerade einiges herausfinden, was?«

»Is so. Ich rufe bei den Jungs in Freiburg an, ob es Neues im Todesfall Fanny gibt.«

»Machen wir heute Abend dem Witwer unsere Aufwartung?«, frage ich. »Gut wäre auch, wenn wir den Namen des Bootsführers oder der gesamten Besatzung wüssten. Mich würde interessieren, wie sich der Unfall aus ihrer Warte zugetragen hat.«

»Kriege ich raus.«

»Wette ich.«

Kapitel 25

Es folgt ein leiser Vormittag im Foxinet-Büro. Ich erledige, was in der Aufgabenbeschreibung der Geschäftsführerin eines kleinen Unternehmens für Webdesign steht. *Keine besonderen Vorkommnisse*, würde man ins Logbuch schreiben.

Zwischendurch rufe ich Yata an.

»Weißt du, was Natalia Saizew macht?«, frage ich.

»Selbstverständlich.«

Ich verdrehe die Augen. »Und das wäre?«

»Sie arbeitet für mich, im Vorstandssekretariat.«

Das überrascht jetzt doch etwas.

»Ines?«

»Ich bin sprachlos.«

»Wieso denn?«

»Na, weil du Roger Merians ehemalige Sekretärin für dich arbeiten lässt. Quasi die Assistentin des Teufels.«

»Du übertreibst. Warum interessiert sie dich überhaupt?«

»Ist mir nur gerade eingefallen«, lüge ich.

»Was du nicht sagst.«

Wieso hat Yata sich darauf eingelassen, Roger Merians Sekretärin weiterhin an Bord zu haben? Oder hatte sie keine Wahl, weil diese, wie ich bereits mehrmals vermutet habe, eine Verbindung zum russischen organisierten Verbrechen darstellt und nicht nur auf ihrer Gehaltsliste steht?

»Ines?«

»Ja?«

»Warum?«

Ich seufze tief, verschaffe mir einen Aufschub. Vertraue ich ihr jetzt oder nicht? Seit wir uns kennen, habe ich mich das schon öfter gefragt. Stets ist die Antwort Jein. Mal näher am Ja, mal näher am Nein. Und heute?

»Ich habe eine Mail erhalten, in der sie erwähnt wird«, sage ich.

»Von wem?«

Erneut seufze ich. »Von Roger Merian oder jemandem, der sich für ihn ausgibt.«

»INES!«

»Was denn?«

»Wieso informierst du mich nicht augenblicklich darüber? Das knüpft doch nahtlos an meine OBE-Reise an.«

»Oder soll so aussehen.«

»Wie meinst du das?«

Ich enthalte mich einer Antwort.

»Du glaubst mir nicht.« Pikiert mit einer Prise Schmollmund. Verständlich. »Worum geht es in der Mail?«

»Ich soll mit Natalia Saizew Kontakt aufnehmen.«

»Und wirst du?«

»Weiß ich noch nicht.«

»Ich verstehe. Assistentin des Teufels.«

»Genau.«

Wir schweigen uns einen Augenblick an.

»Denkst du, dass Roger Merian mir die Mail geschickt hat?«, frage ich.

»Um das zu beurteilen, wäre der Wortlaut hilfreich.« Das kommt leicht schnippisch.

Ich lese ihr die Mail vor. Wie bei Dr. Frieder zuvor muss ich einiges erklären.

Danach ist sie still.

»Yata?«

»Ich überlege, ob ich je erfahren hätte, dass Roger jemanden um Hilfe bittet. Das wäre ein weiterer neuer Wesenszug. Wie seine Sportlichkeit.«

»Und das macht dich skeptisch?«, frage ich.

»Im Gegenteil. Es fügt sich ein.«

»Zwei Absonderlichkeiten in die gleiche Richtung ergeben mehr Sinn als eine?«

»Korrekt.«

Sicherheitshalber bitte ich Yata um die Nummer der Sekretärin. Im Gegenzug ringt sie mir die Zusage ab, ihr Bescheid zu geben, wenn ich mich zur Kontaktaufnahme entschließe. Ich bin mir unschlüssig, ob ich Natalia Saizew überhaupt anrufe und falls ich es tue, ob ich es Yata erzähle.

In der Mittagspause hole ich mir zwei belegte Brötchen vom Bäcker und spaziere mit den Hunden durch den Stadtgarten. Wir halten die Pause kurz. Nach dem späten Start werde ich den Foxinet-Arbeitstag auch vorzeitig beenden. Wieder einmal.

Mir gefällt die Vorstellung, dass ich mich dann meinem Zweitjob widme. Geld bringt er nicht, also ist es eher ein Hobby. Unbezahlt oder nicht, inzwischen sehe ich mich tatsächlich als Ermittlerin. Ohne Auftrag, ohne Lizenz, ohne Ausbildung und ohne willkommen zu sein, trotzdem mit Eifer und gelegentlichem Erfolg unterwegs.

Für den frühen Abend steht der Besuch beim Witwer an, bei Torsten Grob, bisher bekannt als der bewusstlose große Mann.

Mit heruntergekurbelten Fenstern knattert der Bulli voller Tatendrang aus Konstanz hinaus. Der sommerliche Fahrtwind spielt mit meinen roten Locken, verwuschelt Dr. Frieders Blondschopf und lässt die Hundeohren flattern. Santo und Fila halten die Nasen in den Wind. Ein Actionfilm für den Geruchssinn.

»Und? Weiß Arthur von dem dritten Drilling?«, frage ich.

»Ich denke, nein. Ich habe zweimal explizit von Zwillingen gesprochen, er hat mich nicht korrigiert.«

»Kaum zu glauben«, murmle ich. »Ein unbekannter Drilling. Und was meinen die Jungs aus Freiburg?«

»Willst dich wieder gruseln?«, fragt er und wirft einen Seitenblick auf mich.

»So schlimm?« Ich rutsche vorsorglich nervös auf dem Beifahrersitz herum.

Er schmunzelt. »Reicht jetzt schon die Ahnung?«

Ich boxe ihn spielerisch auf den Oberarm.

»Die Obduktion hat keinerlei Fremdeinwirkung zutage gebracht. Das Ergebnis ist Ertrinkungstod.«

»Echt? Gar nichts Verdächtiges?«

»Atypisches Ertrinken schließen sie aus.«

»Bitte was? Man kann typisch und atypisch ertrinken?«

»Man kann. Wenn ein Mensch unter Wasser gedrückt oder gezogen wird, ist es atypisch. Auffällig war bei Fanny Schmidt-Grob eine stark ausgeprägte Hypoxie, also eine Sauerstoffarmut in den Geweben. Emphysema aquosum, Schaumpilz, Paltauf-Flecken, Wydler-Zeichen, alles ebenfalls so stark ausgeprägt, dass die Jungs von typischem Ertrinken ausgehen.«

»Ich habe keine Ahnung, was das bedeutet, was du da erzählst, aber ich finde es gru-se-lig«, sage ich mit einem gequälten Gesichtsausdruck und schüttle mich.

»Feddich. Ich erläutere nichts weiter. Fazit: Sie ist ertrunken.«

»Ob man sie hätte retten können, wäre sie früher gefunden worden?«

»Kann man nicht wissen. Möglich.«

»Das ist ja furchtbar.« Ich lasse der Nachricht Zeit, ihr Unwesen in meinen Eingeweiden zu treiben. »Wenn die Leute im Motorboot weiter nach ihr gesucht hätten, anstatt die anderen beiden an Land zu bringen, dann hätte sie vielleicht gerettet werden können?«

»Möglich. Anke war wohl apathisch. Hat nicht klar gesagt, dass sie zu dritt waren. So zumindest die Besatzung des Motorboots laut Arthur. Erst an Land hat sie von ihrer Schwester gesprochen.«

»Ja so was.« Ich kneife die Augen zusammen und klappe die Sonnenblende herunter. »Hat er was von den Kajaks gesagt? Wo sind die eigentlich abgeblieben?«

»Nee.«

»Für wie wahrscheinlich hältst du es, dass die Jungs in Freiburg falsch liegen?«

Er sieht mich erstaunt an. »Für recht unwahrscheinlich.«

»In Prozent?«

»Höchstens zehn.«

»Immerhin.«

»Und das vor allem im Kontext von Ankes Bemühen, die Obduktion zu verhindern.«

Wir knattern am Flugplatz vorbei, einer Graspiste, flankiert von ein paar Bauten. Wir fahren an der Abfahrt zur Reichenau vorbei und erklimmen die Brücke, von der man einen grandiosen Blick über den Untersee hat. Der Gnadensee liegt im Vordergrund, heute zahm und friedlich, als könnte er gar nicht anders. Hinten im Westen die Halbinsel Mettnau mit den Hegaubergen im Rücken, einer Reihe kegelförmiger Schlote längst erloschener Vulkane. Und weiter links, hinter der Reichenau, bei Stein am Rhein, der Seeausgang. Ließe man sich ab da treiben, würde man nach vier bis fünf Stunden den Rheinfall hinunterrauschen.

»Haben wir noch einen Fall?«, frage ich.

Dr. Frieder denkt nach, runzelt kurz die Stirn. »Da stimmt was nicht. Denke, wir haben immer noch einen Fall.«

Ich nicke zufrieden. »Schön, dass wir uns da einig sind.«

»Müssen wir den Jungs aus Freiburg ja nicht auf die Nase binden«, sagt er mit einem spitzbübischen Lächeln.

Wir fahren nach Allensbach, das sich am nördlichen Ufer des Untersees langmacht. Ganz am Ende des Ortes, in einem der letzten Häuser am See, liegt die Residenz Schmidt-Grob.

Wie ich inzwischen weiß, machen sowohl die Familie Grob, als auch die Familie Schmidt in Papier, seit Generationen schon. Man ist seit Ende des 19. Jahrhunderts wacker unterwegs, bei den Grobs ist man zudem stetig auf Expansionskurs.

Man hätte in jeder Hinsicht gut zueinandergefunden, so der Artikel, den ich aufgetrieben habe. Die älteste Tochter der Schmidts heiratete einen der Grob-Brüder. So schlossen sich zur Zeit der allgemeinen Konsolidierung in der Papierindustrie zwei Unternehmen zu einem zusammen, das eine aus dem Bereich der Grafikpapiere, das andere aus dem Bereich der Verpackungs- und Recyclingpapiere. Im Artikel war explizit von der ältesten Tochter die Rede. Kein Wort von Zwillingen, schon gar nicht von Drillingen. Aber es wurde erwähnt, die Schmidt-Werke wären vor der Fusion in finanzielle Turbulenzen geraten. Der Begriff Rettung klang an, wurde aber nicht explizit abgedruckt.

Kapitel 26

Die Villa Schmidt-Grob in Allensbach versteckt sich hinter viel Grün vor neugierigen Blicken.

»Herr Doktor und Frau Fox fahren vor«, murmle ich, als das schmiedeeiserne Tor zwischen hohen Steinpfeilern aufschwingt. Eine Kiesauffahrt geleitet uns knirschend zum Haus.

Vom Kaliber der Einfahrt habe ich auf ein prachtvolleres Gebäude geschlossen. Die einstöckige Landhausvilla aus den 1930er-Jahren duckt sich unaufdringlich unter ein Walmdach und sieht über eine Rasenfläche, die sich bis zum See hinunterschwingt. Wirklich große Töne spucken hier die Privatsphäre, die Dimension des Grundstücks und der alte Baumbestand an dessen Grenze. Und dass es ein Seegrundstück ist natürlich.

Torsten Grob empfängt uns auf dem Kiesplatz vor dem Haus. Senkrecht und bei Bewusstsein kommt mir der ehemals bewusstlose große Mann kleiner vor. Zu ihm emporschauen müssen wir trotzdem. Ich hätte geschätzt, er ist ein Mittvierziger. Wohl vorbereitet weiß ich, er ist Mitte fünfzig. Blass, aber gefasst gibt er uns die Hand, bringt auf unsere Beileidsbekundungen ein dezentes Lächeln zustande, nicht zu viel, nicht zu wenig, sympathisch und angemessen.

Wir könnten die Hunde ruhig ableinen, meint er, es wäre genug Platz. Er schreitet uns voraus am Haus vorbei auf die Terrasse.

Ich schaue Dr. Frieder prüfend an, ob wir unsere Rabauken wirklich auf all dies hier loslassen können.

»Warum nicht«, sagt er leise mit einem Achselzucken.

Im nächsten Moment schießen Santo und Fila über den Golfrasen zum See hinunter, dass es die reine Freude ist. Richtung Schilfgürtel. Ich halte den Atem an. Sie jagen sich gegenseitig zurück zu uns, gleichsam von einem Ohr zum anderen strahlend. Ich atme auf.

»Schön, wenn der Rasen nicht nur vom Mähroboter genutzt wird.« Torsten Grob deutet auf den wackeren Automower, der geschäftig seine Bahnen zieht.

Santo und Fila sausen um uns herum, um sich dann mit Schwung über den abschüssigen Rasen mitten hineinzustürzen ins Schilf. Wasservögel fliegen auf. Entrüstetes Enten- und Blesshuhngeschimpfe. Eine Erschütterung der Halme, als würden sie Monster beherbergen. Ganz wunderbar.

Ich murmle eine Entschuldigung. Dr. Frieder ist völlig relaxed, wie immer bei solchen Gelegenheiten. Als ginge es ihn nichts an, als läge es außerhalb seiner, sprich in meiner Verantwortung. Ich sprinte los und nehme mächtig Fahrt auf, äußerlich wie innerlich. Am Ufer angekommen lasse ich einen Schrei ab, der sich gewaschen hat. Zwei Augenpaare in nassem Fell mustern mich, was das denn zu bedeuten habe, das wäre ja doch recht ungewöhnlich, dieser Ton in dieser Lautstärke aus meinem Mund.

»Raus da, aber schnell«, zische ich und habe unter Garantie einen goldprämierten Blick aufgesetzt, dazu fuchtle ich mit den Händen.

Santo kommt sofort. Fila überlegt noch, ob sie mich um Vorlage meiner Vollmacht bittet. Da ertönt ein unmissverständlicher Pfiff von oben. Dr. Frieder.

Er und Torsten Grob sitzen entspannt auf der Terrasse und schauen zu, wie ich die beiden Delinquenten den Hang hinaufführe.

»Bitte entschuldigen Sie.« Ich befestige die Hundeleinen am Tisch. Santo und Fila stehen noch einen Moment unschlüssig herum. Man ist zu Besuch auf einem Abenteuerspielplatz und soll was? Sich hinlegen? Die Menschen haben schon seltsame Vorstellungen davon, was das Leben lebenswert macht. Schließlich resignieren sie, lassen sich mit kollektivem Seufzer nieder und den nassen Pelz von der Sommersonne trocknen.

Der Hausherr hat den Hunden dabei zugeschaut und winkt ab. Er sieht das ähnlich gelassen wie Dr. Frieder. »Darf ich Ihnen etwas anbieten?«

»Nein danke, wir möchten Sie nicht lange belästigen«, sage ich. »Es ist ja nett, dass Sie uns überhaupt empfangen, angesichts ... Schön zu sehen, dass es Ihnen besser geht.«

»Ich freue mich, dass Sie mir Gelegenheit geben, mich zu bedanken. Danke, dass Sie mir Erste Hilfe geleistet haben«, sagt er.

»Da nich für«, winkt Dr. Frieder ab.

»Sie sind nicht von hier?«

»Nee. Amrum.«

»Schöne Insel. Kenne ich. Nebel, der Kniepsand.«

»Ja, das ist sie. War länger nicht mehr dort.«

»Müssen Sie ändern.«

»Jou.«

»Wie kann ich helfen? Sie sagten am Telefon, dass Sie mich etwas fragen wollten.«

»Nun«, ich zögere, »wir wissen, dass eine Obduktion ihrer Frau angeordnet wurde und ihre Schwägerin dagegen ist, sie sogar Rechtsmittel dagegen einlegen möchte. Wie stehen Sie dazu?«

»Ich denke, wenn der ermittelnde Kriminalbeamte und die Ärztin vor Ort dies für angeraten halten, wird es seine Richtigkeit haben. Ich habe mit Anke gesprochen und muss sagen, ich verstehe ihre Ablehnung nicht. Sie ist sonst eine sehr, wie soll ich sagen, rationale Frau.«

»Hat Sie es Ihnen gegenüber begründet?«, fragt Dr. Frieder.

»Sie sagte, sie wolle nicht, dass ihre Schwester aufgeschnitten wird. Man solle das akzeptieren. Sie wisse, was passiert ist, schließlich sei sie dabei gewesen und eine Obduktion würde keine weiteren Erkenntnisse liefern.«

»Sie sehen das anders?«, frage ich.

»Ich denke, die Wahrscheinlichkeit, dass dabei etwas Unerwartetes zutage tritt, ist tatsächlich verschwindend gering. Wenngleich ich mich wundere, warum Anke es zu verhindern sucht.«

»Würde Ihnen – natürlich nur rein hypothetisch – ein Grund einfallen, warum Anke die Obduktion unbedingt verhindern möchte?« Ich lasse den unglücklich formulierten Satz in die sommerliche Luft schweben und hoffe, dass Torsten

Grob versteht, was ich meine, ohne dass ich das Wörtchen Motiv ausspreche.

Sein Oberkörper versteift sich, ein harter Zug legt sich um den Mund. Er hat mich also verstanden.

»Nein, natürlich nicht. Anke und Fanny standen sich sehr nah.«

»Sind sie nicht sogar Zwillinge gewesen?«, frage ich.

»Ja, eineiige.« Das kam, ohne zu überlegen. Da ist nichts in seiner Stimme, in seiner Miene, das mich darauf schließen lässt, er hätte mich eigentlich gerne korrigiert. Kann es sein, dass Fanny und Anke ihre Schwester selbst vor ihm geheim gehalten haben?

»Nichts und niemand konnte zwischen die beiden kommen«, murmelt er und deutet auf die Hunde, die Rücken an Rücken auf dem Steinboden dösen.

»Wie haben Sie den Unfallhergang wahrgenommen?«, frage ich.

»Wir wurden vom Gewittersturm überrascht. Anke ist vorweggepaddelt, Fanny und ich folgten mit wenig Abstand, damit wir uns nicht aus den Augen verlieren. Ich habe immer wieder gerufen, wir sollten näher zusammenbleiben, aber Anke ... Sie ist eben sehr sportlich. Der Steuermann des Motorboots hat uns wegen der miserablen Sicht übersehen. Meiner Meinung nach war er deutlich zu schnell unterwegs. Kriminaloberkommissar von Leisfall informierte mich, dass dies eine Ermittlung zur Folge hat. Der Bootsführer konnte eine Kollision und Schlimmeres zwar verhindern, aber nicht, dass wir kenterten. Ich kann sowieso keine Eskimorolle, ich bin kein versierter Kanute. Fanny und Anke hätten sie vermutlich gekonnt, waren jedoch nicht dafür ausgerüstet. Wenn ich es recht verstanden habe, benötigt man dazu eine Spritzdecke. Wir waren zu einem Schönwetterausflug unterwegs. Nicht auf das Wetter vorbereitet. Schon vor dem Kentern war viel Regenwasser in den Kajaks und das Paddeln mühsam. Das Kentern bei dem Wellengang und Wind überstieg meine Kräfte. Ich denke Fannys auch.«

Kurz zögere ich, ob ich ihm, der gerade seine Frau verloren hat, eine solche Frage stellen darf.

»Bitte entschuldigen Sie, dass ich das so offen feststelle, aber Sie wirken auf mich doch recht gefasst«, formuliere ich besonnen.

»Meine Frau und ich sind seit einigen Jahren, wie soll ich sagen, nicht mehr sehr innig verbunden gewesen.«

»Zu Anfang aber schon?«

»Sie spielen auf das Gerücht der Zweckehe an.« Er wirkt nicht verletzt. »Naheliegend. Aber was berechnend und für beide Familien von finanziellem Vorteil aussieht, war große Liebe. Beidseitig. Das mag man glauben oder nicht, aber die ersten Jahre war es das.« Er lässt den Blick über den See schweifen. »Wir waren irrsinnig glücklich«, sagt er leise. »Die letzten Jahre gab es hingegen oft heftigen Streit.«

Tut sich da ein Motiv auf?

»Schmeißen Sie uns einfach raus, wenn es Ihnen zu viel wird«, sagt Dr. Frieder.

Ich werfe meinem Norddeutschen einen Seitenblick zu. Was soll das denn? Jetzt wird es doch gerade erst interessant.

Es entsteht eine kleine Pause. Was frage ich als Nächstes?

Er kommt mir zuvor. »Dieses Haus haben wir nur behalten, weil wir hofften, es würde uns helfen, uns wie früher zu fühlen. Ich habe das gehofft. Ein Schuss in den Ofen.«

»Sie wohnen nicht dauerhaft am See?«, frage ich.

»Nein. Unser Hauptwohnsitz ist ...«

Mein Handy klingelt. In einer mir unangenehmen Lautstärke. »Bitte entschuldigen Sie, ich habe vergessen ...«, hektisch kruschtle ich es aus der Tasche.

Fila springt auf, legt den Kopf in den Nacken und jodelt. Santo springt mit an.

Ich drücke das Gespräch weg und schalte auf stumm.

Die Hunde erinnern sich wohl an die Jagd im Schilf, spurten los, was durch die Leinen am Tisch erschwert, aber nicht verhindert wird. Ein schabendes Geräusch von Holzbeinen auf Steinboden. Die beiden legen sich gegen den Widerstand mächtig ins Zeug.

Dr. Frieder steht auf, hält das Gespann fest und bringt es zurück auf Position.

»Ihr Hauptwohnsitz?«, nehme ich den Faden auf. Diesmal gebe ich mich so, als ob mich das Geschehen nichts anginge. Man lernt schon Nützliches von Herrn Doktor.

»Ist in Lahr.«

»Beim Stammwerk?«

Ich erhalte einen prüfenden Blick. »So ist es. Sie sind gut informiert.«

»Ich habe nur einen Artikel gelesen. Eine Holding der Papierindustrie, in vierter Generation im Besitz der Gründerfamilie, die inhabergeführt stetig expandiert, teils international. Das ist doch interessant. Gibt es nicht mehr oft. Ich bin auch Unternehmerin«, sage ich. »Ein Standort, acht Mitarbeiter«, ergänze ich mit einem schiefen Grinsen.

»Ja, wir sind stolz auf unsere Tradition. Welche Branche?«

»Webdesign. Der Ruhestand ist bei Ihnen ja noch einige Jahre hin, aber wenn es denn mal so weit sein sollte, darf ich fragen, wer dann Ihren Posten übernehmen wird?«

»Vermutlich eines der Kinder meines Bruders. Fanny und ich haben keine Kinder.«

»Und auf der Seite der Schmidts?«

»Gibt es keine Kinder. Anke ist Single, seit ich sie kenne.«

»Traditionell wird Ihr Familienunternehmen mit Erbverzicht an die nächste Generation weitergereicht, stimmt das?«

Er nickt. Das Erstaunen glimmt nur für einen kurzen Augenblick auf. Dann fällt ihm wieder ein, dass ich mich vorbereitet habe, was ja bereits Thema war.

Der bewusste große Mann hat eine offene Miene. Er macht den Eindruck, als wäre er meinen Fragen gegenüber aufgeschlossen, nicht argwöhnisch, sondern gespannt, was mir als Nächstes einfällt und worauf das Ganze hinauslaufen wird. Als würde er gerne Antworten liefern.

»Das heißt, Ihr Bruder hat auf sein Erbe verzichtet, aber seine Kinder sind nicht eingeschlossen?«

»Genau. Mein Urgroßvater hatte dies schon so vorgesehen: Ein Nachkomme übernimmt das Familienunternehmen, die anderen verzichten auf ihr Erbe, um das Unternehmen zusammenzuhalten. Dafür erhalten sie eine Abfindung. Das hat sich bewährt.«

Keine Gegenfrage, warum ich all das wissen möchte. Das ist doch nicht normal. Aber wer bin ich, diese fruchtbare Unterhaltung zu unterbrechen?

»Wie sieht die Abfindung aus?«

Dr. Frieder räuspert sich. »Meinst du nicht, du hast Herrn Grob genug gelöchert?«, fragt er mit einem Lächeln.

Ich blicke den Witwer prüfend an. Ist es ihm zu viel?

»Das ist von Generation zu Generation unterschiedlich gehandhabt worden. Mein Bruder hat wie Anke eine Immobilie erhalten«, antwortet er bereitwillig.

»Ich dachte ...«

»Ja?«

»Anke sagte, die Wohnung gehöre Ihnen und Ihrer Frau.«

»Sie sieht das wohl so.«

»Womöglich, weil noch gar nichts vererbt wurde?«

»Womöglich. Das war Teil der Fusionsvereinbarung. Mein Schwiegervater wollte beide Töchter versorgt sehen.«

Erneut kommt ihm wieder ganz natürlich über die Lippen, dass es nur zwei Schwestern sind. »Lebt Ihr Schwiegervater noch?«

»Nein. Meine Schwiegermutter auch nicht.«

»Fanny hat gemeinsam mit Ihnen an der Spitze des Unternehmens gearbeitet?«

»Zu Anfang ja. Seit ein paar Jahren nicht mehr.«

»Ah so.«

Ich durchwühle mein Gehirn, was noch zu fragen wäre. Wann sitzt einem schon mal jemand gegenüber, der gerne befragt wird? Eben.

Soll ich ihn mit den Drillingen konfrontieren? Aber was, wenn er doch irgendwie in den Tod seiner Frau verwickelt ist? Auch wenn er nicht den Eindruck erweckt, als könne er der Frau, mit der er früher so glücklich war, etwas antun ... Aber es gibt ja Superschauspieler. Und Psychopathen. Das alles lässt sich im Moment noch nicht ausschließen.

»Was brennt Ihnen unter den Nägeln?«, fragt er freundlich.

Ich fühle Wärme im Gesicht aufsteigen. Ein untrügliches Zeichen dafür, dass ich erröte. »Es ist wirklich schön hier. Ich habe überlegt, Sie zu fragen, ob wir wieder herkommen dürfen.« Das ist nicht ganz gelogen, denn wäre es das, würde es jeder Dahergelaufene an meiner Miene ablesen.

»Aber gerne. Rufen Sie vorher durch. Ich werde in nächster Zeit allerdings nicht viel hier sein.« Dazu neigt er den Kopf. Er meint es so freundlich, wie er es sagt. Denke ich. Aber was weiß ich schon.

Der Norddeutsche erhebt sich, die Hunde springen vom Liegen direkt in den Stand.

Wenig später knirscht der Bulli über den Kies der Auffahrt und wir setzen an, durch das schmiedeeiserne Tor in die gewöhnliche Welt zurückzufahren.

»Hätte dich bei der zweiten Frage vor die Tür gesetzt«, sagt Dr. Frieder mit einem leisen Lächeln, während der Bulli auf den schmalen Weg neben der Bahnlinie einbiegt.

»Nicht so der nette Herr Grob. Der mag Fragen. Unglaublich, was? Hast du schon mal jemanden kennengelernt, der dermaßen gerne antwortet? Ist das noch normal?«

»Musstest du ausnutzen, was?«, sagt Dr. Frieder.

»Hab mir fast einen Wolf gefragt. Gut hast du abgebrochen, sonst wären mir die Fragen ausgegangen. Mir!«

»Drillinge?«

»Ja, ich weiß. Aber wenn er doch etwas mit dem Tod seiner Frau zu tun hat? Das war mir zu heikel.«

»Is so. Habe erwartet, dass du's abcheckst.«

Ich begutachte, was mein Handy vermeldet, es vibriert. Drei Anrufe in Abwesenheit. Da rufe ich mal besser zurück.

»Inés? Gracias a Dios!« Panik gepaart mit Dankbarkeit.

»Was ist das Problem?«, frage ich auf Englisch.

»Frau Gerber«, schluchzt Tante Inés auf. »Frau Gerber ist tot.«

Mir verschlägt es die Sprache.

»Inés, Chica? Bist du noch da?«

»Wie?«, frage ich.

»Ertrunken. Im Pool.«

»Ertrunken? Frau Gerber? Im Pool?«

Dr. Frieder schüttelt den Kopf im gleichen Takt wie ich.

»Du musst kommen! Schnell! Wir können nicht die Polizei rufen.«

»Warum nicht?«

»Warum nicht? Du fragst mich wirklich, warum nicht?«

Zugegeben, keine meiner intelligenteren Fragen.

»Aber was soll *ich* da tun?«, frage ich.

»Du musst uns helfen.«

»Wobei?«

»Es aufzuklären.«

Kapitel 27

»Ich will ja nicht wieder Muster sehen, wo keine sind. Aber nach der Ära der verschwundenen Personen beginnt jetzt die Ära der ertrunkenen Personen. Du gehst mir nur noch in Rettungsweste aus dem Haus«, sage ich, nachdem ich aufgelegt habe. Ein Scherz, um zu überspielen, dass es weder etwas zu scherzen gibt, noch mir danach zumute ist. Warum also gebe ich dermaßen Unangebrachtes von mir?

Dr. Frieder reißt die Augen auf, dann nickt er verständig. »Nächster Stopp, Rettungsweste kaufen.« Sogleich wird er wieder ernst. »Du hast nicht zugesagt, dass wir helfen, oder?«

Ich versuche, das Bild aus meinem Kopf zu verbannen, wie Frau Gerber mit einem feinen Lächeln Exgüsi sagte, ihre kleine, von Altersflecken übersäte Hand auf Tante Inés gewaltigem Oberarm. Wie sie mit Dr. Frieder auf der Parkbank saß, nachdem die verirrte Kugel sie verfehlt hatte. Wie sie sich erhob, wildentschlossen, kein Quäntchen ihrer Ferien zu verpassen und bei Carlos eingehängt zum Café schritt.

Ich schlucke schwer, kann aber nicht verhindern, dass mir Tränen in die Augen steigen und behäbig die Wange herunterkullern.

»Du hast nicht zugesagt, dass wir helfen, oder?«, wiederholt Dr. Frieder.

»Nein nein«, antworte ich geistesabwesend.

»Ines?«

»Nei-en!« Trotzig und heulend wie ein Teenager.

»Nee nee. Nicht mit mir«, kommt kategorisch von Dr. Frieder. »Frau Gerber war eine nette alte Dame. Bedauerlich, dass sie verstorben ist. Aber es ergibt keinen Sinn, im Tessin in Gegenwart von Mafiosi zu ermitteln, deren Ziel es ist, das Ganze zu vertuschen, weil bei offiziellen Ermittlungen ihre Personalien aufgenommen würden. Wenn die Polizei auftaucht, sind wir mittendrin. Kein Arthur von Leisfall, der uns kennt, sondern Ermittlungsbeamte, die einen Fall aufklären müssen und über jeden Verdächtigen froh sind, der nicht aus ihrem Ort stammt. Wer weiß, vielleicht schieben die Drei es uns in die Schuhe.« Dr. Frieder zielt darauf ab, mich mit einer Wörterflut lahmzulegen? Das ist ja eine ganz neue Strategie.

»Aber schau mal, Frieslein«, beginne ich schwach.

»Lass das mit dem Frieslein!«

»Aber schau mal, Dr. Frieder. Die arme Frau Gerber wurde gerade erst gefunden und aus dem Wasser gefischt. Kein Arzt weit und breit. Keine professionelle erste Leichenschau. Nicht ausgeschlossen, dass die Drei die Leiche irgendwo verscharren, wenn wir nicht eingreifen. Vermutlich haben sie Übung darin. Wissen wir's? Frau Gerber sei verstorben, sagst du? Pah! Ermordet wurde sie. Das ist ja wohl so was von sonnenklar.« Entschlossen wische ich mir die Tränen von den Wangen.

Dr. Frieder sieht mich prüfend an. Unmöglich zu sagen, was in ihm vorgeht. Vermutlich kämpfen die guten Argumente – kein Arzt, keine Leichenschau, verscharren – gegen die Absurdität der Umstände.

Mein Gehirn rattert. Ich zücke das Handy. »Folgender Plan: Wir schaffen die Hunde zu Mama, nehmen entweder den Flug von Zürich nach Lugano-Agno oder den Zug. In vier Stunden sind wir in Ascona. Es geht noch schneller: Wir leihen uns Mamas Auto, dann sind wir in dreieinhalb Stunden da.«

»Du bist ja reisesüchtig«, unterbricht er mich.

»Was? Okay, vielleicht ein bisschen. Aber was hat das damit zu tun?«

»Der Fall Fanny Schmidt-Grob ist etwas in Stocken geraten und schon lässt du ihn links liegen und greifst zum nächsten?«

»So würde ich das nicht ...«, entgegne ich schwach. Oder würde ich das so sagen? Na, vielleicht ist was dran.

Dr. Frieder konzentriert sich auf das Fahren. Baustelle, Stau und viele ungeduldige Verkehrsteilnehmer. Ich bin froh, dass unser Gespräch kurz warten muss. Dann brummt der Bulli wieder ohne Hindernisse munter vor sich hin.

»Und nu?« Meine kleine Frage tanzt unschuldig mit den Staubkörnchen in den Sonnenstrahlen, die schräg von hinten in den Bulli gleißen.

Dr. Frieder wirft mir einen Seitenblick zu. »Nein.«

»Och!« Ich ziehe einen Schmollmund, richte meine Aufmerksamkeit auf die Argumentation. »Wie könnten wir uns absichern?«

»Gar nicht.«

»Eine Nacht und Nebelaktion? Wir segeln lautlos hin, du machst die Leichenschau, während ich die Taschenlampe halte. Ermittlungen im Schutz der Nacht. Noch vor Sonnenaufgang sind wir wieder runter von der Insel.«

»Segeln? Mit welchem Boot denn«, entgegnet er. »Aber netter Versuch.«

»Wir borgen uns eines.«

»Du willst ein Boot klauen?«

»Leihen.«

»Von wem?«

»Mama ist doch im Segelklub. Vielleicht findet sich da jemand.«

»Du willst hier ein Segelboot auswassern, auf einen Trailer packen, an den Lago Maggiore schleppen und dort wieder einwassern? Wattn Aufwand.«

»Ha ja.« Ich lächle ihn an. »Da siehst du mal, was ich alles auf die Beine stelle, damit du Freude an unseren Unternehmungen hast. In Sachen Transport zu Wasser habe ich noch was gutzumachen.«

»Du willst das unbedingt machen, was?«

»Unbedingt.«

»Trotz der Risiken.«

»Jou.« Ich grinse breit.

»Aber das mit dem Segelboot kann man nur als Schnapsidee bezeichnen.«

»Ich weiß.« Ich nicke bestätigend, damit hier keine Missverständnisse aufkommen.

»Machen wir's trotzdem?«, fragt er schelmisch lächelnd.

»Aber natürlich«, sage ich.

Kapitel 28

Ein paar Anrufe später verkünde ich: »Kein Segelboot an den Lago Maggiore schleppen. Eine von Mamas Segelklubfreundinnen kennt jemanden, der ein Boot in Ascona liegen hat. Das dürfen wir nehmen.«

Dr. Frieder guckt selig aus der Wäsche, leicht entrückt. Vermutlich setzt er im Herzen bereits die Segel.

Nachdem wir ein paar Sachen in eine Tasche geworfen haben, besteigen wir mitsamt unserer vierpfotigen Entourage den Bulli und fahren zu Mama nach Dingelsdorf, einem Konstanzer Vorort am See.

Ich schließe die Haustür von Mamas Bungalow auf. Die Hunde stürmen an mir vorbei und suchen die Dackeldame Debby. Vergebens. Sie ist ebenso ausgeflogen wie ihr Frauchen. Ausgesegelt, um genau zu sein.

Er liegt in der Schale neben der Haustür, wie versprochen. Bei Mama ist immer alles dort, wo es hingehört, insofern überrascht es nicht. Und so tausche ich wie vereinbart mal eben die Autoschlüssel gegeneinander aus.

»Ihr wartet hier, bis Mama, also *meine* Mama, zurück ist«, sage ich zu Santo und Fila, die mich groß anschauen, als dächten sie, *was redet sie nur wieder?* Noch den Napf frisch mit Wasser aufgefüllt und sachte die Tür hinter mir zugezogen.

Draußen lasse ich Mamas Autoschlüssel vor Dr. Frieders Nase baumeln. »Du zuerst?«

So schnell kann ich gar nicht gucken, wie er sich den Schlüssel schnappt. Er drückt auf die Fernbedienung, eine Handbewegung, die fremd an ihm wirkt. Er freut sich wie ein Junge, als die Außenspiegel automatisch ausklappen und ihm die rote Zora entgegen blinkt. Ich meine, sie blinkt leicht spöttisch, *na Kleiner, ich bin ja so gar nicht deine Kragenweite, bleib du mal lieber bei deinem Hippiebus.*

Nächste Station: der unbekannte Bekannte von Mamas Segelklubfreundin. Mama hat versäumt, mir seinen Namen zu sagen, dafür hat sie präzise beschrieben, wo in Gottlieben er zu finden ist. Gottlieben ist ein Schmuckstück von Schweizer

Gemeinde am Seerhein, dem Stückchen Rhein, der vom Obersee in den Untersee fließt. In Lage und Schnuckligkeit ist der Ort kaum zu überbieten. Nur die Düfte aus der Konstanzer Kläranlage, die bei ausgewählten Windrichtungen herüberwehen, geben einen halben Punkt Abzug.

Wir fahren vor. Der Herr steht in der Tür, deutet an, wir mögen sitzen bleiben und gleich wenden. Er reicht mir Schlüssel und Papiere durch das geöffnete Beifahrerfenster. »Lasst euch nicht blitzen. Ist teuer in der Schweiz. Ihr seid versierte Segler?«

Ich zögere einen Moment. Ungeschickt, ich weiß. »Was mich angeht, so lala, aber er hier ist Friese.«

»Gut«, sagt der Herr und geht ohne ein weiteres Wort zum Haus zurück.

»Vielen Dank!«, rufe ich hinterher.

»Er ist Friese?«, fragt Dr. Frieder belustigt und steuert den Wagen schwungvoll durch goldenes Licht.

»Ha ja. Das sagt doch alles. Hast du ja gesehen.«

Wir fahren zügig.

»Hier ist 120, prinzipiell. Das weißt du schon, oder?«, werfe ich stellenweise ein.

»Jou«, kommt dann und er nimmt den Fuß eine Weile vom Gas.

Irgendwann darf ich auch mal fahren. Nach einem halben Stündchen rutscht mein Liebster allerdings derartig auf seinem Sitz herum, dass ich es nicht übers Herz bringe und ihn wieder ans Steuer lasse.

Als Dr. Frieder die rote Zora auf dem nächtlichen Parkplatz des *Porto Patriziale Ascona* abstellt, wirkt sie, als wäre sie erst halbwegs warm geworden. Sie wäre gerne weitergelaufen, gen Süden, bis ans Mittelmeer.

Dr. Frieder bedient die Fernbedienung und erfreut sich am Einklappen der Spiegel. Ich sage ja, wie ein Zeitreisender.

Der Yachthafen liegt friedlich da. Sanftes Plätschern. Gelegentlich fliegt ein Lachen herüber, vereinzelte Stimmen von Wassersportlern, die den Tag auf dem Boot ausklingen lassen.

Der Schlüssel öffnet das Tor, dahinter ein beleuchteter Schwimmsteg, der unter unseren Schritten wankt und quietscht.

»Das hier?« Dr. Frieders Stimme transportiert Ungläubigkeit und Faszination zugleich.

Ein kleines Boot ganz aus Holz, drei bis vier Meter lang, die Bordwand schwarz gestrichen. Der Rest des Bötchens ist in eine Persenning gehüllt.

Beim Abdecken entfleucht mir ein: »Jö!«

Ich befürchte, diese Nussschale ist nicht das, was Dr. Frieder vorgeschwebt hat. Das Boot ist kaum größer als die Piephus.

»Ein Coot Dinghi. Bezaubernd«, sagt er eindeutig verzückt.

Ich verkneife mir die Bemerkung, dass er das zu mir noch nie gesagt hat, und tröste mich damit, dass ihm zu mir andere Komplimente einfallen.

Eine Mischung aus Ruderboot und Segelboot. Aus Mahagoni, Zustand top gepflegt. Ein Sitzbrett im Bug, eines mittig, eines umlaufend im Heck. Ein Mast im Bug, Schoten, die sauber aufgeschossen bereitliegen, ein Schwertkasten in der Mitte, eine Ruderpinne hinten, zwei Paar Ruder. Die Spanten sind mit einer geschlitzten Abdeckung aus hellem Holz versehen, sodass im Bootsinneren eine ebene Fläche entsteht.

»Wirklich ganz bezaubernd«, muss ich zugeben.

»Ein Gaffelsegel«, ergänzt Dr. Frieder weiterhin leicht entrückt.

»Was machen Sie da?«, dröhnt eine Stimme keine zehn Meter von uns entfernt. Wie kann einem entgehen, dass sich jemand auf einem Schwimmsteg nähert?

Ein Seebär baut sich vor uns auf. Hände in die Seiten gestemmt blitzt er uns von unten an. Ein kleiner Seebär, ein Seebärchen mit dunklem Vollbart, funkelnden Augen hinter einer Nickelbrille. Das gestreifte Shirt wird durch seine kräftige Mitte über Gebühr gedehnt. Würde er nicht so autoritär auftreten, wäre er mir auf Anhieb sympathisch.

»Wir dürfen das Boot benutzen. Der Eigentümer hat es uns erlaubt«, sage ich.

»Ach ja, wie heißt er denn, der Eigentümer?« Das kommt eindeutig spöttisch.

»Äh«, mache ich.

Der Seebär schnaubt.

»Moment!« Ich kruschtle die Bootspapiere hervor und halte sie ihm unter die Nase.

Er streift das Dargebotene mit einem kurzen Blick. »Bei dem Licht nicht zu lesen«, stellt er fest, woraufhin Dr. Frieder in seine Arzttasche greift.

»Keine Bewegung!«, bellt der Seebär.

Automatisch hebe ich die Arme in die Höhe, warum auch immer.

»Ich hole nur eine Taschenlampe aus meiner Tasche«, sagt Dr. Frieder in dem beruhigenden Tonfall, den er für aufgewühlte Patienten oder deren Angehörige bereithält.

»Wer sagt mir, dass Sie Schlüssel und Papiere nicht gestohlen haben?«, fragt der Seebär nach einem Blick auf das ausgeleuchtete Schriftstück.

»Na ich«, sage ich und versuche mich an einem Lächeln.

»Sehr witzig«, brummt er.

»Also es ist so«, hole ich aus, da zieht der Seebär sein Handy aus der hinteren Hosentasche und tippt darauf herum.

Währenddessen plappere ich weiter. »... und daher kannten wir den Namen des Eigentümers nicht, bis wir auf die Papiere geschaut haben.«

Der Seebär spricht ein paar Sätze Italienisch in sein Handy. »Wir warten«, sagt er dann.

»Auf wen?«

»Polizia«, brummt er, stellt sich breitbeinig auf den Schwimmsteg und verschränkt die gestreiften Arme über dem gestreiften Bauch. Soll heißen, ihr kommt hier nicht durch, ihr rührt euch nicht vom Fleck.

Ich seufze. Das kostet unnötig Zeit. »Hören Sie«, versuche ich erneut mein Glück. »Wie wäre es, wenn wir den Eigentümer anrufen? Ich habe zwar keine Nummer, weil, wie ich erläutert habe, die Verbindung über zwei Ecken zustande kam, aber das kriegen wir irgendwie hin.«

»Wette ich«, brummt er.

Ich rufe Mama an. Sie geht nicht ran. Ich seufze und spreche ihr auf die Mailbox.

»Nicht da?«, fragt der Seebär belustigt.

Ich verdrehe die Augen. »Mama ist immerfort in irgendwelchen Funklöchern. Ich weiß nicht, wie sie das anstellt. Ich habe so gut wie immer ein Netz.«

Eine gefühlte Ewigkeit später klingelt das Handy des Seebären. »Pronto. Si«, sagt er, beendet das Gespräch gleich wieder und wirft uns einen Blick zu. »Sie warten hier!«

Dr. Frieder und ich nicken mit vereinten Kräften.

Der Seebär entfernt sich breitbeinig Richtung Tor.

»Ich würde ja sagen, jetzt oder nie, aber wer weiß, ob sie uns dann nicht folgen«, raune ich.

»Oder hinterher schießen«, sagt Dr. Frieder trocken.

Ich bedenke ihn mit einem gespielt strengen Blick. »Dir fehlt der nötige Ernst.«

»Jou.«

»Wir wollen ja tunlichst vermeiden, dass uns jemand zur Insel folgt.«

»Oder hinterher schießt«, ergänzt er vergnügt.

Ich schenke ihm ein Lächeln. »Du bist unverbesserlich.«

Und was macht er? Er fährt fort, das Bötchen mit Blicken zu streicheln.

»Wie heißt es denn?«, frage ich.

Er klettert an Bord, guckt dem Bötchen auf den Po und sagt verklärt: »Bluebird.«

»Wie nett. Angenehm. Komm besser wieder auf den Steg.«

Der Seebär kommt in Begleitung zurück.

Ich stöhne auf.

»Wasn?«, fragt Dr. Frieder und wendet keinen Blick von der Bluebird. Als ich nicht antworte, schaut er auf. »Oha«, sagt er.

Zwei tadellose Uniformen, eine kleiner, eine größer.

»Guten Abend. Wo ist denn Ihr Hippiebus?«, spricht die kleine Uniform.

»Guten Abend. Anderes Auto heute. Haben uns nicht mal Falschparken zuschulden kommen lassen«, sagt Dr. Frieder mit einem Lausbubenlächeln.

»Ihre Papiere bitte.«

Das gleiche Spiel wie eben. Dr. Frieder leuchtet. Die gleichen Fragen, die gleiche wahre Geschichte.

»Habe ich sie auch schon gefragt«, brummt der Seebär immer mal wieder dazwischen.

Mein Handy klingelt. »Das ist Mama«, freue ich mich.

Wie sich herausstellt, kennt sie weder den Namen noch die Telefonnummer des Besitzers, sondern hat nur die Wegbeschreibung weitergegeben. Ihre Freundin kenne den Bootseigentümer ebenso wenig, erklärt sie, denn dieser ist der Chef einer Freundin ihrer Freundin.

»Ah so«, sage ich leicht bedröppelt und sehe unsere Felle davonschwimmen.

»Geben Sie mal her«, sagt der Seebär und erntet Stirnrunzeln vonseiten der Polizeibeamten.

Er stellt Mama die gleichen Fragen, erhält aber Antworten, die ihn zum Lachen bringen. Das klingt nett. Der gestreifte Bauch bebt. Er zwirbelt sich den Bart, lauscht, was immer Mama da zu erzählen hat, lacht und, wenn ich das bei der Beleuchtung richtig erkenne, lacht er Tränen. Zum Schluss bedankt er sich überschwänglich bei der Signora, beendet das Gespräch, nimmt die Nickelbrille von der Nase und wischt sich wohlig seufzend über die Augen.

»Die Geschichte muss ich euch gleich erzählen«, sagt er zu den Uniformen. »Von mir aus lassen wir sie laufen.«

Die drei verabschieden sich und schlendern zurück zum Tor, plaudernd ins Gespräch vertieft. Ihr Lachen hallt noch eine Weile zu uns herüber.

Ich schüttle den Kopf. »Was um Himmels willen hat Mama ihm nur erzählt? Ich fürchte, es geht auf meine Kosten.«

»Denn man los«, sagt Dr. Frieder und ist schon in der Bluebird.

Wir legen ab. Er setzt sich ins Heck an die Pinne, ich rudere
bis zur Hafeneinfahrt, dort setze ich das kleine rote Segel.

»Keine Positionslichter«, murmelt mein Friese, kramt die
Taschenlampe heraus und klemmt sie ein, sodass sie das Gaffelsegel beleuchtet und es weithin rot sichtbar ist.

Eine sanfte Sommernachtsbrise kräuselt den See. Sie um-
schmeichelt uns. Die Bluebird braucht nicht viel, gurgelt
munter durch das tiefschwarze Wasser, murmelt von ihrer
Geschichte, knarrt voller Behagen vor sich hin. Flott und mü-
helos, ohne einen Tropfen Schweiß. Der Hafen liegt bald hinter uns.

Die Lichter rund um den See flimmern übers Wasser, als
fiele es ihnen schwer, angesichts des Lüftchens ihren Kurs zu
halten.

Dr. Frieder und ich sind still. Ich für meinen Teil befürchte,
ein unbedachtes Wort, ein gedankenlos lauter Atemzug bereits wäre in der Lage, den Augenblick zerplatzen zu lassen.

»Wunderschön«, flüstert er irgendwann. Sein Gesicht
wirkt im Widerschein des leuchtenden Segels leicht gerötet.
Er lächelt selig.

»Ja, wunderschön«, flüstere ich.

Wir haben in jeder Hinsicht Glück. Die Windrichtung
schickt uns direkt zur Insel, wir müssen nicht gegenan kreu-
zen. Kurz vor dem Ziel löschen wir die Taschenlampe.

Der Anlegesteg liegt auf der anderen Seite der Insel. Ich
hole das Segel ein und rudere. Natürlich bin ich es, die rudert.
Der Friese sieht nicht aus, als würde er seine Position an der
Pinne je aufgeben. Behutsam tauche ich die Ruderblätter ein,
darauf bedacht, das Plätschern auf ein Minimum zu be-
schränken. Gar nicht so einfach, will man trotzdem vorwärts-
kommen.

Ein paar spärliche Lampen auf dem Schwimmsteg. Wir
werden nicht völlig getarnt anlanden, im Moment ist aber niemand zu sehen.

Wenig später ist die Bluebird festgemacht und wir auf leisen Sohlen unterwegs auf die Insel. Neben dem Schwimmsteg schnattern verhalten die Enten, der Beleuchtung angemessen plaudern sie, wie man sich kurz vor dem Einschlafen etwas zuflüstert, was nicht bis zum nächsten Morgen Zeit hat.

Ich rufe Tante Inés unter der Nummer an, von der sie mich zuletzt angerufen hat. »Wir sind da«, flüstere ich.

»Beim Pool«, sagt sie nur und legt auf.

Kapitel 29

Aus der Vogelperspektive sieht die Isola Grande aus wie die Seitenansicht eines Delfins, der in hohem Bogen nach rechts aus dem Wasser springt. Die Bootsanlegestelle ist an der Stelle des Luftlochs, die Villa am Auge des Delfins und der Pool an seiner Brustflosse.

Wir meiden das Hotel und schleichen auf einem Umweg in Wassernähe. Nächtliche Tiergeräusche. Kleine Tiere, Mäuse oder Echsen vielleicht, huschen durch die exotische Vegetation. Grillen zirpen. An manchen Stellen hört man den See ans Ufer plätschern. Die Brise weht Blütendüfte heran, das Aroma mal süßlich, mal herb, mal nach feuchter Erde. Von Zeit zu Zeit fliegt eine menschliche Stimme von der Villa auf.

Nach fünf Minuten sind wir dort, was daran liegt, dass beliebige zwei Punkte auf dieser Insel maximal fünf Fußminuten voneinander entfernt sind.

Den Poolbereich betritt man durch ein kleines Gebäude aus Naturstein, verrammelt mit allerlei Terrassenmöbeln, Bändern und einem Schild. Darauf steht auf Italienisch, Deutsch und Englisch, es bestünde Lebensgefahr, weshalb der Zutritt strengstens verboten sei.

»Lebensgefahr«, murmle ich kopfschüttelnd. Hat man hier tatsächlich das passende Schild im Fundus.

Wir kraxeln durch die Barrikade.

Der Pool aus hellen Marmorplatten gleicht mehr einem römischen Bad, ist vielleicht zwanzig mal zehn Meter groß. Eine lebensgroße Bronze-Nymphe an der Stirnseite. Großzügige Stufen auf allen Seiten, wie gemacht dafür, sich ins Gespräch vertieft mit einem Drink ins Wasser zu setzen. Die Gesellschaft rund um den Bauherrn Emden war wohl ähnlich bekleidet wie die Nymphe. Die Natursteinmauer, die den Poolbereich auf drei Seiten umrahmt, und die Schummerbeleuchtung sorgen für Intimität.

Tante Inés und Fidel erwarten uns. Sie deutet wortlos auf ein Zelt. Der geschlossene Pavillon wurde auf Wunsch von meinem Doktor für Frau Gerber aufgebaut, das habe ich ausrichten müssen.

Dr. Frieder nickt beiden ernst zu, deutet mit einer Handbewegung, wir mögen alle draußen bleiben und betritt das Zelt, die Arzttasche fest im Griff.

Einen Augenblick später schiebt sich sein Kopf wieder durch die Zeltöffnung. »Ich brauche mehr Licht«, sagt er auf Englisch.

Ich zucke zusammen. Ob Dr. Frieder mein leeres Marketinggerede, er könne die erste Leichenschau machen und ich würde dabei die Taschenlampe halten, ernst genommen hat? Fordert er jetzt meine Assistenz ein?

Doch als Fidel nickt und sich entfernt, nickt auch Dr. Frieder und kehrt zurück ins Zelt.

Ich atme aus. Noch mal Glück gehabt.

Tante Inés bedenkt mich mit einem leichten Lächeln. »Ich bin froh, dass ihr gekommen seid. Ich danke dir.«

»Gerne. Willst du mir erzählen, was es zu wissen gibt? Wann wurde Frau Gerber gefunden und von wem?«

»Heute gegen Mittag, von Fidel. Danke Gott von Fidel. Nicht von einem Gast.«

»Er hat sie aus dem Wasser geholt?«

»Ja.«

»Das heißt, es passierte mit vielen Besuchern auf der Insel?«

Sie nickt.

Das macht es nicht einfacher. Hercule Poirot hatte es leichter in *Das Böse unter der Sonne*. Insel mit geschlossener Gesellschaft.

»Frau Gerber reiste allein?«

»Soweit ich weiß, ja. Inés, Chica, wieso stellst du mir all diese Fragen?«

»Du hast um meine Hilfe gebeten.«

»Ja, um es aufzuklären.«

»Eben, um es aufzuklären«, sage ich.

»Um den Körper loszuwerden«, sagt sie.

»Wie bitte?« Ich starre sie an, denn ich kann unmöglich gehört haben, was ich meine, gehört zu haben. Ich starre sie noch eine Weile an, dann dämmert mir, was das Problem ist.

Clear it hat sie gesagt. Nicht *clarify it*. Aufräumen statt aufklären. Ein kleiner, aber bedeutender Übersetzungsfehler. Man hört, was man hören will.

»Fidel und Carlos können es nicht machen. Sie dürfen sich nichts zuschulden kommen lassen. Keine Polizei, keine Aktivität, die die Polizei auf den Plan ruft. Was hast du denn gedacht?«

»Ich dachte, ihr wollt wissen, was passiert ist und wer es war.«

»Wer was war?«

»Wer Frau Gerber umgebracht hat. Das ist ein Mord.«

»Keine Spur!« Tante Inés lächelt und winkt ab. Ihre fleischige Hand vollführt eine Bewegung irgendwo zwischen kategorischer Absage und Belustigung.

»Als ich am Telefon sagte, Frau Gerber kann vielleicht nicht mal schwimmen, und wenn sie überhaupt einen Badeanzug besitzt, dann ist fraglich, ob sie ihn mitgenommen hat, da hast du zugestimmt.«

»Was weiß ich denn?«, sagt sie. »Ich war aufgeregt, da sagt man viel. Woher soll ich wissen, ob Frau Gerber schwimmen kann? Woher soll ich wissen, was diese Frau in ihren Koffer packt? Denk nach, Inés!«

Wut steigt in mir auf. Sie tut es behäbig, nimmt sich so richtig Zeit, sich zu voller Größe zu entwickeln.

»Das glaube ich jetzt nicht!«, rufe ich.

Sie legt den Zeigefinger an die Lippen. »Shush!«

»Ihr braucht nur ein paar Idioten, die die dreckige Arbeit erledigen? Ein paar Idioten, die sich in Gefahr bringen? Für euch Mafiagesocks? Was denkst du denn, was Dr. Frieder gerade macht? Eure Leiche kleinschnippeln, um sie im Badezimmer hinunterzuspülen?« Ich steigere mich so richtig hinein und bin selbst erstaunt, welche Wörter mir auf Englisch einfallen. In der Schule lernt man so was nicht.

Dr. Frieder fühlt sich bemüßigt, den Kopf aus dem Zelt zu stecken. »Warum bist du denn so laut?«

»Ich sag dir warum«, sage ich auf Deutsch. »Die feine Bagage hier hat uns nicht etwa um Ermittlungsarbeit gebeten,

um herauszufinden, was passiert ist. Mitnichten. Die Drecks-
arbeit sollen wir für sie erledigen. Die Leiche von Frau Gerber
verschwinden lassen. Weil man sich zu fein dafür ist und
Angst davor hat, erwischt zu werden. Was hab ich mir nur gedacht? Ich bin so eine blöde Nuss, so eine blöde!«, fluche ich,
geringfügig um gedämpfte Lautstärke bemüht.

Er lächelt mich unbekümmert an, was mich doch etwas
überrascht.»Dachte, das ist das heutige Dr. Frieder Unterhal-
tungsprogramm?«, sagt er.

Mir klappt spontan der Unterkiefer herunter. Aber klar!
Wir erleben den perfekten Tag im Leben eines Dr. Marc Frieder, zukünftiger Rechtsmediziner, leidenschaftlicher For-
scher und Segler, Romantiker und gleichermaßen Fan von
See und Meer. Wenn es jetzt noch etwas Leckeres zu Essen
gibt und wir Gelegenheit zu intimer Zweisamkeit bekommen
– beides nicht in der Nähe von Frau Gerber, beides genau genommen weit weg von Frau Gerber – ist das Komplettpaket
für ihn nicht zu toppen.

Ich atme tief durch. Tut gut. Sollte man öfter machen. In
Erregungszuständen und überhaupt. Dem Dampf den Ausgang zeigen.

Fidel kommt zurück, schwer beladen mit allerlei Gerät und
Kabeln.

»Also gut«, sage ich zu Dr. Frieder auf Deutsch.»Was immer die Drei wollen, hat uns gar nicht zu interessieren. Wir
machen, wofür wir hergekommen sind. Wir versuchen herauszubekommen, was mit Frau Gerber passiert ist. Dazu setzen wir uns ein Zeitlimit und dann verschwinden wir wieder.
Klammheimlich. Leichen verscharren steht nicht auf dem
Programm.«

»So machen wir's«, sagt er.»Was stehst du also noch hier
herum?«

Ich stutze kurz, dann hebe ich den Zeigefinger als Zeichen
dafür, dass ich verstanden habe.

»Ich möchte das Zimmer und die Sachen von Frau Gerber
sehen. Sie ist doch allein gereist?«, frage ich auf Englisch an
Fidel gewandt, der Kabel von einer Trommel kurbelt.

»Ja, allein.«

»Ich gehe zu Carlos an die Rezeption«, sage ich.

»Ich komme mit dir«, meldet Tante Inés.

»Nein, danke«, entgegne ich nachdrücklich. »Es ist besser, wenn ich das allein mache.« Ohne eine Antwort von ihr abzuwarten, ohne sie eines weiteren Blickes zu würdigen, marschiere ich an ihr vorbei Richtung Barrikade.

Aus dem Augenwinkel sehe ich, wie sie überlegt, mir zu folgen, sich dann aber dagegen entscheidet, nachdem Fidel mit den Achseln gezuckt hat, als würde er sagen wollen, lass sie doch ihre DNA in Frau Gerbers Zimmer verteilen.

Fünf Minuten später stehe ich an der Rezeption, hinter der Carlos etwas in den Computer eingibt.

Er hebt den Kopf. »Inés!« Das klingt erfreut.

Ich lächle. »Carlos, schön dich zu sehen. Leider kein angenehmer Anlass.«

»Nein.« Sein Lächeln verebbt. »Arme Frau Gerber. Ich mochte sie sehr.«

»Mein Beileid. Sie war eine nette alte Dame.«

Er nickt betrübt.

»Ich möchte Frau Gerbers Zimmer und ihre Sachen sehen«, komme ich zum Thema.

Er nickt und fingert einen Schlüssel mit einem sperrigen Holzanhänger aus einem der zehn Fächer hinter sich. Dies ist kein Ort für Schlüsselkarten. Bemerkenswert, er stellt meine Bitte nicht infrage. »Im zweiten Stock«, sagt er und deutet Richtung Treppe.

Frau Fox, die Hobbyermittlerin, hat daran gedacht, ein paar Einmalhandschuhe einzupacken. Die streife ich mir über, bevor ich den Schlüssel entgegennehme. Carlos stutzt kurz, dann nickt er beifällig. Nur vernünftig, soll das heißen. Wohltuend, wenn mir das mal jemand bescheinigt.

»War irgendwer im Raum? Das Zimmermädchen?«

Er hebt die Schultern und Arme in Unwissenheit. »Das Zimmermädchen heute Morgen natürlich.«

Dann stehe ich in dem Zimmer, in dem Frau Gerber letzte Nacht selig geschlummert hat. Irgendwie beklemmend. Aber

Gefühlsduseleien dürfen nicht davon abhalten, dem Job, Pardon, dem Hobby einer Ermittlerin nachzugehen.

Ein Eckzimmer. Der Seeblick durch die zwei kleinen Sprossenfenster zeigt zurzeit vor allem Schwarz. Ein Doppelbett, gemacht, eine Mischung aus Schreibtisch und Schminktisch mit Spiegel, moderne asiatische Machart mit Schnitzereien. Ein türkisfarbener Elefant aus Holz steht unschlüssig auf dem Tischchen, überlegt, was als Nächstes zu tun sei, nun, da Frau Gerber tot ist.

Neben dem Elefanten ein Stapel gebundener Bücher. Die Urlaubslektüre besteht aus Thomas Mayers *Wolkenbruchs wunderliche Reise in die Arme einer Schickse*, Michelle Obamas *Becoming*, Nina Georges *Die Schönheit der Nacht* und Maja Lundes *Geschichte der Bienen*. Topaktuelle Titel. Obwohl eine alte Dame, war Frau Gerber keine von gestern, dazu vielseitig interessiert und bereit, ihren Horizont zu erweitern.

In einem Schubfach des Spiegeltischchens liegt eine Mappe mit Informationen zum Hotel und Briefpapier. Oberster Briefbogen unbeschrieben, aber es scheint etwas durch. Den zweitobersten Bogen zieren ein paar Zeilen in einer feinen Handschrift und das Datum von heute.

Sehr geehrter Herr Dr. Rüegg,
sind Sie bitte so gut und machen Sie die kürzliche Änderung
an meinem Testament wieder rückgängig. Es war ein Fehler.
Es soll das vorgängige Testament gelten. Muss ich es noch einmal unterschreiben oder ist es so recht?

Der Brief ist unvollendet. Frau Gerber hatte ihren letzten Willen vor Kurzem geändert und bereute es? Was bedeutet das? Das zu überlegen ist später noch Zeit. Im Moment kontrolliere ich nur, dass das Schriftstück auf dem Handyfoto gut zu lesen ist, und fahre fort, das Zimmer zu durchsuchen.

Ein Köfferchen auf einem Kofferbock. Darin ordentlich gefaltete Damenwäsche. Nichts Besonderes, nichts Überraschendes.

Nun zum Schrank. Kleidung auf Bügeln, ein Kostüm, zwei Kleider, eines davon ein Abendkleid aus Polyester. Ein Bademantel vom Hotel, eine Strickjacke, eine Wind- und Regenjacke, zwei Paar Schuhe, bequeme Sneakers und schickere Schuhe mit etwas Absatz, passend zum Abendkleid. Keine kostbaren Marken, kein Schmuck.

Ich sehe mich um. Wenn Frau Gerber wider Erwarten doch freiwillig in den Pool gegangen sein sollte, wo ist dann die Kleidung, die sie davor getragen hat? Vor allem: Hätte sie sich für den Weg nicht den Bademantel übergeworfen?

Am Schwimmbad habe ich keine Umkleidemöglichkeiten bemerkt. Das gilt es noch abzuklären. Auch, ob dort Schuhe stehen. Und ihre Handtasche. Denn die fehlt hier, samt Portemonnaie, Kreditkarte, Bankkarte, Ausweis, Schlüssel. War es womöglich ein Raubmord?

Auch im modernen Duschbad mit türkisfarbenen Mosaikfliesen gibt es keine Überraschungen. Ich seufze. Die Ausbeute ist mager.

Zurück bei Carlos an der Rezeption gebe ich den Schlüssel ab und frage ihn nach Frau Gerbers Heimatadresse.

Zürich, Steinhaldenstraße 40.

Ich google danach. Zentrale Lage. Eine reguläre Wohngegend, nichts Besonderes, etwa fünfzehn Fußminuten zum Zürichsee. Streetview meint, das Mehrfamilienhaus hat dringend einen neuen Anstrich nötig. Nach ihrem Auftreten, ihrem Bücherstapel, der Wahl der Brissago Insel als Urlaubsziel habe ich mehr erwartet. Aber Wohnen in Zürich ist teuer, auch ohne, dass es nach etwas Besonderem aussieht.

»Die Adressangabe stammte von ihr?«

»Von ihrer Identitätskarte. Die verlangen wir hier.«

Ich nicke. »Was weißt du sonst noch von Frau Gerber?«

»Sie lebte allein, seit vielen Jahren schon. Ihr Mann starb bei einem Autounfall. Sie hatte eine gute Rente und konnte sich alles leisten, was sie begehrte. Wie diese Reise. Sie liebte Tee.« Carlos schluckte. »Sie liebte unseren Earl Grey und las gerne ein Buch dazu.«

»Seit wann war sie hier, wie lange wollte sie bleiben?«

»Sie kam vor ein paar Wochen an.«

»Vor ein paar *Wochen*?« Für Normalsterbliche ist dies kein Reiseziel für mehrere Wochen. Ein Doppelzimmer mit bestem Blick, als Einzelzimmer genutzt, kostet um die 300 Schweizer Franken pro Übernachtung mit Frühstück.

Carlos bemüht den Computer. »Vor gut vier Wochen. Sie wollte bis übermorgen bleiben.«

Ich überschlage kurz und komme mit Abendessen auf etwa 10.000 Schweizer Franken.

»Sie war Stammgast?«, rate ich.

»Nein, zum ersten Mal hier.«

»Hat sie«, ich überlege, wie ich die Frage am besten stelle, »eine Anzahlung oder Zwischenzahlung geleistet? Wie hat sie gebucht?«

Carlos konsultiert erneut den Computer. »Sie hat telefonisch reserviert. Keine Zahlung bisher.« Er schaut vom Monitor auf und mir direkt in die Augen. Es arbeitet dahinter. Er durchdenkt die Möglichkeiten. Dann schüttelt er langsam den Kopf. »Das kann ich mir bei ihr nicht vorstellen«, sagt er leise.

»Hatte sie Besuch oder hat jemanden getroffen, den sie kannte?«

»Nicht, dass ich wüsste.«

»Hat sie die Insel verlassen oder ist sie nur hiergeblieben?«

»Sie hat immer das erste Schiff genommen und kam am Spätnachmittag zurück, zum Tee. Dann hat sie ein Nickerchen gemacht und sich für das Abendessen fertiggemacht.«

»Nur heute hat sie das Schiff nicht genommen, nehme ich an?«

Carlos denkt nach. »Richtig. Nur heute nicht.«

»Weißt du, wohin sie fuhr? Und warum heute nicht?«

»Inés, Chica, warum fragst du das alles?«

Ich bekomme einen Schreck. Tante Inés steht auf einmal hinter mir.

»Aus keinem besonderen Grund. Ich habe mich nur mit Carlos unterhalten.«

»Dein Boyfriend bat mich, dich zu holen.«

Ich nicke beiden zu und verlasse wortlos die Rezeption. Draußen schaue ich auf die Uhr meines Handys. Was immer ich Bahnbrechendes hoffte, hier zu finden, was immer es ist, das mir die Gründe von Frau Gerbers Tod enthüllt, es offenbart sich nicht. Nicht auf die Schnelle. Da ist nur dieser angefangene Brief, der mehr Fragen aufwirft, als er klärt. Hat sie den Erben oder die Erbin auf ihren Ausflügen getroffen? Hat sie Verwandte oder Freunde in der Gegend? Was hat sich geändert, dass sie ihren Entschluss rückgängig machen wollte? Fünf Minuten später bin ich beim römischen Bad. Festbeleuchtung im Zelt. Dr. Frieder winkt, ich möge mit ihm hineinschlüpfen. Zu Frau Gerbers Leichnam.

Ich schüttle heftig den Kopf und weiche einen Schritt zurück. »Hier ist schon zu nah.«

»Sie ist nicht ertrunken«, sagt er.

Kapitel 30

»Sie ist nicht ertrunken? Aber wie kannst du das wissen, ohne Obduktion? Bei Fanny gab es Zweifel. Trockenes Ertrinken und so.«

»Ich formuliere um. Frau Gerber könnte zwar ertrunken sein, meiner Einschätzung nach wurde sie zuvor zumindest so lange gewürgt, bis sie bewusstlos war. Ob das Würgen oder das Wasser letztendlich zu ihrem Erstickungstod führten, kann nur eine Obduktion zeigen. Ich gehe von Strangulation als Todesursache aus, kein Schaumpilz. Weitere Befunde wie Sehrtsche Magenschleimhautrisse ...«

Ich trete von einem Bein auf das andere.

»Wydler-Zeichen, Wasser im Magen-Darm-Trakt, Emphysema aquosum.«

»Ist ja gut«, sage ich und knete meine Hände.

»Das alles bedarf einer Obduktion«, fährt Dr. Frieder fort. »In jedem Fall gehe ich von einem Tötungsdelikt aus. Sie hat eindeutige Würgemale am Hals. Die Stauungsblutungen sind ausgeprägt. Sie war der Gewalteinwirkung über einen längeren Zeitraum ausgesetzt.«

»Fazit: Frau Gerber wurde erwürgt«, ziehe ich mal schnell einen Schlussstrich unter die gruslige Aufzählung.

»Ich habe ihre Fingernägel gereinigt, falls sie ihren Mörder kratzen konnte. Das ist bei einer Person ihrer Statur und ihres Alters jedoch eher unwahrscheinlich. Ansonsten sind DNA-Spuren des Täters aufgrund des Fundorts ein Problem. Außerdem«, Dr. Frieder macht eine kleine Pause, »hast du dir mal die Wassertiefe angesehen?«

Ich bemühe mich, nicht zum Pool zu schauen, ihn nur aus dem Augenwinkel zu mustern.

Fidel beobachtet uns und spitzt die Ohren. »Was sagtest du?«, fragt er meinen Doktor auf Englisch. Als dieser nicht antwortet, wendet er sich an mich: »Was sagte er?«

»Er berichtet, wie der Todeszeitpunkt festgestellt wird und dass das hier kaum möglich ist, wegen des Wassers«, lüge ich munter auf Englisch drauf los.

»Selbst die kleine Frau konnte locker darin stehen«, sage ich auf Deutsch zu Dr. Frieder.

»So ist es. Und wenn er sie herausgefischt hat«, fährt Dr. Frieder auf Deutsch fort, ohne Fidel dabei anzusehen, »kann er die Würgemale unmöglich übersehen haben. Nicht mit seinem Background.«

»Was ist mit dem Background?«, fragt Fidel auf Englisch. »Mein Boyfriend meint, bei Tag hat der Pool bestimmt einen schönen Background«, übersetze ich frei. »Oh, ich habe völlig vergessen, dass Carlos dich an der Rezeption sprechen wollte.«

Fidel nickt, wendet sich ab, zögert, dreht sich uns wieder zu.

»Sorge dich nicht, wir fahren hier fort«, sage ich auf Englisch.

Fidel nickt und macht sich daran, die Barrikade zu überwinden.

»Nichts groß gefunden«, fahr ich gleich auf Deutsch fort. Jetzt nur keine Zeit verlieren. »Ein Brief von heute, unfertig, habe ihn fotografiert. Sie wollte eine kürzlich vorgenommene Testamentsänderung rückgängig machen. Ihr Bademantel hängt oben, Handtasche, Ausweis und Co fehlen. Gibt es hier Kleidung oder Schuhe?«

Wir gehen im Laufschritt das Poolareal ab, leuchten den Eingangsbau aus.

»Niente«, sage ich. »Dann nichts wie weg.«

Dr. Frieder nickt.

Wieder wählen wir den Umweg abseits des Hotels. Diesmal rennen wir und sind drei Minuten später bei der Bluebird. Etwas kurzatmig klettern wir an Bord, legen ab und uns dann beide in die Riemen. Nur weg! Nur den Schwimmsteg rasch hinter uns lassen!

Der Wind steht ungünstig, um zum Hafen von Ascona zurückzusegeln. Mein Handy klingelt. Bis ich es herausgewurschtelt habe, schrillt der durchdringende Ton in voller Lautstärke über die nächtliche Wasseroberfläche. »Mist, Mist, Mist«, fluche ich leise.

Dr. Frieder schüttelt unmerklich den Kopf.

Ich stelle das Handy auf stumm. Tante Inés. Na großartig! Kaum vorstellbar, dass sie jetzt nicht weiß, wo wir sind. Ich werfe meinem Norddeutschen einen gequälten Blick zu. »Ob die ein Boot haben?«, frage ich.

»Völlig ausgeschlossen, dass sie keines haben. Ich tippe auf 100 PS.« Dr. Frieder ist ernst aber ruhig. Natürlich.

»Dann schnell rüber zur Insolino?«

Er nickt.

Es ist nur ein Katzensprung. Wäre das Ziel nicht die andere Seite der kleinen Insel, wir wären schon da. »Müssen auf die Bluebird aufpassen«, sagt er mit gedämpfter Stimme, als wir uns dem Ufer nähern.

Was bei meiner Recherche aus der Vogelperspektive nach Strand mit grobem Sand aussah, entpuppt sich als steinige Angelegenheit. Trotzdem die beste Stelle zum Anlanden weit und breit.

»Ruder drunter legen?«, frage ich.

Er nickt und holt Schwert und Ruderblatt hoch.

Ich steige mit Schuhen von Bord ins knietiefe Wasser und positioniere die Ruder auf den Steinen. Dr. Frieder kommt mir nach. Behutsam führen wir die Bluebird an Land.

Da liegt sie nun.

»Unauffällig ist anders«, wispere ich.

Wie zur Bestätigung wird drüben auf der großen Insel ein Motor angeworfen. Ein Platzhirsch, der übers Wasser röhrt.

»Eher 200 PS«, sagt Dr. Frieder.

Der Motor übertönt all die nächtlichen Geräusche der kleinen Tiere, die hier vermutlich durch das zugewucherte Grün der Insel krabbeln. Das PS-starke Boot wird etwas leiser, beherrscht aber weiterhin die Nacht.

»Können wir sie zu zweit anheben?«, fragt Dr. Frieder in mein Ohr und deutet auf ein Grasstück hinter einem Busch.

Mit Ach und Krach schaffen wir es, die Bluebird behutsam in ein Nest aus Gras zu setzen. Kurz darauf sitzen wir schnaufend, Seite an Seite, die Rücken an den Rumpf gelehnt, und blicken ins Inselinnere, wo die Natur sich weitgehend selbst überlassen ist.

Was uns zu Ohren kommt, als der Motor leiser geworden ist, klingt allerdings nicht nach Natur.

Kapitel 31

Nun, genau genommen klingt es stark nach Natur, aber nach menschlicher. Ein Liebespärchen in Aktion.

Der PS-starke Motor röhrt in der Ferne jetzt mal lauter, mal leiser. Sie suchen in Schleifen, Kreisen oder was weiß ich.

»Ob die einen Scheinwerfer haben?«, flüstere ich.

Als Antwort auf meine Frage streift ein gleißendes Licht über Insolino und zerteilt die Vegetation wie ein Leuchtturm.

»Duck dich, Kätzchen«, raunt der männliche Part des Liebespärchens.

Sie kichert.

Das Licht verschwindet. Ich atme aus. Dr. Frieders Atem funktioniert unvermindert regelmäßig. Die coole Socke. Der Lichtstreif kehrt zurück, von einer anderen Stelle aus diesmal.

Kätzchen quiekt und kichert.

Hase lacht verhalten.

»Jetzt musst du dich ducken, Hase«, sagt Kätzchen.

Der Lichtstrahl kommt nun von dieser Seite der Insel, geht auf Insolino spazieren, stöbert durchs Unterholz und streift über unsere Köpfe hinweg.

Ich halte den Atem an.

»Atmen nicht vergessen, Kätzchen«, flüstert Dr. Frieder in mein Ohr.

»Ha ha, Hase«, flüstere ich zurück und beiße einmal zärtlich zu, wenn ich schon mal an seinem Ohrläppchen bin.

Dr. Frieder produziert einen unterdrückten Laut des Erstaunens.

»Du, da ist jemand«, flüstert Kätzchen.

»Ach was«, sagt Hase. »Lass uns weitermachen.«

Ich rolle mit den Augen.

Das Dröhnen des Motors zieht langsam an Insolino vorbei, der Suchscheinwerfer flackert mal hierhin mal dorthin, trifft uns aber nicht direkt.

»Uff«, flüstere ich.

»Und da ist doch jemand«, sagt Kätzchen entrüstet. »Geh mal nachschauen.«

»Ja klar. Mit oder ohne Hosen?«, fragt Hase belustigt.

»Ohne«, rufe ich und schlage mir sogleich auf den Mund, blicke Dr. Frieder aus gespielt großen Augen an.

Er lacht laut auf.

»Siehst du? Was hab ich gesagt?«, sagt Kätzchen.

»Lass uns weitermachen«, drängelt Hase.

»Fünfzig Euro, dass sie keine Lust mehr hat«, hauche ich Dr. Frieder ins Ohr und halte ihm die Hand hin.

Er schlägt nicht ein. »Halt ich nich gegen.«

»Was?«, ruft Kätzchen.

»Wir wetten, dass du keine Lust mehr hast«, sage ich.

»Stimmt«, lacht Kätzchen.

»Oh Mann«, stöhnt Hase.

»Tut mir leid, Alter«, sagt Dr. Frieder.

Gras raschelt, Zweige knacken, Schritte stapfen über trockenen Boden. Dann stehen Kätzchen und Hase vor uns. Vielleicht gerade erst volljährig, vielleicht auch gerade noch nicht, verwuschelt und mit Blättern im Haar.

»Stellt euch nicht vor«, sage ich. »Ich will euch lieber als Kätzchen und Hase in Erinnerung behalten.«

Sie lachen peinlich berührt und stehen da, als müsste ihnen jemand einen Platz anbieten. Als wäre es unanständig, sich dazu zu setzen. Kätzchen weiß nicht wohin mit ihren Händen.

Der Lichtstrahl fällt wieder über die Insel her, diesmal aus der Richtung des Festlandes. Der Motor röhrt lauter, nähert sich.

»Runter!«, sagt Dr. Frieder.

Kätzchen und Hase klappen zusammen wie Marionetten.

»Was macht ihr denn hier?«, fragt Hase in geduckter Haltung.

»Wonach sieht's denn aus?«, frage ich.

»Versteckt ihr euch?«, fragt Kätzchen.

»Nee, nee«, sagt Dr. Frieder.

»Was dann?«, fragt Hase.

Ich seufze. »Ja, wir verstecken uns.«

»Vor denen im Motorboot?«, fragt Kätzchen.

»Nee, nee«, sagt Dr. Frieder.

»Vor wem dann?«, fragt Hase.

Ich seufze wieder. »Ja, vor denen im Motorboot.« Ich mache eine Pause. »Wir sind Spione.« Das wollte ich schon immer mal sagen. Dies ist die perfekte Gelegenheit.

»Echt jetzt?«, fragt Kätzchen und legt dramatisch die Hand auf die Lunge.

»Jou«, sagt Dr. Frieder.

»Für welche Seite denn?«, fragt Hase.

»Für die Richtige«, sage ich.

Kätzchen und Hase nicken wissend.

Der Lichtstrahl hat die Insel gerade wieder durchpflügt, doch das Motorbrummen zieht nicht weiter, wie bisher. Es kommt näher.

»Habt ihr euer Boot versteckt?«, fragt Dr. Frieder.

»Nö, wieso?«, fragt Hase.

Kätzchen schlägt sich mit der Hand an die Stirn und jagt Hase den Ellbogen in die Seite. »Weil sie Spione sind, Hase. Wenn die jetzt kommen, sind sie aufgeflogen.«

»Wegen uns?«, fragt Hase.

Dr. Frieder und ich nicken ernst. Ich muss mich zusammenreißen. Außerdem stelle ich gerade völlig unpassenderweise fest, dass ich mal eine Örtlichkeit aufsuchen müsste.

»Ihr könnt uns helfen«, sage ich mit ernster Miene und ebensolcher Stimme.

»Wie denn?«, fragt Kätzchen erwartungsvoll.

»Geht zu eurem Boot.«

»Ocean Kayak«, sagt Hase stolz.

»Geht zu eurem Ocean Kayak«, sagt Dr. Frieder. »Das werden sie inzwischen entdeckt haben.«

»Und wenn sie fragen, ob ihr uns gesehen habt, und das werden sie, dann sagt Nein. Sagt nichts weiter, sagt nur Nein«, rede ich eindringlich auf sie ein. »Besser, ihr sagt No. Sie sprechen Englisch. Sagt einfach nur No. Könnt ihr das für uns und die Sache tun?«

Kätzchen und Hase nicken eifrig.

Das Röhren des Motors ist in ein Blubbern übergegangen. Das Licht flutet bewegungslos die Insel.

»Sie sind da«, sagt Dr. Frieder. »Jetzt geht und erfüllt eure Mission.«

Kätzchen und Hase nicken entschieden, stehen auf und wollen sich wortlos entfernen.

»Viel Glück!«, flüstere ich.

»Euch auch viel Glück«, flüstert Kätzchen.

Kapitel 32

Als sie außer Sicht sind, sehen Dr. Frieder und ich uns lächelnd an. Wir können es auf die humorvolle Art nehmen. Die beiden sind uninteressant für Tante Inés, Fidel und Carlos. Ein x-beliebiges Liebespärchen, das auf der Insel ertappt wurde. Sie werden nicht das Erste und nicht das Letzte sein.

»Die hat der Himmel geschickt«, wispere ich.

Dr. Frieder nickt.

Ein Schuss zerreißt das Blubbern. Ich springe auf. Unwillkürlich strecken sich meine Beine. Sie wollen hinrennen. Dr. Frieder zieht mich zurück nach unten.

Ich starre ihn gequält an. *WAS?* forme ich lautlos mit den Lippen. Was zum Henker? Wieso wird hier geschossen? Wer schießt hier auf wen? Und warum?

Mein Norddeutscher starrt mich an, ungläubig.

Haben wir gerade zwei unschuldige Lämmchen in unsere Geschichte hineingezogen?

Mir wird schlecht. Aber es hilft nichts. Wir müssen etwas unternehmen. Ich ziehe mein Handy aus der Tasche und rufe den einzigen Schweizer Polizeibeamten an, dessen Nummer ich habe.

»Frau Fox?«, fragt eine verschlafene, leicht kratzende Männerstimme. Der einzig mir bekannte Bahnhofspolizist.

Ich hole tief Luft und spreche so schnell, wie noch nie zuvor in meinem Leben. »Tante Inés ist aufgetaucht. Sie hatte ihr Verschwinden nur fingiert, um mich nach Ascona zu locken. Jetzt ist sie mit ihrem kriminellen Neffen Fidel López López und dessen Kollegen Carlos de Luca Álvarez auf den Isole di Brissago im Lago Maggiore. Alle drei sind Mitglieder der kubanisch-amerikanischen Mafia in Miami. Es gibt eine tote Frau Gerber, wohnhaft Zürich, Steinhaldenstraße 40. Der Pathologe an meiner Seite sagt, höchstwahrscheinlich erwürgt. Mörder und Motiv unbekannt. Der Leichnam befand sich vor einer halben Stunde beim Pool der Villa Emden. Wir sind auf der Flucht, aktuell auf der Isola Piccola, müssen uns aber den Mafiosi auf einem leistungsstarken Motorboot ergeben, weil sie ein junges unschuldiges Pärchen in ihrer Gewalt haben.

Gerade ist ein Schuss gefallen. Bitte ziehen Sie die entsprechenden innerpolizeilichen Strippen.«

»Guet«, sagt er und legt auf.

Dr. Frieder bedeutet mir, mich zu beeilen.

Ich nicke. Durch mein Gehirn wehen Gedankenfetzen, aber nichts, was hilft, wie wir mit der Situation umgehen könnten, um sie zu verbessern.

Entschlossen und zögerlich zugleich machen wir uns auf den Weg auf die Lichtquelle zu.

»Lauft weg«, kreischt Kätzchen.

»Ihr kommt besser raus und zeigt euch!«, dröhnt Fidel auf Englisch.

Hand in Hand stapfen Dr. Frieder und ich durch kniehohes Gras und Gestrüpp über die kleine Insel, direkt auf den Scheinwerfer zu. Ich für meinen Teil mit wackligen Knien und klopfendem Herzen.

Ich mache mich darauf gefasst, dass Hase angeschossen ist. Kätzchen klang entrüstet, aber heil. In meinen Ohren klang sie das. Aber was weiß ich schon. Ich hätte ja auch nie gedacht, dass Tante Inés, Fidel und Carlos sich an unschuldigen Kindern vergreifen, nur um Dr. Frieder und mich dazu zu bringen, klein beizugeben.

»Es tut mir so leid«, jammert Kätzchen, als wir in Sichtweite kommen. Ich atme erleichtert auf. Hase und Kätzchen wirken unversehrt, wie sie da neben Tante Inés und Fidel stehen. Carlos ist nicht mit von der Partie.

Ich kneife die Augen zusammen. »Wo ging der Schuss hin?«, frage ich auf Englisch.

Tante Inés ahmt den Flug eines Schmetterlings nach, grotesk mit dieser fleischigen Hand. In der anderen Hand verschwindet die kleine Waffe, die man schon an ihr kennt.

Mist, Mist, Mist! Ich könnte mich sonst wohin beißen, dass ich die Pistole in der Rezeption des Hotels zurücklassen habe. Ein grober Schnitzer.

Aber vielleicht, so keimt eine kleine Hoffnung in mir auf, mobilisiert der Schuss Hilfe, die schneller da sein kann, als die Polizei.

Tante Inés lächelt hämisch. »Was soll das denn? Ihr geht einfach, ohne euch zu verabschieden? Das ist unhöflich Inés. Das hat dir deine Mutter sicher anders beigebracht, hat sie nicht?«

»Jetzt sind wir da und ihr könnt die Kleinen gehen lassen. Nur jugendliche Lovers auf einer Insel«, sage ich.

»Es tut mir so leid«, jammert Kätzchen auf Deutsch. »Ich habe mich verplappert.«

»Ich auch«, sagt Hase in ähnlich kläglichem Ton.

»Was sagen sie?«, fragt Fidel.

»Sie sagen, es ist spät. Ihr Vater schickt ihr öfter mal die Polizei hinterher«, übersetze ich frei.

»Oh«, kommentiert Fidel. Sein Gesichtsausdruck ändert zu leicht besorgt.

»Wir sind jetzt da. Lasst sie gehen«, sage ich.

Fidel nickt. »Okay.«

Seit Tante Inés' Ankunft ist er erstaunlich wortkarg. Da habe ich ihn in Miami anders kennengelernt.

Seine Tante schüttelt den Kopf. »Auf keinen Fall.«

Sie sehen sich an. Fidel bewegt den Kopf seitwärts, soll wohl so viel heißen wie, lass sie doch.

Tante Inés seufzt. »In Ordnung.«

»Nehmt euer Ocean Kayak und schaut, dass ihr schnell wegkommt«, sagt Dr. Frieder auf Deutsch.

»Was sagte er?«, fragt Fidel.

»Er sagte, nehmt euer Ocean Kayak und zu niemandem ein Wort«, übersetze ich.

Dr. Frieder nickt.

Überhastet brechen Kätzchen und Hase auf. Das Paddelboot kippelt gefährlich. Nun hätte ich doch gerne ihre Namen gewusst. Wir sehen ihnen hinterher, bis sie außerhalb des Suchscheinwerfers sind, bis die Dunkelheit sie verschluckt. Sie nehmen Kurs auf den Ort Brissago, der den Inseln am nächsten liegt.

Von dort aus hätten wir ein Tretboot mieten müssen. Wieso ist mir das nicht früher eingefallen? Was mir einmal wieder für unnützes Zeug durch den Kopf flattert im Angesicht einer Pistolenmündung.

»Okay. Was nun?«, frage ich.

»Nun werdet ihr den Körper für uns aufräumen, wie es vereinbart war«, sagt Tante Inés. Sie lächelt boshaft. Das ist mir vorher nie aufgefallen. Sie kann richtig boshaft lächeln. Wie konnte mir das entgehen? Oder macht sie das zum ersten Mal?

Dr. Frieder legt eine Hand in meinen Nacken. Dreht mich geringfügig.

Ich sehe sofort, was er mir zeigen will. Tante Inés und Fidel stehen nicht viel näher am Motorboot als wir. Aber sie hat eine Waffe im Anschlag, möchte ich Dr. Frieder sagen. Ob er es auch hört, wenn ich es nur denke? In meinem Kopf, über meinen Nacken, in seine Handfläche hineindenke?

Er ändert die Haltung, legt den Arm nun ganz um meine Schulter, nicht beschützend, wie ich kurz annehme, nein, er stützt sich ab. Ich sehe ihm ins Gesicht: Verzerrt vor Schmerz. Mich durchzuckt die Angst, dass der Schuss vorhin ihn getroffen hat. Ganz physisch fühle ich diese Furcht. Immer mehr Gewicht lastet auf meinen Schultern, bis ich ihn kaum noch halten kann.

»Was ...?« Ich stütze ihn. Er rutscht mir weg, rutscht mir regelrecht aus den Händen. Wir sind beide auf dem Weg nach unten.

Tante Inés kommt langsam auf uns zu, die Waffe weiterhin auf uns gerichtet.

Ich halte Dr. Frieder mit offensichtlich letzter Kraft, nur ein kleiner Augenblick noch, dann wird er zu Boden stürzen und ich mit ihm. Einer seiner Arme hängt bereits auf der steinigen Erde. Als ich aus dem Augenwinkel sehe, dass Tante Inés die Waffe wegsteckt, um zuzupacken, zwicke ich ihn. Dr. Frieder greift nach einem Stein und schleudert ihn auf sie. Ich vollführe einen Sprung nach vorne und trete Fidel mit aller Kraft in den Schritt.

Tante Inés und Fidel gehen zu Boden.

Im nächsten Moment sind Dr. Frieder und ich durch das Flachwasser gewatet und in das blubbernde Motorboot gesprungen.

Ein Schuss knallt durch die Nacht.

Ich kreische auf.

Dr. Frieder starrt mich an.

»Alles okay! Fahr! Nun fahr doch!«, schreie ich.

Tante Inés steht wankend im Kegel des Suchscheinwerfers. Eine einzige wutverzerrte Fratze, die uns entgegen stiert. Sie richtet die Waffe auf uns. Ihr Arm zittert. Aus einer Kopfwunde sickert Blut und läuft ihr in die Augen. Mit einer unwirschen Bewegung ihrer fleischigen Hand wischt sie sich über die Stirn, betrachtet die rotverfärbte Handfläche und versucht, die Situation zu erfassen.

Die Motoren röhren, das Boot schießt rückwärts.

Huch! Diese Kraft. Ich werde nach vorne geschleudert, kann mich nirgends halten, sehe die Bordwand auf mich zukommen, sehe die Wasseroberfläche auf mich zukommen, wie in Zeitlupe. Keine Chance, mich festzuhalten.

Kurz bevor ich über Bord gehe und ins Wasser eintauche, zwinge ich mich, aufzusehen. Wo ist Tante Inés? Wo ist die Waffe?

Prustend tauche ich wieder auf.

Kätzchen und Hase sind wieder da? Sie stehen hinter Tante Inés und Fidel, die vor ihnen auf dem Kies liegen. Das junge Paar hält ihre Paddel wie Keulen in Händen, Triumph in den Mienen.

»Wir haben die feindlichen Spione ausgeschaltet!«, ruft Kätzchen und wirbelt das Paddel vor sich durch die Luft wie ein Funkenmariechen sein Majorettenstab.

»Aber so was von«, ruft Hase, nimmt sein Paddel in beide Hände und streckt es über den Kopf. Gesicht zum Himmel stößt er einen Kampfschrei aus, der mir durch Mark und Bein geht.

Kapitel 33

Seit einiger Zeit umfasst das Sammelsurium in meiner Tasche Kabelbinder. Vier davon kommen jetzt zum Einsatz. Tante Inés und Fidel kauern benommen Rücken an Rücken auf dem Boden. Sie ist in deutlich schlechterem Zustand als er.

Dr. Frieder beugt sich über Tante Inés, um ihre Kopfwunde zu untersuchen. Sie faucht ihn weg. Seinen Bonus hat er durch den Steinwurf verspielt. Mir ist klar: Hätte sie keine Schwäche für meinen Norddeutschen gehabt, wäre unsere Finte nicht gelungen.

»Warum tut ihr das?«, fragt Fidel und sieht mich aus verwirrten Augen an.

»Die Frage ist nicht dein Ernst«, sage ich. »Wer von euch beiden hat Frau Gerber umgebracht?«

Keine Antwort.

Ich nicke. »Ich denke, ihr wart beide beteiligt. Carlos hat vermutlich keine Ahnung, was ihr getan habt. Er hat sich Frau Gerbers Herz erobert. Ohne Hintergedanken.«

»Ich wollte das nicht. Tante Inés sagte, das sei die Lösung für unsere finanziellen Probleme. Wir hätten unseren Frauen und Kindern Geld schicken können. Wir hätten weiterhin hierbleiben können«, jammert Fidel. »Das Testament war schon geändert. Doch heute wollte sie es zurückändern.«

»Das konnte ich nicht zulassen«, blafft Tante Inés. »Du hattest nicht genug Mumm, es selbst zu tun. Wie deine Mutter. Wenn es ernst wird, kneifst du.«

Ja klar. Fidel, Mafioso, hochkriminell, hatte nicht genug Mumm, wenn es um das tägliche Verbrecherleben ging.

»Ich musste die alte Frau entkleiden und ihr den Badeanzug anziehen. Das war widerlich. Weißt du, wie widerlich das für mich war?«, schreit er.

Völlig unerwartet donnert Tante Inés ihren Hinterkopf gegen seinen.

Er heult wütend auf.

»Vermutlich war es völlig umsonst. Viel war es sicher nicht, was Frau Gerber Carlos vererbt hätte«, sage ich.

»Was sagst du da! Frau Gerber war reich. Sie hat mehrere Wochen im teuersten Zimmer Urlaub gemacht. Sie hat jeden Abend im Restaurant gegessen«, kreischt Tante Inés.

»Ich denke, das hat sie sich entweder vom Mund abgespart, oder sie wollte die Hotelrechnung gar nicht bezahlen. Wer drängt schon eine Erbtante dazu, eine Zwischenzahlung zu leisten?«

Tante Inés und Fidel starren mich ungläubig an. Kätzchen und Hase, die im wirklichen Leben Lea und Lukas heißen, warten etwas abseits. Sie halten Abstand zu den gefesselten Subjekten. Bei Spionen weiß man nie. Ich kann die Nähe von Tante Inés und Fidel gerade auch nicht ertragen und gehe rüber zum jungen Paar. Lea leiht mir einen Badeanzug und ein Sweatshirt aus ihrem wasserdichten Packsack.

Nun kauere ich neben dem jungen Paar auf den Steinen und versuche nicht daran zu denken, dass Frau Gerber ohne mein Zutun vielleicht noch am Leben wäre. Schließlich habe ich Tante Inés auf die Insel gebracht. Womöglich habe ich den Dreien einen Floh ins Ohr gesetzt, sie sollten Frauen und Kindern in Miami Geld schicken.

»Kommt jetzt jemand, um aufzuräumen?«, weckt mich Lea aus meinem Grübeln.

Verderbe ich hier und jetzt Lea und Lukas das Hochgefühl, am Happy End einer Spionagegeschichte mitgewirkt zu haben?

»Wir sind keine Spione.«

»Ja klar.« Lea nickt wissend und zwinkert. »Ihr seid keine Spione.«

»Und wir waren nie hier«, ergänzt Lukas und zwinkert ebenfalls.

»Nein, im Ernst. Wir sind keine Spione. Die da drüben«, ich deute auf die verschnürte Tante nebst Neffen, »auch nicht. Sie sind Mafiosi. Von der kubanisch-amerikanischen Mafia aus Miami, um genau zu sein.«

Lea und Lukas starren mich ungläubig an.

»Wie jetzt«, sagt Lea.

»Wenn ihr versprecht, es niemandem zu erzählen ...«
Dann berichte ich, wie alles kam. Wie ich so die Details auspacke, wird mir bewusst, welch erheblichen Anteil ich daran habe.

»Hätte ich die Polizei gleich informiert, als ich wusste, wo Fidel und Carlos stecken, wäre Frau Gerber vermutlich noch am Leben«, gestehe ich niedergeschlagen.

Lea legt eine Hand auf meinen Arm. »Aber das konntest du doch nicht wissen.«

»Jeder macht mal Fehler«, sagt Lukas.

»Nur wer nichts macht, macht keine Fehler«, singen sie im Duett und klatschen sich ab.

Zwei warme Hände legen sich von hinten auf meine Schultern. »Hast ihnen die Chance gegeben, sich zu ändern, ein neues Leben zu beginnen«, sagt Dr. Frieder.

Ich schaue zu ihm auf und lächle ihn gequält an.

»Nicht deine Schuld, dass sie es verbockt haben«, ergänzt er.

»Na ja«, sage ich. »Du hättest ihnen die Chance nicht gegeben. Wäre im Endeffekt besser gewesen. Und dann das Ding mit der Waffe.«

»Okay, das Ding mit der Waffe. Den Rest kann man nicht wissen.«

»Kann man nicht wissen«, bestätigt Lukas.

»Und hey, Mafia. Megacool«, schwärmt Lea.

Ein Handy klingelt. Dr. Frieder hechtet hinüber. Ich hinterher. Tante Inés und Fidel winden sich, probieren trotz ihrer Fesseln, an das Telefon zu gelangen.

Mein Norddeutscher fischt es aus Fidels Jackentasche.

»Carlos«, meldet er und hält mir das Telefon hin.

Ich nehme es entgegen und entferne mich ein paar Schritte. Tante Inés hinter mir keift auf Spanisch. Ich schüttle den Kopf. Hat sie sich so verändert oder war sie schon immer so? Lerne ich ihren wahren Charakter jetzt erst kennen? Unser Abend zu dritt im Grotto kommt mir in den Sinn. Eine völlig andere Frau war das.

Ich bin bemüht, es Carlos mit Fingerspitzengefühl beizubringen. Er weint. Über die arme Frau Gerber, die so nett zu ihm war und das mit ihrem Leben bezahlt hat. Über Fidel, seinen Freund und seine Liebe, der ihn nicht eingeweiht hat, der den Mord an Frau Gerber vertuschen wollte. Darüber, dass der Traum jäh zerplatzt ist, nach ihrem Dasein als Kriminelle in ein ehrliches Leben zu starten und glücklich zu sein.

»Es tut mir leid«, sage ich. »Ich hätte es dir gegönnt.«

»Ich weiß«, schluchzt er. »Ich weiß es zu schätzen, dass du uns eine zweite Chance gegeben hast, nach alldem.«

Wenig später jagt ein Polizeiboot unter Blaulicht über den See, gefolgt von zwei zivilen Booten. Mir ist erstaunlich egal, was jetzt passiert. Ich friere, ich bin hundemüde und ich will nach Hause in mein Bett. Die Schlafpritsche im Bulli wäre mir auch recht, sie ist allerdings genauso weit weg.

Wir müssen noch bleiben. Natürlich. Die Polizei verlangt Antworten von uns. Der Hotelmanager der Villa Emden hat uns auf Anfrage der ermittelnden Polizisten ein Zimmer zugeteilt.

»Solange es nicht das von Frau Gerber ist«, murmle ich.

Dr. Frieder und ich tragen die Bluebird aus ihrem Nest, setzen sie wieder in ihr Element, rudern hinüber und vertäuen sie am hoteleigenen Schwimmsteg. Kurz darauf fallen wir für ein paar Stunden in einem Luxusbett der Villa Emden in tiefen Schlaf.

Kapitel 34

Am frühen Morgen stehen wir den Ermittlungsbeamten Rede und Antwort. Dr. Frieder hat mir eingeschärft, die Selbstkritik, ich sei indirekt mitschuldig am Tod von Frau Gerber, für mich zu behalten. Es ginge um die Täter, um den Abriss dessen, was passiert sei, wer was getan habe. Da sei Spekulation fehl am Platz.

Ich kann mich dem kaum anschließen. Da ich aber in der Einmischungsphase nicht auf meinen Liebsten gehört habe, bin ich bereit, es wenigstens jetzt zu tun.

Dann segeln wir die Bluebird in schönster vormittäglicher Sommersonne über einen glitzernden Lago Maggiore zurück in ihren Hafen. Na, nicht direkt. Wir gurgeln erst zu diesem Ufer, dann flüstern wir zu jenem Ufer, gehen an Land, um eine Kleinigkeit zu essen, springen ins Wasser, machen kurz vor der Hafeneinfahrt des *Porto Patriziale Ascona* noch einen letzten, dann noch einen allerletzten Schlag. Seestunden, die ich mit leiser Schwermut wie durch einen Schleier wahrnehme.

Dem Friesen fällt der Abschied von der Bluebird schwer. Der einzige Lichtblick ist, dass er uns in der roten Zora durch den Gotthardtunnel zurück an den Bodensee kutschieren darf. Ich überlasse ihm das Steuer die ganze Strecke. Ich schlafe ein.

Er gerät in eine Radarkontrolle.

»War's wert«, sagt er.

Pause.

»Ne?«, fragt er.

Ich nicke lächelnd.

Er gibt mir einen seiner Wir-haben-alle-Zeit-der-Welt-Küsse. So gehört sich das. Kein Auf-den-Scheitel-Geküsse, kein Belohnungsschmatz.

Bei Mama wuseln drei Hunde auf uns zu. Welche Freude! Dabei geht mir immer das Herz auf. Santo springt an mir hoch, schmeißt mich fast um. Fila schmiegt sich an ihr Herrchen. Debby beteiligt sich am allgemeinen Freudentaumel, obwohl sie uns nicht vermisst hat. Das tut man so unter Hunden. Ist jemand ganz aus dem Häuschen, freut man sich mit der vollen Länge des Dackelkörpers mit. Alles andere wäre ja absurd.

Ich zause Santos zotteliges Fell. Er drückt sich kräftig an mich, reckt die Nase und streckt den Rücken durch.

»Du siehst ja aus«, sagt mir Mama mit einem Lächeln.

»Na danke«, brumme ich.

Wir küssen uns auf die Wangen und auf den Mund, unser Begrüßungsritual. Dann bekomme ich eine kräftige Umarmung, vermutlich, weil ich aussehe, als hätte ich sie nötig. Mama lässt mich gar nicht wieder los. Das ist neu. Normalerweise bin ich der Klammeraffe von uns beiden.

»Mir geht's gut«, brumme ich.

Mama lacht und umarmt Dr. Frieder. »Marc. Warst du in der Sonne, während Ines sich im Keller mit Gangstern herumgeschlagen hat?«

Er wirkt tatsächlich erholt. Wie er das immer macht, ist mir ein Rätsel.

Sieht man mir an, dass mich das schlechte Gewissen plagt? Vielleicht. Wie war das mit dem Ruhekissen? Obwohl ich über die Güte meines Schlafes nicht meckern kann, nur über die Menge. Außerdem, selbst mit gutem Gewissen und ausreichend Schlaf bliebe immer noch der Teint einer Rothaarigen, der sich in verschiedenen Schattierungen von Weiß bewegt.

»Setzen wir uns auf die Terrasse. Ein Glas Prosecco oder lieber Kaffee?« Mama ist bester Laune, was bei ihr ein Dauerzustand ist, wenngleich Eingeweihte geringfügige Schwankungen bemerken. Es stehen ein paar Häppchen, ein Tomatensalat mit frischem Basilikum und Knabbersachen neben den Gläsern auf dem Tisch.

Mamas Terrasse im kleinen Garten ist eine Oase aus Blumentöpfen. Es blüht in allen Farben. Besonders stolz ist sie auf ihre riesigen Schmucklilien.

Ich sehe auf die Uhr. Kaffeezeit. Aber Proseccolaune.

Nachdem wir angestoßen haben, laden Dr. Frieder und ich die ganze Geschichte jenseits des Alpenhauptkamms in Kurzform bei ihr ab. Außerdem bringen wir sie auf den aktuellen Stand, was die hiesigen Entwicklungen angeht.

Mama wirkt gut unterhalten und zeigt sich wenig überrascht von den Wirrungen, weit weniger beunruhigt als man vermuten könnte.

»Sei ein bisschen vorsichtiger, Ines«, sagt sie nur irgendwann in einem Tonfall, in dem sie mir als Kind sagte, ich solle mir die Finger an der Serviette abwischen. Weil sich das so gehört.

»Was hast du eigentlich dem Seebären erzählt, dass er so lachen musste?«, will ich dann doch noch wissen.

»Dem Seebären?«

»Der Tessiner, der mit dir wegen des Segelbötchens telefoniert hat.«

»Wegen der Bluebird«, sagt Dr. Frieder leicht entrückt.

Mama sieht ihn erstaunt an.

»Er ist verliebt«, erkläre ich amüsiert.

Sie versteht immer noch nicht.

»In das Boot.«

»Ah was.« Sie sieht meinen Freund einen Moment lang nachdenklich an.

Dr. Frieders Handy klingelt.

»Arthur. Was los?«

Da rutsche ich doch gleich mal auf die Vorderkante meines Stuhls.

Dr. Frieder lauscht ein Weilchen wortlos. Nach dem Telefonat nimmt er sich eine Handvoll Nüsse, streckt die Jeansbeine von sich und fläzt. Er spannt mich auf die Folter.

Ich möchte ihn schütteln, reiße mich am Riemen, erhebe mein Glas und stoße mit Mama an, als ob nichts wäre. Es zerreißt mich fast, aber ich ziehe das jetzt durch, und wenn es das Letzte ...

Dr. Frieder lacht auf. »Sehr gut!«

Ich knurre ihn mit zusammengekniffenen Augen an und verkneife mir eine bissige Bemerkung.

Er lacht erneut. »Zuerst, was er beiläufig erwähnt hat, obwohl es eine wichtige Sache für ihn ist: Yata fliegt auf die Bahamas.«

»Nee!«, belle ich.

Mama hebt fragend die Augenbrauen.

Ich hole tief Luft, um ihr zu erzählen, welche Absurditäten in Sachen Roger Merian sich aufgetan haben, da fällt mir ein, was ich Yata versprochen habe. Wenn man es genau nimmt, kann ich Mama nichts erzählen, ohne dass sich die Frage auftut, wie denn Yata davon erfahren haben will, dass Roger Merian auf den Bahamas ist.

Folgerichtig schüttle ich den Kopf und winke ab. »Lange Geschichte. Würde zu weit führen.«

Dann wende ich mich an Dr. Frieder: »Und was war das Wesentliche von Arthurs Anruf?«

Gleichzeitig schreibe ich eine WhatsApp an Yata: *Bahamas? Ernsthaft? Lass hören!* Das Verfassen der Nachricht dauert länger als normal, die Autovervollständigung kennt die Bahamas nicht, das arme Ding. Es bietet mir immer *Bahnanschluss* an. Von Bahnhöfen habe ich erst mal genug.

»Die Ermittlungen im Todesfall von Fanny Schmidt-Grob wurden eingestellt. Da Arthur keine begründeten Verdachtsmomente vorliegen, die eine weitere Untersuchung rechtfertigen, folgt er der Einschätzung des Instituts für Rechtsmedizin des Universitätsklinikums Freiburg. Danach liegen keine Anzeichen für ein Tötungsdelikt vor, demnach gibt es keinen Fall«, sagt Dr. Frieder.

Mama lächelt. »So offiziell habe ich dich noch nie reden hören, Marc.«

»Toll, gell?«, sage ich, stütze mein Kinn auf und blicke ihn übertrieben verklärt an.

»Jederzeit, die Damen.« Mein Norddeutscher lächelt verschmitzt.

»Das heißt, wir stehen alleine da mit unseren Ermittlungen? Wir sind die Einzigen, die hier noch für Gerechtigkeit sorgen wollen? Oder anders ausgedrückt: Machen wir überhaupt weiter?«

»Sind nicht die Einzigen«, sagt er. »Arthur hat durchblicken lassen, ihm seien zwar offiziell die Hände gebunden, er müsse nach Abschluss des Falls jedoch weniger strikt verfahren, was die Verschwiegenheit anginge.«

»Das ist mir neu«, sagt Mama überrascht.

»Mir auch«, lacht Dr. Frieder.

»Auf den lieben Von-und-zu, der sich auf seine verliebten Tage noch positiv entwickelt«, sage ich und erhebe mein Glas.

Mama hebt die Augenbrauen. »Verliebte Tage?«

»Yata und Arthur«, sage ich zwischen zwei Schlucken.

»Ah was«, sagt sie.

Ping. Eine WhatsApp von Yata. *Korrekt. Kommst du mit?*

Ich hole Luft.

»Sie fragt, ob du mitkommst«, folgert Dr. Frieder.

Ich nicke und zögere. Natürlich würde ich gerne. Und wie gerne! Ich sehe mich schon mit Yata die Stufen zum konzerneigenen Business Jet emporschreiten, einen kurzweiligen Flug in maßlos bequemen Ledersitzen verleben, Champagner oder Ähnliches schlürfend. Nonstop von Zürich auf die Bahamas, ohne Check-in-Gedöns, ohne Umsteigen. Wann hat man schon mal die Chance auf so was?

Wann? schreibe ich.

Morgen. Via London. Habe dort einige Termine.

Linie? schreibe ich.

Charter Jet. Komm doch mit!

Ach stimmt ja, der konzerneigene Business Jet steht nicht mehr zur Verfügung, er schwamm in Einzelteilen im Indischen Ozean. Charter Jet ist ja nun nicht viel schlechter.

»Ines?«, fragt Dr. Frieder.

»Äh ja?« Ich zeige ein unschuldiges Lächeln. Der Reflex, mir eine Locke hinters Ohr zu streichen, lässt sich jedoch nicht verhindern.

»Du willst sie tatsächlich begleiten?«, fragt Mama. Moderate Fassungslosigkeit schwingt mit.

»Nein nein«, leugne ich. Dabei zieht es mich magisch an. Auf die Bahamas fliegen und ermitteln! Hallo? Wer würde das nicht wollen? Stopover in London hin oder her. Das ganze

Vorhaben klingt doch fabelhaft. Aber kann ich es vor diesem Publikum zugeben? Eher nicht.

»Sie will«, bestätigt Dr. Frieder an Mama gewandt.

»Unübersehbar.« Sie schüttelt missbilligend den Kopf.

Ich seufze. Ein fipsiger Frust steigt in mir auf und will als Schmollmund in die Welt. *Eher nicht,* schreibe ich.

Ping. Weinendes Emoji.

Mein Smartphone landet demonstrativ auf dem Tisch. Ich bediene mich an den Häppchen, esse die Tomate herunter und strecke das Brot samt Frischkäse Santo hin. Der schnappt hektisch zu, bevor eine andere Hundenase sich nähert. Fila und Debby schauen so enttäuscht aus der Wäsche, dass ich mich gezwungen sehe, für ausgleichende Gerechtigkeit zu sorgen.

»Das Thema ist noch nicht vom Tisch«, informiert Mama Dr. Frieder.

»Sehe ich genauso.« Er nickt bekräftigend.

Ich seufze. Vermutlich weiß diese Tischgesellschaft eher, was ich denke, als sie wissen, was sie selbst denken. Dass sie in letzter Zeit dazu übergegangen sind, sich vor meiner Nase darüber auszutauschen, als wäre ich nicht anwesend, macht's nicht besser. Aber nützt es, das zu erwähnen, sich gar zu beschweren? Eher nicht.

Mamas Festnetztelefon klingelt, sie stürzt nach drinnen.

»Also besuchen wir später noch mal Anke?«, vollführe ich einen abrupten Themenwechsel. »Aber vorher muss ich jetzt endlich mal nach ihr recherchieren. Schmidt. Ganz toll.« Ich ziehe eine Grimasse und zücke mein Handy. »Es gibt schon die ein oder andere Anke Schmidt.«

Dr. Frieder stupst mir auf die Nase. »Du machst das schon.«

»Ah, hier ist sie. Wirtschaftsprüferin in Konstanz. Nette Adresse in der Seestraße 1. Gleich bei mir ums Eck?«, frage ich erstaunt. »Hätte ich sie nicht mal sehen, sie mir bekannt vorkommen müssen?«

»Bei *uns* um die Ecke.« Er runzelt die Stirn, unmöglich zu sagen, ob gespielt oder ernst.

»Verzeih«, sage ich zerknirscht. Keine Ahnung, wie das immer passiert. Wir wohnen zusammen, und nicht erst seit gestern. Es ist *unsere* Wohnung. Ist es so schwer, daran zu denken?

Ich wende mich wieder meinem Handy zu. »Knackige Website. Alles, was es braucht, aber auch nicht mehr. Sie hat einen Partner. Dann hier, ihr Facebook-Profil. Ein paar Bilder, auf denen sie zusammen mit Fanny Sport macht, an einer Langhantel, im Kajak, Joggen, Schwimmen. Du meine Güte, wie sportlich«, staune ich. »Fanny sieht aus wie Anke. Könnte sie nicht unterscheiden.«

»Woher weißt du, dass es Fanny und Anke sind?«

»Steht dran.« Ich strecke ihm mein Handy hin.

Er nickt. »Und was dran steht, stimmt immer.«

»Aber klar.« Ich ziehe eine Grimasse und schenke uns allen Prosecco nach. »Ruf doch mal bei Arthur durch und stelle ihm die Zwilling-Drilling-Frage. Unvorstellbar, dass wir die Einzigen sind, die davon wissen.«

Dr. Frieder nickt und zieht sein Handy aus der Jeans.

Meine Gedanken wandern. Sie wehren sich mit Händen und Füßen, sich mit Anke Schmidt im Internet zu befassen. Sie möchten mich über einen Strand in den Bahamas schlendern sehen, wo ich zum Bikini nur Sonnenbrille und Strohhut trage. *Pink Sands Beach*, sagte Yata. Ist der Sand wirklich pink? Deutsches Pink oder englisches Pink und damit eher rosa?

»Ines?«, fragt Dr. Frieder.

»Hm?«

Er zeigt auf sein Telefon, das er vor sich hält.

»Marc«, sagt Arthur.

»Arthur«, sagt Dr. Frieder.

Ich verdrehe die Augen.

Mama ist zurück auf der Terrasse, setzt sich und klopft sich auf die Oberschenkel, woraufhin Debby auf Mamas Schoß springt, erstaunlich leichtfüßig für die kurzen Dackelbeinchen.

Ich deute unfein mit dem Zeigefinger auf Mama, als Zeichen dafür, dass sie mir noch eine Antwort schuldig geblieben ist. Was hat sie dem Seebären erzählt, dass er Tränen lachte?

Mama sieht mich kurz irritiert an, dann lächelt sie geheimnisvoll und schüttelt den Kopf. Sie weiß genau, was ich meine.

»Ist dir bekannt, dass Anke Schmidt und Fanny Schmidt-Grob kein Zwillingspaar, sondern zwei von drei sind? Es Drillinge statt Zwillinge sind?«, fragt Dr. Frieder derweil Arthur.

Schweigen in der Leitung. Arthur räuspert sich. »Nein.« Eine Silbe beladen mit einem unterdrückten Seufzer und unsichtbarem Stirnrunzeln. »Seit wann ist euch das bekannt und was ist eure Quelle?«

Ich umreiße kurz, wie ich das Bild der jungen Drillinge in Ankes Wohnung entdeckt habe. »Rein zufällig«, schließe ich.

»Selbstredend«, sagt Arthur, »was nichts daran ändert, dass eine Information wie diese mir umgehend hätte mitgeteilt werden müssen.« Das Behördenpassiv holt er immer heraus, wenn er Autorität ausstrahlen will.

»Hm«, mache ich und schneide eine Grimasse »Ich habe angenommen, du wüsstest von den Drillingen. Nachdem Fannys Tod nun als Unfalltod läuft, war ich mir da allerdings nicht mehr sicher. Außerdem ist es doch kein Verbrechen, als Drilling geboren worden zu sein.«

»Habt ihr Frau Schmidt darauf angesprochen? Oder Herrn Grob?«

»Nein und nochmals nein«, sage ich. »Bisher nicht.«

»Verstehe.«

Eine kurze Pause. Der nächste Schritt ist für mich sonnenklar. Ich warte darauf, dass Arthur ihn benennt. Doch da kommt nichts. Ich seufze innerlich. »Irgendwas sagt mir, dass das Geheimnis der Drillinge eine Bedeutung hat. Steigst du jetzt in die Daten und suchst nach dem Drilling?«

»Jou«, sagt Arthur und das Grinsen eines Minimalisten schwingt mit. Auch er hat wohl festgestellt, dass man Dr. Frieder eine Freude macht, zitiert man ihn norddeutsch.

»Denn man tou«, kommentiert der Nordfriese und grinst mich an.

»Irgendwann spricht ganz Konstanz wie du«, sage ich.

»Lass von dir hören«, sagt Dr. Frieder wie ein Vater zu seinem Sohn, beendet das Telefonat und erhebt sich.

Ich schüttle den Kopf. »Unglaublich, dass er tatsächlich nicht wusste, dass Anke und Fanny zwei Drittel von Dreien sind. Ich habe erwartet, die Familienverhältnisse ploppen automatisch hoch.«

Dr. Frieder zuckt mit den Achseln. Hände in den Vordertaschen seiner Jeans vergraben steht er da. Will heißen: Gehen wir? »Wäre daraus ein echter Fall geworden, wäre das sicher passiert.«

Ich erhebe mich. »Und, was hast du denn nun dem Seebären erzählt?«, frage ich an Mama gewandt.

»Ich bitte dich«, sagt sie und winkt ab.

Ich bedenke sie mit einem stechenden Blick, zumindest versuche ich mich daran.

»Irgendeine Geschichte. Ich weiß schon nicht mehr, was genau«, sagt sie.

»Ja klar«, sage ich vor Ironie triefend. Mama ist noch nie dadurch aufgefallen, dass sie Dinge vergessen hätte. Schon gar keine Geschichten. Schließlich ist sie Journalistin.

Sie tut es mit einer weiteren Geste ab.

Ich seufze. Meiner Erfahrung nach, und die erstreckt sich ja nun über 30 Jahre, wird es nicht aus ihr herauskriegen sein. »Kommst du damit klar?«, frage ich und deute auf die halb volle Proseccoflasche.

»Die richtige Party beginnt erst, wenn ihr weg seid.« Sie verzieht keine Miene.

Ich bin kurz davor, es als Scherz abzutun, aber bei Mama weiß man nie. Sie schmeißt oft feuchtfröhliche Runden.

»Kannst du mir eine Flasche Wein pumpen?«, frage ich.

Kapitel 35

Wir fahren vor beim unbekannten Bekannten, dem Chef der Freundin einer Freundin von Mama, dem Herrn aus Gottlieben, der uns die Bluebird geliehen hat, ohne uns zu kennen. Er nimmt weder Weinflasche noch Schlüssel und Papiere an der Tür entgegen. Er lehnt auch die wortreichen Danksagungen ab, mit denen wir ihn überschütten. Stattdessen bittet er uns wortlos herein und geht voran in die Bibliothek. Bücher an jeder Wand, vom Boden bis zur Decke. In der Raummitte bequeme Ledersessel mit deutlicher Patina, ein Couchtisch aus lackiertem Mahagoni, dem Holz der Bluebird nicht unähnlich. Wir setzen uns.

Unser Gegenüber, der Rudi, ist der Wortkarge in der Runde. Dr. Frieder quasselt. Das kommt selten vor. Habe ich das überhaupt je erlebt? Fasziniert hänge ich an seinen Lippen.

Mein Norddeutscher erzählt von der Bluebird und wie entzückend sie sei, berichtet wortreich vom Plätschern des Wassers an dieser besonderen Art Bordwand, schwärmt vom Gaffelsegel, von den Rudern, von ihrem Sprung.

»Sprung?«, frage ich dazwischen.

»Wenn die obere Linie der Bordwand von der Seite betrachtet vom Heck zum Bug aufsteigt, eben springt.«

Rudi nickt wissend.

Irgendwann hat Dr. Frieder genug geschwärmt. Das Gespräch verebbt.

Ich erhebe mich, deute auf die Flasche Wein nebst Schlüssel und Papieren, die auf dem Couchtisch liegen.

»Willst du sie kaufen?«, fragt Rudi unvermittelt an meinen Norddeutschen gewandt.

Ich lasse mich zurück ins Leder fallen.

»Ja, natürlich«, kommt wie aus der Pistole geschossen. Seine Augen leuchten. Weder ein prüfender Blick in meine Richtung, noch ein Abwägen, nicht mal ansatzweise. Wieso auch? Dr. Frieder ist schockverliebt. Da ist keine Bedenkzeit nötig. Der Kopf hat in diesen Dingen sowieso nicht viel mitzureden.

Rudi nickt, als hätte er keine andere Antwort erwartet, und erhebt sich. Die beiden tauschen noch die Nummern aus und schon sitzen wir im Bulli und sind unterwegs nach Hause.

»Ja so was«, sage ich vom Beifahrersitz zu Dr. Frieders selig lächelndem Profil. »Jetzt hast du ein Boot. Und wohin damit?«

»Findet sich.«

»Der Bulli hat keine Anhängerkupplung, oder?«

»Nee.«

Vermutlich ist er sich der Liegeplatzsituation am Bodensee nicht bewusst. Ziemlich sicher ist er sich der Liegeplatzsituation am Bodensee nicht bewusst.

»Jetzt zu Anke, oder?«, schlage ich vor, schließlich haben wir noch einen halben Fall, der geklärt werden will. Ob er das wirklich will, der Fall, weiß ich nicht, aber irgendwer muss Hand anlegen. So wie es aussieht, sind wir das.

Wir stehen bei Anke vor der noblen Tür, unangemeldet diesmal, was nicht die feine Art ist. Sie lässt uns trotzdem ein.

Santo und Fila stürmen vorweg. Sie kennen das Highlight dieser Luxuswohnung: der Ausblick durch die Glasbrüstung.

Anke sieht deutlich besser aus als beim letzten Besuch. Sie hält sich aufrecht, trägt die durchtrainierten Schultern würdevoll in einem weißen Bademantel.

»Ich wollte gerade schwimmen gehen. Aber ihr bleibt ja nicht lange.«

Wir nehmen auf dem nächsten Ledermöbel Platz, schwarz diesmal und ohne Patina.

Ich hole Luft. Jetzt sag's doch einfach, flüstere ich mir innerlich zu. Raus damit!

»Was gibt es?«, fragt Anke.

»Wieso habt ihr, Fanny und du, euren dritten Drilling verschwiegen?«

Anke, obwohl mit einem sommerlichen Teint gesegnet, nimmt in etwa die Farbe ihres Bademantels an.

»Ich äh, was?«, stammelt sie. Sie stützt sich auf das kleine Fitzelchen Hoffnung, sie könnte sich verhört haben.

»Ihr seid Drillinge, keine Zwillinge. Stimmt's?«

Sie schüttelt langsam den Kopf.»Nein, nein, wie kommst du darauf?«Sie hat sich etwas gefangen. Authentisch wirkt es trotzdem nicht.

»Ich habe das Bild gesehen«, sage ich.

»Welches Bild?«

Ich neige leicht den Kopf.»Welches Bild wohl.«

»Keine Ahnung, wovon du redest.«

Ich gebe ihr mit einer Geste zu verstehen, sie möge mir folgen, gehe zielsicher zum Schlafzimmer, öffne die Schublade des Nachttischs und deute hinein.

Anke sieht mich fragend an.

Das Fach ist leer. Ich ziehe weitere Schubladen auf. Alle leer. Der Kleiderschrank, leer. Anke lässt mich gewähren.

»Du hast das Zimmer ausgeräumt?«, frage ich ungläubig.

»Es war Fannys Schlafzimmer. Ich habe es räumen lassen, ja. Wieso?«

»Schon?«, rutscht mir heraus. Ich zücke mein Handy, suche kurz und halte es ihr dann unter die Nase.»Dieses Bild meine ich.«

Anke stützt sich am Kleiderschrank ab.»Woher hast du das?«, haucht sie.

»Das fragst du? Es lag in dieser Schublade.« Das sollte doch inzwischen jedem klar geworden sein.

Dr. Frieder, der sich bisher dezent im Hintergrund gehalten hat, berührt mich leicht am Arm.

Anke starrt immer noch auf das Bild, hebt langsam die Hand und nimmt mir das Handy ab.

»Das habe ich ewig nicht gesehen«, flüstert sie mit brüchiger Stimme. Tränen steigen ihr in die Augen.

Das ist ja nun eine Reaktion, die ich überhaupt nicht erwartet habe. Hat das irgendwer?

»Das heißt, ihr wart Drillinge?«

Sie nickt langsam, unfähig, den Blick vom Foto abzuwenden. Sie berührt eines der Gesichter zart mit der Kuppe des Zeigefingers.

»Wie hieß sie?«, fragt Dr. Frieder leise.

»Fanny«, kommt ebenso leise zurück.

Anke sieht auf, Tränen rinnen ihr die Wangen hinunter.
»Es ist schon so lange her. So lange«, flüstert sie.

Sie bricht zusammen. Einfach so. Von einer Sekunde auf die andere halten ihre Beine sie nicht mehr. Dr. Frieder und ich können nicht verhindern, dass sie auf dem Boden landet. Kurz darauf liegt sie in stabiler Seitenlage auf dem Bett und mein Doktor fühlt ihren Puls. Er wirft mir einen Blick zu.

»Das konnte ich ja nun wirklich nicht ...«, rechtfertige ich mich.

»Ich sage ja gar nichts.«

»Aber du hast so geguckt.«

»Hol bitte meine Tasche.«

Ich nicke und bin schon unterwegs zum Bulli. Als ich mit seiner Arzttasche wieder zurück bin, schlägt Anke gerade die Augen auf.

Sie fängt sofort an zu weinen. »Jetzt bin ich ganz allein«, schluchzt sie.

Dr. Frieder legt ihr die Blutdruckmanschette um.

»Anke.« Ich tätschle ihren Arm, einfach, weil mir nicht einfällt, wie ich ihr sonst Trost zukommen lassen könnte.

»Ich heiße Emilie«, sagt sie zwischen zwei Schluchzern.

»Ich verstehe nicht?«, sage ich verwirrt.

»Clara«, sagt sie.

»Bitte?«

Dr. Frieder und ich schauen uns entgeistert an. Anke, Emilie, Fanny, Clara? Vierlinge? Das Bild zeigt definitiv drei junge Frauen. Wir wollen mal nicht übertreiben. Drei reichen ja wohl auch.

»Du heißt Emilie?«, fragt Dr. Frieder. »Nicht Anke?«

Sie nickt und versucht sichtlich, sich zu beruhigen. »Der Name Emilie taugt nicht für eine Wirtschaftsprüferin. Ich habe mich umbenannt.«

»Aha«, sage ich, verstehe aber nicht.

»Fanny ist tot«, sagt sie.

»Das wissen wir doch.« Das kommt ungeduldig und ich schäme mich gleich ein bisschen dafür. Diese sonst so starke Frau ist zusammengebrochen. Ihr ist alles zu viel. Das wäre es wohl für die meisten in der Situation. Und ich werde ungeduldig, weil sich mir nicht gleich alles offenbart?

»Entschuldige«, sage ich leise.

»Fanny, Clara und Emilie. Benannt nach drei Komponistinnen. Nach Fanny Hensel, der Schwester von Felix Mendelssohn Bartholdy, Clara Schumann und Emilie Mayer«, sagt sie. Ich nicke verständig, auch wenn mir nur Clara Schumann bekannt ist.

»Fanny kam dreizehn Minuten vor Clara. Fanny heiratete Torsten Grob, Liebe und Zweckehe gleichermaßen. Sie waren sehr glücklich. So unglaublich glücklich. Doch ...«

»Sie starb«, ergänzt Dr. Frieder mit ruhiger Stimme.

Ich reiße die Augen auf. »Fanny war gar nicht Fanny?«, flüstere ich.

Anke nickt.

»Nein«, haucht Torsten Grob.

Wo kommt der denn auf einmal her? Der große Mann steht in der Tür, füllt den Rahmen fast aus. Ein überstrapaziertes Klischee, aber so ist es: Wie bei Anke zuvor ist auch ihm alles Blut aus dem Gesicht gewichen.

»Torsten!« Anke will aufstehen.

Dr. Frieder auf der Bettkante hält sie an einer Schulter fest. »Bleib lieber noch etwas liegen«, sagt er mit seiner ruhigen Arztstimme.

Anke sinkt zurück, krümmt sich auf die Seite und fängt wieder an zu weinen. »Es tut mir so leid«, schluchzt sie.

»Wie und wann?«, fragt Torsten Grob tonlos aus dem Türrahmen.

»Es tut mir so leid«, wiederholt Anke.

»Sag mir endlich, was passiert ist!«, schreit er unvermittelt und macht einen Schritt ins Zimmer. Wir zucken alle zusammen. Fila schaut vorbei, ob ihr Einschreiten von Nöten ist. Santo wedelt freudig auf den Neuankömmling zu, der ihn unsanft mit dem Knie wegschiebt.

»He!«, rufe ich.

»Lassen Sie uns allein!« Torsten Grob hat einen kalten Befehlston ausgepackt.

»Sicher nicht«, sage ich und verschränke die Arme.

»Nein, Herr Grob«, formuliert Dr. Frieder und erhebt sich von der Bettkante.

»Raus hier, hab ich gesagt!«, ruft er und zieht eine Waffe.

Kapitel 36

Wieso müssen nur immer alle gleich eine Waffe ziehen? Wo haben alle nur immer diese Waffen her?

Im Gegensatz zur letzten Schusswaffe, die in Tante Inés' fleischiger Hand fast verschwand, ist diese von einem anderen Kaliber. Ich will jetzt nicht an Tante Inés denken. Aber mein Kopf macht einmal wieder alles Mögliche, nur nicht, was er soll. Meine Gedanken torkeln durch die Gehirnwindungen und verstopfen sie mit überflüssigem Mist. Konzentriere dich auf die Situation, denke nicht an das, was war oder sein wird, klingt mir Charles' Stimme im Ohr.

»Ich will jetzt sofort wissen, was mit meiner Fanny passiert ist! Und Sie«, er fuchtelt mit der Waffe erst in Dr. Frieders, dann in meine Richtung, »verlassen sofort das Haus! Und nehmen Sie Ihre Köter mit! RAUS!«

Wir haben die Hände erhoben. Mir ist durchaus etwas mulmig zumute. Ich kann den großen Mann gerade überhaupt nicht einschätzen. Würde er schießen? Würde er seine Schwägerin umbringen? Aus Rache? Aus Schmerz?

Ich nehme allen Mut zusammen. »Wollen Sie nach Clara jetzt auch noch Emilie umbringen?«, frage ich.

»Ich habe niemanden umgebracht«, sagt er verächtlich. »Noch nicht. Aber was nicht ist, kann ja noch werden. Welche Clara und welche Emilie überhaupt? Wird's bald?«

Hektisch prüfe ich alle Möglichkeiten ab. Nichts von dem, was ich bei Charles gelernt habe, passt auf die Situation. Wieder einmal. Wenn einer eine Waffe auf dich richtet und gefühlsmäßig aus dem Ruder läuft, riskierst du nichts.

Aber wir können doch Anke nicht mit ihm allein lassen!

»Wir gehen«, sagt Dr. Frieder, wohlwissend, dass ich nach einem Ausweg suche.

Ich werfe Anke auf dem Bett einen letzten Blick zu, nicke ihr aufmunternd zu, kann nicht erkennen, ob sie es überhaupt wahrnimmt. Ich räuspere mich. Sie sieht mir direkt in die Augen. Ich sende ihr ein Nicken. *Das wird schon, wir lassen uns was einfallen,* morse ich lautlos durch die Luft. Anke Schmidt nickt einmal kurz zurück und presst die Lippen aufeinander.

Torsten Grobs Waffe stößt mir in den Rücken, treibt mich vorwärts, dirigiert zwei Menschen und zwei Vierbeiner durch die Schlafzimmertür. Geordneter Rückzug. Danach die Wohnungstür, die der große Mann wortlos hinter uns schließt. Keine Sekunde später haben Dr. Frieder und ich unsere Handys am Ohr.

»Du Krankenwagen, ich Arthur«, sagt er.

Ich reiße die Augen auf. »Krankenwagen?«

»Falls er schießt.«

Ich nicke.

Nach den Anrufen stehen wir da. Hilflos. Unten im Treppenhaus. Die Hunde verharren leicht irritiert mit den Nasen am Glas der Haustür. Unverständnis, dass wir uns an diesem Durchgangsort so lange aufhalten.

»Kommen wir da nicht irgendwie wieder rein?«, überlege ich laut. »Mit dem Aufzug?«

Ankes Wohnung hat einen Direktzugang zum Aufzug. Man landet direkt in der Wohnung, ohne zusätzliche Tür. Das war so in ihrem Wohnungsflur zu sehen.

Ich drücke auf den Knopf, die Aufzugtür öffnet sich. Ein Schlüsselschalter.

»Ist das ein normales Schloss?«, frage ich noch und kruschtle schon nach dem Lock-Picking-Set. Für diesen Fall alleine wäre es lohnenswert gewesen, ich hätte etwas mehr Zeit in Fingerübungen investiert. Die Chancen auf Erfolg stehen schlecht, aber bevor wir hier nur herumstehen und Däumchen drehend auf die Polizei warten, kann ich genauso gut herumprobieren. Ist mein Geist schon beschäftigt und denkt nicht daran, was der ehemals nette große Mann der gebeutelten Anke alias Emilie antun könnte.

Dr. Frieder beobachtet eine Weile, wie ich mich abmühe und mit verschiedenen Instrumenten im Schlüsselloch herumfuhrwerke. Ergebnis Null.

Erstaunt schaue ich auf, als mein Norddeutscher die Haustür öffnet und die Hunde nach draußen wuseln. Dr. Frieder setzt die Arzttasche als Türstopper ein und drückt einige Klingelknöpfe.

Ich schüttle meine rechte Hand zur Entspannung.

»Ja bitte?«, fragt eine Frauenstimme aus der Türsprechanlage.

Er sieht ernst in die Kamera. »Ich heiße Dr. Marc Frieder. Dies ist ein Notfall. Ihre Nachbarin Frau Anke Schmidt wird in ihrer Wohnung bedroht. Wir haben schon die Polizei informiert. Haben Sie einen Schlüssel zu ihrer Wohnung respektive zum Aufzug, oder wissen Sie, wer einen hat?«

»Ich habe tatsächlich einen Zweitschlüssel zu Frau Schmidts Wohnung. Jedoch ...« Die Stimme verebbt.

Zeit für mich, auf ein anderes Pferd zu setzen. Ich ziehe meine Dietriche aus dem Schloss, verlasse den Aufzug, trete vor die Tür und drücke mich mit ins Bild. »Hallo, ich heiße Ines Fox und bin mit Anke befreundet. Haben Sie vom Tod ihrer Zwillingsschwester gehört?«

»Ja?«

»Torsten, der Witwer, also Ankes Schwager ist wie von Sinnen vor Wut und bedroht sie mit einer Schusswaffe. In ihrer Wohnung.«

»Ich verstehe. Ich bin sofort da.«

Das leicht triumphierende Lächeln, das ich Dr. Frieder schenke, ist der kitzligen Situation nicht ganz angemessen.

»Eins zu null für Sie, Frau Fox.«

»Du hast gut eingeleitet, Herr Doktor. Teamwork.«

Ich beeile mich, die Hunde in den Bulli zu packen. Dr. Frieder informiert Arthur, dass wir reingehen.

Der Aufzug kommt.

Eine wohlfrisierte Dame um die fünfzig mit kräftigem Goldschmuck stellt ihren Fuß in die Aufzugtür. »Kommet!« Sie winkt uns heran. »Rita«, sagt sie und hält uns beim Betreten des Aufzugs die Hand hin. Dann verschwindet die Hand hinter ihrem Rücken und kehrt mit einer Waffe zurück.

»Äh«, sage ich. Hat denn heutzutage jeder eine Waffe dabei?

Der Schlüssel steckt. Rita dreht ihn. »Badische Meisterin im Pistolenschießen 2017.«

Dr. Frieder und ich nicken Beifall, ernst aber mit Wohlgefallen.

Die Aufzugtür schiebt sich zu.

Ich atme tief durch. Der lächerliche Versuch, die Nervosität und die Bedenken wegzuatmen.

»Der Plan«, sage ich. »Die Fahrstuhltür öffnet hoffentlich unbemerkt. Wir müssen Torsten Grob irgendwie von Anke Schmidt wegkriegen. Wenn sie noch im Schlafzimmer sind, geht Dr. Frieder nach rechts ins Wohnzimmer und macht 15 Sekunden nach meinem Go-Zeichen ein Geräusch, das Torsten Grob aus dem Schlafzimmer lockt. Ich postiere mich neben der Schlafzimmertür und schlage hiermit zu, wenn er herauskommt. Klappt das nicht, bist du dran, Rita. Schieß ihm in die Hand, wenn's geht. Sollten sie nicht im Schlafzimmer sein, müssen wir improvisieren. Alles klar?«

»Alles klar«, sagen Rita und Dr. Frieder im Chor, als wären wir ein über die Jahre eingespieltes Team. Kurz schießt mir durch den Kopf, dass das alles weder Hand noch Fuß hat, was wir hier veranstalten, da schiebt sich bereits die Fahrstuhltür auf. Nahezu geräuschlos.

Ich linse hinaus. Keiner zu sehen. Aber zu hören. Und wie! Torsten Grob brüllt aus voller Kehle, wie sie ihm das nur haben antun können, über so viele Jahre.

Ich gebe das Go-Zeichen und beginne, still bis fünfzehn zu zählen.

Dr. Frieder schleicht nach rechts ins Wohnzimmer.

Ich stelle mich neben die Schlafzimmertür, Rücken an der Wand, mein Smartphone in der Hand wie einen steinzeitlichen Faustkeil. Rita wartet im Aufzug, ein Knie vor der Lichtschranke.

Aus dem Wohnzimmer ertönt ein Geräusch. Das ist viel zu leise, was Dr. Frieder da fabriziert.

Torsten Grob donnert unvermindert weiter.

Im Wohnzimmer geht Porzellan zu Bruch. Das Geräusch ist lauter, als im ersten Versuch, aber immer noch zurückhaltend.

Torsten Grob wettert in voller Lautstärke. Hat er es wohl wieder überhört.

Ich seufze innerlich und warte, halte es kaum noch aus, diese Anspannung, ob es nun gleich passiert oder nicht.

Der Wutanfall des großen Mannes bricht jäh ab und macht einem leisen Wimmern Platz.

Rums! Unüberhörbar. Aus dem Wohnzimmer. Die ganze Wohnung erzittert, vermutlich das ganze Haus. Dr. Frieder hat ein Möbelstück umgeschmissen? Erschrocken zucke ich zusammen, wäre instinktiv beinahe losgerannt. Wie Torsten Grob, der wie von der Tarantel gestochen aus dem Schlafzimmer stürmt. Ich hole aus, um den großen Mann am Kopf zu treffen. Zu spät. Die Hauserschütterung hat ihm dermaßen Beine gemacht, dass mein Handy-Hieb ihn verfehlt.

»Ritaaa!«, brülle ich.

»Aus dem Weg!«, schreit sie.

Daran habe ich nicht gedacht. Ich stehe schaurig ungeschickt. Wenn sie ihn nur ein wenig verfehlen sollte, träfe sie mich.

Das Problem der freien Schussbahn hat sich allerdings erledigt. Denn mein Schrei sichert mir Torsten Grobs volle Aufmerksamkeit. Er bleibt abrupt stehen, fährt herum und funkelt mich aus verheulten Augen an. Sein Gesicht ist knallrot und wutverzerrt. Ihn mit wie von Sinnen beschrieben zu haben war weniger übertrieben, als ich dachte.

»Sie?«, bellt er und richtet die Waffe auf mich.

Mir rutscht das Herz in die Hose. Zudem beanstandet Charles' Stimme in meinem Kopf in sachlichem Ton, das sei alles zu risikoreich, was ich hier veranstalte.

Langsam hebe ich die Hände, bemüht, nicht zu zittern. Ich zeige ihm meine Handflächen und sehe ihm direkt in die Augen. »Herr Grob«, sage ich mit einer Stimme, die von irgendwoher kommt, aus einem Hohlraum, und gar nicht nach mir klingt. »Wir wollen doch nur, dass Sie in Ihrem Leid keine Dummheiten machen. Das würden Sie später bereuen.«

Der große Mann steht vor mir und seine Schultern beginnen zu zucken. Die Wut weicht immer mehr dem Schmerz. Aber die Pistole zeigt weiterhin auf mich.

»Herr Grob«, sage ich mit sanfter Stimme. »Legen Sie doch die Waffe weg. Es bringt Fanny nicht zurück, wenn Sie jetzt eine Dummheit machen. Das würde Ihre Fanny nicht wollen.« Was weiß ich schon, aber es ist das Einzige, das mir einfällt.

»Was wissen Sie schon?«, wettert er.

»Sie haben recht. Ich kann mir nicht im Ansatz vorstellen, wie schlimm das für Sie sein muss«, gebe ich zu. Ich widerstehe dem Impuls, mit dem Rücken an der Wand nach unten zu gleiten und mich auf den Boden zu setzen. Dann müssten meine weichen Knie mich nicht mehr halten. Ein Mann, emotional aus dem Ruder, der eine Schusswaffe auf mich richtet, keinen Meter entfernt.

Torsten Grobs linke Hand wandert kurz zu den Augen, um Tränen wegzuwischen.

Jetzt oder nie! Ich drehe mich um meine eigene Achse, aus der direkten Schusslinie, schiebe mit der einen Hand die Waffe weg, blockiere sie mit der anderen und hebele sie ihm aus der Hand. Diesmal bin ich nicht zu langsam.

Das geht erstaunlich leicht, was vor allem daran liegt, dass er keinen Widerstand leistet. Torsten Grob sinkt auf die Knie und schluchzt.

Ich versuche, die Waffe zu sichern. Es geht nicht. Sie ist gar nicht schussbereit.

Rita allerdings sichert die ihre, steckt sie zurück in den hinteren Hosenbund und klatscht dreimal in die Hände. »Nicht schlecht! Gar nicht schlecht.«

Mir ist nicht nach Applaus. Mir ist leicht übel. Meine Knie zittern.

Anke späht vorsichtig aus der Schlafzimmertür, lehnt sich in den Türrahmen. Mit verquollenen Augen weint sie lautlos vor sich hin. »Es tut mir so leid«, flüstert sie zum großen Mann, der mit zuckenden Schultern auf dem Boden kauert.

Dr. Frieder kommt den Flur entlang. Ich sehe ihn müde an. Den Schreck noch in den Gliedern möchte ich mich entweder doch noch auf den Boden gleiten lassen oder in die Arme meines Norddeutschen flüchten, um dort alle Last abzugeben. Doch Dr. Frieder schaut ... böse?

»Bist du wahnsinnig?«, brüllt er unvermittelt, packt meine Schultern und schüttelt mich. Mein Kopf wackelt hilflos auf meinem Hals. Dann schließt er seine Arme um mich und drückt mich, dass es mir den Atem nimmt.

Endlich, nach einer gefühlten Ewigkeit, lässt er los und hält mich auf Armeslänge. »Tu das nie wieder! Hörst du? Nie wieder!«

Kapitel 37
Dr. Frieders Ausbruch wirft mich aus der Bahn. Es ist völlig gegen seine Natur, denn wie inzwischen klar sein dürfte, wird mein Norddeutscher nicht laut, verliert seine Tiefenentspannung nicht – eigentlich.

Ich stehe sprachlos da.

Gerade recht für Arthur, der mich Ähnliches hören lässt, ohne Schütteln, Schreien und Umarmung allerdings.

»Wieso habt ihr uns überhaupt gerufen, wenn ihr es alleine regeln wollt?«, schließt er seine Standpauke.

Ich schweige reglos.

»Ines?«, fragt er. »Alles in Ordnung?«

Ich nicke, schüttle den Kopf, nicke wieder. »Gefahr im Verzug? Wer weiß, wann ihr gekommen wärt?«, rate ich.

»Wir waren dreizehn Minuten nach eurem Anruf da.«

»Ah ja, stimmt.«

»Im Ernst, Ines. Was du treibst, ist zu gefährlich. Wenn du dieses Verhalten fortführst, werden mir in nicht allzu ferner Zukunft die Ermittlungen in einem Tötungsdelikt übertragen, bei dem es um dich geht.«

Ich starre ihn an. So habe ich das noch nie gesehen.

»Was? Wird dir soeben bewusst, dass du nicht unverwundbar bist?«

Ich bleibe ihm die Antwort schuldig. Mir fällt nichts dazu ein, so ganz spontan. Mal in einer ruhigen Minute darüber nachdenken. Jetzt unmöglich.

Nachdem Polizei und Krankenwagen abgezogen sind und den Witwer mitgenommen haben – schließlich wird es nicht gern gesehen, bedroht man jemanden mit einer Waffe – holen wir die Hunde aus dem Bulli und setzen uns mit Anke auf ihre Terrasse.

Der Adrenalinspiegel fällt auf sein reguläres Niveau. Ich fühle mich wie durch den Wolf gedreht, als hätte ich eine körperliche Herausforderung gemeistert. Müdigkeit übermannt mich und ich sehne mich nach meinem Bett. Vor allem, weil das Bett ein Ort ist, der bedingungslos umfängt und tröstet, einfach da ist, ohne Ansprüche zu stellen.

Aber ich habe das Gefühl, wir können Anke jetzt nicht allein lassen. Dr. Frieder scheint derselben Meinung zu sein, zumindest stellt er unsere Anwesenheit hier nicht in Frage. Natürlich will ich auch wissen, was Sache ist. Wer will das nicht.

»Hast du Tee?«, fragt Dr. Frieder.

»Oder Stärkeres?«, frage ich.

Anke trägt noch immer den weißen Bademantel und arbeitet daran, ihren gut trainierten Puls wieder auf das gewohnt niedrige Niveau zu bringen. Sie setzt sofort an, sich zu erheben.

»Lass mal, ich finde schon«, sagt Dr. Frieder und geht nach drinnen.

»Wie geht es dir?«, frage ich.

Anke alias Emilie lächelt müde. »Es geht.«

Wir schweigen eine Weile.

»Ich kann Torsten verstehen. Ich denke nicht, dass er auf mich geschossen hätte«, sagt sie leise.

Stille, unterbrochen von verhaltenem Entengeschnatter.

»Irgendwie bin ich erleichtert.«

»Dass es endlich raus ist?«, frage ich.

Sie nickt.

»Kann ich mir vorstellen. Das nenne ich mal ein Geheimnis. Eine Schwester über so viele Jahre vor der ganzen Welt zu verheimlichen. Warum eigentlich?«

»Clara hatte schon als Kind den Drang, etwas anzustellen. Es wurde schlimmer, als wir erwachsen wurden. Etwa ein Jahr, bevor Torsten und Fanny sich kennenlernten, steckte sie das Papierlager in Brand. Ein Nachtwächter kam ums Leben, das Feuer griff auf die Produktion und unser Wohnhaus über. Es wurde unbewohnbar. Wir zogen in eine andere Stadt, in die Nähe eines anderen Werkes. Ein Neuanfang. Meine Eltern haben die Ursache des Brandes vertuscht, aber unser Familienunternehmen stand finanziell schlecht da, erholte sich nur langsam. Daher die Fusion. Clara war vehement dagegen. Es wäre ein Ausverkauf. Sie drohte meinen Eltern, alles in Brand zu setzen.«

»Dann war Clara richtiggehend kriminell und eine Pyromanin?« Das muss ich jetzt mal zwischendurch loswerden.

»Das war sie. Meine Eltern stellten Clara ein Ultimatum. Entweder sie verlässt das Land, beginnt woanders von vorn, oder sie muss die Verantwortung für den Tod des Nachtwächters übernehmen. Sie drohten ihr, sie anzuzeigen und als Zeugen aufzutreten.«

»Und da ging Clara? Aber was war mit Familie und Freunden? Es wird doch eine Reihe von Menschen gegeben haben, die sie kannten, die wussten, dass ihr drei und nicht zwei wart.«

»Das ging erstaunlich gut. Wir sagten, sie sei Hals über Kopf wegen eines Jobangebots nach Australien ausgewandert, was stimmte, und würde sich melden, was sie nicht tat. Freundschaften hatte sie am neuen Wohnort noch nicht geschlossen, einige Verbindungen waren durch den Umzug bereits abgebrochen. Und meine Eltern haben immer darauf geachtet, dass wir drei aus den Medien herausgehalten wurden.«

»Im Zeitalter von Social Media ginge das wohl nicht mehr.«

»Da magst du recht haben.«

»Wie ist Fanny gestorben?«, frage ich.

»Wir drei haben uns regelmäßig getroffen, nachdem Clara ausgewandert war. Irgendwo, wo uns keiner kannte. Im dritten Jahr nach der Hochzeit waren wir in Mexiko. Clara ist gefahren, ich saß im Wagen hinter ihr, Fanny auf dem Beifahrersitz. Clara fuhr zu schnell, ist von der Straße abgekommen und mit der rechten Fahrzeughälfte in einen Baum gerast. Fanny starb noch am Unfallort. Clara und ich hatten nur ein paar Kratzer und einen Schock.«

»Das ist ja furchtbar.« Ich muss mich zwingen, regelmäßig zu atmen. Was für ein Drama! »Und da hat Clara die Identität mit Fanny getauscht?«

»Ja. Es war meine Idee. Ich dachte, Clara müsste es wiedergutmachen. Das war natürlich Unsinn. Das konnte sie nicht. Aber zumindest liefen die Grob-Schmidt-Papierwerke weiterhin stabil. Für den Fall, dass sie keine Kinder haben, sah der

Vertrag bei einem Tod von Fanny oder Torsten vor, dass die Unternehmen nach einem Schlüssel getrennt werden. Das wäre das Aus für die Schmidt Papierwerke gewesen. Nach meinem Plan änderte sich nominell nichts. Aber eigentlich », Anke seufzt, »eigentlich änderte sich alles.«

Unwillkürlich versetze ich mich in Torsten Grob hinein. Wie sich der große Mann fühlen muss. Er hat vor vielen Jahren seine Frau bei einem Unfall verloren, ohne es zu wissen. Er hat immer versucht, die Ehe zu retten, wieder zu ihrem alten Glück zurückzufinden, nichts ahnend, dass sie nie eine Chance hatten.

»Wissen eure Eltern, dass damals Fanny gestorben ist?«

»Aber natürlich. Sie konnten uns ja auseinanderhalten.« Anke runzelt die Stirn und schüttelt den Kopf, befremdet, wie jemand so eine unsinnige Frage stellen kann. »Sie waren am Boden zerstört, haben meinen Plan aber unterstützt. Sie flogen nach Mexiko und wir haben Fanny in aller Heimlichkeit beerdigt. Meine Eltern haben Clara nie verziehen. Bis zu ihrem Tod nicht.«

»Und Clara hat bei deinem Plan mitgemacht?«, frage ich.

»Der Tod von Fanny hat Clara stark mitgenommen und etwas in ihr verändert. Obwohl es meine Idee gewesen war, war ich unsicher, ob es auch nur einen Tag gut geht. Aber Clara hat sich bemüht. Die ganzen Jahre lang hat sie sich bemüht.«

»Hat dein Schwager sich nicht gewundert, dass Fanny so anders war, Dinge aus ihrer gemeinsamen Vergangenheit nicht wusste?«

»Natürlich hat er das. Wir haben eine Geschichte erfunden, wonach Fanny in unserem Urlaub vergewaltigt worden ist. Es musste irgendetwas Traumatisierendes vorgefallen sein, um zu erklären, warum sie so verändert war.«

»Ihm gegenüber war das ...«, kann ich mir dann doch nicht verkneifen, lasse den Satz aber unvollendet.

»Grausam. Ich weiß. Wenn ich zurückgehen könnte, um mich selbst in Fannys Sitz zu setzen, ich würde es tun. Der Unfall war schlimm, aber alles, was danach folgte, war schlimmer. Das Fortbestehen des Unternehmens und die finanzielle

Sicherheit der Familie über das Glück und den Frieden von Torsten und uns allen zu stellen, war falsch. Es gab keinen Tag, an dem ich es nicht bereut habe. Ich konnte Torsten kaum noch in die Augen sehen.«

Dr. Frieder bringt drei Becher auf die Terrasse. »Heiße Zitrone.«

Eine Weile sitzen wir stumm da, jeder einen Becher in Händen. Ein ähnliches Bild, wie vor ein paar Tagen im Bulli, nur spannt sich heute ein sternenklarer Sommernachtshimmel über uns.

Dr. Frieder wird bewusst sein, dass ich inzwischen einiges in Erfahrung gebracht habe. Es scheint ihm nichts auszumachen. Wäre ich an seiner Stelle, meine Neugier würde mich in Stücke reißen.

»Wieso wolltest du eigentlich die Autopsie verhindern?«, fragt er unvermittelt. Natürlich. Für ihn drängt sich diese Frage in den Vordergrund.

»Ich hatte Bedenken, dass der komplizierte Armbruch entdeckt wird, den sich Clara als Teenager zugezogen hat.«

»Der hätte nicht zu Fanny gepasst«, sagt Dr. Frieder, »was nun aber bei der Obduktion keine Rolle spielte.«

»Das konnte ich nicht wissen.«

»Nein, konntest du nicht.«

Wir sitzen eine Weile über der heißen Zitrone, schauen auf den See und auf die Lichter, die das Ufer säumen.

»Es tut mir leid, dass du nun deine zweite Schwester verloren hast«, sage ich leise.

Anke bleibt zunächst stumm. Dann kommt im Flüsterton: »Nie hätte ich gedacht, dass Clara so sterben würde. Ich war immer fest davon überzeugt, dass sie etwas in Brand setzt und nicht rechtzeitig herauskommt oder aus dem Fenster springt, während hinter ihr ein Haus in Flammen aufgeht.«

Kapitel 38

Schweigend packen Dr. Frieder und ich die Hunde in den Bulli. Auch auf der Fahrt nach Hause wechseln wir kein Wort. Ich für meinen Teil bin immer noch verhuscht von seiner Reaktion nach der Entwaffnung von Torsten Grob. Ich brauche etwas Zeit, um zu verdauen, dass er mich angeschrien und geschüttelt hat. Vielleicht auch, weil ich es nicht einsehe. Bei der letzten Entwaffnungsaktion auf der Insel war Dr. Frieder schließlich ebenso Initiator wie ich.

Ich setze eine Mail im Büro ab, ich nähme morgen spontan einen Tag Urlaub. Ob Dr. Frieder es ähnlich hält, keine Ahnung.

Zu Hause füttert jeder seinen Hund und steigt stumm auf seiner Seite ins Bett.

Es ist das erste Mal, dass wir dermaßen verstimmt sind. Wortlos. Doch ich bin zu kaputt, zu leer, um zu durchdenken, was gerade mit uns passiert. Zwei Nächte und zwei Tage durchschlafen wird alles wieder geraderücken. Bestimmt.

Trotz dieser lähmenden Erschöpfung liege ich wach, Rücken ihm zugedreht und starre die Wand an.

»Das geht so nicht«, murmelt Dr. Frieder irgendwann, steht auf, zieht sich im Halbdunkel an und verlässt wortlos das Schlafzimmer, Fila im Schlepptau. Die Wohnungstür fällt ins Schloss.

Ich setze mich auf. Santo stupst meine Hand an und fordert mich auf, ich solle schnell raus aus dem Bett, da müsse man mit, da würden wir doch immer mit, warum denn jetzt nicht?

»Ich habe keine Ahnung, was das bedeutet«, eröffne ich ihm.

Er steht da und sieht mich an, völliges Unverständnis im Blick, soweit sich das im Halbdunkel beurteilen lässt.

»Sie werden gleich wiederkommen«, tröste ich. Ihn und mich.

Er steht noch eine Weile unschlüssig herum, legt sich dann wieder in sein Hundebett und seufzt einmal tief.

An Schlaf ist nicht mehr zu denken. Ich baue mir einen Kissenberg, in den ich mich einkuschele, und gähne vor mich hin. Alle fünf Minuten schaue ich auf die Uhr. So kriecht eine Stunde dahin, so kriechen zwei Stunden dahin. Ich muss eingenickt sein, denn als ich das nächste Mal auf die Uhr blicke, färben die ersten Boten der Morgendämmerung das Zimmer zartblau.

»Das geht so nicht«, murmle ich, stehe auf, schmeiße mich in irgendwas, das da so herumliegt, und verlasse mit Santo die Wohnung.

Der Bulli steht vor der Tür. Kein Dr. Frieder darin. Das hätte ich ihm sonst noch zugetraut, im Bulli zu übernachten, nur, um nicht in dieser Atmosphäre bei mir im Zimmer zu liegen.

»Such!«, befehle ich Santo.

Er sieht mich groß an. Armer Kerl. Woher soll er wissen, was ich meine? Das haben wir nie geübt. Wäre jetzt und hier aber praktisch, er könnte die Kompetenz aus dem Ärmel schütteln.

Wenn ich Dr. Frieder wäre, und hätte das Bedürfnis, von Ines Fox wegzukommen – was ich nachvollziehen kann, ich will gelegentlich auch von Ines Fox wegkommen – wohin würde ich gehen?

Ich bin versucht, mir die Jacke zu holen, ignoriere dann doch meine Gänsehaut und marschiere los Richtung Seestraße. Dort laufen ein paar frühe Jogger in das, was für einen phänomenalen Sonnenaufgang in Vorbereitung ist. Schlieren von Pink und hellem Orange, vom Künstler mit schwungvollen Pinselstrichen über den Seehorizont im Osten gemalt.

Kein Dr. Frieder, kein getupfter Hund in Sicht. Santo und ich marschieren weiter. Die kühle Luft tut gut, weckt meine Lebensgeister, die zwar immer noch übermüdet sind, sich jetzt aber motiviert sehen.

Am Ende der Promenade biege ich auf den Seeuferweg ein. Die Sonne blinzelt über den Horizont, mit einem halben Auge zunächst, dann setzt sie den Himmel in Flammen.

Santo trabt voran, die Nase in der Luft, lässt die Hundenachrichten am Wegesrand unkommentiert. Er ist auf Mission. Sollte er doch wissen, wie wir Dr. Frieder und Fila finden?

Wir kommen bei Anke vorbei. Ich recke den Hals über die Hecke. Die Terrasse liegt verlassen da. Wir marschieren weiter.

Als ich um die nächste Ecke biege, sehe ich ihn schon sitzen. Auf dem Jakobssteg, Fila daneben, blickt er über den See, der Sonne entgegen. Mein Herz macht einen freudigen Hüpfer, ein Lächeln stiehlt sich auf mein Gesicht.

Der blonde Wuschel neben mir rennt los. Sieht nicht mal zurück, ob ich mitkomme. Den Impuls, ebenfalls loszurennen, unterdrücke ich. Ich höre Charles' Stimme im Ohr: *Cool bleiben, auch und gerade in Lebensumständen, in denen man sich nicht danach fühlt.*

Ach was soll's! Eine coole Socke kann ich andermal noch werden. Jetzt renne ich.

Eine Frau auf einem Fahrrad nähert sich der Anlegestelle von der anderen Seite, ihr Sommerkleid flattert im Fahrtwind. Sie fährt auf den Steg, bis nach vorne, bis dahin, wo Dr. Frieder sitzt, steigt ab, spricht ihn an.

Ich verlangsame meine Schritte.

Er erhebt sich, umarmt sie, löst sich von ihr, scherzt. Ihr beider Lachen klingt herüber.

Ich bleibe stehen.

Santo ist auf dem Steg angekommen, spurtet die letzten Meter auf Dr. Frieder und Fila zu.

Der Norddeutsche schreckt auf, sieht sich um und entdeckt mich, wie ich versteinert am Ufer stehe. Er winkt.

Santo tanzt um ihn und Fila herum.

Ich bin unfähig, mich zu rühren. Was habe ich da gesehen? Habe ich überhaupt etwas gesehen?

Dr. Frieder springt auf und ab, hat wohl den Eindruck gewonnen, ich hätte ihn noch nicht erkannt. Er winkt, ich solle kommen.

Das kleine Mädchen in mir will wegrennen. Weit weg. Was man nicht sieht, findet nicht statt. Die liebende Frau möchte sich vor ihm aufbauen, ihn an den Schultern packen und schütteln, wie er es vor ein paar Stunden mit mir getan hat. »Was bist du, ein kleines Mädchen oder eine Frau?«, murmle ich und setze mich in Gang. Mit großen, festen Schritten lege ich den Weg zurück. Was immer mich erwartet, es ist, wie es ist.

Dr. Frieder kommt mir entgegen. Seine Miene ist schwer zu deuten. Freude, etwas schlechtes Gewissen und – das erkenne ich jetzt – Erleichterung. Ein See voller Erleichterung. Ich beschleunige meine Schritte.

In totalem Kitsch fallen wir uns auf dem Steg in die Arme, während die Morgensonne den Bodensee in Szene setzt.

Nach der Umarmung nimmt Dr. Frieder mein Gesicht in die Hände. »Du weinst?«, fragt er erstaunt.

Ich nicke. »Herr Doktor kennen sich aus.«

Er lacht auf und wischt mir die Tränen weg.

Und bevor er es tun kann, gebe ich ihm einen Wir-haben-alle-Zeit-der-Welt-Kuss.

»Es tut mir leid«, sage ich.

»Mir auch«, sagt er.

Mein Blick wandert zu der Frau. Sie hat sich inzwischen in den See gelassen und krault mit gleichmäßigem Zügen in die Sonne.

»Wer ist das?«, wage ich dann doch mal zu fragen.

»Tess.«

»Ach.«

»Sie schwimmt jeden Tag um die Zeit und hat mir schon oft vorgeschwärmt, der frühe Morgen auf dem Steg sei magisch.«

»Das ist er.«

»Gehen wir trotzdem nach Hause?«

»Ich würde sie gerne kennenlernen.«

»Sie schwimmt eine Stunde.«

»Ach.«

Arm in Arm schlendern wir den Seeuferweg zurück. Wir plaudern über Belanglosigkeiten, aber ich berichte auch von dem Drama, das mir Anke am Vorabend auf ihrer Terrasse erzählt hat.

Dr. Frieder ist entrüstet. »Das kann man einem Mann doch nicht antun.« Wo er recht hat ...

Zuhause geben wir den Hunden ihr Frühstück und setzen darauf, dass sie damit eine Weile zufrieden sind. Bei geschlossenen Läden kriechen wir zwischen die Laken, während draußen ein weiterer Sommertag vor der Traumkulisse Bodensee über die Bühne geht. Das Schauspiel wird ein paar Stunden ohne uns auskommen.

»Ich habe mir den Vormittag freigenommen«, sagt Dr. Frieder und kuschelt sich an mich.

»Ha. Ich habe den ganzen Tag frei.«

»Dann kochst du mir heute ein feudales Abendessen?«

»Na, vielleicht arbeite ich dann doch lieber heute Nachmittag?« Ich lächle schelmisch.

Gegen Mittag schlendert Dr. Frieder Richtung Klinikum. »Nur für ein paar Stunden«, sagt er.

Kapitel 39

Ich spaziere mit den Hunden den See entlang. Unser Ziel: ein Bad in wohltemperiertem Trinkwasser. Luxus pur.

Nach ausgiebigem Schwimmen liegen Santo, Fila und ich gemattet auf Bodenseekieseln und lassen uns von der Nachmittagssonne durchwärmen. Nur gelegentlich heben wir den Kopf, wenn jemand im Wasser planscht oder ein Hund vorbeischaut. Wir dösen nach allen Regeln der Kunst vor uns hin. Life is good at the lake.

Plötzlich verdunkelt irgendetwas die Sonne. Etwas Großes. Ich erwarte den Zeppelin, der hier regelmäßig seine Runden dreht, und blinzle arglos in das Sommerblau.

Mir fährt ein gehöriger Schreck in die Glieder.

Fila knurrt leise. Santo springt auf und begrüßt den Neuankömmling.

»Guten Tag, Frau Fox«, sagt eine Fistelstimme.

Trotz Sonnenwärme läuft es mir eiskalt den Rücken hinunter. Ich setze mich auf. Alles in mir schaltet auf Flucht. Doch es heißt, cool bleiben. Wenn nicht jetzt, wann dann? Weiteratmen, weder zu tief, noch zu flach, ganz normal, einfach atmen. Und bis fünf zählen.

Hier rechnet man ja nun gar nicht mit so was. Dass mir die Schurken vor meiner Haustür auflauern, ja, das bin ich gewohnt, aber am Bodenseestrand? Das ist ungeheuerlich!

»Guten Tag, Herr Blinow«, sagt jemand mit erstaunlich fester Stimme. Ich kann das unmöglich gewesen sein. Denn in mir schlottert Klein-Ines und will um ihr Leben rennen. Oder schwimmen? Durchaus eine Option.

»Wie geht es Ihnen?«, fistelt er.

Beim ersten Zusammentreffen habe ich ihm den Namen Sumo verpasst. Er hat keines dieser Windeldinger an, aber seine Maße stimmen. Wladimir Blinow, Angehöriger des Wirtschaftsreferats der russischen Botschaft in Berlin. Diplomatenstatus. Ihm hier kann keiner was, egal was oder wen er erledigt.

Sind ihm deshalb die zehn Sonnenanbeter egal, die gerade nichts weiter zu tun haben, als ihn anzugaffen?

»Was möchten Sie diesmal von mir wissen?«, frage ich.

»Es ist sehr nett, einmal wieder mit Ihnen zu plaudern, Frau Fox. Ihre erfrischend direkte Art macht die Kooperation um so vieles leichter.«

Er hier im Maßanzug – der, wie ich weiß, seine Waffe bestens kaschiert – passt in etwa so an den sommerlichen Bodenseestrand wie ich im Bikini auf einen Staatsempfang.

»Möchten Sie sich nicht setzen Herr Blinow? Bitte missverstehen Sie meine natürliche Höflichkeit nicht. Ich strebe keine Kooperation mit Ihnen an.« Ich bediene mich der Sprache, die ich für Merians, Blinows und wichtige Kunden reserviert habe. Das hievt das Gespräch auf eine andere Ebene, schafft Abstand, macht es weniger persönlich. Ein Schutzschild.

Wladimir Blinow lacht kurz auf, dabei verschwinden die Augen fast gänzlich hinter den Pausbäckchen. Er sondiert das Umfeld, überlegt vermutlich, wie er sich hier niederlässt, ohne dass die Anzughose platzt oder ihm vier Leute wieder aufhelfen müssen. Folgerichtig macht er eine ablehnende Handbewegung.

»Ich möchte Sie nicht lange in Ihrer wohlverdienten Entspannung stören. Lassen Sie es mich daher kurz machen, Frau Fox. Ich stelle Ihnen eine Frage, und möchte Sie bitten, sich wohl zu überlegen, wie Sie diese beantworten möchten.«

Er macht mal eben klar: Er ist ein mächtiger Mann. Als wenn ich es vergessen könnte. Entweder arbeitet er Hand in Hand mit der russischen Mafia oder – und das ist mein Favorit – bekleidet eine höhere Position in ihr. In jedem Fall kooperiert er mit Roger Merian und Yata Krüger. Zu allem Überfluss kennt er meinen Coach Charles. Ja, in meinem Leben ist einiges verrückter, als man es hinnehmen sollte.

»Bitte stellen Sie Ihre Frage«, sage ich mit einem huldvollen Nicken, das ich mir gelegentlich von Yata borge. Die Strategie ist klar: Wladimir Blinow möglichst schnell loswerden, bevor er hier mit dem Freifahrtschein seines Diplomatenstatus jemandem schadet.

»Sie sind mit Sicherheit über das Verschwinden von Herrn Merian informiert und dass er inzwischen für tot erklärt wurde?«

»Ja. Mein Beileid.«

»Das ist sehr freundlich von Ihnen, danke, Frau Fox.« Er legt eine Pause ein, führt die Hand an den inneren Augenwinkel.

Ich nutze den Moment, um zu prüfen, welche Aufmerksamkeit wir aktuell erregen. Die Sonnenanbeterinnen rechts neben mir konzentrieren sich auf ihre Haupttätigkeit, die Familie links ist ins Wasser gegangen. Konstanzer sind allgemein versiert darin, sich rasch an Ausgefallenes zu gewöhnen. Sie stutzen kurz, geraten notfalls etwas aus der Fassung, widmen sich dann aber wieder dem Leben am See.

»Nun«, setzt Wladimir Blinow fort, »mir ist zu Ohren gekommen, Herrn Merians Ableben sei nicht gesichert.«

Woher er das so schnell weiß? »Wirklich? Wer trägt Ihnen denn so etwas zu?«

»Ich habe meine Quellen.« Er sieht mich prüfend an.

»Aber wie und warum?« Das ist die Frage. Wladimir Blinow weiß die Antwort. Davon gehe ich aus.

»Eine Möglichkeit wäre, dass Herr Merian seinen vertraglichen Verpflichtungen nicht mehr nachkommen möchte.«

Das hat er schön formuliert, der Herr Diplomat.

»Ach.«

»Wissen Sie, wo er sich aufhält?«, fragt er.

Ich überlege, ob Yata schon in London ist, ob Wladimir Blinow, der ja mit Yata in Verbindung steht, wissen kann, dass sie auf dem Weg in die Bahamas ist, ob er von der Glacé im Hemdkragen Mail wissen kann oder von meinem Gespräch mit Yata, und wo er wohl überall seine Ohren und Augen hat. Ich denke über eine Menge nach, sodass meinem Gesicht einwandfrei anzusehen ist, dass ich das tue.

»Sie denken nach?«, fragt er denn auch.

»Ja, das tue ich. Sollte Roger Merian wider Erwarten leben, wo könnte er dann sein? Es erstaunt mich doch sehr, dass Sie als sein enger Kooperationspartner der Meinung sind, ich könnte Ihnen in dieser Angelegenheit behilflich sein. Sie kennen ihn doch deutlich länger und besser«, formuliere ich sorgfältig.

Er lächelt. »Sie unterschätzen sich, Frau Fox.«

»Mit dieser Meinung sind Sie allein auf weiter Flur, fürchte ich.«

»Nun?«, fistelt er.

»Soweit ich weiß, hat man dermaßen viele Flugzeugtrümmer in den Weiten des Indischen Ozeans gefunden, dass ein Überleben so gut wie ausgeschlossen ist. Was bringt Sie dazu, das Gegenteil in Betracht zu ziehen?« Ich hoffe, mein Zweifel an meinem bisherigen Zweifel ist nicht meinem Gesichtsausdruck zu entnehmen. Denn allein, dass Wladimir Blinow hier erschienen ist, erhöht die Wahrscheinlichkeit, dass Roger Merian noch lebt.

Blinow betrachtet mich einen Augenblick.

»Ich muss mich erneut bei Ihnen entschuldigen«, sagt er dann.

»Müssen Sie?«

»Ich habe Ihnen Angst gemacht, obwohl der Ort meiner Kontaktaufnahme sorgsam gewählt war, um genau dies zu verhindern.«

Habe ich Angst? Natürlich habe ich die. Schließlich übertrumpft sein Diplomatenstatus die Sicherheit der Herde. Gebe ich das zu?

»Aber nein«, sage ich.

Es entsteht eine ungute Pause, die dadurch beendet wird, dass ich mich gezwungen sehe, etwas vorzubringen. »Es fällt Ihnen vermutlich leichter zu glauben, Herr Merian sei noch am Leben, weil es wünschenswert für Sie ist, er würde für Ihre Kooperationen noch zur Verfügung stehen. Für mich und den Rest der Welt hingegen ist es angenehmer, dass Herr Merian nicht mehr unter uns weilt, weshalb es mir schwerfällt, mir vorzustellen, dass er noch lebt.« Das ist, so geschwollen ich es auch formuliert habe, nicht gelogen.

»Ich verstehe.« Er nickt bestätigend, dreht sich halb um die füllige Achse und schaut auf den See, als würde er dort die Antwort finden. »Sie haben es wirklich schön hier.«

»Ja, das haben wir.« Das ist vermutlich der einzige Punkt, in dem der Diplomat und ich je einer Meinung sein werden. Erstaunlicherweise geht er dann. Einfach so geht er von der Bühne mit Traumkulisse ab, verschwindet hinter ein paar Weidenbüscheln aus meinem Blickfeld.

Ich atme tief aus.

»Das war ja mal ne Type«, sagt eine der Sonnenanbeterinnen neben mir.

Ich nicke. Wenn die wüsste.

Im nächsten Moment springe ich mit den Hunden in den See, um mich lebendig zu fühlen und die Gegenwart von Sumo abzuwaschen.

Woher wusste er überhaupt, wo ich mich aufhalte? Zurück an Land durchforste ich mein Handy, entdecke aber weder eine unbekannte App, noch sonst Beunruhigendes, außer, dass der Speicher bald voll ist.

Von wem hat er erfahren, dass Roger Merian noch lebt? Von Yata? Von einer anderen Quelle? Wenn die Mail an mich, die vermeintlich von Roger Merian stammt, im Auftrag des Diplomaten verschickt wurde, wie wir vermutet haben, warum sollte er mich dazu bringen, mich bei Natalia Saizew zu melden, wenn er dann selbst hier auftaucht? Weil ich mich eben nicht gemeldet habe?

Ich seufze. Wie man es dreht und wendet, es ergibt keinen rechten Sinn. Es sei denn, die Mail stammt doch von Roger Merian. Es sei denn, der totgesagte, joggende und kraulende neue Roger Merian würde mich tatsächlich um Hilfe bitten. Ja, an diesem Satz ist so ziemlich alles absurd.

Ich rufe beim Norddeutschen durch, um vom Erlebnis Sumo zu berichten.

»Der hat mir echt unsere Badestelle vermiest«, schließe ich die Zusammenfassung und lasse meinen Blick über diesen Abschnitt des Bodenseestrandes schweifen. »Gibt es Schlimmeres?«

»Nee. Übel«, kommentiert er. »Kann dich nich alleine lassen, was? Geht's dir gut?«

»Ja, schon okay. Diese Typen tauchen immer auf, wenn du nicht bei mir bist. Haben die Angst vor dir?«

»Kennen mich eben nicht«, sagt er. Seine Stimme bringt ein Lächeln mit.

Nach dem Telefonat pilgere ich mit den Hunden nach Hause. Ich überlege, wie ich meinem Liebsten, wenn nicht zu einem feudalen, so doch zu einem akzeptablen Abendessen verhelfe, ohne einzukaufen und stundenlang in der Küche zu stehen. Von Pizza habe ich vorerst genug.

Kapitel 40

Beim Aufhängen der Badesachen auf der Terrasse schaut Yatas Katze Felin vorbei und grüßt lässig die Hunde. Santo leckt ihr mit Begeisterung die Ohren platt. Dann streift die Rotgetigerte um meine Beine, was sie selten tut.

»Hast du Hunger?«, fällt mir da ein. Hat Yata jemanden beauftragt, ihre Katze zu füttern? Wollte sie mich bitten und hat es vergessen?

Wie zur Antwort miaut Felin.

»Dann gehen wir mal gucken, was?«

Ich fische den Schlüssel mit dem Y-Anhänger aus der Flurkommode und steige mit drei Vierbeinern im Gefolge die Treppe hinauf.

Yata und Felin residieren im neu ausgebauten Dachgeschoss mit Seeblick. Weiße Vertäfelung, roter Kautschukboden, Stahltreppe auf die Schlafgalerie und Designermöbel katapultieren das Loft hundert Jahre und zwei Klassen über meine Wohnung. Pardon, über *unsere.* Dr. Frieders und meine. *Unsere!*

Für den Fall, dass ich es nicht weiß – denn Menschen sind aus Katzensicht schon peinlich dumme Geschöpfe, denen der Blick für das Wesentliche fehlt – zeigt Felin mir den Schrank neben der Spüle, in dem ihr Futter steht.

Kurze Zeit später schmatzt sie dezent. Santo und Fila sehen zu, lecken sich gelegentlich über die Schnauzen. Da die Katze das Sagen hat, wagen die Hunde nicht, ihr etwas abspenstig zu machen. Nach dem feudalen Mahl im feudalen Loft macht man es sich in einem Sonnenflecken bequem. Verdauungsschläfchen.

»Du musst raus, kleine Maus, ich will dich nicht einsperren«, sage ich in nettem Tonfall. Gut, es ist mein Hundetonfall und damit eine Albernheit, die diese Katze als unter ihrer Würde betrachtet. So lässt man sich nicht ansprechen. Man ist schließlich kein Baby. Sie sieht mich mit zu Schlitzen zusammengekniffenen Augen an, ich möge das in anständiger Sprache formulieren oder – das wäre zu bevorzugen – ihr einfach aus der Sonne gehen.

»Auf geht's!« Zur Unterstützung stupse ich sie leicht mit einem Finger in die Seite, wie ich es bei Santo gemacht habe, bis er wusste, wie der Befehl gemeint ist.

Keine Reaktion. Na, vielleicht ist der Gesichtsausdruck etwas herablassender geworden. Message: *Du kannst mich mal, ich liege hier und gehe nirgendwohin.*

»Nun aber mal los!« Wie bringt man eine Katze dazu, sich zu bewegen? Ich schiebe meine Hand langsam unter ihren Po und hebe ihn sanft an, um meinem Begehr Nachdruck zu verleihen.

So schnell kann ich gar nicht schauen, wie Felin ihre Krallen in meinen Arm ...

»Nein!«, kreische ich.

Santo und Fila springen auf. Mein blonder Wuschel leistet Beistand, schnüffelt an meinem Arm, aus dem kleine Blutstropfen perlen. Ob das denn so schlimm sei, will er wissen, das sähe doch gar nicht schlimm aus.

»Nein nein nein nein nein«, flüstere ich und schaue wie gebannt auf die winzige Wunde. Was mache ich denn jetzt? Lässt sich eine Infektion noch verhindern? Oder ist es zu spät für jegliche Gegenmaßnahmen?

Ich gleite zu Boden, setze mich im Schneidersitz auf den roten Kautschuk. In Folge muss ich meinen überfürsorglichen Hund davon abhalten, meinen Arm sauber zu lecken.

»Schon gut«, sage ich leise und streichle ihn. »Schon gut.«

So sitze ich eine Weile da und forsche, was in mir vorgeht. Das erste Entsetzen ist einem anderen Gefühl gewichen. Was ist das? Erleichterung? Ein bisschen. Aber da ist noch mehr.

Ich betrachte Felin, wie sie auf der Seite in der Sonne liegt, die Augen geschlossen, ihr Brustkorb hebt und senkt sich regelmäßig.

Frieden. Ich empfinde Frieden.

Verrückt!

Es fühlt sich an, als wäre alles, wie es sein sollte. Dabei ist gar nichts, wie es sein soll. Aller Wahrscheinlichkeit nach habe ich mich wieder mit einer mutierten Art von Toxoplasmose angesteckt, einem Parasiten, der von Katzen übertragen wird.

Aller Wahrscheinlichkeit nach bringt mich der Kratzer dazu, körperlos zu anderen Menschen zu reisen, zwei Meter über ihnen zu schweben, aus perfekter Drohnenperspektive zu verfolgen, was sie erleben, was sie sagen. Das wird mir nicht nur Schlaf rauben, ich werde auskühlen, es wird mich körperlich mitnehmen, ja, womöglich ruinieren. Esoterischer Kram und Krankheit zugleich.

Muss ich die Reisen eben begrenzen. Das hat bereits einmal geklappt. Na ja, so fast. Wenn ich ein paar Regeln befolge, wird das schon gehen.

Moment! Was mache ich hier eigentlich?

Ich springe auf und stürze an Yatas Barschrank. Ich brauche Hochprozentiges. Ein Absinth mit 70 Vol.-%. Mich schaudert. Was Getränke angeht, bin ich keine Kostverächterin, wie inzwischen klar geworden sein dürfte. Aber wie kann man so was konsumieren, innerlich? Schnell bin ich an der Spüle und kippe von dem Zeug über die Kratzer. Es brennt höllisch.

»Geschieht dir recht«, zische ich. »Wie blöd muss man sein? Lässt sich ein zweites Mal kratzen. Blöde Vollidiotin blöde.«

Zusätzlich tränke ich ein Küchentuch mit dem Schnaps und drücke ihn auf die kleine Wunde. So verarztet sitze ich erneut auf dem roten Boden und stiere vor mich hin.

Dr. Frieder wird es nicht hinnehmen. Wenn er mich wegen der Entwaffnungsaktion schon durchgeschüttelt und angeschrien hat, was wird er mit mir machen, wenn ich wieder Echtträume habe? Versehentlich zwar, aber nicht ganz unschuldig.

Oder habe ich es extra gemacht? Ich sollte zumindest mir selbst gegenüber einen Moment der schonungslosen Ehrlichkeit haben, mir tief in die Augen sehen und mir beantworten: Habe ich es absichtlich gemacht? Unbewusst aber gleichwohl gewollt? Das ist die Frage. Das Strafmaß richtet sich danach, ob Vorsatz im Spiel war. Also, wie ist das mit Ihrer Ehrlichkeit, Frau Fox?

Ich erhebe mich, gehe ins weißstrahlende Badezimmer und schaue mir im Spiegel in die Augen. »Hast du das absichtlich gemacht?«, frage ich mein Gegenüber.

»Ich weiß nicht«, sagt mein Spiegelbild.

»Dann finde es schleunigst heraus. Du wirst wohl wissen, ob du es wolltest oder nicht«, sage ich.

Stumm starre ich die an, die mir da trotzig entgegenblickt.

Bei Mama hat das früher funktioniert. Wenn ich etwas nicht zugeben wollte, hat sie mich nur für eine Weile angestarrt. Ich brach zusammen und gestand. Das deutet entweder auf einen schwachen Charakter meinerseits oder auf exzellente Verhörtechniken seitens meiner Mutter.

»Nun?«, frage ich und starre.

Mein Gegenüber kann den Blick nicht halten, schaut zur Seite, für einen winzigen Augenblick nur.

»Wusst ich's doch«, flüstere ich.

Kapitel 41

Ich habe das Bedürfnis, mich für ein paar Tage auf dem roten Kautschuk in Yatas Loft einzurichten, dort zu sitzen, die Welt sich drehen zu lassen und zu warten, bis alles vorüber ist. Nachdem ich noch eine Weile darüber nachgedacht habe, ob es das ist, was ich will, komme ich zu einem anderen Schluss. Eine bessere Idee ist, Herrn Doktor kulinarisch zu verwöhnen und ihn gnädig zu stimmen, bevor ich ihm das Neueste zum Thema Hirnrissigkeit der Ines Fox auftische.

Ich fahre einkaufen. Mit dem Rad. Ich stelle eine gedankliche Liste von allen Lebensmitteln zusammen, zu denen mein Nordfriese *Mag ich!* sagen würde. Ich lade sie ein, Teil des Komplotts zu werden. Die Lebensmittel sind etwas zögerlich, angesichts dessen, was da auf uns zukommt.

»Hoi«, kommentiert Dr. Frieder mit einem verschmitzten Lächeln, als er am Spätnachmittag nach Hause kommt. Ich stehe nämlich, das muss erwähnt werden, nur mit Dessous und einer anzüglich transparenten Tunika bekleidet in der Küche und schnipple. Ja, ich fahre hier durchaus große Geschütze auf. Wenn nicht heute, wann dann?

»Was gibt denn das?«, fragt er neugierig, tritt von hinten an mich heran, schlingt die Arme um mich und küsst meinen Hals.

»Lass dich überraschen«, sage ich geheimnisvoll lächelnd. »Möchtest du uns vielleicht einen Drink mixen?« Ich deute auf Limetten, Tequila und Cointreau auf dem Küchentisch.

»Immer.«

Wenig später stoßen wir an.

»Beinahe vergessen«, fällt mir ein. Ich hole die Guacamole aus dem Kühlschrank, fülle den Inhalt einer Tüte Tortilla Chips in eine Schüssel und lade ihn ein, zu dippen. »Perfekte Vorspeise zu deiner perfekten Margarita.«

Dr. Frieder nickt beifällig. Dann hält er inne und fixiert mich. »Was los?«

Ich lächle ihn an. »Du hast dir ein feudales Abendessen gewünscht und ich dachte, wieso nicht?«

»Sach bloß«, sagt er und nippt an seinem Drink.

Ich wende mich wieder dem Gemüseschnippeln zu und hoffe, dass sein Verdacht damit vom Tisch ist. Erst mal.

»Denn man tou.« Er dippt einen Tortilla Chip in die Guacamole, steckt ihn sich in den Mund und sieht mich herausfordernd an, Augenbrauen leicht angehoben.

»Wollte eigentlich warten, bis wir beim zweiten Drink sind oder beim Essen, was immer später eintritt.« Ich seufze und schiebe den Ärmel der Tunika hoch.

»Nee, ne?«, sagt er tonlos.

»Es tut mir leid. Aber ich bin offen und ehrlich und sage es rundheraus: Felin hat mich gekratzt. Möglicherweise habe ich mich wieder infiziert. Zu allem Übel, und das ist echt übel, so viel Drinks kann man gar nicht trinken, als dass es nicht mehr übel wäre, habe ich den dringenden Verdacht, dass ich es absichtlich getan habe. Also erst«, ich nehme einen Schluck, »dachte ich, es war ein Versehen. Felin war hungrig, ich habe sie gefüttert. Danach wollte sie nicht wieder raus. Da ich sie nicht allein in Yatas Loft lassen konnte, habe ich sie ein bisschen angestupst. Sie hat lieber bleiben und mir ihre Krallen ins Fleisch hauen wollen. Als es passiert war«, plappere ich und nehme einen weiteren Schluck, »habe ich mir im Spiegel in die Augen gesehen und mich gefragt, ob ich es absichtlich getan habe.«

»Und?«, fragt er und wirkt ehrlich daran interessiert, was bei diesem Zwiegespräch der anderen Art herausgekommen ist.

»Ich habe meinen Blick nicht ausgehalten. Und so muss ich befürchten, es war Absicht. Oder extreme, also megaextreme grobe Fahrlässigkeit. Da bin ich mir nicht sicher, so rein juristisch betrachtet.« Ich seufze. »Wenn du jetzt sofort durch die Tür gehst, mich in meinem Wahnsinn alleine lässt und es das war mit uns, würde ich das voll verstehen.«

Ich atme mal kurz durch, das Geständnis war doch sauerstoffzehrend, und versuche mich zu wappnen, was da kommen wird.

Dr. Frieder sieht mich einen Moment unverwandt an, dann geht ein Lächeln auf seinem Gesicht auf, das unwiderstehlicher nicht sein könnte. »Ich liebe dich, Ines Fox. Du bist das Wahnsinnigste, was mir je passiert ist.«

Also das mit dem feudalen Essen kochen wurde dann doch nichts. Hinterher haben wir uns das geschnippelte rohe Gemüse ins Bett geholt und uns mit Guacamole und Tortilla Chips über Wasser gehalten. Zum Nachtisch gibt es Schokolade, eine Ragusa Noir.

»Wir stellen jetzt aber nicht wieder Messreihen meiner Körpertemperatur auf, oder?«, frage ich und stecke mir ein Stück Nachtisch in den Mund.

»Nee.«

»Wir können ja Randbedingungen festlegen, damit die Echtträume nicht aus dem Ruder laufen, oder?«

»Jou.«

»Bist du mir böse?«, muss ich dann doch mal fragen.

Er sieht mich an und schüttelt den Kopf. »Nein.«

»Oder sauer?«

Erneutes Kopfschütteln, diesmal lächelt er dazu. »Natürlich wünschte ich, du hättest dich nicht kratzen lassen. Aber im Nachhinein überrascht es mich nicht, dass du es getan hast.«

»Tut es nicht?«

»Nee.«

»Ach«. Ich überlege einen Moment. »Also mich hat es schon überrascht. Meinst du, ich bin ein bisschen verrückt?«

»Ein bisschen?«, fragt er grinsend.

Ich boxe ihn spielerisch auf den Oberarm.

Er wird ernst. »Es ist gefährlich. Das weißt du. Aber das ganze Leben ist gefährlich. Und wir sollten tun, was uns ein Bedürfnis ist, bevor es zu Ende ist.«

»Ach ja?«

Er nickt. »Deswegen war ich sauer auf Yata. Nicht, weil sie wieder Echtträume hat, sondern, weil sie Felin nicht wie verabredet behandeln hat lassen. Ich wusste, wenn sich dadurch eine Möglichkeit bietet, ist die Wahrscheinlichkeit hoch, dass du sie ergreifst.«

»Das wusstest du? Wieso wusste ich das nicht?«

»Du wusstest es auch, hast es dir nur nicht eingestanden«, sagt er lächelnd und stupst mir auf die Nase.

»Mag was dran sein. Meisterhaft verdrängt, was?«

Ich muss einen Moment nachdenken. »Aber weißt du«, sage ich dann, »wenn du das alles weißt und weißt, dass ich es auch weiß, es mir aber nicht eingestehe, wäre ich in Zukunft froh, du würdest es mir sagen. Hui, das war mal ein Satz.«

»Kann ich versuchen. Aber ich befürchte, du wirst mir nicht glauben und mich für verrückt erklären.«

»Vielleicht«, gebe ich zu. »Aber so ist das bei einer Verrückten. Die denkt, alle anderen sind verrückt.«

»Ist das so?«

Ich nicke eifrig und kuschle mich an ihn. Nach einer Weile sage ich: »Ganz groß, Herr Doktor.«

»Was?«

»Dass du mir das so schnell verzeihst. Habe ich nicht erwartet.«

»Von Verzeihen kann keine Rede sein,« sagt er lächelnd. »Es gibt drakonische Strafen.«

»Hui«, sage ich lächelnd. »Zum Beispiel?«

Kapitel 42

Nicht, dass ich damit Erfahrung hätte, aber darauf zu warten, ob Felin mich mit Echtträumen infiziert hat, muss so ähnlich sein, wie darauf zu warten, ob man schwanger ist. Bei jedem Einschlafen hoffe ich auf den ersten Echttraum und stelle beim Aufwachen enttäuscht fest: Nichts war. Bei jedem? Bei den zwei Malen.

Dr. Frieder und ich sitzen am Küchentisch, jeder über seiner Tasse heiligen Morgenkaffees.

»Ich glaube, ich bin nicht infiziert«, sage ich, bemüht, möglichst wenig Enttäuschung mitschwingen zu lassen. »Das letzte Mal betrug die Inkubationszeit 24 Stunden. Und jetzt sind es schon wie viele?«

»36.« Er schmunzelt. »Du bist zu ungeduldig. Es passiert oder es passiert nicht.«

»Na, du bist mir ja ein feiner Arzt.«

»Jou.«

Wir schweigen eine Weile vor uns hin und essen Müsli.

»Bringt Rudi die Bluebird oder musst du sie holen?«, frage ich.

»Er bringt sie.«

»Und dann?«

»Trockenliegeplatz«, kommt lapidar.

»Aha.« Ich bezweifle, dass es so glattgeht, aber das muss ich ihm ja nicht auf die Nase binden.

Ein weiterer Arbeitstag bei Foxinet steht an. Ich bin versucht, ein Nickerchen einzulegen, um dem ersten Echttraum bei einem zünftigen Büroschlaf die Chance zu geben, sich zu zeigen. Aber als Chefin macht sich das schlecht. Zugegeben, das macht sich immer schlecht.

In der Mittagspause steuere ich auf den Bäcker meines Vertrauens zu. Ich binde die Hunde an der Laterne davor an und bin schon so gut wie durch die Tür der Verlockungen, mit den Gedanken ganz bei der täglichen Brötchenwahl.

»Frau Fox?« Eine rauchige Frauenstimme mit deutlich rollendem R hinter mir.

Huch! Ich fahre herum. Hätte sie den Mund nicht aufgemacht, ich hätte sie nicht erkannt. Na gut, der weiße Chihuahua auf dem Arm hätte geholfen.

»Frau Saizew«, sage ich.

»Sie erinnern sich an mich?« Sie ist überrascht.

»Neue Farbe. Steht Ihnen gut.« Die ehemals falsche Blondine ist jetzt eine falsche Schwarzhaarige. Es ist ein Reflex, dass ich nett zu ihr bin. Eigentlich will ich das nicht. Assistentin des Teufels.

»Danke.« Sie lächelt. »Sie haben sich nicht gemeldet bei mir. Haben Sie mein Mail nicht bekommen?«

»Von Ihnen war die?«

Sie nickt. »Nach Absprache mit Herrn Merian selbstverständlich.«

»Selbstverständlich.«

»Wo können wir reden?«, fragt sie.

»Worüber?«

»Nicht hier.« Sie sieht sich um, als wären alle Menschen, die im Sommer die Konstanzer Innenstadt fluten, potenzielle feindliche Spione und hinter den hochbrisanten Informationen her, die sie mir gleich offenbaren wird.

»Gehen wir ein paar Schritte im Stadtgarten. Ich hole nur ein Brötchen. Möchten Sie auch etwas?«, frage ich.

»Nein danke.« Ihr Blick zum Bäcker ist leicht abschätzig.

Wenig später lässt Natalia Saizew ihr Hündchen auf den Boden, das sogleich Santo und Fila anmacht. Im Hundesopran.

»Puschkin, njet«, sagt sie und nimmt das Hündchen wieder auf den Arm.

Auch Natalia Saizew gilt es so schnell wie möglich loszuwerden. Schwer einzuschätzen, welche Schattierung von Böse die ihre ist, aber ich gehe fest davon aus, dass sie keine weiße Weste hat.

»Es ist bestimmt Überraschung für Sie. Herr Merian ist nicht tot.« Sie legt eine Pause ein, gibt dem Gesagten Zeit zu wirken, fixiert mich, wie die Nachricht bei mir ankommt.

»Ist er nicht?« Ich reagiere halbwegs überrascht.

»Nein. Und Ihre Hilfe er braucht.«

»Warum das denn? Und bevor Sie es sagen, wieso sollte ich ihm helfen? Ich habe keinen Grund dazu.«

»Ich weiß.«

»Er war Ihr Chef oder ist Ihr Chef, oder was auch immer ...« »Was meinen Sie mit was auch immer? Es ist eine rein berufliche, wie sagt man, Verbindung.«

»Ja ja, darauf will ich nicht hinaus. Ich meine ...« Ich bin gerade dabei, mich gehörig in etwas zu verstricken. »Ist ja auch egal.«

»Nein, sagen Sie.« Sie bleibt stehen und wendet sich mir direkt zu.

Unmöglich kann ich ihr ins Gesicht sagen, dass ich vermute, dass sie seine Verbindung zum organisierten Verbrechen ist, vielleicht sogar mit der Aufgabe, zu kontrollieren, dass er nicht aus dem Ruder läuft.

»Sagen Sie!«, wiederholt sie nachdrücklich und laut.

»Nein. Es ist unwichtig. Ich will ihm nicht helfen. Mir wäre am liebsten, er bliebe tot. So, jetzt wissen Sie es. Und Ihnen traue ich auch nicht.«

»Ich verstehe. Und warum? Ich sage Ihnen warum. Weil Frau Krüger es Ihnen hat gesagt.«

»Bitte?«

»Alles, was Sie wissen über Herrn Merian, wissen Sie von Frau Krüger. Richtig?«

»Nicht nur.«

»Nein? Woher dann?«

Unmöglich kann ich ihr ins Gesicht sagen, dass ich ihren Chef in einigen Echtträumen gesehen habe, wo er nie einen guten Eindruck auf mich gemacht hat. Zugegeben, ich habe nicht alles verstanden, weil er oft russisch gesprochen hat.

Aber eines kann ich ihr sagen: »Ich habe auch selbst mit ihm geredet und konnte mir ein Bild machen. Er hat mich offen bedroht und mir mehrfach massiv geschadet.«

»Konnten Sie wirklich Ihr eigenes Bild machen oder haben Sie nur sein Auftreten zusammengereimt mit was hat Frau Krüger Ihnen erzählt? Er wollte Sie immer beschützen.«

Ich lache laut auf. »Das ist ja absurd!«

»Lassen Sie mich raten«, sagt sie. »Sie hat Ihnen gesagt, Herr Merian ist Psychopath, der Spiele mit ihr macht, seit sie Kinder waren. Dass er sie in eine Psychoklinik brachte und ihr Vater ihr nicht mehr vertraute, weil er dachte, sie ist krank im Kopf.«

Ich starre sie an.

»Das hat sie, oder etwa nicht? Frau Krüger ist krank. Nicht Herr Merian.«

Ich weiß nicht, was ich sagen soll. Diese Frau will gerade alles, was ich weiß, ins Gegenteil umdrehen. Da fehlen mir die Worte, ausnahmsweise einmal.

»Ist Ihnen noch nicht aufgefallen, dass die Lover von Frau Krüger sterben?«, fährt sie fort.

Ich starre sie mit offenem Mund an. »Was?«

»Bernd Gerold war Freund von Frau Krüger. Tot. Michael Schroff war Freund von Frau Krüger. Tot.«

»Aber Bernd wurde von Yatas Vater erstochen und Schroff durch seine Frau vergiftet«, entgegne ich zu laut. »Daran gibt es nichts zu deuteln.«

»Glauben Sie. Es ist aber nicht so einfach.«

»Sie wollen mir allen Ernstes weismachen, Yata Krüger sei die Böse und Roger Merian der Gute?«

»Der Gute?« Sie lacht auf. »Nein. Der Gute ist er nicht. Aber er ist nicht so böse wie Frau Krüger.«

»Ich glaube Ihnen nicht. Sie stecken doch mit drin.«

»Fragen Sie mich etwas. Irgendetwas, das Sie möchten wissen.«

»Sagen Sie mir alles, was Sie über Wladimir Blinow wissen.« Ich verschränke die Arme vor der Brust, will mir das Schauspiel auf ihrem Gesicht nicht entgehen lassen.

»Wladimir Blinow? Sie kennen Wladimir Blinow?« Sie tritt einen Schritt zurück, blickt mich entgeistert an. »Wieso kennen Sie Wladimir Blinow?«, fragt sie tonlos.

»Weil er mich kontaktiert hat.« Das lasse ich mal so stehen.

»Warum? Was wollte er?«

»Ich frage Sie, nicht andersherum, vergessen? Also: Erzählen Sie mir alles, was Sie über ihn wissen.«

Ich sehe es ihr an. Am liebsten würde sie auf dem Absatz kehrtmachen und mich hier im Konstanzer Stadtgarten stehen lassen. Sie kämpft mit sich.

»Wladimir Blinow ist ein sehr gefährlicher Mann«, sagt sie leise, nicht, ohne sich vorher erneut verschwörerisch umzusehen.

»Das ist nichts Neues«, sage ich. »Was noch?«

»Er ist Diplomat«, flüstert sie, als hätte er eine Krankheit, über die man nicht in der Öffentlichkeit spricht.

»Auch nichts Neues«, sage ich. »Was noch?«

Sie schweigt, presst die rot geschminkten Lippen aufeinander.

»Das soll alles sein? Das glaube ich Ihnen nicht. Sehen Sie, wieso sollte ich Ihnen trauen? Ich wüsste nicht einen einzigen Grund dafür.«

Der Kampf in ihrem Inneren ist in vollem Gange. Sie würde immer noch gerne gehen, aber sie ist hier, um eine Aufgabe zu erfüllen. Wer wird gewinnen, Angst oder Pflichtbewusstsein?

Auch ich würde gerne gehen. Wer wird gewinnen, Misstrauen oder Neugier? Ha, der war gut!

»Okay. Dann stelle ich konkrete Fragen. Stehen Sie in engem Kontakt mit Wladimir Blinow?«

Sie reißt die Augen auf und verfällt in so etwas wie eine Schockstarre.

»Frau Saizew?«, frage ich.

»Ich kenne ihn«, sagt sie wortkarg. Ihre Miene ist verschlossen.

»Steht Yata Krüger in engem Kontakt mit ihm?«

»In Kontakt, ja. Eng, wie meinen Sie eng?«

»Na telefonieren sie regelmäßig, weiß er, wo sie gerade ist?«, frage ich.

»Sie telefonieren gelegentlich, ja. Sonst weiß ich nicht.«

»Aha«, sage ich und betrachte die Russin prüfend. »Ist Wladimir Blinow Teil der russischen Mafia?«

Wieder reißt sie die Augen auf, hebt eine Hand, die andere hält Puschkin, sonst würde sie die sicher auch in dieser wedelnden Geste einsetzen. »Pscht, nicht so laut«, zischt sie. »Die Grenzen sind, wie sagt man, fließend.«

»Okay. Wo ist Herr Merian?«

»Ich weiß nicht.«

»Wie kommuniziert er mit Ihnen?«

»Er hat mir Handy geschickt, über eine Freundin.«

»Und was will er von mir?«

»Das weiß ich nicht. Er will mit Ihnen sprechen. Er will nicht sagen, warum er braucht Ihre Hilfe.«

»Aha. Und wie geht es weiter?«

»Sie warten.«

»Darauf, dass er mich kontaktiert?«

»Ja.«

»Warum dann die Mail, warum dann Ihr Besuch?«

»Er weiß, dass Sie ihm nicht trauen. Er will nur, dass Sie zuhören.«

»Okay«, sage ich. Warum auch nicht. Zuhören kann man ja mal. Davon wird man nicht dümmer. In der Regel. Was dieses konkrete Gespräch mit Natalia Saizew allerdings angeht: Gut möglich, dass ich davor schlauer war.

Wenig später ist sie mit Puschkin auf dem Arm davonstolziert und ich kann endlich in mein Brötchen beißen.

Fila sieht mich kritisch an.

»Wir mögen die nicht, stimmt's? Weder den Hund noch das Frauchen«, sage ich.

Und ich könnte meinen, Fila nickt. Aber das wäre ja verrückt.

»Fila mag Natalia Saizew und den kleinen weißen Mexikaner nicht. Puschkin heißt er übrigens«, eröffne ich Dr. Frieder am Telefon, als wäre das der wichtigste Punkt, den es zu erwähnen gilt.

»Hoi«, sagt er. »Und das weißt du woher?«

»Natalia Saizew hat mir vor meinem Stammbäcker aufgelauert. Unverschämt. Hauptmessage: Roger Merian lebt, will sich bei mir melden, ich soll zuhören.«

»Alles okay mit dir?«

»Ja«, sage ich automatisch. »Nein. Sie hat gesagt, Yata sei böser als Roger Merian, Yata sei schuld am Tod von Foxinet-Mitarbeiter Bernd und Kriminalhauptkommissar Schroff letztes Jahr. Natalia Saizew wirkte so überzeugt von dem Absurden, das sie da von sich gab. Jetzt fühle ich mich wie umgekrempelt. Muss mich erst wieder sortieren.«

»Du glaubst ihr den Quatsch?«

Ich denke kurz nach. »Nein, eigentlich nicht.«

»Eigentlich?«

»Der macht was mit einem, so ein Floh im Ohr.«

»Tu es ab, als hätte sie gesagt, die Erde ist eine Scheibe. Sag dir, die Erde ist eine Kartoffel.«

»Eine Kartoffel?«, frage ich lächelnd.

»Eine Kartoffel«, wiederholt er.

Nach dem Telefonat geht es mit den Hunden zurück ins Büro. Auf dem Weg sage ich mir stumm, die Erde ist eine Kartoffel, die Erde ist eine Kartoffel.

Und warum auch immer, haben mein Norddeutscher und ich am Abend so was von Appetit auf Ofenkartoffeln in Olivenöl mit Rosmarin.

Kapitel 43

Ich schaue auf mich hinunter, wie ich in Dr. Frieders Arm eingekuschelt in unserem Bett schlafe.

Ich seufze wohlig. Endlich! Was Yata eine Out of Body Experience nennt, nenne ich nicht ohne Grund Echttraum. Es hat nichts Übersinnliches. Gleichwohl dürften die meisten mich für verrückt halten. Im Moment ist es mir aber so was von schnurz, was irgendwer von mir denkt und ob man meint, ich hätte genauso gut ohne Echtträume auskommen können. Ja, hätte ich. Aber wollte ich nicht. So ginge es jedem, der es einmal erfahren hat.

Unwillkürlich zähle ich. Zwölf Sekunden, dann fühle ich, wie ich wegbewegt, wie ich beschleunigt werde. Es wird dunkel. Das bleibt es verhältnismäßig lange. Somit ist der Zielort weit von Konstanz entfernt. Ich schwöre mich darauf ein, den Aufenthalt zu begrenzen, damit die Unterkühlung im Rahmen bleibt.

Ich kann nicht beeinflussen, wohin die Reise geht. Bisher hat sich mir nicht eröffnet, warum ich lande, wo ich lande. Eine Art Reisewundertüte.

Komisch, dass ich nur noch eine vage Ahnung hatte, wie sich ein Echttraum anfühlt. Hätte man mich zuvor gefragt, ich hätte gesagt, es fühlt sich alles so echt an. Das hier ist irgendwie nicht ganz so echt wie ich es in Erinnerung habe. Aber so ist das ja meist. Die Erinnerung trügt.

Im nächsten Moment blinzle ich. Hell gleißt mir die Sonne ins Gesicht. Wasser in allen Schattierungen von Türkis soweit das Auge reicht. Leider reicht mein Auge im Echttraum nur etwa fünfzig Meter um das Subjekt, dem meine Aufmerksamkeit gilt. Der Rest ist hinter einer Art Nebel verborgen. Ich schwebe über einem Betonsteg. Nicht viel zu sehen, na außer dem besagten türkisfarbenen Meer, das den Steg umgibt und das alleine schon eine Reise wert ist.

Wenn ich auch machtlos bin, wohin es geht, hatte ich bisher meist eine Verbindung zu den Menschen am Zielort. Meist. Nicht immer. Die Kunst ist, abzuschätzen, ob an einer

Stelle noch etwas Interessantes passieren wird, für das es sich zu warten lohnt.

Der mir offenbarte Ausschnitt gliedert sich wie folgt:

Da haben wir türkisfarbenes Wasser, klar bis auf den Grund, besagten Betonsteg, gleichzeitig Parkplatz für Autos und Golfcarts, sieben Boote, vier mir unbekannte Männer, die beisammenstehen und sich unterhalten, einen Pelikan auf einem Pfahl, und viele Fischchen, von denen einzelne silbern aufblitzen, wenn der Schwarm die Richtung wechselt. Aus einem der Autos klingt Reggae Musik, ein Mann singt lautstark mit. Der Sänger muss im Auto sitzen, in das ich nicht hineinschauen kann.

Und nu? Warte ich noch dreißig Sekunden und breche dann ab. Ich beginne zu zählen.

Die vier Männer haben die Ruhe weg. Süßes Nichtstun. Ich verstehe sie nicht. Ab und zu taucht ein englisches Wort aus einem Meer von Mischmasch auf.

Der Pelikan putzt sich. Die Fischchen genießen ihr Leben im glasklaren Wasser, ahnen wohl, dass sie dem Pelikan zu klein sind und er an Körperpflege denkt, nicht an Ernährung.

Der Reggae Song ist zu Ende. Die Autotür öffnet sich. Ein Basecap steigt aus, darunter T-Shirt, Shorts und Flipflops, dazwischen braun gebrannte Beine und Arme. Das Basecap wird abgenommen. Der Mann fährt sich in einer unverkennbaren Geste durchs schwarze Haar, das eigentlich mit zu viel Gel an den Kopf gekleistert sein müsste. Haar, das schon vor Wochen einen Schnitt nötig gehabt hätte, in der Welt, aus der es stammt, wäre es Roger Merians Haar. Diese Geste! Sie lässt sich nicht beschreiben, man erkennt sie nur, wenn man sie sieht.

Ich bin fixiert auf diese Geste und übersehe das Gesicht. Wie kann man ein Gesicht übersehen, wenn sich jemand über die Haare fährt? Man kann. Vor allem aus dieser Perspektive.

Nun ist das Basecap wieder zurück an seinem Platz und das Gesicht verschwindet unter dem Schirm. Ach verflixt! Im Nachhinein meine ich, auf der Nase saß eine verspiegelte Brille, aber sicher bin ich mir nicht. Eine schlechte Zeugin.

Diese Beine und Füße sind mir unbekannt. Die Beine und Füße von Roger Merian habe ich nie zu Gesicht bekommen, sie steckten immer in handgenähten Schuhen und Maßanzughosen. Schultern und Arme im T-Shirt wirken mir zu sportlich. Sie würden die Maßanzüge aus Roger Merians Kleiderschrank sprengen. Ist der hier eine durchtrainierte, sonnenverwöhnte Variante oder teilt er sich nur eine Geste mit Roger Merian?

Ich habe vergessen, weiter zu zählen. Sind die anvisierten dreißig Sekunden schon um? Anzunehmen.

Ich starre auf ihn hinunter, wie er ohne Eile auf die Gruppe zugeht, jeden einzelnen der Männer mit Handschlag begrüßt und dabei wortlos nickt.

Ich kann mich nicht loseisen. Nun sag schon was, Mann, der sich eine Geste mit Roger Merian teilt!

»Schön gesungen«, scherzt einer der Männer auf Englisch.

»Schön falsch«, antwortet er. Man hört ein Lächeln in der Stimme, das klingt sympathisch. Er nimmt sich selbst nicht ernst. Ist er es? Er könnte es sein. Oder auch nicht. Ich habe Roger Merian noch nie Englisch sprechen hören.

»Wenn du es sagst«, sagt ein anderer.

Die Gruppe lacht.

Der Mann hebt die Hand zur Verabschiedung. Ich meine, ich kenne jemanden, der diese Geste verwendet, bin mir aber recht sicher, in Roger Merians Repertoire ist sie nicht. Er flipflopt gemächlich weiter auf dem Betonsteg. Ich fliege mit. Der Steg verbreitert sich zu einer Plattform, schafft Platz für ein rosafarbenes Holzhaus, Kisten, Paletten, ein Sonnendach und Anlegestellen für größere Schiffe, eines davon ist eine Personenfähre. Der Mann verschwindet im Haus und ich hänge über dem Eingang fest.

»Nun ist aber Schluss«, flüstere ich, halte mir die Nase zu und reise durch die Dunkelheit zurück ins kuschelige Bett zu meinem Dr. Frieder. Der schönste Platz, um dahin zurückzukehren.

Beim Aufwachen schnappe ich nach Luft. Ich halte mir immer noch die Nase zu. Mein Herz klopft wild, eine Mischung aus freudiger Erregung, Spannung und etwas Grusel. Ich schlage die Decke zurück. Mir ist heiß.

Moment, wieso ist mir heiß? Mir müsste kalt sein. Ziemlich kalt sogar. Schließlich war die Reise lang.

Dr. Frieder neben mir schläft tief und fest.

Ich rufe mir die Bilder aus dem Echttraum in Erinnerung. Diese Geste. Wie war sie noch mal? Sie löst sich auf, ich kann sie kaum noch fassen. Außer dieser Geste war da nichts. Es machte den Eindruck, als wäre der Mensch, der Roger Merian sein könnte, aus Gesten und Bewegungen verschiedener Menschen zusammengesetzt.

Leise stehe ich auf, will Dr. Frieder nicht wecken. Von den Hunden ernte ich verwunderte Blicke, was ich denn so herumgeistere, mitten in der Nacht.

Ich setze mich mit dem Notebook im Wohnzimmer aufs Sofa. Im Browser ist noch Google Maps geöffnet, in der Satelliten Ansicht. *Government Dock* steht da. Sieht ziemlich genau aus wie in meinem Echttraum. Jetzt fällt es mir wieder ein. Ich habe gestern Abend noch kurz online recherchiert. Harbour Island in den Bahamas, vielleicht fünf Kilometer lang und einen halben breit. Die Satellitenaufnahme zeigt tatsächlich rosa Sand neben türkisfarbenem Meer. Ausgefallen. Kein Streetview, aber jede Menge netter Bilder, auch vom Government Dock. Das alles habe ich mir vor dem Einschlafen angesehen.

»Och nö«, flüstere ich.

»Was los?«, fragt Dr. Frieder aus dem Türrahmen.

Ich habe ihn gar nicht kommen hören, obwohl das Parkett in unserem Flur eigentlich unüberhörbar ist.

Er setzt sich zu mir aufs Sofa und blickt auf den Monitor.

»Dunmore Town? Wo ist das?«

»Auf Harbour Island in den Bahamas«, sage ich und lehne meinen Kopf an seine Schulter. »Willst du was total Verrücktes hören?«

»Hm?«

»Ich denke, ich habe gerade geträumt, ich hätte einen Echttraum.«

Er sieht mich erstaunt an. »Du hast es geträumt?«

Ich nicke. »Mir ist heiß, nicht kalt. Dabei war die Reise lang. Vor allem aber erinnere ich mich nicht, als hätte ich es erlebt. Es löst sich alles zu schnell auf. Nur noch Traumbrösel übrig.«

Er legt den Arm um meine Schulter. »Und nun bist du enttäuscht«, stellt er treffend fest.

»Irgendwie schon. Ich weiß nur noch wenig, aber ich weiß, ich habe vielleicht Roger Merian gesehen, vielleicht auch nicht. Auf diesem Dock hier.« Ich zeige auf das Display und seufze.

»Ich dachte, du hast es nur geträumt?«

»Ach ja«, sage ich. »Nur geträumt.« Ich lege eine kleine Pause ein. »Eine Geste, Körpergröße und Haarfarbe kommen hin. Das ist es dann aber auch schon.«

Dr. Frieder blickt mich irritiert an.

»Ach ja«, wiederhole ich. »Nur geträumt. Ein echter Traum, kein Echttraum.« Ich lächle etwas dümmlich.

Ich fische die Gedankenfetzen aus meinen Erinnerungen und informiere ihn über alles, was mir noch einfällt. Erzählen hilft gegen Vergessen.

»Er hat Reggae gesungen?«, fragt er. »Das kannst du nur geträumt haben.«

»Ja, das gibt drastische Punktabzüge in Sachen Wahrscheinlichkeit. Habe ich doch unbewusst nach Yatas Beschreibung eine sportliche, braun gebrannte, coole und glückliche Ausführung von ihm gebastelt.« Ich schüttle den Kopf.

»Wieder ins Bett?«, fragt er.

»Ich schreib mir nur kurz was auf. Komme gleich nach«, sage ich und bin schon dabei, die letzten Bruchstücke des Traums ins Notebook zu tippen, bevor sie sich in Nichts auflösen.

Kapitel 44

Am nächsten Morgen, Dr. Frieder und ich sitzen am Küchentisch, jeder über einer Tasse heiligen Morgenkaffees, bin ich froh, dass ich mir in der Nacht Notizen gemacht habe.

»Ist die Inkubationszeit immer gleich lang?«, frage ich meinen hauseigenen Mediziner. Denn natürlich warte ich weiterhin darauf, dass es zur Infektion kommt, dass es nun endlich losgeht mit den wahren Echtträumen.

»Ist vom Erreger abhängig«, sagt er.

»Will heißen, bei meinem absonderlichen Erreger weiß man nicht?«, frage ich.

Er nickt. »Gut möglich, dass du Antikörper gebildet hast.«

Ich starre ihn verblüfft an. »Daran habe ich gar nicht gedacht. Ich bin vielleicht immun?« Aber natürlich. Das könnte der Grund sein, warum sich nichts tut.

Wir schweigen einen Moment.

»Heute bringt Rudi die Bluebird«, sagt der Norddeutsche dann unvermittelt.

»Ah ja? Und wohin?«

»Zu Torsten aufs Grundstück.«

»Nee!« Ich starre meinen Liebsten verdattert an, gefolgt von einem strahlenden Lächeln. Aber klar! Er löst komplizierte Dinge im Vorbeigehen. Seine Tiefenentspannung springt über und schon fluppt alles an seinen Platz. Magisch.

»Torsten hat eine Fernbedienung fürs Tor übrig. Ich kann jederzeit segeln oder rudern gehen. Er ist ohnehin selten da.«

Ich schüttle lächelnd den Kopf. »Umwerfend, wie du das immer hinkriegst.«

»Mein Charme.« Er lächelt spitzbübisch.

»Was sonst.« Ich streichle ihm über die Wange. Nicht wie Tante Inés, nein, Ines-like, zart mit den Fingerspitzen.

Er haucht mir einen Abschiedskuss auf die Lippen und ist schon so gut wie durch die Tür auf dem Weg zur Arbeit.

»Äh«, rufe ich ihm hinterher. »Ich wollte dir noch etwas sagen.«

»Wasn?« Er kommt mit neugierigem Gesichtsausdruck zurück in die Küche.

»Ich möchte mit Yata in die Bahamas fliegen«, sage ich mit ausgesucht entschlossener Stimme. Ich signalisiere, hier sitzt eine Frau, die weiß, was sie will, die sich nur schwer vom Kurs abbringen lässt, sich gleichwohl auf partnerschaftlicher Ebene mit ihrem Liebsten austauscht, was sie vorhat. Eine mündige Frau, die ihre Bedürfnisse kennt und zum Ausdruck bringt, wohlwissend, dass sie für andere nicht immer nachvollziehbar sind. Ja, ich bin auch erstaunt, wie enorm erwachsen ich mich gerade verhalte. Oder eher abnorm verwachsen?

»Was?« Langsam kommt er näher und mustert mich eingehend. Noch überlegt er, ob ich scherze, und sucht in meiner Miene nach sachdienlichen Hinweisen.

»Yata fliegt sowieso. Sie chartert einen Jet. Ich muss nur einsteigen und vorher einen Flug nach London ergattern.«

»Yata ist in London?«

Ich nicke. »Ehrlich, ich glaube, wenn ich mit Echtträumen nichts über Roger Merian herauskriege ... Ich muss wissen, was mit ihm ist, sonst werde ich verrückt.«

»Haben wir nicht festgestellt, dass du bereits verrückt bist?«, fragt er lächelnd. Immerhin, er schäkert noch mit mir.

Ich ziehe eine Grimasse. »Ja, gut. Also wenn ich da nicht hinfliege, knalle ich total durch. Besser?«

Er bleibt stumm.

»Ist das im weitesten Sinne okay für dich?«, frage ich dann doch mal nach. Ich habe mit mir gerungen, wie ich es konkret formuliere, sodass die Wahrscheinlichkeit gering ist, dass er mein Vorhaben ablehnt und ich gegen seinen Willen in die Bahamas fliegen muss.

Dr. Frieder überlegt. Er bedenkt mich weiterhin mit einem musternden Blick, als suche er irgendetwas an mir, was da sein müsste, es aber nicht ist. Gesunden Menschenverstand vielleicht?

Machen wir uns nichts vor, es ist gelinde gesagt grenzwertig, mal eben über den Atlantik zu jetten, um nachzuschauen, was der totgeglaubte Erzfeind tut, gesetzt den Fall, er ist überhaupt dort, gesetzt den Fall, er ist überhaupt noch am Leben.

Abgesehen davon muss ich mich schon fragen: Würde ich auch hinfliegen wollen, wenn es um den Nordpol ginge? Trotz der Absurdität möchte ein Teil von mir diesen Roger Merian, den Yata beschrieben und ich im Traum gesehen habe, in Wirklichkeit sehen. Der magische Sog einer Vorher-Nachher-Sensation. Verrückt. Sage ich ja. Der andere Teil brennt rein aus Vernunftgründen darauf zu erfahren, wo der Bösewicht sich aufhält, um sich gegen ihn zu wappnen, um gegen ihn vorzugehen, sollte es nötig werden.

»Musst du machen?«, fragt Dr. Frieder in meine wirren Gedanken hinein.

»Muss ich machen«, sage ich. Wenn er diese Frage stellt, ist alles gut.

»Dann mach's«, sagt er. »Versprich mir, vorsichtig zu sein. Vorsichtiger als zuletzt in Anke Schmidts Wohnung.«

Ich erhebe mich, umarme ihn und gebe ihm einen Wir-haben-alle-Zeit-der-Welt-Kuss.

»Versprich es«, wiederholt er.

»Ich verspreche es«, sage ich feierlich. Kurz bin ich versucht, ihn zum Scherz sehen zu lassen, wie ich Zeige- und Mittelfinger kreuze, um den Schwur außer Kraft zu setzen. Aber ich widerstehe dem Drang, der Situation Komik zu verleihen. Jetzt nur kein Risiko eingehen.

Wenig später ist mein Norddeutscher Richtung Klinikum geschlendert, ich habe mit Yata verabredet, dass ich am nächsten Tag zu ihr stoße, habe einen Flug von Zürich nach London Heathrow gebucht und bin mit Santo und Fila ins Foxinet-Büro gelaufen.

Nun sitze ich an meinem Schreibtisch, die Sommersonne scheint herein und wärmt den Hunden die Bäuche. Ich sondiere meine Foxinet-Aufgaben der nächsten Tage: Was kann warten, was lässt sich von unterwegs erledigen, was kann jemand anders übernehmen, was muss heute noch sein?

Die Foxinets sind wenig erstaunt über meine plötzlichen Reisepläne, schließlich habe ich die letzten Monate immer mal wieder unerwartet mit Abwesenheit geglänzt. Mein Eindruck: Man kommt auch gut ohne mich klar, ist gar nicht sonderlich betrübt, wenn die Chefin ihr waches Auge mal auf etwas anderem ruhen lässt.

Nach der Aufgabenplanung habe ich die analoge Post auf dem Tisch, die paar Sendungen, die uns noch so erreichen. Meist wenig Erfreuliches, wie graue Briefe vom Finanzamt oder Rechnungen. Ein Polsterumschlag zieht meine Aufmerksamkeit auf sich. Ohne Poststempel. Handeinwurf.

Ich öffne ihn. Heraus rutscht ein Billighandy.

»Nein«, flüstere ich. »Der Geist will Kontakt aufnehmen.«

Ich greife zu meinem Smartphone und rufe bei Dr. Frieder durch. Er geht nicht ran. Vermutlich hat er die Finger in irgendwelchem menschlichen Gewebe, was ich mir lieber nicht genauer ausmale. Ich schreibe: *RM hat Handy geschickt. Rangehen oder nicht rangehen ist die Frage.* Kuss-Emoji

In dem Moment, in dem ich die Nachricht abschicke, weiß ich: Klar geh ich ran!

Ich sitze da und trommle mit den Fingern auf die Schreibtischplatte. So was von Klischee. Zumal es überhaupt nicht hilft, die Warterei zu verkürzen, angenehmer zu gestalten oder mich zu beruhigen. Zwischendurch nehme ich ein Video auf, das mich fingertrommelnderweise zeigt, und schicke es an Dr. Frieder. Der Text dazu: *Ich warte, dass er anruft.* Kuss-Emoji

Dann fällt mir ein, das Handy zu untersuchen, um eine eventuelle Spionage-App zu entdecken. Das Telefon scheint sauber zu sein.

Nach einer Stunde unkonzentrierten Arbeitens und unkontrollierter Schreibtischtrommelei pilgere ich zur Kaffeemaschine. Ich sehe dem Gebräu zu, wie es in die hellblaue Tasse tropft und sich dabei Zeit lässt. Und da nehme ich mir vor: Es wird nicht mehr gewartet. Wer weiß, wann Roger Merian sich meldet. Abgesehen davon, hat sich das Telefonieren vielleicht bald erübrigt, auf den Bahamas. Beim Gedanken, ihn in natura zu treffen, stellen sich mir automatisch die Nackenhaare auf. Die sind schlauer als ich.

Der Akku des Billighandys sei nur halb voll, meldet die Anzeige. Na wunderbar. Natürlich passt das Kabel meines Ladeteils nicht. In Folge besuche ich in der Mittagspause nicht nur meinen Stammbäcker, sondern auch die Elektronikabteilung des Kaufhauses. Danach fühle ich mich für alles gerüstet.

Kapitel 45
Am nächsten Morgen verabschiede ich mich ausführlich von Dr. Frieder. Ich will ihn gar nicht wieder loslassen. »Würde dich gerne zum Flughafen fahren«, erzählt er meinem Hals zum wiederholten Male.

»Aber du musst deinen Nachfolger in der Pathologie einführen. Weiß ich doch. Kein Problem«, versichere ich.

Beim Wort Nachfolger schwebt kurz das Gespenst Fernbeziehung durch die Küche.

Ich sehe meinem Norddeutschen durch das Fenster nach, wie er – mit den Händen in den Vordertaschen seiner Jeans vergraben – Richtung Klinikum davon schlendert. Er wirkt etwas energielos. Das täuscht bestimmt.

»Auf den Bahamas geht es relaxed zu. Aber abends beim Essen brauchst du ein bisschen mehr als ausgefranste Jeansshorts«, informiert Yata am Telefon.

»Du befürchtest, ich nehme nur meine Jeansshorts mit?«, frage ich ungläubig.

»Ich meine ja nur«, sagt sie.

»Aha.«

Insofern ist nachzuvollziehen, dass mein sonst entspanntes Kofferpacken etwas unter Erfolgsdruck steht.

»Ihr müsst euch nicht mit dem Inhalt von Yatas Schrank messen«, sage ich zu den ausgesuchten Kleidungsstücken, die mit in den kanariengelben Reisetrolley dürfen. »Wir sind, wie wir sind. Punkt.«

Santo und Fila beäugen argwöhnisch, was ich da treibe. Wenn ein Mensch Zeug auf einen Stapel oder in einen Behälter packt, ohne dass Hundesachen dabei sind, bedeutet das nichts Gutes.

»Dr. Frieder kommt ja heute Mittag, kein Grund zur Sorge«, sage ich und ziehe die Wohnungstür vor einem doppelten Hundeblick ins Schloss.

Wenig später sitze ich im Zug nach Zürich, um dort in die allgemeine Reisegeschäftigkeit des Flughafens einzutauchen.

So wunderbar bunt sind die Fluggäste, da passe ich mit meinem schrillen Gemüt und farbenfrohen Sommerkleid bestens hinein.

Am Gate beim Boarding bin ich umgeben von Business Standards in Schwarz, Grau und Dunkelblau. Ich falle auf wie ein Flamingo in einem Schwarm Graugänse. Auf dem einstündigen Flug versenke ich mich in mein Notebook und versuche, etwas Arbeit zu erledigen und ähnlich geschäftig zu wirken wie der Rest der Passagiere. Erstaunt tauche ich aus den digitalen Tiefen auf, als es heißt, der Sinkflug würde bereits eingeleitet.

In London Heathrow treffe ich Yata. Sie freut sich sichtlich, mich zu sehen, zumindest interpretiere ich es so, als sie mit ungewohnt ausgebreiteten Armen und strahlendem Lächeln auf mich zukommt. Sie dirigiert mich durch die Flughafeninnereien bis aufs Vorfeld zu einem kleinen Jet, der neben den Linienmaschinen wie Spielzeug aussieht. Yata stöckelt mir voran, die Stufen hinauf ins Flugzeug.

»Wir müssen kurz in Miami landen und die Kollegen absetzen«, sagt sie, als müssten wir nur mal eben um zwei Straßenecken, um Tante Hedwig zum Friseur zu bringen. Yata deutet auf die einzigen zwei Passagiere, eine Frau und einen Mann um die Vierzig, die bereits in den komfortablen Ledersesseln Platz genommen haben. Die Kollegen nicken mir müde zu. Ein paar Minuten später bestätigt sich der erste Eindruck: Noch bevor wir abheben, schließen die Kollegen die Augen.

»Die sehen überarbeitet aus«, flüstere ich Yata zu und schnalle mich an. »Denen musst du mal eine Pause gönnen, ihnen Urlaub verordnen.«

Sie winkt ab. »Die Kollegen stecken in Übernahmeverhandlungen. Das gibt sich wieder. Da müssen sie durch. Internationales Consulting ist kein Ponyhof.«

Meine Vorstellung, Yata und ich hätten einen entspannten Flug, Champagner schlürfend und plaudernd, tritt nicht ein. Sie packt ihren Laptop auf das Tischchen und tippt konzentriert vor sich hin.

»Protokoll und Anweisungen fürs Team«, erklärt sie.

»Aha«, sage ich.

Nun gut, wenn das so ist, ich habe auch zu tun.

Immer mal wieder kommt der schlaksige Flugbegleiter vorbei. Felix steht auf dem Schild seiner dunkelblauen Uniform. Er bringt uns Getränke, Wasser vornehmlich, und erkundigt sich nach unseren Wünschen. So komfortabel die Ausstattung, so großzügig der Platz, die Luft ist ähnlich trocken wie in einer Linienmaschine.

Nach ein paar Stunden wird das Essen serviert. Die Kollegen schlafen durch. Yata pickt etwas im Salat herum. Nur die Frau Fox, die schlägt zu und erfreut Felix mit ihrem gesegneten Appetit.

»Die Pasta ist köstlich«, schwärme ich und nippe am Burgunder.

»Warten Sie auf das Dessert. Frau Krüger hat extra Schokoladenkuchen mit einem flüssigen Kern für Sie bestellt.«

»Hat sie?« Ich strahle erst ihn dann Yata an.

»Ja, hat sie. Selbstredend rein pflanzlich«, sagt Yata mit einem Lächeln.

Selbstredend bin ich die einzige, die sich das Dessert schmecken lässt und wohlige Genusslaute von sich gibt. Ich halte mir unfein den Bauch, als Felix mir eine weitere Portion angedeihen lassen will.

»Bikini«, sage ich.

Er nickt verständnisvoll.

Nach dem Mahl döse ich ein und werde von Yata geweckt, die mir ein Glas Champagner hinhält. »Stößchen«, sagt sie.

»Frau Krüger haben für heute genug gearbeitet?«, frage ich und klingle mein Glas an ihres.

»Nein. Aber Frau Krüger hat für heute genug vom Arbeiten.«

Das Kling-Kling unserer Gläser weckt die Kollegen, die munter werden und fragen, wann es Essen gebe. Felix verzieht keine Miene und bereitet das Menü im Küchenschrank zu. Ich bin froh, dass ich nicht noch einmal gefragt werde, ich wäre womöglich schwach geworden.

Die Kollegen bekommen allmählich etwas Farbe im Gesicht und sind in gelöster Stimmung, als wir sie in Miami absetzen.

»Dies ist zwar ein Umweg für uns, aber sie haben zeitliche Verpflichtungen«, erklärt Yata.

Ich nicke verständnisvoll. Wer von uns international arbeitenden Professionals kennt sie nicht, diese zeitlichen Verpflichtungen. Ich verkneife mir die Bemerkung, dass dieses Jet-Chartern eine rechte Ressourcenvergeudung ist. Fliegen alleine ist es schon. CO_2, Klimawandel und so. Aber es käme schlecht, so als Nutznießerin alias Schmarotzerin, die ich gerade bin. Also bin ich mal hübsch still.

Nach einer weiteren Stunde kredenzt der Blick aus dem Fenster den Höhepunkt des Fluges. Wir fliegen in geringer Höhe über die Bahamas. Schlieren von verschiedenen Türkis- und Azurtönen, deren Intensität je nach Wassertiefe und Sandfarbe mal grell schillert, mal ins Milchige tendiert, mal von dunkelblauen Tönen eingerahmt wird. Eine Seidenmalerei gigantischen Ausmaßes, schwungvoll um Inseln, Inselchen und Sandbänke gemalt. Alles ist im Fluss, alles in Bewegung und wirkt trotzdem erstarrt. Die größeren Inseln mit Klecksen von Vegetation in der Mitte und einem Saum aus Sand, an dem die Brandung leckt.

Ich verrenke mir fast den Hals am kleinen Flugzeugfenster, will mir nichts entgehen lassen, halte die Kamera meines Handys drauf, kann mich nicht sattsehen.

Habe ich nicht vor kurzem in Konstanz wegen der Kieselalgenblüte von einem türkisfarbenen Traum gesprochen? Angesichts dieses Schauspiels muss der Bodensee den Titel umgehend wieder herausrücken. So leid es mir tut.

Wir landen auf einer schmalen Betonpiste inmitten von Buschwerk im Norden der Insel Eleuthera, zu der das kleine Harbour Island gehört.

Ein weiß gestrichener flacher Holzbau ist das einzige Flughafengebäude. Auf dem Vorfeld stehen Jets wie unserer und eine Reihe kleinerer Propellermaschinen, wie man sie auch auf der Graspiste des Konstanzer Flugplatzes zu sehen bekommt. Und zwei Wasserflugzeuge mit Rädern an den Schwimmern.

»Von hier aus ist es nur noch eine kurze Bootsfahrt nach Harbour Island«, sagt Yata, schultert ihre Aktentasche, schaut sich um, ob wir nichts in der Kabine zurücklassen, und steuert auf den Ausgang zu, wo uns Felix, Pilotin und Co-Pilot verabschieden.

Draußen nimmt mich warme bahamaische Luft in die Arme, heißt mich willkommen und fragt, wo ich denn gesteckt habe, mein Besuch sei ja längst überfällig.

Yata und mir entschlüpft ein kollektiver Seufzer.

»Das fühlt sich großartig an«, sage ich, streiche die Haare zurück, die der warme Wind mir ins Gesicht pustet, und fische meine Sonnenbrille aus der Tasche. Es ist gar nicht die Temperatur selbst. Ich schätze, sie ist ähnlich wie aktuell am Bodensee. Die Luft scheint hier aus anderen Substanzen zusammengesetzt zu sein. Enthält sie unsichtbare Tröpfchen von Meerwasser und fühlt sich daher so samtig an?

Wenig später haben wir eine unkomplizierte Einreiseprozedur durchlaufen, bei der sich die Zollbeamtin in schwarzweißer Uniform entspannt Zeit lässt und uns herzlich einen schönen Aufenthalt auf den Bahamas wünscht. Sie hat uns mal eben auf den hiesigen Umgang mit Zeit getaktet, was bestimmt Teil ihrer Stellenbeschreibung ist.

Ein kurzer Transfer zu einem Anlegesteg, dann sitzen wir mit drei weiteren Passagieren in einem Boot, unsere Koffer sorgsam in der kleinen Kajüte verstaut. Das Boot pflügt ohne Eile durch den türkisfarbenen Traum. Yata und ich lassen die Haare im Fahrtwind hinter uns her wehen.

Ich sende Dr. Frieder ein paar der vielen Fotos, die ich gemacht habe. *Bin gut gelandet. Wunderschön hier, würde Dir gefallen. Ich vermisse Dich. Bootfahren ohne Dich ist seltsam,* schreibe ich ihm.

Genieß es für mich mit, schreibt er zurück und schickt eine Reihe von Kuss-Emojis. Ich kichere wie ein Schulmädchen.

Nach der kurzen Überfahrt kommen wir an einem Betonsteg. Government Dock. Der Ort kommt mir seltsam bekannt vor. Ein rosa Holzgebäude auf dem Steg, Paletten und allerlei Kisten drumherum. Eine Fähre, in die Passagiere steigen.

Yata und ich ziehen unsere Trolleys hinter uns her, den Betonsteg entlang, auf eine Reihe von geparkten Fahrzeugen zu. Wenige Autos, viele Golfcarts.

Aus einem der Autos erklingt Reggae. Ich muss mich zusammenreißen, weiterzugehen. Bemühe mich, nicht wie erstarrt stehen zu bleiben und zu gaffen. Yata schreitet am Fahrzeug vorbei. Ich kann nicht anders, als hinzustarren.

Da sitzt ein Mann, der ein Basecap und eine verspiegelte Sonnenbrille trägt. Er singt zu dem Reggae. Unbeschwert und ein bisschen schräg. Er sieht in meine Richtung. Automatisch hebe ich die Hand und winke. Er hört auf zu singen und winkt zurück. Das muss gar nichts bedeuten. Es könnte irgendwer sein, der da freundlich winkt. Der Mund des Mannes, eingerahmt vom Schatten eines Fünftagebartes, verzieht sich zu einem Lächeln. Das kenne ich! Er führt einen Zeigefinger an die Lippen, macht die internationale Psst-Geste und nickt.

Ich muss mich aufs Gehen konzentrieren, damit ich nicht über meine eigenen Füße geradewegs in den türkisfarbenen Traum stolpere. Etwas in mir will wegrennen. Etwas anderes in mir will die Autotür aufreißen, ihn herauszerren und anschreien, was das alles soll.

Und was mache ich? Weder noch. Ich spiele mit. Wieso spiele ich mit? Wieso gehe ich einfach langsam weiter, als wäre nichts? Wieso schreie ich nicht: Da sitzt Roger Merian! Haltet ihn!

Ich schließe zu Yata auf. Sie steht auf Zehenspitzen und umarmt einen Mann, schwarzes Haar gesprenkelt mit etwas Silber, dazu Shorts und Flipflops. Sein pinkfarbenes Poloshirt ist bestickt mit *Sam's Guest House.*

»Yata, gut dich zu sehen«, sagt er auf Englisch.

»Gut dich zu sehen, Sam. Wie geht es dir? Wie geht es Aymee und den Kindern?«, sagt sie mit britischem Akzent.

Ich bin wie in Trance. Eine Schauspielerin, der vor lauter Lampenfieber entfallen ist, was sie sagen und tun soll, die komplett vergessen hat, was ihre Rolle vorsieht. Eine Souffleuse muss her.

Yata stellt mich Sam vor, er lächelt mich an. »Willkommen auf den Bahamas. Willkommen auf Harbour Island«, sagt er und nimmt uns die Trolleys ab. Yata und Sam tauschen Höflichkeiten aus und bummeln plaudernd zu einem der Golfcarts. Ich wackle hinterher.

»Hast du Roger gesehen?«, höre ich Yata fragen, als wäre sie im Nebenraum.

»Ist schon eine Weile her«, sagt er.

Ausflüchte, denke ich. Aber ich bin unfähig, mich am Gespräch zu beteiligen, irgendetwas zu sagen. Na, *brabbel brabbel* ginge vermutlich, aber das verkneife ich mir.

Yata sitzt im Golfcart vorne neben Sam, ich sitze hinten, gegen die Fahrtrichtung, Seite an Seite mit unseren Koffern. Blickrichtung: Reggae singender Roger Merian. Die Musik stoppt, die Autotür öffnet sich. Er steigt aus. Sonnenverwöhnte Beine mit Flipflops an den Füßen, sonnenverwöhnte Arme und Schultern, die die Maßanzüge aus seinem Kleiderschrank sprengen würden. Er nimmt das Basecap vom Kopf, fährt sich in einer charakteristischen Geste durch die schwarzen Haare, die länger nicht geschnitten wurden, winkt mir kurz mit dem Basecap zu, setzt es wieder auf, dreht mir den Rücken zu und flipflopt gemächlich die Seebrücke entlang zum rosafarbenen Holzhaus.

Ich sitze in Schockstarre auf dem Golfcart, das vom Betonsteg eine unebene Straße leicht bergauf rumpelt.

»Ines?«, fragt Yata.

»Äh, ja?«

»Alles okay?«

»Alles bestens«, lüge ich.

Sie dreht sich um und sieht mich prüfend an. »Du bist ganz grün im Gesicht.«

»Zu viel Schokokuchen?«, rate ich mit einem schiefen Lächeln.

Was mache ich hier eigentlich? Weshalb bin ich noch mal hergeflogen? Doch nicht der karibischen See wegen.

»Würdest du bitte anhalten, Sam? Ich glaube, ich habe etwas auf dem Steg fallen lassen«, sage ich auf Englisch und bin schon vom Golfcart gehüpft.

»Aber ...«, sagt Yata.

»Ich kann dich gerne zurückfahren«, bietet Sam an.

»Nein danke. Schon gut. Bitte. Ich komme nach«, sage ich, raffe mein buntes Sommerkleid zusammen, trabe leicht bergab zurück zum Steg und laufe an den Autos und Golfcarts vorbei zur Plattform. Dort legt gerade die Fähre ab. Die Motoren schäumen das Wasser auf, das Schiff dreht sich im Kreis. Ein Pelikan fliegt von einem Pfahl auf.

Der Reggae singende Roger Merian steht an der Reling und hebt die Hand, winkt mir zu. Er spreizt den Daumen und den kleinen Finger ab, direkt neben dem Ohr. Lassen Sie uns telefonieren?

Und ich stehe da, wie der Ochs vorm Berg, wie die blöde Kuh, die ich bin.

Kapitel 46

Einen Augenblick noch blicke ich der Fähre nach, bevor ich mich auf den Rückweg mache und mich ganz der Wut auf Ines Fox hingebe. Wie kann man so blöde sein? Geht einfach an ihm vorbei! Fliegt extra über den Großen Teich und geht dann einfach an ihm vorbei! Nicht, weil sie ihn nicht erkannt hätte. Das wäre verzeihlich bei der Typverwandlung. Nein, sie geht vorbei, *weil* sie ihn erkannt hat. Die Idiotin. Ich fluche leise auf Deutsch vor mich hin.

»Sind Sie aus Deutschland?«, fragt mich ein Mann auf Deutsch mit britischem Akzent. Er steht mit drei anderen Männern in einer Gruppe zusammen.

Ich nicke stumm.

»Ines Fox, richtig?«, fragt er.

Ich nicke wieder stumm.

Er hält mir einen Zettel hin. »Das ist für Sie.«

Zögerlich nehme ich das Stück Papier entgegen und falte es auseinander. *Warten Sie auf meinen Anruf. RM*, steht da.

Ich starre den Zettel an, ich starre mein Gegenüber an. »Von dem Mann, der eben an Bord der Fähre gegangen ist?«, frage ich.

»Ich sage nicht Ja und ich sage nicht Nein«, sagt er lächelnd, dreht sich wieder den anderen Männern zu und damit aus unserem Gespräch.

Ich schüttle den Kopf. Das ist doch absurd. Von vorne bis hinten absurd.

»Wohin fährt die Fähre?«, rufe ich dem Mann hinterher.

»Nassau.«

Kurz überlege ich, ihn mit einem schnelleren Verkehrsmittel einzuholen, vielleicht sogar vor ihm dort zu sein. Aber es wird bald dunkel und ich bin gerade erst angekommen. Und ich bin müde.

Ich mache mich auf den Weg zu Sam's Guest House. Die Schönheit der Insel mit ihren pastellfarbenen Häusern hinter weißen Gartenzäunen und tropischen Gärten kann ich nicht recht aufnehmen, so beschäftigt bin ich mit dem Inneren dieses verqueren Kopfes, der auf meinen Schultern sitzt.

Die einzig halbwegs nachvollziehbare Erklärung, warum ich nicht sofort mit dem Finger am ausgestreckten Arm auf den Reggae singenden Roger Merian gezeigt und Yata sowie die ganze Stegwelt schreiend informiert habe, ist Natalia Saizews Hokuspokus. Der spukt in meinem Kopf herum. Ich muss mich schon fragen, wie charakterfest ich bin, wenn jede Dahergelaufene mir das Gegenteil von dem erzählen kann, was ich für die Wahrheit halte, und ich fortan an allem zweifle.

Sam's Guest House besteht aus einem größeren Haupthaus und einer Handvoll kleiner weißer Cottages, die sich in einem tropischen Garten unter jeder Menge Palmen verbergen. Sie verstecken sich so gut, dass ich ein paarmal die Straße entlang tigere, bis ich den Eingang ins Paradies entdecke.

Ich klopfe an die Tür von Cottage No 5.

Yata öffnet. »Ist alles in Ordnung mit dir?«, fragt sie besorgt und bittet mich mit einer Armbewegung hinein.

»Alles gut. Dachte, ich hätte was verloren, habe ich aber nicht.«

»Aha.« Ich erhalte einen kritischen Blick. Yata trägt bereits einen Badeanzug mit Tuch um die Hüften und einen Strohhut auf dem Kopf, der die Breite ihrer Schultern großzügig überragt. Strandfein.

»Gib mir fünf Minuten«, sage ich.

Yata weist auf eine Tür. Dahinter leuchtet bereits mein kanariengelber Koffer.

Das Cottage besteht aus zwei kleinen Schlafzimmern, einem Duschbad und einer Veranda. Einrichtung Paradies-Style, weiß lackiertes Holz, ausgestellte Holzlamellen, Korbmöbel und Strandmotive in Pastelltönen. Von der Veranda tritt man direkt in den malerischen Garten und kommt auf gewundenen Pfaden zum Strand.

Wenig später sind wir genau dort: Am Pink Sands Beach, den das Abendlicht knallrosa erleuchtet. Völlig unnatürlich sieht das aus.

»Absurd«, flüstere ich ehrfürchtig. Alles auf dieser Insel ist einfach absurd.

Ich nehme den rosa Puderzucker in die Hand. Bei näherem Hinschauen ist der Sand zweifarbig. Helle Körner gemischt mit einzelnen rosaroten Teilchen.

»Die übrig gebliebene rötlich-pinkfarbene Schale von Kleinstlebewesen, die an der Unterseite von Riffen leben«, informiert Yata.

Gehe ich im Bodensee eher schwimmen, gehen wir hier baden. Yata und ich setzen uns in die glasklare karibische See wie in eine Badewanne. Ohne Schaum allerdings.

Zurück in meinem Zimmer zeigt das Billighandy: ein verpasster Anruf von Anonym.

Verflixt!

Ich dusche und ziehe mich fürs Abendessen an. Und schrecke zusammen. Das Billighandy gibt einen jämmerlichen Ton von sich. Anruf von Anonym.

Ich atme einmal tief durch. »Einfach nur hören, was er sagt. Geglaubt wird hier nichts, geholfen schon mal gar nicht«, schwöre ich mich ein und tippe auf Annehmen.

»Hallo?«, frage ich.

»Es freut mich, Ihre Stimme zu hören.« Ein Lächeln schwingt mit und ein gepflegter Schweizer Akzent. Die Verbindung ist schlecht, aber ich bin mir sofort und hundertprozentig sicher: Roger Merian.

Warum bin ich so aufgeregt? Ich habe ihm schon direkt gegenübergesessen und war cooler als jetzt. Gut, vorhin auf dem Steg war ich noch weniger cool als jetzt, so gesehen ist mein aktueller Zustand vorzuziehen.

»Wieso sind Sie denn vorhin weggelaufen?«, frage ich.

»Weggelaufen trifft es kaum. Ich war dabei, die Insel zu verlassen. Yata sollte mich nicht sehen.«

»Warum sollte Yata Sie nicht sehen? Was wollen Sie?«, frage ich etwas heiser.

»Ich brauche Ihre Hilfe.«

»Wie kommen Sie darauf, dass ich Ihnen je helfen würde?«

»Weil Sie es sonst bis an Ihr Lebensende bereuen würden.«

Kapitel 47

»Frau Fox?«, fragt er, denn ich bin stumm geblieben. Und ich bleibe es weiterhin. Denn mein Gehirn klappert alle Szenarien ab, die es für denkbar hält. Das dauert. Was könnte ich für den Rest meines Lebens bereuen? Ich bin jetzt alles zweimal durchgegangen, aber mir will nichts einfallen.

»Frau Fox, sind Sie noch am Telefon?«

»Was würde ich bis an mein Lebensende bereuen?«

»Nicht am Telefon.«

Ich rolle mit den Augen. »Verschaukeln Sie mich?«, frage ich genervt.

Er lacht leise.

»Wir sehen uns von Angesicht zu Angesicht, Sie sprechen kein Wort mit mir und verweisen pantomimisch auf ein Telefonat, und nun telefonieren wir und Sie wollen es persönlich besprechen? Haben Sie sich wenigstens inzwischen entschieden, ob sie tot oder lebendig sind?«

Er lacht wieder leise. »Ursprünglich wollte ich nur mit Ihnen telefonieren, das ist richtig. Da Sie nun aber vor Ort sind, ist ein persönliches Gespräch vorzuziehen.«

»Alles in Ordnung mit dir?«, fragt Yata vor meiner Zimmertür.

Ich halte den Lautsprecher das Handy zu. »Ja alles okay. Ein Kundentelefonat. Ich brauche noch kurz«, rufe ich und hoffe, dass Yata diese Begründung trotz des Zeitunterschieds durchwinkt.

Ich dämpfe meine Stimme. »Fahren Sie hier die Marketingstrategie der Micro-Commitments? Wollen Sie mich dazu bringen, eine Reihe kleiner Zugeständnisse zu machen, weil ich die Kröte in ihrer ganzen Schönheit kaum schlucken würde? Weil Sie fürchten, andernfalls ein Nein zu kassieren?«

»Nicht schlecht, Frau Fox. Genau das war meine Intention. Funktioniert es?«, plaudert er. Wüsste ich nicht, wer und was er ist, er wäre mir sympathisch. Und wäre ich ehrlich zu ihm, würde ich die Frage, ob sein Plan funktioniert, mit Ja beantworten. Aber das Wörtchen Ja ist ihm gegenüber tabu. Und Ehrlichkeit auch.

Wie ich mir das so bewusst mache, entscheide ich mich kurzer Hand um. Gar nichts muss ich! Ausgefeilte Marketingstrategie? Pah!

»Frau Fox?«, fragt er.

»Wissen Sie, Herr Merian, die Hauptfrage, mit der ich angereist bin, ist beantwortet. Sie haben Ihren Tod nur vorgetäuscht, alle hinters Licht geführt. Und ...«

»Und?«, fragt er nach.

»Und nichts weiter. Warum haben Sie Ihren Tod vorgetäuscht?«

»Das ist Teil dessen, weshalb ich sie kontaktiert habe«, sagt er geheimnisvoll.

Was mache ich hier eigentlich? Das ist doch wieder eines seiner kranken Spielchen.

»Ich vertraue Ihnen nicht, das dürfte nichts Neues sein. Ihren Hinweis auf etwas, das ich sonst bereuen würde, nehme ich nicht ernst. Ein schlecht ausgelegter Köder, nichts weiter. Und bis ans Ende meines Lebens? Das ist doch überhaupt nicht Ihr Stil, Herr Merian. Viel zu theatralisch.« Ich gebe mich betont locker, signalisiere, es ist mir egal, plustere mich auf, mehr, als mir zumute ist.

Diesmal bleibt er stumm, denkt wohl nach. Dann sagt er in seiner gewohnt geschliffenen Art: »Es geht um Ihre Freundin Yata und ihre, wie sage ich es am besten, Eigenheiten. Mehr teile ich Ihnen nur persönlich mit.«

»Was?« Ich kann nicht verhindern, dass diese Silbe aus mir herausspringt und etwas zu laut ausfällt.

»Ines?«, fragt Yata an der Tür.

»Geh doch schon vor, ich komme gleich nach«, rufe ich ihr zu.

»Gehen Sie nur. Aymees Küche ist deliziös«, sagt er.

Ich seufze. »Wie ginge es weiter, gesetzt den Fall ich ließe mich darauf ein?«

Da lacht er leise, der Psychopath. »Setzen Sie sich morgen Vormittag um 10 Uhr von Yata ab und gehen Sie zum Government Dock.«

»Und dann?«

»Dann werden Sie sehen.«

»Das werden wir noch sehen, ob ich das dann sehen werde«, brumme ich.

»Und bringen Sie Ihre Badesachen mit«, sagt er und beendet das Gespräch.

Badesachen? Der hat ja nicht mehr alle weiß lackierten Latten am Zaun. Das Eisessen mit ihm vor einem Jahr war schon weitaus verrückter, als es einem gesunden Lebensstil entspricht, und dabei beziehe ich mich nicht auf den Zucker und die gesättigten Fette. Seine Gegenwart war und ist gefährlich. Wobei hier seine in Europa allgegenwärtigen Kleiderschränke zu fehlen scheinen. Aber dieser Illusion von Sicherheit sollte ich mich nicht hingeben. Gemeinsames Baden? So was von tausendprozentig ausgeschlossen!

Ich hole tief Luft. »Mach besser, dass du hier fortkommst, Frau Fox«, murmle ich. Das wäre die einzig vernünftige Art, mit dieser Situation umzugehen.

Ich schnappe meine Tasche, packe Handy und Billighandy hinein und geselle mich zu Yata, die ungeduldig, aber dekorativ in einem Korbsessel auf der Veranda sitzt.

»Du pflegst ja einen Umgangston mit Kunden«, sagt sie kopfschüttelnd und erhebt sich.

»Nur mit diesem Kunden. Und bei dem würdest du es genauso halten«, sage ich mit einem Lächeln.

Yata und ich werden nicht alt an diesem Abend. Unsere inneren Uhren stehen bereits auf zwei Uhr nachts, als wir uns zum Abendessen an den Tisch setzen.

Dafür bin ich am nächsten Morgen früh wach und am Strand joggend unterwegs. Die Morgendämmerung verleiht dem sowieso absurden Farbton des Sandes ein rosarotes Strahlen. Traumhaft unwirklich.

Nach dem Duschen telefoniere ich mit Dr. Frieder, der gerade Mittagspause hat und mit Santo und Fila am See unterwegs ist. Bodenseezeit ist der Bahamaszeit sechs Stunden voraus. Ich schwärme ihm vor, dass dieser Ort an Romantik kaum zu übertreffen sei. »Kommt als Reiseziel für Familien mit Hunden nicht in Frage«, sage ich abschließend. »Aber vielleicht könnten wir doch mal einen richtigen gemeinsamen Urlaub in *good old Europe* planen?«

»Machen wir«, sagt er mit Nachdruck. Das klingt vielversprechend.

Dann erzähle ich meinem Norddeutschen ausführlich vom Zusammentreffen mit dem Reggae singenden Roger Merian auf dem Government Dock, die Langfassung zur Kurzfassung, die ich ihm am Vorabend noch per Whatsapp geschickt habe.

»Er singt tatsächlich Reggae?«, ist das Erste, was ihm an meiner Schilderung für erwähnenswert auffällt. »Das hast du doch geträumt.«

»Befremdlich, was?«

»Und du willst ihn wirklich heute treffen?«, fragt er nach. Er klingt nicht so besorgt, wie er angesichts der Eckdaten sein könnte.

»Ich bin mal durchgegangen, was alles passieren könnte. Wenn er mir etwas antun will, hätte er das schon längst tun können. Ja, das ist vermutlich eines seiner Spiele, in die er mich da hineinziehen will. Aber gerade deswegen sollte ich doch so viel wie möglich erfahren, um mich zu rüsten. Der führt doch was im Schilde, meinst du nicht?«

»Anzunehmen. Versuch, unter Leuten zu bleiben«, empfiehlt mein Norddeutscher.

»Ich vermisse dich«, flüstere ich. »Hätte dich gerne hier.«

»Ich vermisse dich auch. Gut ne?«, sagt er wie bestellt.

»Ja, sehr gut. Sich nicht zu vermissen wäre nicht gut.«

»Jou.«

Nach dem Telefonat gehe ich frühstücken.

»Was hat Sam eigentlich geantwortet, wann er Roger Merian zuletzt gesehen hat?«, frage ich Yata am Frühstückstisch, bedacht, dass niemand in Hörweite ist. Neben einer Tasse Kaffee haben wir beide einen exotischen Obstsalat enormen Ausmaßes vor uns.

»Sam ist nicht bereit, darüber Auskunft zu erteilen«, sagt Yata förmlich, nippt mit abgespreiztem kleinen Finger am

Kaffee und rümpft das Näschen. »Ich hätte doch Tee nehmen sollen.«

»Ist für sich genommen schon eine Aussage, wenn Sam die Aussage verweigert«, sage ich.

Yata produziert ihr charakteristisches einseitiges Achselzucken in Zeitlupe.

»Du bist anderer Meinung?«, frage ich.

»Nein, wahrscheinlich hast du recht. Roger und Sam sind befreundet, was mich seit jeher gewundert hat. Schließlich ist Sam grundehrlich.«

»Vielleicht ist ihm nicht bewusst, was Roger Merian ist. Da wäre er ja nicht der Erste. Teilen wir uns bei der Suche auf?«

»Das halte ich nicht für nötig. Die Insel ist klein.« Mit der Antwort war zu rechnen.

»Wenn Roger Merian von unserer Anwesenheit Wind bekommt, ist er weg. Wenn wir separat suchen, sind wir schneller.« Ja, es überrascht mich selbst etwas, dass mir diese Lügengeschichte so leicht über die Lippen kommt. Aber ich muss mir in Erinnerung rufen: Seit wir uns kennen, ist Yata auch nicht durchgehend bei der Wahrheit geblieben. Beim Schwindeln ist sie mir mindestens um eine Nasenlänge voraus.

Sie wiegt den Kopf hin und her. »Nun gut. Machen wir es so.«

In Folge schlendert Yata nach dem Frühstück unter ihrem Wagenrad von Sonnenhut den Strand entlang nach Norden, um dann von dort systematisch alle Sträßchen abzulaufen, in die Gärten und Häuser zu schauen. Ich bin für die südliche Hälfte der Insel zuständig.

Kapitel 48

Natürlich gehe ich direkt zum Government Dock, an dem wir gestern angekommen sind. Und ja, ich habe meine Badesachen dabei. Aber nicht, weil Roger Merian es vorgeschlagen hat, sondern weil man an einem Ort wie diesem bei allen Unternehmungen den Bikini unter den Jeansshorts trägt.

Ich bin eine Viertelstunde zu früh am Dock, um die Lage zu sondieren und zu vermeiden, in völliger Orientierungslosigkeit in eine Falle zu tappen.

Zehn Minuten vor der Zeit tuckert ein viersitziges Wasserflugzeug auf den Steg zu. Ich habe es leider nicht auf dem Wasser landen sehen. Das Gefährt schippert gemächlich über das kristallklare Nass und schiebt Minibugwellen vor den Schwimmern her. Damit über die Seidenmalerei der Bahamas fliegen und vor einem verlassenen Strand landen, das hätte was. Es soll einen Strand auf einer einsamen Insel geben, an dem verwilderte Hausschweine leben. Sie gehen im Meerwasser schwimmen, auch mit den Touristen, die extra für sie anreisen und ihnen Leckereien mitbringen. Glückliche und blitzsaubere Schweinchen sind das.

Ich will dem Piloten schon ein Lächeln schenken, als kleines Dankeschön dafür, dass er hier vorbeifährt und die Traumkulisse noch aufwertet, da trifft mich die Erkenntnis: Der Pilot ist der Reggae singende Roger Merian. Er holt mich mit einem Wasserflugzeug ab? Damit unter Leuten zu bleiben wird eine Herausforderung.

Noch könnte ich ohne Probleme auf dem Absatz kehrtmachen, um die südliche Hälfte von Harbour Island nach ihm abzusuchen. Und wer weiß? Bei der Absurditätendichte dieser Gegend würde ich womöglich fündig.

Statt zu machen, dass ich da wegkomme, bleibe ich wie angewurzelt stehen. Ich beobachte, wie der Motor abgestellt wird und das Wasserflugzeug längsseits kommt. Jemand eilt herbei, um zu verhindern, dass es an den Betonsteg prallt. Der Pilot in Basecap und Spiegelbrille zeigt mit dem unrasierten Kinn in meine Richtung und nickt mir lächelnd zu.

»Kommen Sie«, sagt der Helfer auf Englisch und streckt die Hand aus zum Zeichen, er wolle mir auf den Schwimmer des Wasserflugzeugs helfen. Ich schüttle den Kopf. Erst langsam, dann schneller. Unmöglich! Zu ihm in die Enge dieser Kabine steigen? Geht gar nicht! Flugangst spielt dabei keine Rolle. Aus der Kabine könnte ich nicht weg. Ich wäre ihm ausgeliefert. Ich bin ja nicht bekloppt. Also gut, ich bin bekloppt, aber nicht so bekloppt. Erneut schüttle ich entschieden den Kopf und presse die Lippen aufeinander wie ein trotziges Kind. Damit hier nur keine Missverständnisse aufkommen.

Der Reggae singende Roger Merian hinter der Windschutzscheibe lächelt, neigt den Kopf wie in einer allerletzten Frage, ob ich es mir nicht noch einmal überlegen wolle, woraufhin ich nochmals entschieden den Kopf schüttle. Er zuckt geringfügig mit den Schultern, will heißen, dann eben nicht, nickt dem Helfer zu, der dem Flugzeug einen Schubs gibt, sodass es sich vom Steg löst. Der Motor startet.

Ich schaue dem Wasserflugzeug hinterher, wie es langsam davon tuckert, immer schneller wird, bis das Wasser nur so um die Schwimmer spritzt, sich schließlich vom Wasser löst und abhebt.

Der Helfer steht wie ich da und schaut der Maschine nach.
»Ich weiß nicht, warum du Angst hast, Lady. James ist ein außergewöhnlich guter Pilot und Wasserflugzeuge sind in den Bahamas sicherer als andere«, sagt der vielleicht sechzigjährige Mann auf Englisch.

»James?«

»James Taylor. Du kennst ihn, richtig?«

»Äh sicher«, sage ich wenig überzeugt. »Wie lange kennst du ihn schon?«

»Viele Jahre. Seit ein paar Wochen lebt er dauerhaft hier. Davor war er oft zu Besuch. Ich kannte schon seinen Vater.«

»Woher kommt er?«, frage ich.

»Ich dachte, du kennst ihn?« Der Mann sieht mich argwöhnisch an.

»Ja, ich kenne ihn. Aber nicht so gut, du weißt, was ich meine«, sage ich mit einem Lächeln. »Ich würde ihn gern besuchen. Wo wohnt er denn?«

Der Mann kneift die Augen zusammen. »Du gehst jetzt besser, Lady«, sagt er, dreht mir den Rücken zu und schlendert zurück zum rosafarbenen Haus.

Auch ich mache kehrt und schlendere, wie es hier üblich ist, den Steg entlang. Einleuchtend, dass er sich einen neuen Namen zugelegt hat. Roger Merian ist tot, lang lebe James Taylor. Aber wie passt das damit zusammen, dass er unter diesem Namen hier seit Jahren bekannt ist? Oder ist James Taylor gar nicht Roger Merian? Soll er ihm nur ähnlichsehen und hat sich auf Bestellung ein, zwei Gesten angeeignet? Ein unbekannter Bruder? Vor der Welt geheim gehalten? Ich schüttle den Kopf. Wie wahrscheinlich ist es, dass mir diese Konstellation noch ein zweites Mal begegnet.

Aber ich habe tatsächlich diese neue Fassung von einem Roger Merian noch keinen Ton reden hören. Der Gesang war nicht aussagekräftig. Der Pilot James Taylor muss nicht zwangsläufig mit Roger Merian am Telefon übereinstimmen.

Ich schlendere in wirren Gedanken vor mich hin, da grüßt mich der Mann, der mir gestern den Zettel gegeben hat. Er steht wieder mit seinen drei Kumpels zusammen.

Ich hebe die Hand, grüße zurück und bleibe stehen. »Hi. Hast du ein Boot? Kannst du mich zu James Taylors Haus fahren?«, frage ich.

Kurz zögert er, dann nickt er langsam. »Ines, richtig? William. Nett dich kennenzulernen«, er reicht mir die Hand. Die Handfläche fühlt sich hart und schwielig an.

»Bitte entschuldige, wie unhöflich von mir. Nett dich kennenzulernen«, sage ich.

»Angst vorm Fliegen?«, fragt er.

Ich schüttle den Kopf, nicke, schüttle wieder den Kopf. »Die Maschine ist zu klein«, sage ich mit einem schrägen Grinsen.

William nickt verständnisvoll. »200 Dollar.«

Ich blicke ihn prüfend an. »Er wohnt auf Harbour Island, richtig? 20 Dollar.«

William grinst. »100.«

»40«, sage ich und halte ihm die Hand hin.

Er schlägt schmunzelnd ein.

Wenig später sind wir in eines der kleinen Motorboote gestiegen, die am Steg festgemacht sind, und fahren Richtung Norden, immer dem Ufer folgend, bis ans Ende der Insel. Nachdem die ufernahe Bebauung aufgehört hat, ist nur noch Buschwerk zu sehen. Ganz am Ende dann ein einsamer Bootssteg, an dem das Wasserflugzeug und ein Boot vertäut liegen.

»Kannst du mich bitte dort drüben absetzen, William? Ich möchte ihn überraschen.« Ich deute zu einer Stelle am Ufer.

»Zu flach. Dann musst du waten.«

Ich nicke und packe Shirt, Shorts und Flipflops in meine Tasche. William bringt uns so nah wie möglich ans Ufer. Ich lasse mich ins brusttiefe Wasser gleiten. Meine Tasche auf dem Kopf tragend wate ich an Land. Von dort winke ich William noch einmal zu. Er winkt zurück, ein Handy in der Hand.

Anders als der weitläufige Pink Sands Beach auf der anderen Inselseite, besteht das Ufer hier vor allem aus Steinen und Felsen, die durch kleine rosafarbene Sandbuchten unterbrochen werden.

Ich ziehe mir einen trockenen Bikini an sowie Short und Shirt darüber. Dann klettere ich in Flipflops über die Felsen, und versuche, mich im Sichtschutz der Büsche an das Ende des Stegs heranzupirschen, wo ich das Haus vermute.

Ich bin nur noch dreißig Meter davon entfernt, als ich das gut getarnte Haus entdecke. Haus ist zu viel gesagt, es gleicht Cottage No 5, in dem Yata und ich wohnen, nur in Grün. Ich biege einen Zweig beiseite und spähe zum Häuschen, ob jemand zu sehen ist. Plötzlich packen mich zwei Hände von hinten an den Schultern.

Kapitel 49

Ich schreie auf vor Schreck. Doch dann greift sofort Charles' Training. Ich reiße einen Arm nach oben, drehe mich gleichzeitig um, klemme seine Arme zwischen meinen ein und verpasse ihm einen Stoß mit der Handfläche ins Gesicht. Er stößt einen Schrei aus und landet auf dem Boden.

Yay! Charles hat einmal etwas mit mir geübt, das ich genauso anwenden kann. Und es funktioniert.

»Hören Sie auf, Frau Fox!« Er liegt vor mir im Staub, ein Knie aufgeschrammt, und hält einen Arm schützend über den Kopf.

Ich atme aus.

»Erschrecken Sie mich doch nicht so, Herr Merian«, sage ich vorwurfsvoll und mit mehr Ruhe in der Stimme, als ich von mir in dieser Situation erwartet hätte.

Damit wäre wenigstens ein Punkt zweifelsfrei geklärt: James Taylor ist Roger Merian.

Er kauert auf dem Boden und sieht zu mir hoch. Vorsichtig tastet er ab, wo meine Hand ihn getroffen hat, und zieht eine Grimasse.

Von allem haben diese Gesichtszüge irgendwie zu viel: zu viel Stirn, zu viel Lippen und eine zu lange Nase. Das früher blasse Gesicht ist tiefgebräunt, wo nicht der kurze Bart es bedeckt oder die Bügel der Sonnenbrille eine weiße Linie hinterlassen haben. Er hat insgesamt zugenommen, auch im Gesicht. Sein schwarzes Haar kringelt sich in alle Richtungen bis über den Nacken. Und noch irgendetwas ist anders. Ich kann nicht sagen, was es ist.

Ich würde das Gesicht wegen der markanten Züge und hohen Wangenknochen als gut aussehend einstufen, wäre sein Eigentümer nicht der, der er ist.

Er lächelt verhalten, dazu neigt er den Kopf, eine seiner Gesten, die sympathisch rüberkommt und die ich seit jeher hasse. Soll in diesem konkreten Fall wohl so viel heißen wie, und was nun Frau Fox?

»Haben Sie keine Männer für's Grobe in Ihr neues Leben mitgenommen, Herr Merian?«, frage ich. »Oder sollte ich besser sagen, Herr Taylor?«

Er schaut weiterhin zu mir auf, freundlich. »Sie können gerne bei Merian bleiben. Ansonsten bin ich James Taylor. Wenn ich Sie zu einem Drink einlade, Frau Fox, versprechen Sie dann, mich nicht mehr zu schlagen?«

Ich muss lachen. Ja, das erstaunt mich selbst, aber so ist es. Und aus welchem Grund auch immer, ich weiß es nicht, vielleicht ist es diese absurde Insel, reiche ich ihm die Hand. Er ergreift sie und lässt sich hochhelfen.

»Ich bin froh, dass ich von diesen Herren befreit bin. Für manche Situationen waren sie allerdings recht hilfreich«, sagt er und begutachtet sein aufgeschrammtes Knie.

Wenig später stehen wir auf der Veranda des grünen Cottages. Er deutet auf zwei verwitterte Holzsessel. »Nehmen Sie doch bitte Platz, Frau Fox. Was möchten Sie trinken? Ich befürchte, meine Auswahl ist etwas eingeschränkt. Kalik, das ist ein lokales Bier, Wasser natürlich, und im Eichenfass gelagerter acht Jahre alter Rum.«

»Ein Glas Wasser wäre nett, danke«, sage ich förmlich.

Er nickt und verschwindet nach drinnen.

Solange versuche ich, mich zu sortieren. Aktueller Stand der Roger Merian Story: Der totgesagte Schweizer lebt unter dem Namen James Taylor in einer Holzhütte am letzten Zipfel einer kleinen rosa Insel der Bahamas.

Er kehrt mit einem Tablett zurück, darauf eine Flasche Bier, ein gefülltes Wasserglas, eine Karaffe Wasser, eine Flasche Rum und zwei Schnapsgläser.

Ich nehme das Glas entgegen, und obwohl ich durstig bin, versuche ich mich an Yatas Trinktechnik: das Getränk nur bis auf die Lippen lassen. Ihm hier traue ich alles zu, auch, dass er mir etwas in den Drink tut. Womöglich ist für ihn eine Substanz wie Rohypnol im Glas eine Normalität.

»Ich verstehe«, sagt er, nimmt mir das Glas ab, trinkt einen großen Schluck daraus und überreicht es mir wieder. Ich gieße aus der Karaffe nach und halte es ihm erneut hin.

Er nimmt zwei Schluck. »Guet?«, fragt er auf Schweizerisch.

Ich nicke und trinke.

Er setzt die Bierflasche an und sieht mich dann nachdenklich an.

Ich hole tief Luft. »Sie haben um meine Hilfe gebeten. Zuvor möchte ich Antworten.«

Er nickt. »Ich weiß. Alle kann ich Ihnen aber nicht liefern, Frau Fox.«

»Okay. Wieso sind Sie so …«, ich vollführe eine unspezifische Geste mit der Hand über seine Person und fische nach dem passenden Wort.

»Anders?«, vervollständigt er mit einem leichten Lächeln.

Ich nicke.

»Zur Tarnung selbstverständlich.«

»Selbstverständlich«, sage ich.

»Darüber hinaus hat es Klick gemacht. Erstaunlich, wenn die Rolle, die man sich zur Tarnung ausgesucht hat, besser passt als das Leben, das man zuvor geführt hat«, sagt er, was aus seinem Mund seltsam klingen sollte, aber authentisch wirkt. Klar, schließlich ist er ein pathologischer Lügner.

Trotz des Eindrucks, trotz der Illusion eines ganz und gar neuen Mannes darf ich nicht vergessen: Er ist, wer er ist. Das verliert sich nicht mal eben, wenn man in eine Rolle schlüpft und ein paar Wochen die Nase in die Sonne hält. Das lässt sich nicht in der Karibik abwaschen, selbst wenn man mehrmals täglich darin schwimmt. Bei Fidel und Carlos war ich dahingehend gnädiger. Vielleicht haben sie mich auch etwas gelehrt? Soll's ja geben.

Und da sind wir wieder, mein flatterhafter Geist und ich, und haben Mühe, uns auf das Hier und Jetzt zu konzentrieren.

»Ich hatte mich in eine missliche Lage manövriert, was den Umgang, was die Geschäftspartner angeht. Eine Lage, die keinen anderen Ausgang zulässt. Und wenn man bereit ist, sein Leben radikal zu ändern, ist es erstaunlich leicht, es in Gänze gegen etwas komplett Neues auszutauschen.« Er hält die Flasche Bier hoch. »Ich trinke jetzt Bier. Ich habe zuvor nie Bier getrunken. Nach einer Woche fing es an, mir zu schmecken.«

»Aha«, sage ich. Wer will denn hier über Bier reden? So viele Fragen brennen mir unter den Nägeln und er redet über Bier.

Er lächelt leicht und hält sich die Flasche ins Gesicht, wo ihn meine Hand getroffen hat. Es tut mir nicht leid. Wieso sollte es. Ich empfinde tatsächlich etwas Schadenfreude. Aber zurück zum Thema, Frau Fox!

»Okay, die Frage habe ich bereits Natalia Saizew gestellt, was sie in Schockstarre versetzte. Wladimir Blinow. Bindeglied zur russischen Mafia oder Teil derselben?«

Er lächelt. »Natalia ist seine Cousine. Wussten Sie das?«

Ich schüttle den Kopf.

Er nickt. »Herr Blinow ist ein Oberhaupt der Diebe im Gesetz. Russenmafia. Ich konnte keinen Schritt tun, ohne, dass er und seine Leute es wussten, ohne, dass er Einfluss nahm.«

»Und nun kann Yata keinen Schritt tun, ohne dass er es weiß und Einfluss nimmt?«

Roger Merian sieht mich wieder mit diesem nachdenklichen Blick an. »Anzunehmen. Er wird Ersatz für mich verlangt haben.«

»Natalia Saizew war Ihre Verbindung zu ihm?«

»Ja. Aber Natalia tut nicht immer, was man von ihr erwartet. Sie hat ihren eigenen Kopf. Aber ich denke, aus Herrn Blinows Perspektive ist sie linientreu.«

»Sie sagte, Sie seien zwar nicht der Gute, aber Yata sei böser.« Ich weiß nicht, was mich reitet, das so eins zu eins wiederzugeben.

Nun lächelt er amüsiert. »Natalia spricht die Dinge immer auf ihre eigene Weise an.«

»Was meint sie damit?«, frage ich.

Er holt tief Luft. »Yata ist Ihre Freundin, Frau Fox. Sie werden mir nicht glauben wollen, auch wenn es wichtig ist, dass Sie es tun. Yata ist krank.«

»Was hat sie?«

»Ich weiß nicht, ob es einen Namen dafür gibt.«
Ich blicke ihn aus zusammengekniffenen Augen kritisch
an. »Woher wollen Sie dann wissen, dass sie krank ist?«
»Sie wissen von Yatas Out of Body Experiences«, sagt er.
Keine Frage, eine Feststellung.
Ich starre ihn an. Er weiß von OBE? Bisher bin ich davon
ausgegangen, dass Yata ihrem Feind und Zwangsgeschäfts-
partner Roger Merian nie davon erzählen würde. Aber Yata
geht seit ihrem sechzehnten Lebensjahr auf außerkörperliche
Reisen. In diesem Alter war sie ihm gegenüber vielleicht offe-
ner. Ich nicke langsam.
»Ich weiß auch, dass Sie ...«
Ich springe auf. Dabei will ich keine Schwäche zeigen. Ich
möchte es nicht offenbaren, aber so ist es: Es bringt mich aus
dem Konzept, dass er dieses Detail von mir weiß. Ich habe es
so gut unter Verschluss gehalten und dachte, außer mir wüssten nur drei Menschen davon. Nicht einmal meine Mutter
weiß es. Woher also weiß er es? Dr. Frieder und mein Ex Da-
vid scheiden wohl aus. Bleibt nur Yata. Yata!
Er bleibt ruhig sitzen, schaut zu mir auf und nickt. »Ich
weiß, dass Sie für ein paar Wochen OBE erlebt haben. Vielleicht inzwischen wieder?«
Ich schüttle langsam den Kopf und setze mich wieder.
»Sehr gut, sehr gut. Denn, und das ist der Kern meiner
Kontaktaufnahme: Jede OBE Reise schädigt das Gehirn.«
Ich kann gar nicht anders, als ihn anzustarren. Beharrlich
murmelt eine Stimme in meinem Kopf, ich solle ihm nichts
glauben. Er würde mir alles erzählen, nur, um mich zu mani-
pulieren und in sein Spiel zu verwickeln.
»Ich versuche, es korrekt wiederzugeben, aber ich bin natürlich kein Mediziner. Konkret werden die Temporallappen
des limbischen Systems geschädigt. Dort werden Informationen aus verschiedenen Bereichen des Gehirns eingeordnet,
dort erfährt man Gefühle, drückt sie aus und erinnert sich an
sie. Bei Schäden in dieser Region kann ein Betroffener Gefühle nicht mehr kontrollieren oder klar denken. Die Folge
können Halluzinationen und Persönlichkeitsveränderungen

wie Humorlosigkeit bis hin zur Besessenheit sein. Interessanterweise können die Betroffenen auch einen überwältigenden Drang zum Schreiben entwickeln.«

Ich sehe ihn irritiert an. Er kann es wissenschaftlich untermauern? »Einen überwältigenden Drang zum Schreiben? Hat Yata den?«, frage ich. Wieso ist dies das Erste, was mir einfällt?

»Nicht, dass ich wüsste. Ich gebe nur wieder, was mir die untersuchenden Ärzte gesagt haben. Die Schäden, die OBE im Gehirn anrichtet, sind mit denen eines Schlaganfalls vergleichbar.«

»Moment«, sage ich, hebe eine Hand und versuche, mich zu sammeln. »Sie wollen mir sagen, OBE zerstöre Yatas Gehirn in einer Art, dass sie Halluzinationen und Besessenheit entwickeln könnte?«

»In einer Art, dass sie Halluzinationen und Besessenheit entwickelt hat.«

Ich starre ihn an und schüttle den Kopf. »Einmal abgesehen davon, dass ich Ihnen so gut wie nichts glaube, Herr Merian, kommt mir Yata weder besessen vor noch scheint sie Halluzinationen zu haben.«

»Hat Ihnen Yata nicht erzählt, ich wäre ein Psychopath?«

»Äh«, mache ich.

»Selbstverständlich hat sie. Das erzählt sie gern. Haben Sie je in Betracht gezogen, dass es nicht stimmt?«

Ich presse die Lippen zusammen, damit ich es für mich behalte: Nicht, bevor Natalia Saizew mir den Floh ins Ohr gesetzt hat. Davor war es für mich so was von sonnenklar, dass er die Merkmale eines Psychopathen erfüllt: schwer zu entlarven, weil er sich zu verstellen weiß, sich mit Charme tarnt und die Menschen in seinem Umfeld ohne Skrupel manipuliert. Genau das macht er doch gerade. Außerdem: äußerst selbstbewusst, arrogant, eloquent, erlebnishungrig, ohne jedes Mitgefühl und nicht zu echten Emotionen fähig. Ein krankhafter Lügner. Die meisten Psychopathen können Wut und Aggression nur schwer kontrollieren, die sehr intelligenten unter ihnen, zu denen ich Roger Merian zähle, lernen früh, sich zu beherrschen und die Aggression dadurch auszuleben, dass sie langfristige Pläne schmieden, um jemandem zu schaden.

»Darf ich fragen, warum nicht?«, fragt er in meine Gedanken hinein. Er wirkt sachlich und an meiner Antwort interessiert. Eigentlich müsste ihm meine Meinung egal sein. Natürlich wird sein Interesse nur vorgespielt sein, wohlwissend, dass ich dann eher ins Schwanken gerate.

Ich sehe ihn etwas trotzig an. Unmöglich kann ich ihm sagen, dass ich die Checkliste von Robert D. Hare durchgegangen bin, dem allgemein anerkannten Experten für diese Persönlichkeitsstörung, und dass sein Verhalten von Anfang an damit übereinstimmte.

»Sie sind von etwas überzeugt, Frau Fox, das Sie fachlich gar nicht beurteilen können. Das Problem ist, selbst wenn ich Ihnen ein psychologisches Gutachten vorlegen würde, wäre es unwahrscheinlich, dass Sie ihm Glauben schenken«, sagt er, als könnte er meine Gedanken lesen.

»Das wäre es«, gebe ich zu.

»Denn es käme von mir.«

Ich nicke und blicke durch das Buschwerk Richtung Meer. Es gäbe sicher einiges, das ich mit ihm besprechen könnte, um schlauer zu werden. Aber nicht hier und nicht jetzt. Keine Menschenseele weit und breit. Ich habe Dr. Frieder versprochen, vorsichtig zu sein. Einen Menschen wie ihn hier mit der Wahrheit zu konfrontieren, die ihm nicht schmeckt, könnte ungesund sein. So einer ist doch immer nur ein paar Zentimeter davon entfernt, die Beherrschung zu verlieren, auch wenn er sich im Moment recht gut im Griff zu haben scheint. Kein Zorn, der in den Augen aufglüht, wie ich es bereits erlebt habe.

»Und wozu brauchen Sie jetzt meine Hilfe?«, frage ich stattdessen. Denn das muss noch geklärt werden.

»Sie müssen Yata davon überzeugen oder gegebenenfalls gegen ihren Willen behandeln lassen. Ich wollte zudem sicherstellen, dass Sie selbst keine OBE mehr erleben und sich dadurch gefährden. Hätten Sie den Erhalt dieser Information abgelehnt, würden Sie es für den Rest Ihres Lebens bereuen.«

Ich unterdrücke ein Schnauben. Als ob ihm daran gelegen wäre, wie es mir geht. Wer's glaubt! »Woher wissen Sie, dass Yata sich wieder infiziert hat?«

Er hebt die Augenbrauen. »Bis eben bin ich davon ausgegangen, dass Yata sich der Behandlung versagte, die Sie, Frau Fox, vernünftigerweise in Anspruch nahmen.«

»Aha.«

Er sieht mich abwartend an. Um seine Augen spielt ein Lächeln. »Jetzt wäre es an Ihnen, mir zu bestätigen, dass Sie sich darum kümmern werden. Dass Sie dafür sorgen werden, dass Yata nicht völlig in die Besessenheit abdriftet.«

Ich frage mich, was er davon hat. Er tut nichts, ohne dass er etwas davon hat. Aber was ist es? Krüger & Merian in guten Händen zu wissen? Ist ihm das wichtig, nun, da er selbst nicht mehr profitiert? Kaum. Hat es damit zu tun, dass er Yata gegenüber bereits früh Besitzansprüche entwickelt hat? Keine Fürsorge also, sondern Instandsetzung eines Gegenstands?

»Woher wissen Sie von der Diagnose? Hat Yata sich untersuchen lassen und Sie über die Ergebnisse informiert? Das halte ich doch alles für sehr fragwürdig«, sage ich.

»Ich hatte einmal dafür gesorgt, dass sie in einer psychiatrischen Klinik behandelt wurde«, sagt er.

»Von damals stammen Ihre Erkenntnisse? Ist das nicht schon Jahre her?«

»Ich dachte, du suchst ihn auf der südlichen Hälfte der Insel, Ines«, sagt Yata.

Kapitel 50

Unwillkürlich springe ich aus dem Holzsessel. Dieses Aufspringen, wenn mich etwas überrascht, sollte ich meinen Beinen tunlichst abgewöhnen.

Yata tritt aus den Büschen hervor. Das Wagenrad von einem Sonnenhut trägt sie in der Hand. Die sonst feine senkrechte Linie über ihrer Nasenwurzel hat sich tief eingegraben. Es müssten Blitze zu sehen sein, so, wie sie mich gerade ansieht.

»Yata!«, rufe ich wenig geistreich.

»Korrekt«, sagt sie und zieht eine spöttische Grimasse.

»Willkommen, Yata. Darf ich dir etwas zu trinken anbieten?«, fragt Roger Merian, der sich ebenfalls erhebt, in Ruhe und in keiner Weise erschrocken oder beunruhigt. Als wäre Yata eine erwartete Besucherin, die sich nur verspätet hat. Wusste er, dass sie kommt? Oder genießt er gerade einen der Vorteile, ein Psychopath zu sein, nämlich keine Angst oder Überraschung zu empfinden, egal, was ihm zustößt?

»Braune Kontaktlinsen?«, fragt Yata an ihn gewandt.

Ah, das ist es noch, was ihn so anders aussehen lässt. Ich könnte nicht einmal sagen, welche Farbe seine Augen vorher hatten.

Roger Merian nickt ein huldvolles Nicken. Dieses Nicken benutzen er und Yata gemeinsam. Nicht auszuschließen, dass es im Krüger-Merian-Clan wie Unternehmensanteile weitervererbt wird. Oder dass die Kinder es lernen, wie das Essen mit Messer und Gabel und Kaviarlöffel.

»Tom Taylor«, sagt Yata verächtlich.

»*James* Taylor«, korrigiert er.

»Und wie kommst du hierher?«, fragt Yata an mich gewandt.

»Ich habe ihn am Government Dock gesehen und mich dann durchgefragt«, sage ich, was nicht ganz falsch ist.

»Eine Nachricht wäre nett gewesen«, sagt sie.

»Stimmt. Entschuldige.«

»Möchtest du dich setzen? Ein Bier, ein Wasser?«, fragt Roger Merian.

Yata zeigt auf die Flasche Rum. »Davon bitte.«

Er zieht kurz die Augenbrauen hoch, gießt ein und reicht ihr das Glas. Dann deutet er erneut auf den Holzsessel, auf dem er gerade noch gesessen hat.

»Danke, ich stehe lieber«, sagt Yata.

»Vielleicht setzt du dich besser«, sage ich und setze mich.

Sie ist kurz irritiert, lässt sich langsam nieder und starrt mich dann an.

Roger Merian bleibt stehen, keine Sitzgelegenheit mehr da, und lehnt sich gegen einen Stützbalken des Verandadaches, die Bierflasche in der Hand.

»Herr Merian hat mich um Hilfe gebeten, dir beizubringen, dass OBE das Gehirn schädigt, ähnlich einem Schlaganfall. Er möchte, dass ich dich überzeuge, dich behandeln zu lassen, gegebenenfalls gegen deinen Willen. Er weiß, dass du OBE hast. Was mich aber noch mehr erstaunt: Er weiß auch, dass ich OBE hatte. Da frage ich mich doch, woher er das wohl weiß?«

Yata zeigt einen mild erstaunten Gesichtsausdruck. »Woher soll ich das wissen?«

Ich fixiere sie mit zu Schlitzen verengten Augen. »Ja woher sollst du das wissen.«

Sie produziert ein einseitiges Achselzucken in Zeitlupe.

»Nicht genug, dass er von unseren OBE weiß, er will uns vor der Besessenheit bewahren. Und davor, unkontrolliert zu schreiben. Was hältst du denn davon?«, plappere ich weiter.

»Die Geschichte? Die ist uralt«, sagt Yata mit einer abfälligen Handbewegung. »Ich wundere mich, dass du dem Glauben schenkst.«

»Das habe ich nicht gesagt«, widerspreche ich. »Andererseits halte ich es nicht für völlig abwegig, dass mit OBE Nebenwirkungen verbunden sind. Immerhin handelt es sich um einen Parasiten. Aber ich glaube Roger Merian nichts. Das weißt du.«

»Ihnen ist schon bewusst, dass ich immer noch anwesend bin, Frau Fox?«, fragt er.

Ich tue es mit einer Handbewegung ab und wende mich wieder Yata zu.

Sie nickt, nippt am Rum und rümpft ihr Näschen. Das sieht immer putzig aus, wenn sie das tut.

»Wenn wir schon bei der Wahrheit sind«, fahre ich fort. »Er sagt, er sei kein Psychopath. Du hättest dir das ausgedacht.«

»Ach, sagt er das?«, kommentiert sie.

»Frau Fox, was soll das?«, fragt er.

»Und auch das glaube ich ihm nicht, falls du dich das fragst. Was ich aber glaube«, sage ich und lege eine dramaturgische Pause ein, »ist, dass du für Wladimir Blinow arbeitest.«

»Davon hatten wir es doch bereits, Ines. Wir kooperieren, ja. Das bestreite ich nicht«, sagt sie und nippt wieder am Rum, um wieder die Nase zu rümpfen.

»Stimmt. Aber Roger-James hier hat bestätigt, was ich bereits vermutet habe, dass Wladimir Blinow zur russischen Mafia gehört. Und du liebe Yata, kooperierst nicht nur mit denen, du arbeitest für sie.«

»Herr Blinow ist Diplomat«, sagt sie schwach.

»Ja, das auch. Aber vorrangig ...« Ich beende den Satz nicht. Irgendetwas kitzelt in meinem Nacken. Aber was soll da sein? Hinter mir ist nur die grüne Holzwand des Cottages. Ich sehe mich um, scanne das Buschwerk, das uns umgibt. Irgendwie, warum auch immer, würde es mich nicht wundern, wenn Wladimir Blinow hier auftaucht. Wenn der Diplomat weiß, was Yata macht, dann weiß er auch, dass sie auf Harbour Island ist. Oder sie ist sogar auf seinen Befehl hin hier. Womöglich hat sie ihn zum Abtrünnigen geführt, damit der Russe den Rest erledigt.

Wieso fällt mir das jetzt erst ein?

»Ich gehe jetzt«, sage ich und erhebe mich. Denn was immer hier gleich passiert, ist nichts, wo ich hineingeraten möchte. Vor allem ist es nichts, was ich verhindern kann.

Roger Merian sieht mich mit einem Anflug von Erstaunen an.

»Das ist ein weiser Entschluss«, sagt eine Stimme aus den Büschen. Der Klang lässt mir das Blut in den Adern gefrieren. Es fühlt sich tatsächlich so an, als wäre in dieser Sekunde alles in mir zu Eis erstarrt, jede Geschmeidigkeit, jedes pulsierende Leben aus meinen Gliedern gewichen.

Ich habe mit Blinows Fistelstimme gerechnet. Doch hier fistelt nichts. So geschockt bin ich, dass ich mich zur Abwechslung mal zurück auf den Sitz fallen lassen möchte. Aber ich widerstehe, auch wenn meine Knie zittern und anderer Meinung sind.

Charles kommt langsam auf uns zu. Mit gezogener Pistole. Schließlich hat heute jeder eine Waffe dabei.

»Für dich ist die Party hier zu Ende, Chief«, sagt sie.

Ich habe meinem Coach für Selbstverteidigung und Co nie abgewöhnen können, mich Chief zu nennen. Das kommt davon, wenn man meint, *Chief Executive Officer* auf die Visitenkarte schreiben zu müssen. *Geschäftsführerin* hätte es auch getan. Ach herrje, mein Gehirn flattert wieder um unnützes Zeug.

»Was machen Sie denn hier?«, fragt Yata.

Charles, die Kampfkatze. Charlotte Ortburg. Ihre raspelkurzen Haare schimmern derzeit hellblond. Ein Stammestattoo der Maori beginnt unter beiden Ohren, verschwindet unter ihrem Top, um unter den Shorts die Beinaußenseiten hinunterzulaufen. Charles, die Yata mir einmal zu meiner Sicherheit und Überwachung zur Seite stellte. Charles, die ich einmal lachend mit Wladimir Blinow in einem Echttraum sehen musste.

»Ich verstehe nicht«, sagt Yata. »Was machen Sie hier?«

Ich schüttle den Kopf. Ich verstehe auch nicht, bin aber nicht fähig, es auszusprechen.

Ob Roger Merian Charles kennt, kann ich nicht sagen. Seine Miene ist undurchdringlich. Jedes Lächeln um die Augen, jeder routinierte Charme ist verschwunden.

Ich bin, das muss ich zugeben, mit meinem Latein am Ende. Hätte ich mir im Vorfeld ein Worst-Case-Szenario ausgemalt – was eine gute Idee gewesen wäre – sähe es in etwa so aus.

Hier gibt es nichts mehr für mich zu tun. Ende der Fahnenstange.

Beide Hände halb erhoben verlasse ich langsam die Veranda des grünen Cottages. Ich sage nichts, ich erkläre mich nicht, ich winke oder nicke nicht mal zum Abschied. Wortlos gehe ich von der Holzbühne ab.

Ich marschiere den Weg entlang durch das Buschwerk. Ohne mich umzusehen. Immer weiter. Erst eine staubige Piste nach Süden bis die ersten Häuser kommen. Dann die Straße entlang bis die Bebauung dichter wird, das Buschwerk von Gärten abgelöst wird, wunderschön angelegten blühenden Oasen mit weißen Gartenzäunen drumherum und pastellfarbenen Häuschen darin.

Als hätte ein fantasievolles Mädchen ein Dorf aus Puppenhäusern auf einer rosa Insel in einer karibischen Wunderwelt aufgebaut und mich geschrumpft, damit ich darin herumlaufen kann.

Kapitel 51

Sam bucht mir den nächsten Flug und arrangiert den Transfer zum Flughafen. Ich bin unfähig, es selbst zu tun. Interessanterweise fragt er mich nicht, was mit Yata ist. Vermutlich kennt er diese Gesellschaft lange genug und weiß mehr, als ihm lieb ist.

Unterschwellig habe ich mit einem Ohr gelauscht, ob ein Schuss fällt. Würde man ihn hier in Sam's Guest House hören? Vermutlich. Doch kein unerwartetes Geräusch zerreißt die Idylle. Zum Glück.

Als ich Dr. Frieder anrufe und ihm erzähle, was wo wie, sagt mein Norddeutscher in seiner ruhigen Arztstimme mehrmals: »Das einzig Richtige. Komm schnell nach Hause.«

Und das tue ich. Auf dem kürzesten Wege. Dazu muss ich in Miami umsteigen. Die Stunden der Reise erlebe ich wie in Trance. Immer wieder sage ich mir: Ich hätte nichts tun können. Charles, die Kampfkatze, hat mir alles beigebracht, was ich in Sachen Angriffstechniken weiß. Ich wäre ausgeknockt zu Boden gegangen, bevor ich auch nur ansatzweise überlegt hätte, welche Technik denn in Frage käme. Und das wäre der Ablauf ohne vorgehaltene Waffe gewesen.

Dr. Frieder holt mich vom Flughafen Zürich ab. Für die bestmögliche Familienbegrüßung hat er die Hunde dabei. Geht es einem schlecht, ist Rudelgewusel ein probates Mittel. Natürlich kennt mein hauseigener Mediziner sich damit aus.

Auf der Fahrt nach Hause reden wir kaum. Der Bulli knattert gemächlich durch den späten Vormittag. Mein norddeutscher Schweigekünstler auf dem Fahrersitz lässt mich allein in meinen Gedanken. Ich möchte da nicht so recht sein, in diesen Gedanken, weiß mir aber auch nicht zu helfen, wie ich sie hinter mir lasse. Und vielleicht gehören sie jetzt und hier auch gedacht, diese Gedanken, damit das Mal rum ist.

Yata Krüger und Roger Merian haben sich mit der Mafia eingelassen. Sie haben selbst zu verantworten, dass sie in dieser Lage sind, was immer das konkret für eine Lage ist. So reime ich mir das zusammen. Oder könnten sie auch gezwungen worden sein?

Ich fühle mich, als hätte ich jemanden im Stich gelassen. Als hätte ich meine Nachbarin und Freundin im Stich gelassen. Latent gilt das auch für Roger Merian, den Psychopathen, der ein neues Leben beginnen wollte. Grotesk. Aber so fühle ich mich. Als hätte ich etwas tun müssen, einfach, weil ich immer etwas tue, ob es nun sinnvoll ist oder nicht. Nach den Gedanken fühle ich mich nicht besser.

Zuhause kochen wir einen großen Topf Spaghetti mit Tomatensoße und ordentlich Knoblauch, dazu gibt es Salat und ein Glas Merlot, obwohl er in die sommerliche Mittagssonne nicht so recht passt und schnell im Kopf landet. Gut tut er trotzdem. Vielleicht gerade, weil er sofort die Stellen in meinem Schädel besetzt, an denen zuvor die Gedanken vor sich hin wirbelten.

Dr. Frieder und ich sitzen auf der Terrasse unter dem Sonnenschirm, bis der unnötig wird, weil die Sonne hinter die Bäume kriecht. Wir reden über alles Mögliche, tanzen von einem Thema zum anderen, lassen uns treiben. Die Hunde liegen auf der Seite und schlafen auf den sonnenwarmen Sandsteinplatten, die teils gesprungen sind und in deren Fugen Gänseblümchen wachsen. Aus dem Nichts, so scheint es, wachsen sie da, die Überlebenskünstler.

Ganz allmählich geht es mir besser. Auf eine gedämpfte Art, aber immerhin.

»Wir werden dich noch mal behandeln, sicherheitshalber«, sagt Dr. Frieder.

Ich nicke, nippe am Kaffee und stecke mir ein Stück Schokokuchen in den Mund. Mit einer erneuten Behandlung habe ich gerechnet. Bei meinem Grad der Verrücktheit will man nicht Gefahr laufen, irgendwohin abzudriften. Abgesehen davon habe ich vom Thema Echtträume endgültig genug, bin vom Verlangen danach kuriert.

»Besser kein Risiko eingehen, ne?«, sagt mein Norddeutscher.

»Ganz deiner Meinung«, bestätige ich.

Yatas Katze Felin schlüpft durch den schiefen Maschendrahtzaun, der unseren Sitzplatz mit Minigärtchen vom restlichen Hinterhof abtrennt, und tigert über die Terrasse. Sie lässt sich von Santo die Ohren platt lecken. Dann miaut sie mich an.

»Wer hat sie denn gefüttert, als ich nicht da war?«, frage ich.

Dr. Frieder zuckt mit den Achseln. »Sie wird noch andere Essensbeziehungen haben in der Nachbarschaft.«

Es ist mir unangenehm, in Yatas Reich hinaufzusteigen, aber dort steht das Katzenfutter. Als ich das Loft mit dem Schlüssel am Y-Anhänger aufgeschlossen habe, denke ich immerhin daran, eine Packung Futter mit nach unten zu nehmen, sodass ich so bald nicht wieder hinaufmuss.

Ich füttere Felin und hoffe, Dir geht es gut, schreibe ich Yata. Keine Antwort. War auch nicht zu erwarten.

Dr. Frieders Handy klingelt.

»Arthur«, sagt er nur, schweigt und lauscht. »Aha«, kommt nach einer Weile. »In Ordnung. Bis morgen.«

»Was ist morgen?«, frage ich.

»Er bittet uns, morgen früh zu ihm aufs Präsidium zu kommen.«

»Warum?«

»Er meint, es ist wichtig, aber er kann uns den Grund nicht sagen.«

»Aha«.

»Meine Rede«, sagt Dr. Frieder lächelnd, zieht mich in seine Arme und lässt mich darin untertauchen. Schön kuschelig ist es da.

Kapitel 52

Am nächsten Morgen pilgern wir Arm in Arm durch den sonnigen Sommermorgen Richtung Polizeipräsidium. Da wir nicht wissen, was uns erwartet, haben wir die Hunde zu Hause gelassen.

Ich klopfe an die Bürotür von Kriminaloberkommissar Arthur von Leisfall.

»Herein«, ertönt Arthurs Stimme von drinnen.

Mein Norddeutscher und ich treten ein. Mit dem nächsten Herzschlag würde ich am liebsten wieder rückwärts hinauskippen, was auch klappen würde, läge Dr. Frieders Arm nicht immer noch um meine Schultern.

Neben Arthur steht Charles, lächelt Grübchen und lässt einen Teebeutel in einer Tasse auf und abtanzen.

»Hi, Chief«, sagt sie, wie sie es die letzten Wochen und Monate schon unzählige Mal gesagt hat, wenn wir uns zum Training getroffen haben.

»Äh«, sage ich. »Hi, Charles.«

»Darf ich vorstellen, Frau Kriminalhauptkommissarin Charlotte Ortburg vom Bundeskriminalamt, Abteilung SO, schwere und organisierte Kriminalität. Sie ist im Sondereinsatz in der internationalen Zusammenarbeit mit Interpol, verdeckte Ermittlungen.«

»BKA? SO? Interpol? Verdeckte Ermittlungen?«, plappere ich wie ein Papagei. Immerhin besser, als wenn mir nur der Mund offen stünde. Das wäre die Alternative. Die Neuigkeit erschüttert meine Grundfesten. Charles beim BKA! Das Ines Fox Gehirn braucht eine Weile, die alles über den Haufen schmeißende Nachricht zu verdrahten.

»Oha«, sagt Dr. Frieder und grinst.

»Nachdem selbst eine Ines Fox den Aufenthaltsort von James Taylor alias Roger Merian ausfindig machen kann, musste er einsehen, dass seine eigenen Maßnahmen, unterzutauchen nicht ausreichen und wir vom BKA in Zusammenarbeit mit den Schweizer Kollegen seinen Zeugenschutz übernehmen müssen«, sagt Charles. »Gute Leistung, Chief.«

»Zeugenschutz?« Ich bin immer noch nicht fähig, mehr als solche Anmerkungen beizusteuern.

»Setzen wir uns doch«, sagt Arthur. »KHK Ortburg ist gerade aus den *Bahamas* zurückgekehrt.«

Wir setzen uns. Charles nimmt einen Schluck Tee. Habe ich beinahe vergessen: Kämpft sie nicht gerade, trinkt sie Tee. Ich sehe Arthur erstaunt an, weil er das Wort Bahamas so seltsam betont und mir einen Blick zuwirft, den ich nicht zu deuten weiß. Mehr Mimik wäre einfach manchmal praktisch.

»Wie geht es Yata?«, frage ich die naheliegende Frage, die Arthur brennend interessieren dürfte, die er aber vermutlich der ranghöheren Kollegin von der ranghöheren Institution schwer stellen kann.

»Frau Krüger geht es gut. Sie ist nun im Zeugenschutzprogramm wie Herr Merian. Wir haben sie an einem sicheren Ort untergebracht«, sagt Charles.

»Ich verstehe nicht.« Ich sehe hilfesuchend zwischen ihr und Arthur hin und her.

»Die beiden sollen helfen, Wladimir Blinow zur Verantwortung zu ziehen?«, schließt Dr. Frieder messerscharf.

»Nicht ganz, aber nahe dran. Herr Blinow hat Diplomatenstatus. Immunität. Aber seine Organisation besteht nicht nur aus Diplomaten«, sagt Charles leicht lächelnd. Ihre Grübchen zeigen sich wieder. »Genaugenommen ist er, soweit wir wissen, der einzige Diplomat in seiner Organisation. Ich kann euch nicht über Einzelheiten in Kenntnis setzen, schon gar nicht über die Straftaten im Bereich Cybercrime und Industriespionage, die im einzelnen Gegenstand sind. Nur soweit: Herr Merian hat sich vor gut sechs Wochen entschieden, Kontakt zu uns aufzunehmen, weil er die Kooperation, wie er es nannte, mit Herrn Blinow und seiner Organisation beenden wollte. Ich hatte schon länger im Umfeld von Herrn Blinow verdeckt ermittelt, stets in Kooperation mit den Kollegen von Interpol. Nun konnten Herr Merian und ich Frau Krüger davon überzeugen, sich uns anzuschließen.«

»Aber ...«, sage ich und weiß nicht so recht, was ich zuerst sagen soll. Denn nach diesem Aber drängt eine ganze Wagenladung von Begründungen ans Licht, warum das alles eine schlechte Idee ist.

»Ja, Chief?«, fragt Charles.

»Deswegen hast du damals, als wir Roger Merian in seiner Villa in Zürich einen Besuch abgestattet haben, die Maske aufbehalten?«, frage ich. »Damit er dich nicht erkennt?«

Charles nickt und lächelt Grübchen. Sie amüsiert sich über mich. Natürlich. Denn die Maske, eine Aktion vor etlichen Monaten, ist im Moment so ziemlich das unwichtigste Detail, das mir eingefallen ist.

»Dreimal tief aus- und einatmen, Chief, wie wir es geübt haben. Das ist wieder so eine Situation, in der du an deinem inneren Gleichgewicht arbeiten musst.«

Automatisch atme ich, wie mir geheißen. Charles' Stimme, diesmal nicht in meinem Kopf.

»Aber Roger Merian ist ein Psychopath!«, schießt es dann aus mir heraus. »Wie kann das BKA einen Psychopathen und Mörder in ein Zeugenschutzprogramm aufnehmen? Und wenn ihr seinen Tod vorspielen musstet, damit er von Blinows Radar verschwindet, was übrigens nur mittelmäßig geklappt hat, nebenbei bemerkt, wird Yata dann nicht über Gebühr gefährdet? Und habt ihr echt Yata mit Roger Merian zusammengesperrt? In einem sicheren Haus, oder was? Das geht doch nicht gut. Und wieso bist du auf den Bahamas aufgetaucht und nicht Blinow oder einer von seinen Leuten? Die haben doch das Interesse, Roger Merian wiederzufinden, vermutlich, um ihn zu erledigen.« Ich atme noch einmal tief ein und aus.

»War's das, Chief?«

»Jetzt lass doch endlich mal das Chiefen!«, schimpfe ich und atme noch einmal kräftig durch. »Okay, das war's«, sage ich etwas atemlos.

»Wer sagt, etwas sei einfach, lügt«, sagt Charles. »Chief.«

Ich schicke ihr einen bösen Blick.

»Psychopath? Du übertreibst«, sagt sie.

»Nein, tue ich nicht. Lass mal eure Spezialisten für Roger Merian die Checkliste von Robert D. Hare durchgehen. Ich bin gespannt, zu welchem schockierenden Ergebnis sie kommen.«

»Woher weißt du überhaupt, dass der fingierte Flugunfall von Herrn Merian nicht hundertprozentig funktioniert hat?«, fragt Arthur.

»Weil Wladimir Blinow vor ein paar Tagen bei mir aufgetaucht ist. Er meinte, er hätte gehört, Roger Merian wäre nicht tot. Und ob ich wüsste, wo er steckt.«

»Und was hast du geantwortet?«, fragt Charles.

»Na, dass ich es nicht wüsste, natürlich.«

»Gut. Woher wusstest du eigentlich, dass Herr Merian sich auf den Bahamas aufhielt?«, fragt Charles.

»Von Yata.«

»Von Frau Krüger? Und woher wusste sie es?«

Ich presse die Lippen zusammen. Was soll ich darauf sagen?

»Besser, du erzählst es«, sagt Dr. Frieder leise.

Ich seufze. »Aber sie werden es nicht glauben.« Und ich habe versprochen, es für mich zu behalten. Eigentlich.

»Was werden wir nicht glauben? Nun rück schon damit heraus, Chief. Du weißt, früher oder später erfahre ich sowieso.«

Ich werfe Arthur einen prüfenden Blick zu. Bei Charles mache ich mir weniger Gedanken. Ihr ist die Welt der Absurditäten näher als Mr. von und zu Spock.

»Du willst nicht, dass KOK von Leisfall es hört? Aus welchem Grund?«, fragt sie.

»Zwei Gründe«, sage ich, »wobei mir die Nennung beider Gründe nicht zusteht. Es klingt übersinnlicher, als es ist, wie Dr. Frieder bestätigen kann.«

Mein Norddeutscher nickt. »Is so.«

Also berichte ich von OBE, von Yata und mir, umreiße die Ansteckung über Yatas Katze Felin, erwähne einzelne Reisen, dass ich Charles mit Blinow gesehen habe und dass Yata Roger Merian auf den Bahamas gesichtet hat.

Danach herrscht eine Weile Stille.

Dann übernimmt Dr. Frieder und ergänzt in sachlichem Ton aus medizinischer Sicht Diagnose, Behandlung und Heilung. Er informiert, Yata habe sich erneut infiziert und es bestehe der Verdacht, dass OBE eine Gehirnschädigung bewirke. Er bittet, man möge sich um Yatas Gesundheit kümmern.

Charles nickt.

Arthur schaut etwas betroffen. Kenne ich so nicht an ihm. Mein Norddeutscher und ich schweigen. Je absurder das Gesagte, umso mehr Zeit muss man ihm geben, sich sickernd seinen Weg zu suchen.

»Du hast gedacht, ich würde mit Herrn Blinow unter einer Decke stecken und hast dich trotzdem regelmäßig von mir trainieren lassen?«, fragt Charles erstaunt. Das ist das Erste, was ihr einfällt?

Ich zucke mit den Achseln und lächle. »Ha ja. Ich habe gehofft, ich würde mehr herausfinden, wenn die Verbindung zu dir nicht abreißt. So war's ja auch. Quasi.«

Arthur ist noch immer in einem seltsamen Zustand.

»Es ist also nicht nötig, einen Exorzisten hinzuzurufen«, sage ich nach einer Weile mit einem Lächeln. »Und nun werdet ihr verstehen, warum es mir komisch vorkommt, dass Roger Merian, der von Yatas OBE wusste, meinte, sich auf den Bahamas verkriechen zu können, ohne dass sie dahinterkommt. Das ist doch unlogisch.«

»Vielleicht hat er angenommen, dass es über diese Entfernung nicht funktioniert«, sagt Arthur.

Hat Arthur OBE mal eben als gegeben hingenommen. Unglaublich! Das Leben steckt voller Überraschungen.

»Oder es war ein Test«, sinniert Arthur weiter. »Wenn selbst Frau Krüger Herrn Merian nicht erkannt hätte, wäre die Wahrscheinlichkeit groß gewesen, dass Herr Blinow ihn auch nicht erkennt.«

»Oder«, sagt Dr. Frieder, »Roger Merian wollte, dass Ines und Yata bei ihm auftauchen, um sie vor der gehirnschädigenden Wirkung von OBE zu warnen und Yata dazu zu bringen, ebenfalls gegen die Mafia auszusagen und ins Zeugenschutzprogramm aufgenommen zu werden.«

Charles, Arthur und ich sehen meinen Norddeutschen erstaunt an.

Schließlich nicke ich beifällig. »Das klingt mir am ehesten nach Roger Merian. Wäre nur noch zu klären, was er davon hat. Denn eines ist ja wohl klar, ein Roger Merian tut nie etwas, ohne dass er etwas davon hat.«

»Ich werde Herrn Merian gelegentlich die Frage stellen, was seine Beweggründe waren«, sagt Charles. »Wieso hast du das eigentlich nicht gleich mit ihm geklärt, Chief?«

Ich zucke mit den Achseln. »Als ich ihn auf den Bahamas traf, wirbelten mir so viele Fragen durch den Kopf, da ist mir wohl die eine oder andere entwischt.«

»Gut«, sagt Charles und erhebt sich. »Wie klar sein dürfte, kann ich nichts weiter preisgeben. Wie ebenfalls klar sein dürfte, unterliegt der gesamte Fall der Geheimhaltung. Wichtig ist, dass du verstehst, Chief: Du musst jetzt besonders gut auf dich aufpassen. KOK von Leisfall wird ein Auge auf dich haben. Nicht auszuschließen, dass Herr Blinow oder jemand aus seiner Organisation wieder Kontakt mit dir sucht.«

Wir anderen erheben uns ebenfalls.

Arthur nickt mir ernst zu. Was auch immer das heißen soll. Er wird ein Auge auf mich haben? Er ist dankbar, dass ich seine Beziehung zu Yata nicht erwähnt habe? Er empfindet Mitleid für Ines Fox, die er schon immer als mehr oder weniger verrückt eingestuft hat, was nun endlich amtlich ist?

Dr. Frieder klopft seinem Freund zum Abschied auf die Schulter, soll wohl so viel heißen wie, gut gemacht Alter, du nimmst das Absurde erstaunlich gut hin. Und mach dir keine Sorgen um Yata, das wird schon alles.

So interpretiere ich das. Aber was weiß ich schon.

Epilog

»Braucht man nicht in den Süden für fahren«, sagt Dr. Frieder wiederholt, als sich Sonnentag an Sonnentag reiht. Es wäre alles wunderbar, würde mein Norddeutscher nicht seine Siebensachen packen, um die Facharztausbildung in Freiburg anzutreten. Endziel Rechtsmediziner.

Verständlicherweise kann ich Dr. Frieders Begeisterung nicht teilen. Für mich zieht der Monat September wie eine Gewitterwolke auf. Unmöglich, darüber hinwegzusehen, nicht nach unserem Unwettertraining auf dem Gnadensee.

Fernbeziehung.

Nein, die korrekte Bezeichnung lautet Wochenendbeziehung. Das lässt kleinere Abstände anklingen und verströmt eine beruhigende Regelmäßigkeit.

Mein Norddeutscher und ich sitzen über unserem heiligen Morgenkaffee und genießen, dass Samstag ist. Samstag, der erste September.

»Aber Wochenendbeziehung heißt nicht, dass die Beziehung unter der Woche ruht«, sage ich. »Nur, dass wir uns da nicht missverstehen.«

Dr. Frieder grinst. »Oha. Nennen wir's besser Fernbeziehung?«

»Für Fernweh reicht Freiburg ja nicht. Reicht es dann für Fernbeziehung? Durchschnittlich 650 Kilometer trennen die Paare bei einer Fernbeziehung, habe ich gelesen. Das ergibt bei 130 Kilometern?«

»Regionalbeziehung?«, witzelt Dr. Frieder.

»Regiobeziehung in Teilzeit?«, lache ich. »Klingt so schön deutsch.«

Dr. Frieder erhebt sich und zieht mich vom Stuhl in seine Arme. »Dat löpt sich allens torecht«, flüstert er in mein Ohr, dass mir kleine Schauer über den Rücken laufen.

»Wird sich alles finden«, murmle ich.

»Müssen wir uns halt schnell dran gewöhnen«, sagt er und hält mich auf Armeslänge.

»Stimmt«, sage ich halbherzig. Ich denke an Punkt eins der Tipps für Fernbeziehungen: Situation annehmen. Wie kann ich das, wenn ich schon Schwierigkeiten habe, darüber nachzudenken?

Soll ich ihn doch noch fragen, ob er bleibt? Das wollte ich vor Wochen schon, habe es aber immer vor mir hergeschoben. Jetzt brauche ich damit auch nicht mehr zu kommen. Abgesehen vom miserablen Timing könnte ich ihn genauso gut bitten, eine Axt zur Hand zu nehmen, mit der Bluebird hinaus zu segeln und sie dort zu versenken, wo der See am tiefsten ist. Ein Ding der Unmöglichkeit.

»Ich helfe beim Einrichten«, sage ich.

»Gibt nichts einzurichten. Zimmer möbliert, ich komme mit meinem Rucksack und gut is.«

»Dann fährst du erst Montag früh?«

»Jou. Gut, ne?«

»Ja sehr gut. Noch Kaffee?«

»In die Thermoskanne für die Bluebird?«

Ich nicke.

Wir werfen alles in einen Seesack, was wir für ein paar Stunden auf der Bluebird brauchen, darunter zwei fabrikneue Automatikrettungswesten mit CO_2-Patronen und zwei Hunderettungswesten mit großem Griff.

Wenig später sitzen wir samt Entourage im Bulli auf dem Weg nach Allensbach.

»Hast du mit Torsten Grob gesprochen?«, frage ich während wir aus Konstanz hinausknattern.

»Jou, hab ihn vorhin angerufen, ob wir aufs Grundstück können. Er ist in Lahr. Wartet auf seinen Gerichtstermin. Lässt dich grüßen.«

»Ach was. Äh, danke. Ob er Bewährung bekommt für die Bedrohung von Anke?«

»Arthur meinte, ist anzunehmen.«

Wenige Minuten später betätigt Dr. Frieder die Fernbedienung, das schmiedeeiserne Tor vom Schmidt-Grob-Anwesen schwingt auf und der Bulli knirscht über den Kies der Einfahrt zum Haus.

Die Bluebird liegt in ihre graue Persenning gekuschelt auf einem Trailer am Grundstücksrand, nicht weit vom See.

Trotzdem gestaltet es sich schwierig, sie über die Bodenseekiesel ins Wasser zu bugsieren.

Dr. Frieder lächelt selig, als wir das kleine rote Segel setzen und in einen makellosen Spätsommertag über den Untersee schippern.

»In der Bluebird siehst du immer ein bisschen aus, als hättest du was eingeworfen«, bemerke ich amüsiert.

»Ist der Seefimmel«, sagt er.

»Einen Seefimmel hab ich auch, aber ich schau nicht so weggetreten aus der Wäsche«, entgegne ich lächelnd.

Die erste Woche unserer Regiobeziehung in Teilzeit vergeht wie im Flug. Ich habe dermaßen viel zu tun im Büro, zu schwimmen und mit den Hunden spazieren zu gehen in diesem nicht enden wollenden Sommer. Ja, abends allein ins Bett zu kriechen, daran werde ich mich noch ein paar Jahre gewöhnen müssen, aber tagsüber werde ich von allerlei Aktivitäten abgelenkt.

Ruckzuck ist Freitagabend.

»Bin wieder da!«, ruft Dr. Frieder aus dem Flur. Sein Rucksack klatscht auf den Boden.

Santo und Fila, gerade noch bei mir in der Küche dabei, ihr Abendessen mittels Hypnose in die Näpfe zu navigieren, wuseln in den Flur. Mit Hunden zusammenzuleben ist etwas Wunderbares, aber man hat es schwer, jemals wieder die Erste an der Wohnungstür zu sein. Ich gebe mein Bestes und spurte in vergleichbarer Geschwindigkeit hinterher, nur um zu sehen, wie sie ganz aus dem Häuschen an meinem Norddeutschen hochspringen.

Bei seinem Anblick hüpft mein Herz, produziert einen warmen Funkenregen, der mich innen ausleuchtet.

Dr. Frieder strahlt mich an und öffnet die Arme. Ich stürze hinein. Er wirbelt mich im Kreis herum, wie er es mit Emma tut – na, nur nicht ganz so lang.

»Büschn Kitsch muss sein«, sagt er nach einem Wir-haben-alle-Zeit-der-Welt-Kuss.

»Unbedingt«, sage ich und schließe genussvoll die Augen.
Wir halten uns auf Armeslänge, betrachten uns. Er sieht
aus wie immer. Die Arbeitswoche ist spurlos an ihm vorübergegangen.

Ich lächle.

»Wattn?«, fragt er.

»Getrennt zu sein, ist nicht schön, aber sich wiederzuse-
hen, ist toll.«

Er lacht. »Klingt, als wäre ich wochenlang auf hoher See gewesen.«

»Fünf ganze Tage!«, sage ich mit gespielter Entrüstung.

»Vier.« Er stupst mir auf die Nase.

»Viereinhalb«, korrigiere ich.

Arm in Arm gehen Dr. Frieder und ich in die Küche, wo
Santo vor seinem Napf steht und vorwurfsvoll schaut, wieso
während der Begrüßung im Flur der Butler nicht das Abendessen serviert hat.

»Und was essen wir?«, fragt Dr. Frieder nach der Raubtier-
fütterung.

»Schau mal in den Kühlschrank.«

»Wir grillen Bodenseefelchen?«, kommt kurz darauf. Das
klingt verzückt. So dachte ich mir das.

Wenig später dreht sich seine Wäsche in der Waschma-
schine, zwei Felchen sind mit Zitrone und Kräutern bestückt,
der Grill ist angeworfen und eine Flasche Côte de Provence geöffnet.

»Was ist denn das?«, frage ich neugierig und deute auf ein
Pappschächtelchen, das auf dem Terrassentisch liegt.

»Mach's auf.« Er steht barfuß auf den noch sonnenwarmen
Sandsteinplatten, das Weinglas in der einen, die Grillzange in
der anderen Hand und lächelt mich zärtlich an.

Ich hebe das Deckelchen. Darunter drei Schlüssel. Den einen erkenne ich sofort, obwohl er nigelnagelneu ist.

»Für den Bulli? Oh, wie schön!«, rufe ich verzückt. »Der
Zweite ist von deinem Appartement?«, rate ich.

316

Er nickt.

»Der Dritte kommt mir bekannt vor. Nicht ganz neu, was?«

Er neigt den Kopf und lächelt. »Dachte, den erkennst du zuerst.«

»Ach ja?« Ich sehe mir den Schlüssel noch mal genauer an. Eine französische Aufschrift. Da geht mir endlich ein Licht auf. »Der Schlüssel zu meinem kleinen Häuschen in der Bretagne. Yay, wann fahren wir?«

Er parodiert Yatas einseitiges Achselzucken in Zeitlupe. Ich muss lachen. Weniger wegen der Geste als wegen des Gesichts, das er dabei zieht. Irgendwo zwischen dümmlich und drollig.

»Sobald ich meinen ersten Urlaub habe«, sagt er. »Bin schon in Verhandlung.«

Ich nehme ihm Weinglas und Grillzange ab und lege sie auf den Terrassentisch neben die Schlüssel, damit er die Hände für mich frei hat.

Dann gebe ich ihm einen Wir-haben-alle-Zeit-der-Welt-Kuss, bei dem noch nie so viel Ewigkeit mitschwang wie heute.

Danksagung

Vielen Dank an alle LeserInnen. Zu wissen, dass Ihr meine Bücher lest, Ihr mir Eure Lesezeit anvertraut, ich Euch vergnügliche Stunden bescheren darf, ist umwerfend. Immer noch. Ich vermute, das wird es auch beim hundertsten Buch noch sein. Und natürlich: Ohne LeserInnen ist eine Autorin, nun ja ...

Herzlichen Dank an diejenigen unter Euch, die sich aufmachten, um mir mitzuteilen, dass sie eines meiner Bücher genossen haben, und mir damit die Möglichkeit geben, sie ein bisschen kennenzulernen. Die wundervollen Kontakte, die Rezensionen und Rückmeldungen zaubern mir regelmäßig ein dümmlich beseeltes Grinsen ins Gesicht. Der Austausch mit Euch ist mindestens so schön wie das Schreiben selbst. Das hätte ich nie erwartet und kann es immer noch nicht recht fassen.

Peter Magulski, der beste Schriftstellerinnengefährte aller Zeiten, liest als erster, zweiter und mehrmals am Schluss. Er steht mir zur Seite, motiviert mich und deutet in Krisen auf das Gute. Mit ihm kann ich alles besprechen, er kann zuhören wie keiner sonst und hat immer eine Meinung, die mir weiterhilft. Seine erste Reaktion auf gerade Geschriebenes ist unbezahlbar. Außerdem unterstützt er mich als Admin, berät mich in Kampftechniken, recherchiert auch mal und versorgt mich mit Speis und Trank, wenn ich vor lauter Schreiben keinen Nerv für Profanes habe. Ich danke Dir von Herzen für alles, Liebe meines Lebens. Ohne Dich ist alles nichts! Bis zur Unendlichkeit und weiter <3

Danke Fila, mein Fellkind – die einzige Persönlichkeit aus dem wahren Leben, die bei Ines Fox mitspielen darf, wenn auch als wehrhaftere Version ihrer selbst – dafür, dass du mich vom Bildschirm loseist. Du siehst mich an und meinst, es wäre Zeit, nicht nur über den See zu schreiben, sondern sich an seinem Ufer die Beine zu vertreten. Danke für alles, was Du mich über Geduld, das Wesentliche im Leben und bedingungslose Liebe gelehrt hast.

Herzlichen Dank Dr. Monika Kuhn und Joachim Dautel, die von hier auf gleich von Fans zu fabulösen TestleserInnen und Freunden avanciert sind. Ihr macht mir riesig Freude! Ich danke Euch für die Begeisterung, die Ausdauer und die Professionalität, mit der Ihr mich reich beschenkt und beschämt.

Herzlichen Dank an meine Autorenfreundinnen Susanne Zeitz, Karoline Dichtl und Mona Busch, die mir jede auf ihre eigene Weise weitergeholfen haben, sei es mit Bestätigung, Akribie oder Schocktherapie. Es ist wunderbar, sich mit Euch gleichgesinnten Frauen auszutauschen, sich gegenseitig zu fördern und gemeinsam zu wachsen.

Auch beim vierten Buch haben mich viele weitere Menschen unterstützt. Meine TestleserInnen haben mich durch Schulterklopfen, Kritik, fürsorgliche oder gnadenlose Offenheit und die richtigen Fragen zur rechten Zeit motiviert und stellenweise wachgerüttelt. Ohne Euch, Ihr Lieben, sähe »Seefimmel« ganz anders aus, nebenbei wäre da auch noch der eine oder andere Fehler ... Es ist ein Stück Geborgenheit, Euch an meiner Seite zu wissen: Christina Abert, Gabriella Bartlau, Jochen Bartlau, Constanze Gabele, Daniel Kenner, Sandra Knoche, Johannes Kördel, Marianne Magulski, Rainer Magulski, Anne Mohl, Renate Schieß und Alex Schroff.

Bevor Du gehst ...
Ich hoffe, ich konnte Dich gut unterhalten, habe Dich abtauchen und erfrischt wieder auftauchen lassen. Das würde mich freuen, dafür schreibe ich, das ist meine Mission.

Als Selfpublisherin habe ich keinen schlagkräftigen Verlag hinter mir, der meiner Bücher vermarktet und die Werbetrommel rührt. Wenn Dir gefällt, was ich schreibe, dann freue ich mich, wenn Du mich unterstützt, mich anfeuerst. Das kannst Du auf viele Weisen tun, die Dich nichts kosten, außer ein paar Minuten. Am meisten hilfst Du mir, wenn Du eine Bewertung bei Amazon hinterlässt. Gute Rezensionen verschaffen meinem Buch Sichtbarkeit, nur was sichtbar ist, wird von anderen gelesen. Du musst nicht viel schreiben, die Bewertung kann kurz ausfallen.

Natürlich freue ich mich aber auch, wenn Du Deiner Familie und Freunden von meinem Buch erzählst, es verleihst oder es mal zu einem Geburtstag verschenkst. Okay, Letzteres kostet dann doch mehr als ein paar Minuten.

Willst Du wissen, was ich in Zukunft schreibe?

Melde Dich auf meiner Website
www.christiane-koerdel.de
zu meinem Newsletter an.
Dann verpasst Du nichts.

Newsletter versende ich nur wenige im Jahr, wenn es wirklich etwas zu sagen gibt, ein neues Buch als eBook oder gedruckt herauskommt zum Beispiel. Na, und zu Weihnachten schreib ich Dir vielleicht.

Aktuelles findest Du auch auf Facebook
auf meinem Profil
www.facebook.com/christiane.koerdel
und auf meiner Autorenseite
www.facebook.com/christianekoerdel.de
Toll wäre Deine Freundschaftsanfrage,
Dein Däumchen und wenn wir uns austauschen.

Lust, in ein paar Bodenseebildern zu schwelgen?
Folge mir auf *www.instagram.com/christianekoerdel*

Ich bekomme sehr gerne Post an
kontakt@christiane-koerdel.de
oder an den Facebook-Messenger.
Ich antworte immer! Wenn nicht,
muss man sich Sorgen machen.

So, und jetzt Du!
Ich freue mich darauf, Dich kennenzulernen.

Bis hoffentlich bald,
Deine Christiane